동해영웅 이사부

* 인터넷 독도신문 www.dokdotimes.com 연재(2012.8.31~2013.4.2)
  《'우산도'-이사부, 우산국을 정벌하다》
* 이 책은 독도신문으로부터 제작비의 일부를 지원받아 출판되었습니다.

2013 문화체육관광부
우수교양도서

동해영웅 이사부

초판 1쇄 인쇄	2013년 06월 19일
초판 1쇄 발행	2013년 06월 27일
지은이	안 휘
펴낸이	손 형 국
펴낸곳	(주)북랩
출판등록	2004. 12. 1(제2012-000051호)
주소	153-786 서울시 금천구 가산디지털 1로 168, 우림라이온스밸리 B동 B113, 114호
홈페이지	www.book.co.kr
전화번호	(02)2026-5777
팩스	(02)2026-5747

ISBN 978-89-98666-81-1 03810

이 책의 판권은 지은이와 (주)북랩에 있습니다.
내용의 일부와 전부를 무단 전재하거나 복제를 금합니다.
이 도서의 국립중앙도서관 출판시도서목록(CIP)은 서지정보유통지원시스템 홈페이지(http://seoji.nl.go.kr)와
국가자료공동목록시스템(http://www.nl.go.kr/kolisnet)에서 이용하실 수 있습니다.
(CIP제어번호 : 2013009277)

동해영웅 **이사부**

안휘 장편소설

book Lab

여는 마당　　006

【마당 하나】　우해(于海)　／ 009
　　1.1 괴군사 · 10　　　　1.2 종남산 · 22
　　1.3 추격 · 39

【마당 둘】　두 여인(女人)　／ 055
　　2.1 왕명 · 56　　　　2.2 파선 · 73
　　2.3 직삼 · 94

【마당 셋】　철옹성(鐵甕城)　／ 107
　　3.1 명진 · 108　　　　3.2 출정 · 123
　　3.3 패퇴 · 135

【마당 넷】　잠입(潛入)　／ 153
　　4.1 밀행 · 154　　　　4.2 우직 · 169
　　4.3 예선창 · 179

【마당 다섯】　풍미녀(豊美女)　／ 193
　　5.1 골계 · 194　　　　5.2 수장형 · 207
　　5.3 비파산 연회 · 225

【마당 여섯】 해후(邂逅)　/ 233
 6.1 나리촌·234　　　6.2 탈출·252
 6.3 사자 똥·261

【마당 일곱】 불 사자(獅子)　/ 279
 7.1 산악훈련·280　　　7.2 재출정·291
 7.3 승전·308

【마당 여덟】 우산도(于山島)　/ 317
 8.1 재회·318　　　8.2 동섬·332
 8.3 왜선·348

【마당 아홉】 옥 비석(玉 碑石)　/ 355
 9.1 석총·356　　　9.2 위령제·367
 9.3 왜인 잔당·380

【마당 열】 서라벌(徐羅伐)　/ 389
 10.1 개선·390　　　10.2 비사·403
 10.3 마지막 명령·426

닫는 마당·436

작가 후기·438

여는 마당

　지금으로부터 1500여 년 전, 동해바다 한가운데에는 강력한 해상왕국 우산국(于山國, 울릉도)이 있었습니다. 우산국을 세우고 통치한 우해왕은 대마도까지 벌벌 떨게 할 정도로 초인적인 힘을 지닌 왕이었습니다. 그러나 우해왕은 우산국을 끝내 지키지 못하고, AD512년에 신라 장수 이사부(異斯夫)에게 무릎을 꿇고 말았습니다.

　신라는 왜 우산국 정벌에 그렇게 큰 공을 들였을까요? 이사부는 어떤 신묘한 지략으로 사납기 그지없는 우산국 군사들을 물리치고 전쟁을 승리로 이끌었을까요? 그 옛날 왜인(倭人)들은 우산국을 발판삼아 무슨 음모를 꾸미려고 했을까요? 동해영웅 이사부는 우리 땅 독도(우산도于山島)를 지켜내기 위해 과연 어떤 일들을 했을까요?

　신라시대 초기 동해안에는 왜구(倭寇, 일본해적)들의 출몰이 끊이지 않았습니다. 하지만 이사부가 우산국을 복속시킨 이후 한반도(한한곳)에서는 무려 150년간이나 왜구가 사라졌습니다. 도대체 우산국 정벌전쟁에서는 어떤 일이 벌어졌던 것일까요?

　우산국 정벌전쟁이 끝난 다음 서라벌에서 '대영웅(大英雄)'으로, '신(神)'으로까지 칭송받던 이사부는 홀연 역사에서 사라져 오랫동안 나타나지 않습니다. 그 까닭은 또한 무엇이었을까요?

이제 이 모든 의문에 대한 답을 찾아가는 긴 여정을 시작합니다.

이 책은 독도가 우리 땅임을 증명하는 역사상 최초의 사건인 신라 이사부 장군의 '우산국 정벌' 전쟁을 전면적으로 다룬 장편소설입니다.

기본적으로 고려시대 김부식(金富軾)이 편찬한 《삼국사기》(1145)의 〈신라본기〉와 일연(一然)이 쓴 《삼국유사》(1231)의 기록을 중심으로 스토리의 뼈대를 만들었습니다. 삼국시대 역사와 일본 고대사에 기록된 사료(史料)들을 참고하는 것은 물론, 울릉도 현지와 동해안 일대에 전해 내려오는 일부 전설을 가미하여 창작했음을 밝힙니다.

이 소설이 '독도(獨島)'를 '다케시마(죽도, 竹島)'라고 우기면서 침략야욕을 끈질기게 드러내고 있는 일본의 음모에 당당히 맞서는 예술 문화적 접근의 작은 발걸음이 되길 소망합니다.

독도는 우리 땅!

마당 하나

우해(于海)

1.1 괴군사

　시각이 어떻게 되었을까. 한밤중 서라벌 금성 북문 누각에 오른 실직주(悉直州, 삼척 일원) 군주(軍主, 주州의 장관, 현재의 도지사 격) 김 이사부(金 異斯夫)의 귀에 문득 말발굽소리가 희미하게 들려오기 시작했다. 발굽소리는 괴괴한 정적을 타고 멀리 북쪽하늘 끝에서 아스라이 달각거렸다.

　가끔은 바람에 나뭇잎 부딪치는 소리가 겹쳐 환청을 만들 때도 있어서, 처음에는 대수롭지 않게 여겼다. 그러나 시간이 흐를수록 그 야릇한 소음 속에 실낱같이 섞여 들려오는 편자 쇳소리를 알아듣고 나서야 청년장수 이사부는 큰 귀를 더욱 쫑긋 세웠다. 무슨 일인가?

　이사부는 소리가 나는 북쪽을 향해 버티고 서서 눈을 감았다. 그리고는 심호흡을 한 뒤 단전에 힘을 주어 통견원문술(通見遠聞術, 멀리서 보고 듣는 신통술법)을 걸었다. 들려오는 소리의 진원은 분명 바람이나 나뭇잎이 아니었다. 소리는 아직 아득했다.

　연유를 알 길이 없는 께름칙한 느낌이 시작된 것은, 대략 마무리되어 가는 하슬라주(何瑟羅, 강릉 일원) 설치를 위한 과업들을 왕에게 세세히 보고한 뒤 궐을 나선 다음부터였다. 대궁(大宮)을 나오는 도중에 전쟁터를 함께 누볐던 강현(剛玄), 상탁(象卓), 부항(斧恒) 등 시위부(侍衛府, 궁성수비대) 부장들을 만났다. 전장에서 함께 겪었던 일들을 돌이켜 가며 그들과 어울린 초저녁 때부터 기분이 뒤숭숭했다. 뭔지는 모르지만 육감이 좋지 않았다.

그런 산란한 예감은 늦은 밤 본가에 돌아와서도 내내 이어졌다. 아침이면 실직성으로 돌아가야 할 참이었다. 심상찮은 기운으로 마음이 한층 흐려진 탓인지 자리에 누웠어도 잠이 오지 않았다. 견디다 못해 바람을 쐬면 좀 나아지지 않으랴 싶은 마음에 오밤중 집을 나서서 성곽을 따라 순찰을 하듯 한 바퀴 돌기로 했다.

금성 둘레길을 걷는 동안 북쪽 지평선 쪽에서 뜬금없이 야광귀(夜光鬼, 신발을 훔쳐간다는 잡귀의 일종)를 보았다. 어느 길섶에서는 그슨대(도깨비과 정령)가 두 번이나 나타나 같잖은 수작질을 벌이기에 안광으로 베어버렸다. 그러던 걸음 끝 북문에 이르러 멀리서 들려오는 이상한 발굽소리를 들었던 것이다.

단전을 풀었다. 숨을 길게 뱉으면서 하늘을 보니 별이 초롱초롱했다. 밤바람 속에 묻어오는 솔향기가 후각을 자극했다. 영락없이 비릿한 피 냄새가 느껴졌다. 서라벌의 솔향기는 실직주의 그것과는 사뭇 달랐다. 동해 바닷가에서 맡는 해송 향기에는 소금냄새가 촉촉하다. 그러나 서라벌의 솔잎향기에는 송진 냄새 속에 비릿한 피 냄새가 섞여 있다. 처음에는 그 냄새를 제대로 알아차리지 못했다.

소도제단 무사로 있던 동도(童徒, 소년 낭도) 시절만 해도 그렇지 않았다. 피 냄새가 처음 느껴진 것은 아버지 아진종(阿珍宗)이 말갈족과의 실직성 전투에서 전사하고 난 다음이었다. 소도제단에서 비보를 듣고 말을 때려 부랴부랴 달려온 집에는 어머니 보옥(寶玉)공주 김 씨마저 울다가 자지러져 사경을 헤매고 있었다.

마당 하나. 우해(于海)

실직성에서 서라벌 본가로 옮겨진, 죽은 아버지의 부은 얼굴은 온통 푸른빛을 띠고 있었다. 전투 중에 독 묻은 화살을 맞았다고 했다. 시퍼렇게 독이 퍼져 굳어있는 아버지의 얼굴을 본 찰나, 불현듯 피 냄새가 밴 솔향기가 물씬 코를 찔렀다. 그때부터였다. 바람에 실려 날아드는 서라벌의 솔향기에서 피 냄새가 느껴지기 시작한 것은 바로 그 순간부터였다.

마복칠성(摩腹七星, 제21대 왕 소지마립간炤知麻立干의 마복자摩腹子 일곱 명) 중 하나로 지명된 이사부는 평도(平徒, 청년 낭도)가 되자마자 서당(誓幢, 사단규모 군대 단위) 하나를 지휘하여 미리미동국(彌離彌凍國, 밀양 일대에 있던 고대국가)을 복속시켰다. 점령지 미리미동국 땅에는 추화군(推火郡)이 설치됐다. 그 전공(戰功)으로 이사부는 부친 아진종이 생전에 지키던 실직주의 군주로 임명되었다.

실직성에서, 이사부는 바로 그곳에서 전사한 아버지의 유혼(幽魂)을 느끼기 위하여 무진 애를 썼다. 그러나 서라벌 왕의 직계 아우이면서도 변방을 나돌다가 끝내 명을 다한 아버지의 비원을 읽어내는 일은 쉽지 않았다.

아버지의 주검 앞에서 오열하다가 슬픔을 이기지 못해 쓰러진 어머니는 목숨을 건진 대신에 시력을 잃었다. 눈을 떠도 온갖 사물이 그림자로만 보인다고 했다. 워낙 금슬이 좋았던 양친이었다. 그랬어도, 어머니가 왜 눈이 멀 정도로 아버지의 죽음을 애통해 했는지 이사부는 깊이 알지 못했다.

*

 말발굽소리가 점점 가까워지고 있었다.
 "성문을 열어라!"
 이사부가 몸을 벌떡 곧추세우며 소리쳤다. 성문 안쪽을 지키고 있던 초병들은 어리둥절한 표정을 지었다. 한밤중, 성 앞에는 다가오는 것이 아무것도 보이지 않았다. 들려오는 소리도 없었다. 그런데도 성문을 열라하는 장군의 명을 괴이쩍어하는 눈빛들이었다.
 "성문을 열라 하시었나이까?"
 초병 하나가 확언을 듣자하고 고개를 들었다.
 "그렇다. 삼십 리 밖에 척후가 오고 있다. 발굽소리에 긴박이 묻어있구나. 어서 성문을 열라!"
 여섯 척 장수 이사부의 우렁찬 목소리가 쩌렁쩌렁 누각을 울렸다. 초병들은 영차영차 소리를 내며 안쪽에 가로 걸린 우람한 장목을 벗겨 들어내고, 육중한 성문을 열어젖혔다. 성문은 삐걱 소리를 길게 내며 열렸다. 이사부는 허리춤에 걸린 환두대도(環頭大刀, 고리자루칼)를 철럭거리며 느릿느릿 누각을 내려갔다.
 척후의 말은 빨랐다. 이사부가 성문 앞에 나가 기다리고 서 있는 동안 말발굽소리는 급속도로 가까워지고 있었다.
 별이 무성했다. 봄이었으나, 진달래와 나리꽃이 서둘러 피는 것 말고 계절은 모든 게 일렀다. 밤바람에 묻어오는 냉기가 새삼 진저리를 만들었다.
 기운이 점차 커지는 서라벌의 위세에 고구려 연접 변방의 긴장이 극해지기 시작한 세월이었다. 스물두 번째 임금인 지대로왕(智大路王,

지증왕智證王)은 팔년 전, 그러니까 즉위한지 사년 째 되던 계미년(癸未年 AD 503)에 드디어 '덕업일신(德業日新, 덕업이 날로 새로워지고) 망라사방(網羅四方, 사방을 망라한다)'의 뜻인 신라(新羅)를 국호로 정해 만방에 고했다.

뿐만 아니라, '거서간', '차차웅', '이사금'을 거쳐 '마립간'으로 불리던 통수의 칭호도 '왕'으로 바꿨다. 지방에는 주와 군, 그리고 현을 차례로 설치해 나라의 틀을 든든히 다졌다. 서라벌은 이제 한낱 사로국(斯盧國, 경주 일원에 위치했던 소국, 신라의 전신)이 병합하여 움켜 쥔 진한(辰韓) 열두 나라의 느슨한 집합체가 아니었다.

돌이켜 보면 세 번째 임금이었던 유리(儒理)이사금이 펼친 온후한 통치가 민심을 얻고 뭉쳐낸 바로 그 씨앗이었다. 순행 중에 얼어 죽게 된 한 노인을 보게 된 유리이사금은 그 참상을 치자로서 백성을 잘 보살피지 못한 중죄라 여겨 크게 반성했다. 치세의 도를 깨친 유리이사금은 곳곳을 돌아다니며 홀아비와 과부, 고아와 늙고 병든 이들을 구제했다. 그 이후 눈물로써 충성을 맹세하는 백성들이 날로 늘어나 서라벌은 융성했다.

이윽고 저만큼에서 미명을 뚫고 척후가 탄 말이 모습을 드러냈다. 척후의 등에는 붉은 깃발이 비껴 꽂혀 있었다. 왈각거리는 발굽소리에 화급이 그득했다. 이사부는 달려오는 말을 막아섰다.

"멈춰라!"

척후는 말발굽이 채 멈추어서기도 전에 잔등에서 뛰어내려 읍했다. 쉬지 않고 달려 온 군사의 숨소리가 탁했다.

"큰일 났습니다, 장군!"

"무슨 일이냐?"

척후는 한 차례 거친 숨을 고르느라고 말을 바투 잇지 못했다.

"수상한 군대가 발견됐나이다."

"어디에서 보았느냐?"

"퇴화군(退火郡, 홍해 일원) 북쪽 종남산(終南山, 내연산內延山의 옛 이름)이옵니다."

종남산이라면 서라벌에서 지척이다. 가슴이 가볍게 두근거리기 시작했다. 고구려군이 은밀히 침투를 한 게로구나……. 순간 그런 생각이 들었다.

"병력은 얼마나 되더냐?"

"못돼도 기백(幾百, 백의 몇 배)은 될 법한 병사들이 열두 폭포 위쪽 솔숲에 은거하고 있사옵니다."

"어디에서 왔는지 짐작 가는 바는 없더냐?"

"고구려군 복색은 아닌 듯 했사옵니다."

"변복을 한 게지……. 언제 처음 보았느냐?"

"어제 해질 무렵이었사옵니다."

이사부는 척후가 가져 온 급보를 놓고 잠시 고민에 빠졌다. 낯선 복색을 한 기백의 병사들이 서라벌 지척에 은거해 있다? 아무래도 동맹국 백제는 아닐 것이다.

열아홉 번째 임금 눌지(訥祇)마립간 십사 년에 서라벌은 백제 비류왕(比流王)과 동맹을 맺었다. 스무 번째 임금 자비(慈悲)마립간 십칠 년 고구려 장수왕이 백제를 침략하여 수도 한성을 점령하면서 개로왕(蓋鹵王)을 죽이고 한강유역을 차지했을 때, 서라벌은 일만 명의 구원군을 보냈다. 또 스물한 번째 임금 소지(炤知)마립간 이년 고구려가 신라를 공격하여 일곱 개의 성을 점령하고 미질부성까지 진출하여 서라벌을

마당 하나. 우해(于海)

위협했을 때 백제는 신라를 도와 고구려의 공격을 함께 막았다. 더욱이, 소지마립간 십사 년에 백제 동성왕(東城王)이 신라 이벌찬 비지(比智)의 딸과 혼인한 이래로 두 나라는 동맹국으로서의 예를 조금도 흐트러뜨리지 않았다.

아무리 생각해도, 신라와 마찬가지로 고구려의 침탈을 방비하는 일에 여념이 없는 백제 무령왕(武寧王)이 그런 무리수를 둘 이유가 없었다. 그렇다면 저들은 변복한 고구려 병사이거나 도적질을 일삼는 말갈족 잔당이 아니고는 짐작해볼 여지가 따로 있지 않아 보였다.

"대궁으로 가자."

이사부는 척후를 뒤따르게 하고서 궁궐로 향했다. 뒤쪽에서 삐걱 소리를 내며 초병들이 다시 성문을 닫았다. 새벽이 오고 있었다.

*

"퇴화 북쪽 종남산에 적병이 출몰했다고 하였느냐?"

왕은 거구를 흔들며 노기를 품은 목청으로 하문했다. 왕의 침전 앞 마룻바닥에 꿇어앉은 이사부는 상체를 들어 왕을 바라보았다. 밤잠을 설친 왕의 표정은 그러나 심하게 어둡지는 않았다.

시위부를 총괄하고 있는 원종(原宗, 지대로왕의 큰 아들, 훗날 스물세 번째 임금 법흥왕)왕자가 왕의 곁에서 커다란 몸을 곧추세운 채 찢어진 눈을 세로로 치떴다. 잠이 덜 깬 부스스한 얼굴이었다.

"예. 종남산 열두 폭포 위 그 안쪽에 복색으로는 어느 나라 군대인지 알 수 없는 기백의 수상한 병사들이 운집 은거하고 있다 하옵나이다."

이사부는 그렇게 답하고는 머리를 조아렸다. 뒤 쪽에 부복한 척후가 턱을 달달 떨고 있었다.

"불순한 병사들이라……. 아무래도 산맥을 타고 잠입해 내려온 고구려 침투병력이 틀림없으리로다. 출정하여 섬멸함이 옳을 터."

"그러하옵니다, 폐하. 저들이 더 이상 침범하지 못하도록 서둘러 쳐부숨이 가할 줄 아옵니다."

왕은 잠시 미간을 찌푸린 채 한동안 말이 없었다. 이사부는 왕의 고민이 무엇인지를 잘 알고 있었다. 신라의 주력군들은 지금 국경 쪽으로 집중되어 있고, 서라벌 금성에는 외곽경비를 맡은 일부 병사들과 시위부 군사들밖에 없었다.

"실직주 군주 김 이사부 장군은 즉시 군사들을 이끌고 나아가 저들을 쳐부수라. 병력이 얼마나 필요하겠느뇨?"

왕은 병력의 크기를 물었다. 잠시 망설이던 끝에 이사부가 대답했다.

"시위부 군사 삼백과 실직주 군사 오백 등 도합 팔백을 동원하겠나이다."

"팔백이라……. 좋다. 그리 하도록 하라. 출병채비를 마친 다음, 곧바로 떠나라. 반드시 저들을 소탕하고 그 정체를 밝혀오라."

"알겠나이다, 폐하. 소장이 나아가 산중에 출몰한 괴 병력들을 섬멸하고 저들의 실체를 낱낱이 캐내어 오겠나이다."

이사부는 굳센 목소리로 그렇게 말한 다음 절을 올렸다.

"승전하고 오라."

왕은 짧게 말하고는 침소로 들어갔다.

궁궐 문 앞에는 기별을 받은 시위부 휘하 장수들이 달려와 있었다. 평소 몸에 익힌 영대로 이미 완전무장을 한 그들은 거의가 미리미동국 정벌을 비롯한 여러 전투에서 이사부와 함께했던 무장들이었다.

시위부 수장 원종 왕자가 출동명령을 하달했다.

"강현 부장은 휘하 장졸들 중 날랜 군사 삼백으로 출정채비를 갖추라. 상탁 부장과 부항 부장은 궁성에 남아서 수비임무를 강화하되 동서남북 각 성문 경비대를 즉각 비상대형으로 변경하라. 출정군의 병참 지원을 맡을 후군 편성에 만전을 기하라."

장수들은 일제히 읍하여 원종 왕자의 명령을 복창하고는 흩어졌다.

이사부는 뒤에서 엎드려 떨고 있던 척후에게 임무를 주었다.

"너는 지금 즉시 실직성으로 달려가 중군장 무덕(武德)에게 군사 오백을 이끌고 종남산 남쪽 열두 폭포 앞 평원으로 긴급 출동하여 본대에 합류하라 이르라."

척후가 몸을 앞으로 크게 굽혀 읍하면서 명령을 복창하고는 부리나케 성문 쪽으로 달려갔다. 그가 바삐 돌아선 자리에서 시큼한 땀 냄새가 풍겨왔다.

이사부는 사촌지간인 원종 왕자를 향해 고개를 숙였다.

"원종 형님. 소장 기필코 저들을 쳐부수고 정체를 밝혀오겠나이다."

원종의 얼굴에는 여전히 알듯 말듯 야릇한 냉기가 흘렀다.

"그래. 반드시 저들을 도륙하고 실체를 알아오너라."

그렇게 말하면서 고개를 몇 차례 끄덕거린 뒤, 원종은 건들거리며 궐 안으로 사라졌다. 이사부는 원종 왕자가 떠난 공간에 희미하게 남은 찬바람을 보았다.

불현듯 피로가 몰려왔다. 이사부는 병사들이 출정채비를 하는 동안 휴식을 취하고자 시위부 별채로 향했다. 그 사이 한밤이 거의 기울었던지, 하늘에 뜬 별들이 희끗 멀어져가고 있었다.

김(金)씨 성을 가진 지대로왕은 습보(習寶) 갈문왕과 눌지왕(訥祗王)의 딸 조생부인(鳥生夫人) 김 씨 사이에서 태어났다. 그러니까 왕은 열일곱 번째 임금 내물(奈勿)마립간의 증손이며 스물한 번째 임금 소지마립간의 재종(再從, 6촌)이다. 소지마립간이 후사가 없이 양위를 결정함에 따라 예순네 살(64세) 들던 그 해에 마립간 자리를 물려받아 등극했다. 왕은 무려 여덟 척의 거구였다.

시위부 별채 처소에서 잠시 눈이라도 붙이고자 했던 의도와는 다르게 의식이 더욱 또렷해지고 있었다. 출정에 관한 이러저러한 상념들이 들끓었다. 정체를 알 수 없는 적과의 조우에서 대응은 또 어찌해야 할 것인지 궁리에 궁리가 꼬리를 물었다. 머릿속에서 온통 쇳소리가 났다.

문틈으로 여명의 빛이 스며들었다. 어느새 새벽이 내려와 있었다. 이 사부는 대궁(大弓, 큰활)을 챙겨들고 시위부 별채를 나섰다. 날이 밝는 속도에 맞춰서 하늘의 별빛이 시나브로 흐려져 갔다.

궁궐 뒤뜰 사장(射場, 활터)은 적막이 깊었다. 사대에 올라 눈을 감고 심호흡을 했다. 오른쪽 엄지손가락에 각지(角指)를 끼고 손때가 묻은 활을 들어 올리면서 심상을 가다듬었다. 과녁을 향해 빈 활시위를 힘차게 당겼다. 막막각궁(莫莫角弓, 아주 센 활)의 힘이 전율이 되어 찌르르하고 전신에 퍼졌다. 바람을 찬찬히 읽으며 눈을 떴다. 활은 과녁을 정확하게 겨냥하고 있었다. 손가락을 놓으니 빈 시위가 핑 하고 울었다.

화살 통으로부터 신우대 화살 하나를 집어 들어 오늬를 먹이면서 다시 거궁(擧弓)했다. 단전에 힘을 모으고 시위를 당겼다. 과녁이 눈앞으로 달려 나왔다. 한 복판 검은 동그라미 중심을 향해 시위를 놓았다. 화살은 순식간에 날아가 탕 하는 맑은 소리를 내며 정 중앙에 꽂했다. 관중(貫中)의 희열이 먹물처럼 온몸에 번졌다.

이사부의 활시위는 일획(一劃, 10순, 50개의 화살)의 화살을 다 쏘고 나서야 울음을 멈췄다. 단 한 발의 살도 벗어나지 않고 힘차게 관중했다. 이마에서 땀방울이 흘렀다. 언제나 그러하듯, 마음을 다잡는 데는 사대(射臺)보다 더 좋은 자리가 없었다.

*

아무리 서둘렀어도 출병준비는 한나절이나 걸렸다. 군대가 궁성을 떠난 것은 해가 중천에 이르렀을 무렵이었다. 잰 걸음으로 내닫지 않으면 일몰까지 숙영 예정지에 닿지 못하리라 저어되었다.

쉬지 않고 달렸다. 말을 탄 장수들을 따라 창과 칼과 활을 비롯한 갖가지 무기를 든 군사들은 죽을힘을 다해 뛰었다. 군대의 뒤 쪽으로는 병참물자를 실은 수레들이 부리나케 따랐다.

퇴화군으로 가는 길목 음즙화현(音汁火縣, 안강 일원) 길가에는 하얗게 먼지를 일으키며 달려가는 군대의 긴급출동에 놀란 백성들이 구경을 나왔다. 길가에 나선 민초들의 표정에는 불안한 빛이 역력했다. 도읍지에 연접해 살고 있는 사람들에게 수백의 군사들이 전투태세를 갖추고 황황히 출동하는 일은 자주 볼 수 있는 광경이 아니었다.

대열의 앞쪽에서 말을 타고 달려가는 이사부의 심경은 착잡했다. 기백의 군사라 했으나 산중에 은거하고 있는 군사들의 수를 정확하게 가늠할 수는 없었을 터였다. 그 수가 몇 백을 헤아릴 지, 어쩌면 수천에 이를지도 모르는 일이었다. 병법에는 산 위에서 버티는 군사를 공략하려면 적어도 병력이 세 곱절은 돼야 승전이 가능하다고 나와 있다. 어쩌면 팔백으로는 어림없는 노릇일 지도 모른다. 만일 그러하다면 이 문제를 어찌 해결할 것인가.

퇴화군을 거의 다 지나 저만큼 아득히 종남산 꼭대기가 보이는 곳에 이르렀을 때 이사부는 강현 부장에게 숙영지 구축을 명했다. 달려 온 길이 얼마나 고됐던지 병사들은 벌판에 하나 같이 널브러진 채 한동안 가쁜 숨을 몰아쉬었다.

성에서 지어온 주먹밥과 마실 물을 분배하는 병졸들이 밥 소쿠리와 물동이를 들고 군사들 사이를 부지런히 오갔다. 군사들은 밥보다도 물을 더 많이 먹었다.

1.2 종남산

이사부가 말에서 내려 물을 한 바가지 마시고 났을 무렵, 전방으로부터 척후가 달려왔다. 척후의 말 잔등에는 낯선 사내 한 명이 함께 타고 있었다. 말을 내린 척후가 이사부 앞에 읍했다. 함께 온 사내는 나이가 제법 많아 보였다.

"적정은 어떠하냐?"

이사부가 척후에게 물었다.

"운집해 있을 따름, 아직 특별한 움직임은 없나이다."

"태우고 온 자는 누구냐?"

"종남산에 운집한 괴군사들을 보았다는 농부이옵니다."

"괴군사를 보았다?"

"그러하옵니다. 그들 중 일부가 염탐을 하러 마을에 내려왔을 때 맞닥트렸었다 하옵니다."

이사부는 척후 옆에 엎드려 떨고 있는 사내에게 눈길을 돌렸다.

"어디에 사는 누구시오?"

사내는 쉰 쯤 되어 보이는 농사꾼이었다. 의복이 남루하고 주름이 검고 굵었다. 굳은살이 박인 손과 벗은 발도 험했다.

"예. 종남산 아래 갑천계곡 초입 마을에 사는 창천이라고 하옵니다요."

"산에서 내려 온 자들은 언제 보았소이까?"

"이틀 전쯤 됩니다요."

"몇 명이었소?"

"제가 본 병사들은 모두 아홉 명이었습니다요."

"행색은 어떠하더이까?"

"사람들 얼굴모습은 우리와 별반 다를 게 없었습니다요. 하지만, 몇몇은 검붉은 군복을 입어 우리 신라군 복색과 크게 달랐고, 손에 든 병장기도 아주 낯설었습니다요."

"병장기가 어떻게 달랐소?"

"창과 방패는 대나무로 만든 것이었고, 칼은 휘어져 있었으며 쇠가 무척 얇고 가늘어 보였습니다요."

그렇다면 고구려의 병장기는 아니지 않는가? 고구려의 병사들이라면 최소한 장창(長槍)이나 부월(斧鉞, 도끼)을 들었어야 옳다. 이사부는 고개를 갸우뚱거렸다. 그렇다면 도대체 놈들은 어디에서 온 자들인가? 그들이 침투한 목적은 또 무엇인가?

"그래, 그들은 무엇을 어떻게 하고 돌아갔소이까?"

"마을 사람들을 위협하거나 하지는 않았습니다요. 그저 이것저것 물어보다가 장(醬)을 좀 달라 해서 가져갔습니다요."

"주로 무엇을 묻더이까?"

"근처에 신라 병사들이 얼마나 있는지를 물었습니다요. 하지만 저희들은 흙이나 파먹고 살아가는 농투성이들이라 군대에 관해서는 아는 게 아무것도 없다고 대답했습지요."

"그것뿐이오?"

"예. 그것뿐입니다요."

창천이라는 늙은 농부는 그렇게 말하면서 머리를 조아렸다. 성글게 난 수염이 앙증맞아 보이는 그의 턱이 파르르 떨리고 있었다. 잠시 생각에 젖어있던 이사부가 입을 열었다.

"갑천계곡으로 돌아가시오. 그리고 마을사람들에게 곧 도성에서 오천 대군이 들이닥친다고 이르시오. 가능하면 이웃마을에도 소문이 전해지도록 하시오. 무슨 말인지 알아들었소?"

이사부의 말에 농부는 어리둥절해서 한동안 입을 떼지 못했다. 그러다가 한참 만에 더듬더듬 되뇌었다.

"오, 오천, 대군…… 이라 굽쇼……?"

이사부는 척후를 향해 말했다.

"농부를 마을까지 데려다 주어라."

"명 받들겠나이다."

척후가 다시 읍을 하며 씩씩한 목소리로 대답했다. 그리고는 긴장하여 얼이 반쯤 빠진 사내를 재촉하여 말 잔등 뒷자리에 태워 떠났다.

그 사이 숨을 좀 돌린 병사들은 뚝딱거리며 부대별로 막사를 세우느라고 부지런을 떨고 있었다. 봄이라고는 하나, 아직 해가 짧았다. 어둠이 서서히 내리고 있었다.

숙영지 동북쪽에서 먼지를 일으키며 달려오는 한 무리의 군대가 보였다. 중군장 무덕이었다. 군사들을 인솔하고 온 무덕이 달음박질치듯 이사부에게 다가왔다.

"장군! 소장 하명을 받고 한달음에 왔나이다."

"바삐 오느라고 수고했다. 실직성에는 별고 없느냐?"

"예. 아무 일 없사옵니다. 국경 쪽도 평온하옵니다."

이사부는 두어 차례 고개를 끄덕인 다음 호위군사들에게 말했다.
"군의를 열 것이다. 장수들을 불러라."
호위군사 중 하나가 허리춤에서 중각(中角, 뿔 나팔)을 꺼내어 사방으로 돌려가며 뿍뿍 불었다.
진영 구축을 지휘하던 부장들이 모두 달려와 읍으로 예를 갖춘 뒤 이사부 앞에 둘러앉았다. 출병이 급하여 수하들에게 적정이나 임무를 제대로 설명할 겨를이 없었다.
"종남산에 운집한 괴병력의 정체가 고구려군일 것으로 우선 판단했으나, 전해지는 첩보로 미루어 그게 아닐 수도 있다. 적정을 잠시 더 살핀 다음 전략을 세워 진격할 것이다."
장수들은 모두 허리를 굽혀 대답했다.
"알겠나이다. 장군."
"지금까지 입수된 첩보로는 적병의 실체는 물론 그 규모조차 정확하게 파악되지 않고 있다. 단지 은닉하고 있는 군사들이 기백에 이를 것이라는 짐작 하나뿐이다. 만에 하나, 저들의 숫자가 예상보다 훨씬 많을 경우에는 낭패도 예상된다. 제장들의 의견을 듣고자 한다."
장수들은 잠시 술렁거렸다. 말문을 먼저 연 사람은 강현 부장이었다.
"소장 강현이 먼저 한 말씀 올리겠나이다. 적들이 고을을 염탐하고 있다 들었사옵니다. 거짓 정보를 더욱 흘려 적들의 심사를 흔드는 것이 필요하다고 사료되옵니다."
이번에는 다른 부장 하나가 나섰다.
"한 말씀 아뢰겠나이다. 강현 부장의 말씀은 일리가 있다고 생각하옵니다. 소장의 판단으로는 적군의 규모가 가늠되지 않는 상황에서 산을 치고 오르는 무리한 공격전은 위험할 수 있을 것 같사옵니다.

따라서 일단 저들을 폭포 위로 몰되 종남산 너머 북으로 퇴로를 열어주고, 북로 실직주나 하슬라에서 아주 잡는 것이 가할 것으로 여겨지옵나이다."

장수들의 의견을 잠자코 듣고 있던 이사부가 말했다.

"유익한 말이다. 내일 날이 밝으면 적정을 더욱 면밀히 살핀 연후에 공략할 방도를 정해 작전을 세우겠다. 그러기 전에 척후와 기발(騎撥, 연락기병)을 늘려 해야 할 일 두 가지가 있다. 첫째는 저들에게 풍문이 들어갈 수 있을 법한 마을마다 '오천 대군이 몰려가리라'는 소문을 풀어 저들의 사기를 흐트러뜨리는 일을 도모해야 할 것이다. 그리고 또 하나는 실직성과 하슬라에도 기발 전령을 띄워 가용한 병력을 북로 길목 요지에 매복토록 하여야 한다."

"명 받들겠나이다. 장군."

장수들은 다시 한 번 허리를 굽혀 수명(受命)의 예를 갖췄다.

날이 더욱 어두워지고 있었다. 벌판 진영에는 군사들이 서둘러 세운 막사들이 거의 다 모양을 갖추었다. 이사부는 지휘소 막사 숙소에 들었다. 해가 반짝 난 한낮에는 그래도 온기가 있던 공기가 날이 어둑해지면서 꽤나 싸늘해져 있었다.

*

날이 밝자, 이사부는 적정을 살피고자 무덕과 함께 말을 달려 종남산이 잘 보이는 갑천계곡 앞으로 나아갔다. 거리가 워낙 멀기도 하거니와 골이 깊어 은닉한 적을 바로 보아 판단하는 일이 여의치 않았다. 척후들이 돌아와 전하는 보고를 통해 적의 동태를 짐작할 따름이었다.

  계곡으로 물줄기를 내려 보내는 열두 폭포 위 어디쯤에 평평한 솔숲이 있다고 했다. 얼핏 생각하기에도 그런 지점이라면 부대가 은거하는 데 유리한 점이 많을 듯싶었다. 소탕을 위해 정면공격에 나선다 해도 물이 흘러내리는 경사를 위로 거슬러 치고 올라가는 일이 만만치 않을 것이었다. 지형의 특징으로 보건대 자칫 무리했다가는 오히려 매복작전에 역습을 당하기 십상인 심곡이기도 했다. 깨끗한 물까지 풍부하니 저들이 악착같이 버티자 하면 결코 공략이 수월치 않을 터였다.

  그러나 그들이 출동한 목적이 고작 그곳에 진을 치고 살고자 하는 뜻이 아닌 바에야 서라벌을 기습할 기회를 엿보고 있음이 분명할 것이었다. 변복은 얼마든지 가능한 일인 만큼 복색이야 그렇다 쳐도, 병장기마저 고구려 것이 아니라 하는데 이건 또 어떻게 해석이 되어야 할 것인가.

  상황으로 보아서 군이 우선순위를 꼽자하면 어쨌든 그들의 정체가 고구려군일 가능성이 가장 높았다. 하지만 신라의 위세를 아무리 허술히 가늠해도 그렇지, 고구려가 겨우 기백의 변복군사들로 신라국의 심장인 서라벌을 넘보는 짓을 꾀하리라는 것은 또한 가당치 않은 추측이었다. 만약 고구려군이 아니라면 도대체 저놈들은 어디에서 온 어떤 자들이란 말인가.

  창과 방패는 대나무로 만든 것이었고, 칼은 휘어져 있었으며 쇠가 무척 얇고 가늘어 보였습니다요. ……괴군사들을 보았다는 농사꾼의 말을 되새기던 이사부에게 번쩍 하고 떠오르는 것이 있었다. 왜구? 작금에 해안을 따라 섬나라 도적들이 출몰해 노략질을 일삼는다는 보고가 부쩍 늘긴 했다. 백성들의 고충을 뻔히 알면서도 긴 해안을 따라

불시에 치고 달아나는 그들의 도적질은 도무지 방비책을 찾기 힘든 골 칫거리였다.

하지만 근자에 출몰하는 왜구란 한낱 뗏목의 범주를 벗어나지 못하는 조악한 배를 타고 기습해서 논밭에서 곡식이나 털어가는 정도의 좀도둑에 불과했다. 그런데, 그들이 기백 명씩이나 군대를 조직해서 잠입한다는 것은 쉽게 상상할 수 있는 일이 아니었다. 결국, 아무리 생각해 보아도 괴군사들의 정체는 변복한 고구려군으로 짐작하는 것이 타당하리라는 판단이 들었다.

이사부는 종남산을 향해 두 다리를 엉버티고 서서 단전에 힘을 모았다. 그리고는 두 손바닥에 힘을 주어 앞으로 내뻗고는 지그시 눈을 감은 채 갑천계곡 쪽으로 기를 쏘았다. 함께 온 중군장과 호위군사들이 초조한 눈빛으로 바라보고 서 있었다.

이사부가 쏘아 보낸 기는 멀리 나아가지 못하고 도중에 하얀 물빛과 쏴아 하는 낙수소리만 안고 되돌아왔다. 다시 기를 쏘아 보냈다. 그러나 마찬가지였다.

웬일일까? 이사부는 고개를 갸우뚱거렸다. 그러다가 문득 갑천계곡을 내려오면서 펼쳐져 있는 열두 폭포를 떠올렸다. 그래, 그렇구나. 저 폭포들 때문에 기가 더 이상 나아가지 못하고 되돌아오는구나.

그렇게 생각하면서도 이사부는 다시 한 번 종남산 중턱을 향하여 기를 모아 던졌다. 되돌아오는 특별한 기미가 있지 않았다. 쏴아 하는 물소리와 흰 물빛 이외에 들리는 소리나 보이는 물체는 아무것도 없었다.

갑자기 소름이 끼쳤다. 아니, 그렇다면…… 저 장소를 진지로 택한 자는 혹시 술법을 깊이 터득한 자가 아닐까? 그렇다면 그 자는 누구인가? 도대체 어떤 인물이란 말인가?

전쟁터에서 계곡의 폭포는 성(城)이다. 아니 웬만한 성보다도 더 튼실한 요새다. 폭포 아래쪽에서 위로 치고 올라가기란 결코 쉽지 않다. 저 갑천계곡에 폭포가 열두 개나 되니 저만한 요새는 없을 일이다. 이사부는 심호흡을 했다.

"장군! 무슨 좋지 않은 일이라도 있나이까?"

무덕이 궁금증을 참다못해 물어왔다. 이사부는 엉버티고 서있던 기마자세를 풀었다.

"아니다. 저들의 정체가 좀처럼 보이지 않는구나. 그 앞에 폭포가 열두 개나 성을 만들어 버티고 있으니 난감한 일이다."

무덕은 더 이상 묻지 않았다.

일행은 종남산 갑천계곡 입구에서 한참을 더 머문 후에야 본대로 돌아왔다. 밤중에 수비(隨配, 심부름 귀신)들을 동원해서라도 물빛과 물소리를 막아놓고 다시 봐야 할 것인가……. 말을 타고 돌아오며 이사부는 그렇게 스스로에게 물었다.

*

"장군! 종남산에서 척후가 당도했사옵니다."

한낮이 막 지났을 무렵이었다. 호위군사를 따라 들어 온 척후가 읍을 한 뒤 무릎을 꿇었다.

"종남산의 적들이 갑자기 여러 개의 깃발을 내걸었나이다."

"깃발을 내걸어?"

"형형색색의 커다란 깃발들을 솔숲 주변에 일시에 걸어 세웠는데, 개중에는 글자가 들어있는 깃발도 더러 있사오나 육안으로는 무슨 글자인지 확인이 안 되나이다."

"깃발은 대략 몇이나 되더냐?"

"아무래도 열 개는 넘을 것 같사옵니다."

"열이 넘어?"

전장에서 깃발을 내거는 것은 십중팔구 결전의 의지를 다지는 행위로 읽힌다. 그렇다면 저들이 아군의 출정을 알아차리고 결전채비를 하고 있다는 뜻인가? 이사부는 슬며시 몰려오는 긴장을 헛기침으로 눌렀다.

"흐흠. 그래, 알았다. 다시 나아가서 적진을 더욱 면밀히 살피라."

"알겠나이다. 장군."

척후가 그렇게 힘차게 읍하고 물러간 후 이사부는 적잖은 혼란을 느꼈다. 아직 저들이 누구인지 정체조차 제대로 알지 못한다. 가늠되는 군사의 숫자도 어림짐작만 있을 따름이지 정확하지가 않다. 적이 진을 치고 있는 곳은 지형이 험난하여 접근이 용이치 않다……. 젊은 날을 연중 전쟁터에서 보내고 있는 이사부였지만, 참으로 까다로운 전투현장을 맞닥트리고 있다는 생각이 들었다.

어찌해야 할 것인가. 잠시 번민에 빠져있던 이사부는 다시 수하 장수들을 불렀다.

"적진에서 일제히 오색 깃발들을 올려 세웠다 한다. 어찌 보느냐?"

잠시 뜸을 들이고 난 뒤 부장 하나가 나섰다.

"소장 아뢰겠나이다."

"말하라."

"적이 십여 개의 깃발을 내세웠다 함은 전의를 북돋우기 위한 방책인 것으로 짐작되오니 빨리 저들을 공략할 방도를 세워야 할 것으로 사료되옵나이다."

"서둘러 공략하자는 얘기로구나."

그러자 강현 부장이 고개를 가로저었다.

"그렇지 않을지도 모릅니다. 저들이 자신들의 약점을 가리고자 허세를 부리는 것일 수도 있사옵니다. 좀 더 시간을 두고 저들의 움직임을 주시하는 것이 가할 것으로 생각하옵니다."

"음, 저들의 움직임을 좀 더 주시하자는 말이고……. 또 다른 의견 없느냐?"

다른 부장 하나가 입을 열었다.

"소장의 생각으로는 군대를 갑천계곡 안쪽까지 전진 배치하여 적의 동태를 떠보는 것이 어떨까 하옵니다만……"

그러자, 이번에는 잠자코 듣고 있던 중군장 무덕이 나서서 고개를 가로저었다.

"아니 되옵니다. 그렇게 되면 아군의 수가 팔백 밖에 되지 않는다는 것이 바로 노출되어 저들의 기세를 올려줄 수 있습니다. 다른 방책을 모색해야 할 줄 아옵니다."

"제장들의 말이 다들 일리가 있다."

이사부는 장수들의 의견을 들으면서 깊은 생각에 빠져들었다. 전쟁터에서는 만용이 더러 필요할 때도 있지만, 단 한 번의 섣부른 판단이 치명적인 패퇴를 부르는 경우가 적지 않다. 사느냐 죽느냐의 문제가 극명하게 걸린 전장에서 전략전술을 선택하는 것만큼은 신중에 신중을 기할 가치가 얼마든지 있는 일이었다.

"적의 동태를 더욱 주시하면서 철저하게 대비하라. 혹여 기습이 있을 지도 모르니 경계에 만전을 기해야 할 것이다."

"알겠나이다. 장군!"

"일단 물러가 명을 기다리라."

"예."

장수들은 일제히 읍을 하고 물러갔다.

어지러웠다. 심상이 흔들리고 있었다. 이사부는 지휘소 막사 안에서 결가부좌하고 앉았다. 허리를 꼿꼿이 세우고 양손을 위로 벌려 무릎 위에 놓았다. 그리고는 눈을 지그시 감은 채 단전에 힘을 주었다. 공기무비 출기불의(攻其无備 出其不意)……. 전혀 대비하지 못한 곳을 공격하고, 뜻하지 않은 곳으로 출동하라 했던가……. 결단을 해야 할 시간이 다가오고 있었다.

*

"오늘 밤 적을 기습할 것이다. 월도(月刀), 협도(挾刀), 장창(長槍), 목궁(木弓)으로 무장한 무예가 출중한 자들로 일백의 선봉 별동대를 구성하라. 별동대를 앞세우고 본대는 그 뒤쪽을 따르게 하라. 횃불도 함께 준비해야 할 것이다. 작전시간은 금일 늦은 밤이다. 별동대는 내가 직접 지휘한다. 중군장 무덕은 별동대 후위를 맡으라. 강현 부장은 본대를 지휘하여 뒤를 따르라."

해가 뉘엿뉘엿 저물어가는 다 저녁 무렵 이사부는 지휘소로 장수들을 불러 지도를 펴놓고 은밀히 작전지시를 내렸다. 오후에 다녀 간 척후의 보고에 따르면 적정(賊情)은 깃발만 나부낀 채 미동도 없다했다. 지도를 놓고 고민을 거듭하던 이사부는 결국 야간 기습작전을 선택했다. 날이 맑고 달이 눈썹모양으로 커 오르고 있으니 밤하늘도 적당할 것이다.
 장수들이 각 막사로 돌아간 다음 밥이 나왔다. 밥상을 보니 비로소 배가 고팠다. 그때에야 이사부는 자신이 허기도 잊은 채 한동안 전략 수립에만 골몰했음을 깨달았다.
 지형지세로 볼 때 주간에 벌이는 정상적인 전투는 무조건 불리하다. 저 위쪽에 있는 군대의 규모를 알 수는 없지만, 열두 폭포로 가로막힌 오르막길을 거슬러 치고 올라간다는 것은 지난한 일이다. 팔백의 군사 모두를 한꺼번에 앞세우고 잘못 시작했다가는 소모전만 커질 것이다. 일백의 날랜 군사들로 능선 길을 우회하여 저들의 옆구리를 찌르고 뒤따르는 나머지 본대 병사들로 모두 쓸어 잡는 것이 유효하리라.
 된장국에 말아 먹는 밥이 새삼스럽게 달았다. 반찬으로 나온 멧돼지고기 구이도 무척 고셨다. 전장에서 밥은 맛으로 먹는 것이 아니다. 뛰고 달리고 싸워 살아남기 위해서 무조건 먹어두고 보는 것이 밥이다. 작전지시를 끝낸 이사부는 모처럼 맛있는 밥을 먹었다.

*

 밥을 다 먹은 이사부는 호롱불 심지를 돋우고 다시 지도를 들여다보았다. 산중턱 적진까지 우회하려면 시간이 수월찮게 걸릴 것이다. 어쩌면 새벽녘이나 되어서야 목표지점에 도달할 수 있을 지도 모른다. 이동 간 비닉을 위해서는 출발부터 말을 쓸 수도 없다. 무엇보다도 저들이 이 밤에 기습을 하리라는 것을 짐작치 말아야 할 터인데……. 그건 하늘에 맡길 일이었다.
 "장군. 중군장께서 오셨습니다."

지휘소 밖에서 호위군사의 목소리가 났다.

"들라 하라."

천막 문을 열고 무덕이 들어섰다.

"장군. 진지는 드셨사옵니까?"

"방금 먹었다. 별동대 편성은 끝났느냐?"

"예. 방금 편성을 끝내고 병사들에게 밥을 먹이고 있습니다."

"어둠이 다 내리면 곧바로 출동한다. 길이 멀어서 서둘러야 할 것이다. 오르막 능선을 오래 올라야할 터이니 마실 물을 넉넉히 챙기도록 하라."

"예. 알겠나이다."

무덕이 지휘소를 나간 다음 이사부는 곁에 걸어두었던 철편갑주를 챙겨 입었다. 옆구리에 환두대도를 차고 심호흡을 하고나니 비로소 가슴에 싸한 기운이 솟아났다. 전투에 나설 적마다 일어나는, 적당한 긴장감과 함께 느껴지는 싸한 기분은 형언하기 힘든 일종의 쾌감 같은 것이었다.

*

종남산 갑천계곡을 완전히 우회하여 오르는 산등성이 길은 예상보다 훨씬 더 가팔랐다. 잡목이 우거져 새로 길을 내며 나아가는 것부터 쉬운 일이 아니었고, 숨소리를 죽인 채 올라야 하는 행군이 여간 거북한 게 아니었다.

그래도 평소에 고된 훈련으로 단련된 군사들은 끙 소리 한번 안 내고 잘 나아가 주었다. 짐작했던 대로, 가까운 곳은 보이고 먼 곳은 잘 보이지 않도록 눈썹달의 밝기가 적당하여 다행이었다.

첫 번째 등성이에 올라서자 군사들에게 손짓으로 휴식을 명했다. 발소리를 죽이며 산을 오르는 행군은 더디고 또 더뎌 이미 한밤중이었다.

이사부는 저만큼 비스듬히 올려다 보이는 거무스름한 솔숲을 향해 엉버티고 서서 심호흡을 했다. 단전에 힘을 주고 통견원문의 기를 쏘아 보냈다. 밤인데다가 계곡이 보이지 않으니 물빛도 물소리도 방해가 되지는 않을 것이므로, 굳이 수비들을 불러내느라 용을 쓰지 않아도 되었다.

그런데, 산중턱까지 날아갔다가 돌아 온 기에는 아무런 흔적도 묻어있지 않았다. 인마의 기운도 없었고, 병장기의 기운도 담겨있지 않았다. 대체 어찌된 일인가? 저 숲에는 지금 아무도 없다는 이야기인가? 이사부는 다시 한 번 기공을 썼다. 그러나 결과는 마찬가지였다. 순간, 다시 한 번 섬뜩한 느낌이 들었다. 저들을 지휘하는 수장은 혹여 통견원문 정도의 술법을 간단히 교란시킬 정도로 대단한 술사인 것인가?

머릿속이 다시 복잡해지기 시작했다.

별동대는 적진을 향해 꾸준히 나아갔다. 한바탕 필사적인 전투를 치러야 할지도 모른다는 생각이 들었다. 병사들은 탱탱한 긴장 속에서 고양이처럼 사뿐히 걸어 능선 길을 거푸 올랐다.

*

얼마나 올랐을까. 숲의 전경이 훨씬 뚜렷하게 시야에 들어왔다. 아득히 계곡물소리도 들려오기 시작했다. 이사부는 군사들에게 능선 길을 버리고 약간 아래로 내려가 나무 밑에서 나무 밑 사이를 살금살금 기어서 접근토록 명했다. 이쪽에서 보이는 꼭 그만큼 저쪽에서도 시야가 트일 것이었다. 그렇게 접근해가는 시간은 훨씬 더 많이 걸렸다.

이윽고, 부대는 종남산 중턱 솔숲이 저만큼 내려다보이는 등성이에 들러붙는 데 성공했다.

이상한 일이었다. 제법 적진에 가까이 닿았을 텐데, 별동대가 나아가는 길목에 저들의 경계병사가 하나도 걸리지 않았다. 온몸에 땀이 흘러 갑주 속에 받쳐 입은 속옷이 흠뻑 젖어 있었다. 하늘의 별빛이 흐릿해진 것을 보니 머지않아 새벽이 올 모양이었다.

숲 주변에 세워 놓은 커다란 깃발들이 희미하게 드러났다. 산바람에 펄럭이는 그 모습이 병사들의 신경을 더욱 곤두서게 만들었다. 하지만 어둑한 숲 속에는 여전히 괴괴한 정적만이 감돌고 있었다. 본대가 따라붙어 별동대 꼬리에 닿을 때까지 줄곧 살펴보아도 적정은 여전했다.

이사부는 본대가 어느 정도 뒤에 붙자, 백여 명의 선봉 별동대원들을 뾰족한 삼각대형으로 대오를 짓게 했다. 앞 쪽에 장창군사들을 세우고, 이어서 월도, 월부, 협도군사들을 배치했다. 맨 마지막에 궁수들을 넓게 포진시켜 앞선 군사들을 엄호하도록 했다.

"절대로 대형을 흐트러트리지 마라. 숲속에서 교전이 시작되면 피아 구분이 어렵기 때문에 대오가 무너지면 안 된다. 일단 적들과 조우하기까지는 소리 없이 전진한다. 속도의 균형이 깨어지지 않도록 유의하라. 본대는 별동대를 바짝 따르다가 전투가 시작되면 일제히 공격하라."

이사부는 마지막 작전명령을 하달하고는 환두대도를 조용히 뽑았다. 그리고는 맨 앞에 서서 대원들을 이끌고 나아갔다. 살쾡이처럼 까치발을 하고 살금살금 나아가고 있는 별동대의 앞 쪽에는 솔향기만 그득할 뿐 아무런 소리도 들리지 않았다. 그런 야릇한 정적이 오히려 공포를 몰고 와서 군사들로 하여금 형언할 수 없는 두려움에 휩싸이게 했다.

숲 속에 들어섰다. 빼곡히 들어찬 나무기둥들이 꿋꿋했다. 그러나 거기에는 소나무 이외에 아무것도 있지 않았다. 숲 한가운데로 들어갈 때까지 거치적거리는 것은 아무것도 없었다.

"횃불을 밝혀라!"

이사부가 큰 소리로 외쳤다. 병사들이 가지고 온 관솔을 검불위에 올려놓고 엎드려 부싯돌을 때리기 시작했다.

이윽고 관솔횃불이 밝혀졌다. 중군장 무덕이 횃불 하나를 들고 이사부에게 다가왔다.

"장군! 아무도 없사옵니다. 모두 도망친 것 같사옵니다."

"주변을 뒤져라. 단서가 될 만한 것이 있는지 흔적을 살펴라."

"예. 알겠사옵니다."

무덕은 그렇게 대답한 뒤 돌아서서 병사들을 향해 외쳤다.

"모두 흩어져서 놈들이 남기고 간 흔적을 찾아라. 뭐든지 눈에 띄는 대로 갖고 오라."

횃불을 든 병사를 중심으로 군사들은 삼삼오오 흩어져서 숲속을 뒤지고 다녔다. 그러는 사이에 하늘이 희붐하게 밝아오기 시작했다.

병사들은 우선 저들이 남기고 간 깃발들을 뽑아서 들고 왔다. 깃발은 기다란 대나무깃대 끝에 매달려 있었다. 결국 저들이 깃발을 내건 것은 도주를 위한 기만술이었던가. 신라군이 깃발의 정체에 신경을 쓰는 사이에 달아난 게 틀림없어 보였다.

강현 부장이 병사들이 수거해 온 깃발들 중 글자가 들어가 있는 두 개의 대형 깃발을 들고 와서 이사부의 앞에 펼쳐놓았다. 제대로 알아보기 힘들 정도로 조악한 필체였다. 그 중 하나에는 '우산국(于山國)'이라는 글씨가 씌어 있었고, 다른 하나에는 '우해대왕(于海大王)'이라고 적혀 있었다.

이사부의 머릿속을 스치는 것이 있었다. 아니? 이놈들이 정녕 울릉도(鬱陵島, 우릉도于陵島)에서 건너 온 작자들이란 말인가?

이사부가 우산국의 존재를 알기 시작한 것은 여섯 해 전으로 거슬러 올라간다. 그가 처음 실직주 군주로 임명되어 부임했을 때, 해안가 사람들로부터 하슬라 동쪽 이틀 뱃길 바다 위에 우산국이라고도 불리는 울릉도라는 큰 섬이 있다는 이야기를 들었다. 뭍에서 나간 어부들이 고기를 잡다가 그 섬사람들과 부딪쳐서 실랑이를 벌이는 경우가 더러 있다는 것이었다.

두해 반 전 그때쯤에 이사부는 말로만 듣던 울릉도를 탐색하기 위해 동해에 배를 띄우고 나섰었다. 하지만 섬으로 향하던 중 느닷없이 밀어닥친 풍랑에 파선을 당해 하마터면 목숨을 잃을 뻔했던 일이 있었다.

"사방으로 나아가 주변을 샅샅이 뒤져라. 놈들의 정체를 알 수 있는 흔적을 낱낱이 찾아라. 달아난 방향도 알아내라."

이사부는 군사들을 모두 풀어 수색을 넓히도록 명했다.

병사들은 단서가 될 만한 물건들을 하나씩 수거하여 들고 왔다. 부러진 나무숟가락, 젓가락에 먹다 버린 짠지 등 밥을 해먹은 흔적까지 모두 주워왔다.

이사부는 땀범벅이 된 투구를 벗고 소나무 그루터기에 걸터앉아 눈을 감았다. 놈들이 고구려군이라면 태백산맥을 타고 북상하기 위해 종남산 북쪽 산줄기를 찾아 넘어갔을 것이다. 그런데 저 '우산국'과 '우해대왕' 깃발은 무엇인가. 저 깃발들 또한 놈들이 아군을 기만하여 추적을 동해 쪽으로 유도해 따돌리려고 내걸고 간 것은 아닐까.

적의 도주로가 북로산맥인지, 동해바다 쪽인지를 짚어내는 것이 급선무였다.

1.3 추격

"장군! 적의 잔병 하나를 잡았나이다."

한참을 지났을 무렵이었다. 강현 부장이 걸음을 제대로 걷지 못하는 남루한 사내 하나를 질질 끌다시피 하면서 산 위쪽에서 내려왔다. 끌려 온 사내는 몸집이 무척 작았다. 그는 한 움큼 상투머리만 남기고 머리를 박박 깎고 있었다.

"어디에서 잡았느냐?"

"정상 부근에 토굴을 파고 은신해 있었사옵니다."

이사부 앞에 내동댕이쳐진 사내는 왼쪽 발목이 완전히 부러진 심각한 상태였다. 어떻게 하다가 그렇게 됐는지 모르지만, 큰 부상을 당한 사내는 스스로 도망쳐 대오를 이탈한 것이 아니라면 황급히 달아나던 무리에서 버려졌음이 분명했다.

얼굴이 까무잡잡한 사내는 무릎을 꿇어 웅크린 자세로 이사부를 향해 공포와 오기가 범벅이 된 퀭한 눈빛을 던지고 있었다.

"어디에서 온 군대냐?"

이사부가 쩌렁쩌렁한 목소리로 물었다.

"나니모 시라나이(아무것도 모른다)!"

사내는 거친 숨소리가 섞인 쉰 목청으로 대답했다. 목소리 속에 자신감인지 허풍인지 모를 독기가 서려 있었다. 아니? 이것은 왜인들 언어가 아닌가? 그럼 이놈들이 정녕 바다를 건너 온 왜구였단 말인가?

"바다 저쪽 왜국에서 왔느냐?"

"나니모 시라나이! 나니모 시라나이!"

사내는 연거푸 고개를 가로저었다.

중군장 무덕이 기다렸다는 듯이 나섰다. 그의 오른손에는 이미 날이 시퍼렇게 선 수부(手斧, 손도끼)가 들려 있었다. 무덕은 거침없는 동작으로 사내에게 다가가 발목이 부러진 왼쪽다리를 낚아채어 바닥에 가로로 젖혀 눕혔다. 그리고는 이미 반쯤 부러진 발목을 향해 가차 없이 도끼날을 휘둘렀다.

"아아악!"

사내는 고통을 못 이겨 찢어질 듯한 목소리로 비명을 길게 질렀다. 발이 동강나 잘려나간 사내의 발목에서 검붉은 피가 콸콸 쏟아졌다.

"살고 싶으면 말하라! 어디에서 왔느냐?"

이사부가 다시 큰 소리로 윽박질러 물었다.

"나니모 시라나이! 나니모 시라나이!"

사내가 다시 한 번 악다구니를 쓰며 고개를 가로저었다. 검은 핏줄이 가로세로 불끈 솟아오른 그의 얼굴은 이미 사람의 것이 아니었다. 그러자 무덕이 이번에는 사내의 왼쪽 팔을 잡아 땅에다 내려붙인 다음, 순식간에 그의 손목을 향해 손도끼를 휘둘렀다. 잘려나간 손이 땅바닥에서 잠시 펄떡거리는 것 같았다. 왼쪽 수족을 다 잘린 사내가 피를 뿌리며 자지러지고 있었다.

"아아아아아아악!"

사내는 긴 비명을 질렀다. 그의 비명이 얼마나 높고 처절했던지 밝아오는 새벽공기를 타고 멀리까지 날아갔다가 메아리가 되어서 되돌아왔다.

"살고 싶으냐? 살고 싶으면 말하라. 어디에서 왔느냐?"

"우, 우산구꾸에서…… 왔으므니다! 우산구꾸에서……"

사내는 흙빛이 된 얼굴을 일그러뜨린 채 가까스로 말을 뱉었다.

"우리말을 아는구나. 그래, 우산국이라 함은 동해바다 한가운데 있는 울릉도를 말하는 것이냐?"

"그렇스므니다, 그렇스므니다. 도오까따스께떼구다사이(제발 살려주십시오)! 고쇼다까라다스께데구다사이(제발 살려주세요)……!"

이사부는 자리에서 벌떡 일어났다. 그리고는 큰 소리로 외쳤다.

"대오를 정비하라. 곧바로 추격에 들어간다. 적은 북로산맥이 아니라 동해 쪽으로 달아났다. 일차 추격 목적지는 우시군(于尸郡, 영덕 영해) 해안이다. 종남산 정상을 넘어 놈들의 도주로를 따라 좇는다. 서두르라!"

장수들이 시끄럽게 소리치며 사방에 흩어져 수색에 열중하고 있던 병사들을 불러 모아 대오정비에 나섰다. 이사부는 벗어두었던 투구를 다시 쓰고 그루터기에서 벌떡 일어났다.

우산국이라……. 고기 잡는 어부들이나 몇몇이 모여 사는 것으로 알려진 울릉도가 실상은 그게 아니었단 말인가. 어느 새 거기 민생들이 정말로 왕국을 세워 나라이름을 따로 칭하고 살았단 말인가. 하긴 오늘날 신라국이 제대로 서기까지 얼마나 많은 호족들이 각자 사는 곳에서 나라를 참칭하고 사병(私兵)들을 내세워 왕 행세를 해왔던가를 생각하면 아주 이상한 일도 아니었다.

그런데, 조그만 섬에 갇혀 사는 인종들이 무슨 수로 힘을 키워 군대를 몰고 뭍으로 나와서 감히 서라벌을 넘보는 엉뚱한 짓을 한단 말인가. 아니, '우해대왕'이라 자칭하는 자는 대체 어떤 인물이기에 이 같은 발칙한 짓을 도모하는 것인가. 더욱 해괴한 일은, 어째서 그들 군대에 먼 바다 건너에 사는 왜인 족속이 끼어있는가 하는 것이다. ……숱한 의문들이 꼬리를 물고 일어났다.

그 사이 날은 아주 다 개어서 하늘이 빠른 속도로 파란색을 더해가고 있었다.

*

우시군에 도달해보니 지난 밤 종남산을 부리나케 도망쳐 내려온 놈들이 해안을 훑고 지나간 흔적들이 남아 있었다. 바닷가 몇몇 어촌들이 우산국 병사들에게 약탈을 당하기도 했고, 불에 탄 집도 여럿 보였다. 겁에 잔뜩 질린 백성들 가운데 적장 우해를 본 사람이 더러 있었다.

"그 떼도적의 두목은 아무리 못돼도 키가 일곱 척은 되는 장골이었습니다요. 눈은 부리부리한 것이 왕방울만 했고 성정도 포악해보였습지요."

우시군 해안 마을에서 만난 어떤 노인은 자기가 본 우해의 모습을 나름대로 자세하게 묘사했다.

"함께 도주하는 병사들은 모두 몇 명이나 되더이까?"

"어림잡아서 이백은 넘는 듯 했습니다요."

"이백이라……"

이사부는 쉼 없이 몰아쳐 온 군사들이 우시군 해안에서 잠시 숨을 돌리도록 하고는 장수들을 불렀다. 밤낮을 가리지 않고 줄기차게 달려

온 추격길이 워낙 힘들었던지라 모두들 많이 지친 기색이었다.

"놈들이 배를 타고 아주 도망치기 전에 잡으려면 서둘러 따라가야 할 것이다. 그리고 실직주와 하슬라에 다시 기발 전령을 띄워 산중 매복을 풀고 해안 수색에 나서도록 지시하라."

"알겠사옵니다, 장군."

장수들은 읍하여 그렇게 대답하고는 각자 위치로 돌아가 널브러진 병사들을 일으켜 세우기 시작했다. 이사부와 장수들은 비로소 퇴화군 북쪽 군영에서 후군 병사들이 바삐 몰고 온 말을 탔다.

군사들을 다그쳐 해안을 타고 북으로 치닫는 강행군이 계속됐다. 척후들이 교대로 돌아와 적정을 알려왔다. 놈들의 발이 얼마나 빠른지 따라잡기가 쉽지 않다는 보고였다.

*

군대는 삽시간에 선사(울진蔚珍)까지 올랐다. 그러는 동안 여러 채의 민가가 놈들에게 털려 씨감자와 수수를 강탈당했다는 신고가 있었다. 아무래도 놈들은 어딘가에 배를 숨겨두고 왔을 것이다. 놈들이 그곳에 당도하기 전에 먼저 들이쳐야 한다는 생각으로 이사부는 말을 몰아가면서도 조바심에 시달렸다.

깎아지른 절벽이거나 지형이 험한 해안은 우회를 해야 했으므로, 추격이 결코 용이한 것이 아니었다. 혹시라도 놈들이 배를 타고 도주하기 시작한다면 사실상 그들을 잡기란 불가능할 것이었다. 실직주나 하슬라 모두 해전에 대비한 전선(戰船)구축이 전무한 상태였다. 군사들 역시 해전 경험이 없었다.

이사부가 실직주 군주로 부임하면서 수군(水軍)의 필요성을 예감하고 선부서(船府署)를 설치하는 등 준비를 시도해보기는 했었다. 하지만, 북쪽에서 호시탐탐 남진을 꾀하는 고구려군과 말갈족의 도적질을 방비할 대책을 세우는 일만으로도 버거운 나날이어서 수군 양성은 지지부진 미뤄둘 수밖에 없는 과제였다.

얼마나 따라붙었을까. 군대는 막 실직주의 경계가 저만큼 보이는 지역에 들어서고 있었다.

그때였다. 이사부의 뇌리에 비로소 번쩍 떠오르는 기억이 하나 있었다. 산단화(산다화山茶花의 옛말)……. 그렇다. 벌써 두 해를 넘겨 세 해째 들어섰구나. 돌아와서 반드시 거두겠노라고 약조했던 그 여인이 살고 있는 곳이 가까워지고 있었다.

영일 없이 격무에 시달리는 군문의 장수로서 언제부터인가 아뜩하게 잊혀져간 이름……. 산단화는 지금 어찌 하고 있는 것일까. 아니 잊었다는 말은 참이 아니다. 너무나 소중하여 가슴속에 꼭꼭 묻어두었을 따름, 잊었다는 말은 맞는 말이 아니었다. 그녀는 아비 현덕(玄德) 어른과 함께 잘 살고 있는 것일까. 그러고 보니 이제 열일곱이 되었겠구나. 그녀는 지금도 나를 한 마음으로 생각하고 있을 것인가. 왠지 불길한 느낌과 함께 이사부의 마음에 물결이 일기 시작했다.

*

"장군! 전방에서 척후가 왔사옵니다."

실직주에 막 들어섰을 때, 앞서가던 무덕이 척후를 데리고 돌아와서 보고했다. 이사부는 말을 멈췄다. 척후가 말에서 내려 예를 갖췄다.

"어떻게 되었느냐? 적의 꼬리는 잡았느냐?"

"예. 하오나 놈들이 바다로 달아날 준비를 하고 있사옵니다."

"바다로 달아날 준비를 하다니, 무슨 이야기냐?"

"실직주 초입 해리현(海利縣, 근덕 일원)에서 놈들이 해안에 숨겨놓았던 배들을 끌어내리는 모습이 목격되었사옵니다."

"해리라고 했느냐?"

이사부에게 해리는 익숙한 곳이었다. 그곳은 바로 산단화가 사는 마을이 있는 현이었다. 이사부는 호위군사가 가지고 있던 대궁과 화살통을 넘겨받아 재빠르게 어깨에 멨다. 그리고는 말고삐와 채찍을 사려 잡고는 치솟아 오르는 조바심을 삼키며 우렁우렁 소리쳤다.

"기마장졸들은 모두 나를 따르라!"

이사부는 명령을 마치자마자 채찍으로 말 엉덩이를 세차게 때렸다. 놀란 이사부의 말이 히히힝 긴 울음소리를 내며 앞으로 내달았다. 중군장과 일부 호위군사들을 비롯한 말을 탄 장졸들이 이사부의 뒤를 앞 다투어 쫓았다. 앞장서야 할 척후가 오히려 그 뒤를 따랐다. 모두 다 합하여 열 셋이었다.

저들이 배를 타고 뜬다면 정말 낭패가 아닐 수 없다. 우려했던 일이 결국 일어나고 만 것인가? 왕께서는 저들을 반드시 멸하고 정체를 밝혀오라 하셨거늘……. 놈들을 여기 바닷가에서 영 놓치고 마는가? 안 될 일이었다. 이사부는 어금니를 앙다문 채 말채찍을 휘둘렀다.

*

 척후의 말대로 우산국에서 온 것으로 보이는 괴군대는 아득히 해리현 상단 해안에서 무리지어 바닷물 쪽으로 배들을 막 밀어 넣고 있었다. 하나, 둘, 셋……. 세어보니 모두 세 척의 군선들이었다. 우산국 군선들은 하나같이 시커멓고 우악스러웠다. 그들을 어찌해보기에는 아직 거리가 너무 멀었고, 아군의 숫자가 너무 적어서 맞닥트린다 해도 문제였다. 이사부는 더욱 세차게 채찍을 휘두르며 앞으로 먼저 달려 나갔다.

 하지만 가까스로 그들이 허둥지둥 달아나는 자리에 도착했을 때는 이미 우산국 군사들이 배를 물에 띄운 뒤였다. 해안에는 타고 온 배를 끌어올려 위장하는 데 사용된 솔가지들이 어지럽게 흩어져 있었다. 모래사장에 가장 먼저 달려와 말을 세운 이사부는 저만큼 손에 잡힐 듯이 가까운 거리에서 달아나고 있는 군선들을 쏘아보았다. 그리고는 어깨에 멨던 대궁을 내려 움켜쥐고는 시위에 화살을 먹여 바다에 뜬 군선을 향해 힘껏 당겼다. 맨 뒤의 군선 고물(배의 뒤쪽 부분)에 우뚝 서있는 장정 하나가 눈에 들어왔다. 이사부는 지체 없이 화살을 놓았다.

 대궁의 시위가 피잉 소리를 내며 길게 울었고, 화살은 바람처럼 날아갔다. 힘차게 날아간 화살은 군선 고물에 서 있는 사람의 가슴에 정확하게 꽂혔다. 화살을 맞은 장정이 휘청 고꾸라지나 싶더니 맥없이 바다로 굴러 떨어졌다.

 이사부가 활시위에 두 번째 화살의 오늬를 막 먹였을 때 뒤따르던 장졸의 말들이 우르르 하고 한꺼번에 백사장으로 몰려들어왔다. 목표물이 유효사거리를 벗어나고 있었다. 이사부는 잠시 멈추었던 숨을 푸우 내쉬며 활시위를 늦췄다. 그리고는 중군장 무덕에게 말했다.
"배를 띄워서 적선 고물에서 화살을 맞고 떨어진 적병을 찾아오라. 가능한 생포해야 한다. 서두르라!"
"알겠사옵니다. 장군!"
중군장이 힘차게 대답하고는 해안을 따라 발을 굴러 말을 달려 나갔다. 그 뒤를 기병 둘이 바짝 따랐다.
"허어, 참……"
이사부는 놈들이 달아난 동해를 바라보면서 허탈한 가슴을 쓸어내렸다. 형언키 어려운 낭패감이 엄습해왔다.
말에서 내린 이사부는 근처 바위 위로 올라 동쪽 수평선을 향해 기마자세를 취하여 버티고 섰다. 눈을 지그시 감고 단전에서 기를 뽑아 올려 손바닥에 모은 다음 수평선 쪽으로 방사했다. 파도에 막혀 흐릿하기는 했지만, 허겁지겁 달아나고 있는 세 척의 배들이 보였고, 적지 않은 숫자의 병장기들도 느껴졌다.
바다 끝까지라도 쫓아가고 싶었다. 저들을 추격해 모조리 처부수고, 왕을 자처하는 우해인지 뭔지 하는 작자를 잡아 왕께 바치고 싶었다. 하지만 어찌 해볼 도리가 없는 일이었다. 우선 당장 그들을 추적할 배가 마땅치 않았고, 군대도 뭍에서만 싸워 온 병사들뿐이었다. 이사부는 난감한 심정으로 바다 저쪽 수평선을 바라보며 서 있었다.
한동안 그렇게 우두커니 서 있던 이사부의 뇌리에 문득 다시 산단화가 떠올랐다.
"따르지 말라."
이사부는 황급히 말에 올라 수하들에게 그렇게 이르고는 좀 전까지 정신없이 달려왔던 해변길을 되짚어 나아갔다. 바닷바람이 시원했다.

산단화를 보기 위해 말을 타고 달리던 때가 생각났다. 이사부가 탄 말은 쏜살같이 뛰어나가 멀지 않은 곳, 초가집들이 스무 채 남짓 모여 있는 맹방(孟芳) 바닷가 어촌을 향했다.

뜻밖으로 마을은 쑥대밭이 되어 있었다. 몇몇 집은 이엉에 불이 붙어 연기가 꾸역꾸역 솟아오르고 있었다. 마을사람들은 겁에 질려 꽁꽁 숨어들었는지 아무도 보이지 않았다. 아니! 섬 도적놈들이 여기까지 치고 지나갔단 말인가? 이사부는 산단화가 살던 촌주(村主)의 집으로 한걸음에 달려갔다.

촌주의 집도 지붕에서 연기가 나고 있었다. 그러나 집안에서는 인기척이 나지 않았다. 이사부는 말에서 내려 큰 소리로 사람을 불렀다.

"게 누구 없소이까?"

한참 동안 사방을 둘러보아도 사람은 아무도 나타나지 않았다.

"누구 없소?"

이사부는 다시 한 번 큰 소리로 외쳐 불렀다. 하지만 여전히 아무도 얼굴을 내밀지 않았다.

"산단화 낭자! 어디에 있소? 안에 있는 것이오?"

쩌렁쩌렁한 목소리에도 집 안팎에서는 여전히 기척이 없었다. 어디로 달아난 것인가? 아니면, 진작 이 집을 비우고 멀리 떠난 것인가? 이사부는 그래도 혹시 모를 일이라고 생각하며 부엌문과 방문들을 열어 보았다. 부엌에도 방에도 사람이 있지 않았다. 안방에는 가지런히 개켜진 이불과 베개만 덩그러니 놓여있었다.

"누구십니까요?"

이사부가 방문을 열고 이리저리 살피고 있을 무렵, 뒤쪽에서 웬 중늙은이의 목소리가 들려왔다. 이사부는 얼른 몸을 돌렸다. 삽짝 밖에서 봉두난발을 한 늙수그레한 사내 하나가 머리만 쏙 들이민 채 두려움이 그득한 눈망울을 굴리고 있었다.

"이 집에 사는 산단화 낭자를 찾아 온 사람이오."

"신라군 맞습니까요?"

사내는 여전히 삽짝 밖에서 두려움을 덜어내지 못한 눈을 껌벅이면서 물어왔다. 갑주를 챙겨 입고 환두대도를 옆구리에 찬 이사부의 모습을 아래위로 훑어보았다.

"그렇소. 산단화 낭자는 어디에 있소?"

"산단화 아씨를 아십니까요?"

사내는 조심스럽게 삽짝 안으로 한쪽 발을 들이밀었다. 땅굴 속에라도 숨어 있다가 나왔는지 사내의 몸은 검불과 흙투성이였다.

"그러하오. 이 집에는 왜 불이 났소? 그리고 산단화 낭자와 현덕 어른은 어찌 되었소?"

그러자 사내는 비로소 경계심이 다 풀렸는지 앞마당 땅바닥에 철퍼덕 주저앉으면서 울부짖듯이 말했다.

"하이고, 말도 마십시오. 새벽녘에 웬 낯선 도적들이 몰려와서 집에 불을 지르고 양식을 빼앗아 달아났습니요. 세상에 그런 험악하고 괴상한 놈들은 처음 봤습니다요."

"산단화 낭자는 어찌 됐소?"

"아, 참. 여기 산단화 아씨……. 아, 글쎄, 놈들이 산단화 아씨는 물론 이 동네 처자들을 셋이나 잡아가 버렸습니다요. 이 댁에서도 처음에는 산단화 아씨만 잡아가려고 했는데, 아씨가 아비를 두고 갈 수 없다고 버티자 놈들이 촌주님까지 함께 끌고 가버렸지 뭡니까요."

사내는 끝내 찔끔찔끔 눈물을 흘렸다. 이사부의 가슴에서 쿵 하는 소리가 났다. 산단화가 해적들에게 잡혀가다니? 자책감부터 강하게 솟아올랐다. 좀 더 일찍 찾아와 그녀를 거두었어야 옳았던 것인가……. 씁쓸한 후회가 스며들기 시작했다.

집을 한 바퀴 더 돌아보고 거기를 막 떠나려던 이사부는 여전히 마당에 주저앉아 훌쩍거리고 있는 사내에게 물었다.

"놈들은 모두 몇 명이나 되더이까?"

"한 이백 명은 족히 될 것 같았습니다요. 대개 우리말을 썼지만, 와깟다 다깟다 하는 이상한 말을 쓰는 빡빡머리들도 여럿 섞여 있었습니다요."

"알겠소."

이사부는 그렇게 힘없이 말하고는 한숨을 쉬었다. 만감에 사로잡혀 잠시 멈칫거리던 그는 집안을 다시 한 번 휘둘러본 뒤 말 잔등에 올랐다.

어느 듯 해가 지고 있었다. 어디에 숨어 있었던지, 꽤 많은 마을사람들이 삼삼오오 밖으로 나와 종종걸음을 쳤다. 바가지와 물동이에 물을 퍼다 불이 붙은 지붕에 끼얹느라고 마을은 시끌벅적해지고 있었다. 바다 끝 아득한 수평선이 가슴을 아리게 했다. 아아, 그녀가 저 수평선 너머로 잡혀가고 있구나.

*

병사들이 한창 말뚝을 박고 있는 해리현 바닷가 군영에는 실직주 주조(州助, 주보州輔, 오늘날 부지사) 도형(道荊)이 부대를 이끌고 당도하여 이사부를 기다리고 있었다. 그가 머리를 조아렸다.

"장군! 노고가 많으시옵니다. 고생해서 예까지 추격해오셨는데 놈들이 그만 먼 바다로 달아나버렸으니 안타깝기 그지없사옵니다."

"그러게 말이다. 폐하께서 놈들을 반드시 일망타진하라 이르셨거늘, 이 낭패를 어찌하면 좋을지 모르겠구나."

"모든 게 다 해안을 제대로 방비하지 못한 소장의 허물이오니 송구하기 한량없나이다."

"아니다. 그게 어찌 주조만의 잘못이겠느냐. 오직 북방에만 적이 있는 줄 알았지, 동해 바다 위에서 그런 괴이한 적병들이 출몰해올 줄이야 누가 알았겠느냐. 그나마 '우산국'이라 하고 '우해대왕'이라 하는 저들의 분탕질에 대해서 들은 무슨 다른 정보가 있느냐?"

"최근에 저들에 관한 이야기가 해안 마을을 중심으로 종종 들려오기는 했나이다. 그래봐야 왜구들과 마찬가지로 바다에서 우리 어부들과 부딪치거나 이따금씩 해안에 와서 밭곡식이나 좀도둑질해가는 수준이었지, 이번처럼 대규모로 병장기를 들고 움직인 일은 듣지도 보지도 못했사옵니다. 참으로 해괴한 일이 벌어진 것이옵니다."

이사부는 한숨을 깊게 쉬었다.

"오늘 밤 안으로 해안마을을 탐문하여 놈들에 대한 정보를 더 수집해오라. 내일 날이 밝는 대로 궁성으로 돌아가 폐하께 상세히 보고하여 대책을 마련해야 할 것이다. 서둘러라."

"예. 알겠사옵니다, 장군. 곧바로 수하들을 시켜서 '우산국'과 그 '우해'라는 자에 대한 정보들을 수소문하여 올리겠나이다."

주조 도형은 그렇게 대답하고 지휘소를 물러나갔다.

머지않아 중군장 무덕이 지휘소로 왔다.

"화살 맞은 적병은 찾았느냐?"

"예. 하오나······."

마당 하나. 우해(于海)

중군장의 얼굴에 난감한 빛이 어렸다.

"죽었더냐?"

"예. 가까스로 찾아서 건져내긴 했으나 이미 절명해있었사옵니다. ……하온데, 장군의 화살을 맞고 숨진 자도 왜인이었사옵니다."

"뭐라고? 이번에도 왜인?"

"예. 틀림없이 그러하옵니다."

"더 알아낸 게 있더냐?"

"지난번 산에서 잡은 놈과 달리, 이번에는 몸이 제법 단단한 무사였사옵니다."

"왜인 무사라……."

"무슨 연유로 그러한지는 잘 모르겠사오나, 아무래도 울릉도에 왜인들이 꽤 많이 들어와 있는 듯하옵니다."

"그런 모양이다. 괴이한 일이로구나……. 어쨌든 오늘 하룻밤 병사들을 재운 다음 내일 일찍 철수할 것이다. 그만 가서 쉬도록 하라."

"알겠사옵니다. 장군!"

무덕이 나간 다음, 이사부는 처소에 앉아 이런 저런 사념에 젖어들었다. 저들의 정체는 무엇인가? 왜인들이 저들 무리에 섞여 있는 이유는 또 무엇인가? 왜인들은 도대체 무슨 일로 울릉도에 들어와 있는 것인가……?

밤은 빠른 속도로 깊어갔다. 바다 쪽에서 들려오는 파도소리가 어둠에 비례하여 더욱 커지고 있었다. 잠이 오지 않았다.

이사부는 해변에 나가 칠흑바다 저쪽 먼 곳을 바라보며 시름에 빠져들었다. 산단화 낭자……, 내가 너무 무심했구려. 이렇게 무참한 일을 당하도록 그대를 버려두고 살았다니……. 마음속에 떠오른 산단화의 얼굴이 서서히 지소(只召, 지대로왕의 첫째아들인 원종왕자의 딸이자, 둘째아들인 입종왕자의 비)의 얼굴로 변해갔다. 안 된다……. 이사부는 환영을 떨쳐내기라도 할 양으로 머리를 세차게 가로저었다. 가슴속에 고여 있던 깊은 회한 한 자락이 목울대를 타고 올라와 천천히 한숨으로 토해졌다.

〈別註〉

* 마복자
摩腹子, 신라의 독특한 제도로 임신을 한 여자가 보다 높은 지위를 가진 사람으로부터 사랑을 받은 후 낳은 아들을 마복자라고 한다. 높은 지위의 세력들은 정치적인 지지자를 갖게 되고 마복자는 후원자를 갖게 되는 제도이다. 왕들도 마복자를 가졌고 화랑들이나 낭두들도 마복자를 가지는 등 신라의 지배세력들은 마복자 제도를 통해 일종의 사회, 정치적 의제義弟 가족관계를 맺었다.

* 환두대도
環頭大刀, 칼의 손잡이 끝부분에 둥근 고리가 있는 고리자루칼로서, 삼국시대 무덤에서 주로 출토된다.

* 신라시대 왕의 명칭 변천
거서간居西干 → 차차웅次次雄 → 이사금泥師今 → 마립간麻立干 → 왕王.

* 이벌찬
伊伐湌, 이벌간伊罰干, 우벌찬于伐湌, 각간角干, 각찬角粲, 서발한舒發翰, 서불한舒弗邯, 신라 관위 17등급 중 으뜸등급.

* 갈문왕
葛文王, 신라 때 왕의 근친近親에게 주던 봉작封爵.

마당 둘

두 여인(女人)

2.1 왕명

"지금 뭐라고 했느냐? 서라벌 인근까지 군대를 몰고 온 자들이 동해 앞바다 울릉도 섬놈들이었다는 말이냐? 그 야만인들이 왕국까지 세웠다고 했느냐?"

왕은 흥분으로 얼굴이 벌겋게 달아올랐다. 노기가 가득한 음성이 대전을 쩌렁쩌렁 울렸다. 긴장이 감돌고 있는 대전에는 원종, 입종 두 왕자들과 왕의 장인인 이찬 등흔(登欣)을 비롯한 중신들이 도열하고 있었다. 중책을 맡은 귀족들도 눈을 동그랗게 뜨고 함께 지켜보고 있었.

이사부는 엎드린 채로 왕의 하문에 공손히 답했다.

"송구하오나, 그러하옵니다. 게다가 저들의 수장인 '우해'라는 인물이 결코 만만치 않은 자인 것으로 여겨지나이다."

"음. 그렇다면 저놈들을 그냥 두었다가는 언제 무슨 짓을 할지 모른다는 이야기가 되는구나. 반드시 저들을 토벌해야 할 것이다."

차가운 눈빛으로 이사부를 지켜보고 있던 이찬 등흔이 나서서 말했다. 일흔이 훨씬 넘은 그의 목소리는 여전히 가늘고 날카로웠다.

"그러하옵니다, 폐하. 동해의 해상권을 장악하는 일은 신라국의 대업을 달성하기 위해서 필연적으로 성취해야 할 과업인 바, 저들을 그냥 두고 볼 수는 없을 것으로 사료되옵니다. 서둘러 특단의 대책을 강구함이 옳을 줄 아옵니다."

왕은 잠시 뜸을 들였다. 바다로 나아가 벌여야 할 전쟁을 놓고 생각이 깊어지고 있는 듯 했다. 이사부는 왕의 그런 심사를 짐작했다. 왕이 다시 이사부에게 물었다.

"그래, 저들의 생업은 무엇이라 하던고?"

"동해안 일대의 백성들이 고하는 바에 의하면 저들은 원래 주로 섬 주변에서 고기잡이를 하면서 살았다 하옵나이다. 수 년 전부터는 뭍에서 조업나간 우리 어부들을 공격하는 일이 간헐적으로 발생하였사옵니다. 그러던 것이 근자에는 뭍으로까지 나와 노략질을 하는 경우가 더러 있는 것으로 조사되고 있나이다."

"저들이 고깃배를 덮쳐 어획물을 털고 뭍에서 좀도둑질을 한다는 것을 보니 그리 구족하지는 않다는 증좌로다."

"범상치 않은 일은 또 있사옵니다."

"그게 무엇이냐?"

"저들의 무리에 왜인들이 섞여있음이 확인되었나이다."

이사부의 이야기를 듣자 왕은 미간을 한껏 찌푸렸다.

"저들 무리에 왜인들이 섞여 있다? 허허 참 괴이한 일이로고. 어찌하여 울릉도 섬놈들이 왜인들과 함께 뭉쳐 다닌다는 것인고?"

"아직 확실한 내막은 알 수 없사옵니다마는, 어쨌든 왜인들이 울릉도에 들어와 있는 것만큼은 분명한 듯하옵니다."

왕의 표정은 더욱 어두워졌다. 또다시 잠시 말을 끊었던 왕은 지난 날의 일을 꺼내어 되새겼다.

"내물(奈勿)마립간 구년 봄에 왜병 큰 부대가 서라벌로 침범해온 일이 있었더니라. 그때 마립간께서는 허수아비 수천 개를 만들어 옷을 입히고 무기를 들려 토함산 아래에 열 지어 세우셨다. 그리고는 용사 일천 명을 부현(府縣) 동쪽 벌판에 매복시켜, 자신들의 무리가 많음을 믿고 곧바로 나아오는 왜적들을 불시에 공격하여 섬멸한 일이 있었느니라."

등흔이 찢어진 눈을 치뜨며 나서서 말을 보탰다.

"그렇사옵니다. 왜군들은 그때의 대패 이후로 여태껏 서라벌에는 범접할 엄두를 못 내어 왔사옵니다."

"그렇다. 왜인들은 그때의 전투에서 궤멸당한 이후로 서라벌을 두려워 해 함부로 동해안에 배를 대지 못해온 터다. 그런데, 어찌하여 울릉도에 사는 야만인들과 합세하여 또다시 이 땅을 집적댄다는 것인고?"

이사부는 마땅히 설명을 할 방도가 없었다. 실직주 군주로서 한때 울릉도를 염탐해보려고 했지만 여의치 않았던 경험만 있을 뿐이었다. 이번에도 섬에 관하여 가능한 많은 정보를 얻고자 하였으나, 동해안에 살고 있는 백성들 중 울릉도로 아주 살기 위해 들어간 사람들이 있다는 정도 말고는 그 섬에 관해서 아는 것이 별로 없었다.

"송구하오나 폐하. 소장으로서는 아직 저들의 실태를 제대로 파악하지 못하고 있나이다. 더욱이 바다 한 가운데 홀로 뜬 섬에서 폐쇄된 생활을 하고 있는 자들인지라 저들의 실상을 낱낱이 알아내기가 수월하지 않사옵니다. 왜인들과 우산국이 어찌 결탁하였는지에 대해서도 그 내막을 소상히 알 길이 없사오나, 근자에 동해안 일대에 왜구가 늘어나기 시작한 것이 아마도 그와 관련이 있지 않을까 여겨질 따름이옵니다."

왕은 무릎을 쳤다.

"그래. 그러하구나. 왜구의 창궐이 우산국 야만인들과 관련이 있었던 게로구나. 왜인들이 울릉도를 디딤돌삼아 동해안 일대를 드나들며 노략질을 일삼아왔던 모양이로다. 괘씸한지고! …… 아무래도 그놈들을 방치했다가는 무슨 우환이 될지 모를 터!"

이찬 등흔이 다시 나서서 왕의 말을 받았다.

"그러하옵니다. 우산국과 왜구들을 저대로 두어서는 신라국의 안위가 심히 위태로울 수 있사옵니다."

왕은 걱정스러운 어조로 말을 이었다.

"그나마나 저들을 치자면 충분한 전선(戰船)과 해전에 능한 수군이 있어야 할 것인 즉, 신라는 지금 바다전쟁 준비가 미흡하니 지난한 일이로고. 어찌하면 좋겠느냐?"

왕의 걱정을 잘 알고 있는 이사부는 심호흡을 했다. 선왕인 소지(炤知)마립간 십 오년 칠월에 근오지현(斤烏支縣, 오량지현烏良支縣, 포항 일원)에 임해진(臨海鎭)을 설치하고 해전 준비를 시작해보기도 하였으나, 그 뒤 시급한 일에 밀려나 수군양성은 유명무실한 판이었다.

신라에도 해전이 불가피한 상황이 대두될 것을 짐작해 이사부가 실직주 내에 설치한 선부서(船府署) 역시 지지부진하기는 마찬가지였다. 당장 북에서 호시탐탐 남진을 노리는 고구려와, 노략질을 일삼는 말갈족에 대한 방비만으로도 벅찬 나날이었다.

"부족하나마 그동안 실직주의 선부서에서 배짓는 장인(匠人)들을 파악하고 있사오니 이를 바탕으로 하여 지금이라도 서둘러 전선을 짓고, 해전을 준비하여 우산국 정벌에 나서는 것이 옳을 줄로 사료되옵니다."

왕은 이사부의 말을 듣고는 잠시 고민에 빠진 모습이었다. 침묵은 한동안 계속됐다. 신료들 중에는 수군 문제와 관련하여 마땅한 의견을 내놓을 수 있는 중신이 아무도 있지 않았다. 한참 만에 왕이 이사부를 향해 말을 돌려 물었다.

"하슬라에 주를 설치하는 문제는 매듭이 지어지고 있다하지 않았느냐?"

이사부가 왕의 물음에 공손히 대답했다.

"하슬라 일대 접경의 진지구축이 거의 완성돼가고 있사옵고, 주청도 이미 마련되었나이다."

왕이 자리에서 일어서서 결연한 어조로 말했다.

"하슬라에 주를 설치하고 북방을 튼실하게 하는 과업 또한 더 이상 늦출 수 없는 일이요, 울릉도 야만인들의 준동을 근절하는 일 또한 미룰 수 없는 중대사로다. 아찬 김 이사부 장군을 하슬라주 군주로 임명하노니 실직주와 함께 통할하도록 하라. 속히 임지에 나아가 국방을 튼튼히 하는 한편, 우산국 정벌을 위한 만반의 준비를 갖추라. 하슬라주와 실직주 군사들을 모두 아울러서 전쟁준비를 마친 다음 지휘 출병하라. 무슨 수를 써서라도 저들의 귀복을 받아내야 할 것이다. 아울러 이 기회에 수군을 제대로 정비하여 동해안 일대에 출몰하는 왜구들을 발본색원함으로써 백성들의 고난을 해소해야 할 것이다."

이사부는 자리에서 벌떡 일어나 왕을 향해 정중히 읍했다.

"폐하의 명을 받자와, 기필코 우산국을 쳐서 복속시키겠나이다."

왕은 대전에 모여 있는 중신들을 향해 다시 큰 소리로 명했다.

"대소신료들은 모두 우산국 정벌에 차질이 없도록 이사부 장군의 전쟁준비 지원에 만전을 기하라."

중신들은 모두 읍하며 대답했다.

"알겠나이다, 대왕폐하."

이사부는 다시 한 번 왕을 향해 공손히 절을 올렸다.

*

 궁궐을 나서기 전 이사부는 원종 왕자의 처소를 찾았다. 원종의 낯빛은 언제나 무덤덤하여 속내를 알기가 어려웠다. 무슨 생각을 하는지, 기분이 어떤지조차 가늠하기가 쉽지 않았다.
 "원종 형님. 출정에 앞서 문후인사차 들었사옵니다."
 시종의 안내를 받아 방으로 들어서면서 이사부가 말했다. 원종은 예의 차갑고 무표정한 얼굴로 이사부를 맞았다.
 "어서 오너라."
 그런데 방으로 들어서니 거기에는 왕의 둘째 아들인 입종(立宗, 지소공주의 남편, 훗날 스물네 번째 임금인 진흥왕의 생부) 왕자도 함께 있었다.
 "입종 형님께서도 계셨군요. 그간 강녕하셨나이까?"
 입종은 환한 낯빛으로 이사부를 반겼다.
 "어서 들게. 이쪽으로 자리를 잡으시게."
 세 사람이 자리에 앉자, 원종이 말했다.
 "출정준비는 여의하겠느냐?"
 "쉬운 과업이 아니오나 해낼 수 있을 것이옵니다."
 폐하를 닮아 장신인 원종은 이사부보다 더 큰 일곱 척 신체를 곧추세운 채 약간 상기된 표정을 지었다.
 "울릉도에 왜인들이 들어와 있을 것이라고 하지 않았느냐? 왜인들이 왜 울릉도 사람들과 섞여 있는고?"
 "짐작이 쉽지 않사옵니다. 다만, 숫자가 얼마인지는 몰라도 왜인들이 울릉도에 들어와 있다는 사실 만큼은 분명한 듯하옵니다."
 그때 원종 왕자의 비(妃)인 보도부인(保刀夫人) 박 씨가 술상을 든 여

시종과 함께 방으로 들어섰다. 이사부가 자리에서 일어나 몸을 굽히며 인사를 했다.

"왕자비 마마. 그간 강녕하셨사옵니까?"

보도부인은 밝은 얼굴로 이사부의 인사를 받았다.

"오랜만이어요, 이사부 장군."

데면데면한 원종과는 달리 왕자비 박 씨는 이사부를 만날 적마다 늘 편안하게 대해주었다.

보도부인이 나간 뒤, 입종이 갑자기 무엇인가 생각난 듯 이사부에게 물었다.

"열여섯 번째 왕이신 흘해(訖解)이사금의 생부 각간 석우로(昔于路)님에 관한 이야기를 들은 적이 있는가?"

"처음 듣사옵니다."

"열두 번째 왕이신 첨해(沾解)이사금 때 각간 우로님께서 객관에 와 있던 왜국 사신 갈나고(葛那古)에게 '조만간 너희 왕을 소금 만드는 노(奴)로 삼고, 왕비는 밥 짓는 여자로 삼겠다'고 희롱한 적이 있었지. 그런데 나중에 왜왕이 이를 듣고 격분하여 장군 우도주군(于道朱軍)을 보내어 금성(서라벌)을 공격해왔어. 이에 우로님께서 대전에서 말하기를 '지금의 환란은 제 말이 신중치 못한 데서 비롯된 것이니 제가 감당하겠습니다' 하고는 왜군진영으로 가서 '전날 나의 말은 한낱 농담일 뿐인데 어찌 군사를 이끌고 이곳까지 온 것인가?' 하고 뱃심 좋게 따졌다네. 그러자 왜인들은 다짜고짜 우로님을 잡아서 땔나무를 쌓고 그 위에 올려 잔인하게 불태워 죽이고 돌아가 버렸지."

"그런 끔찍한 일이 있었사옵니까?"

"그런데 그 이후, 열세 번째 왕이신 미추(味鄒)이사금 때 왜국의 대신이 서라벌에 와서 문안을 했는데, 그때 우로님의 부인이 왕께 특청을 넣어 사사로이 왜국사신을 접대하기로 하였어. 주연에서 왜국 사신이 술을 마시고 몹시 취하자, 우로님의 부인은 장사(壯士)를 시켜 그 왜국 대신을 마당으로 끌어낸 다음 불태워 죽임으로써 왜인들에게 살해당한 남편의 원한을 그대로 되갚았다네."

"왜국이 가만히 있었습니까?"

"왜인들이 분하게 여겨 그 이후 금성을 공격하였으나 이기지 못하고 돌아갔지."

"그런 과거사를 처음 알게 되었나이다."

"내가 왜 이 이야기를 이사부 아우에게 들려주는지 알겠는가?"

"예. 왜인들이 그만큼 교활하고 음흉하니 신중에 신중을 기하라는 교훈인 줄 깨닫겠사옵니다."

"그러하다네. 이사부 아우가 잘 해낼 줄 믿지만, 조상들께서 겪은 일들을 염두에 두는 것이 유익할 것이네."

"감사하옵니다."

입종이 이사부의 어깨를 토닥거리며 격려했다.

"전선을 지어 바다를 건너는 원정인 만큼 여간 험난한 전쟁이 아닐 것이네. 출정준비를 잘 하여 속히 적들을 토벌하고 돌아오시게."

"황감하옵니다, 형님들. 저들을 틀림없이 섬멸하고 울릉도를 점령하겠사옵니다."

환히 웃으며 이사부의 무운을 빌어주는 입종과는 달리 원종은 예의 서늘하고 무덤덤한 얼굴로 이사부를 이윽히 건너다보고 있었다. 원종의 눈빛에 담긴 야릇한 냉기가 개운치 않는 여운을 남겼다.

*

 궁궐을 물러나와 본가로 돌아온 이사부는 안방 아랫목에 앉은 모친에게 다가가 무릎을 맞댔다. 모친은 손을 내밀어 이사부의 얼굴을 더듬더듬 만졌다. 손의 감각으로 아들을 느끼는 마음이 간절했던지 껌벅거리는 두 눈에 파르르 경련이 일었다.
 "우산국 정벌에 나선다고 하였더냐?"
 "그러하옵니다. 어머님."
 "바다를 건너가 싸워야 하는 일이니 수월치 않겠구나."
 "쉬운 전쟁이 어디 있겠사옵니까. 하오나 심려 마시옵소서. 소자 만난을 극복하고 반드시 승전하여 오겠나이다."
 이사부의 모친 보옥공주는 왕실의 종친으로서 내물마립간의 삼대손(증손자)인 남편 아진종과의 사이에 이사부를 낳았다. 평생을 무장으로 살았던 아버지가 죽은 이후 어머니의 삶은 피폐했다.
 모처럼 살펴본 모친의 얼굴에는 주름살이 한결 더 짙어 있었다. 아들의 호언장담에도 안쓰러움이 깊었던지 어머니는 걱정을 더 늘어놓았다.
 "전선을 짓고 해전을 치를 수군까지 조련해 정벌에 나서자면 공력이 많이 필요할 것 아니냐."
 "아무래도 그럴 것이옵니다."
 "원종 왕자님은 만나 뵈었느냐?"
 "예. 궁에서 뵙고 인사를 올렸사옵니다."
 "원종 왕자님을 잘 섬겨야 하느니라."
 어머니는 기회 있을 적마다 이사부에게 원종을 잘 모셔야 한다고 당부했다. 모친은 아들에게 서라벌에서 왕실의 일가요 귀족으로 살아남기 위해서는 어찌 처신해야 하는지를 일깨워주기 위해 항상 애를 썼다.
"명심하겠사옵니다. ……소자 그러면 이만 물러가옵니다."
이사부는 모친에게 인사를 하고 안채를 나왔다.
사랑채로 건너와 자리에 누운 이사부는 눈을 감고 이런 저런 생각에 빠져서 몸을 뒤척였다. 잠이 오지 않았다.
문득, 지소에 대한 그리움이 가슴속에서 불쑥 솟구쳐 올랐다. 이사부는 자리에서 일어나 정좌하고 앉았다. 만만찮은 세월이 지났건만, 도무지 망각의 그늘로 숨어들 기미를 보이지 않는 쓰라린 추억이 있었다. 아득히 잊히기는커녕 시도 때도 없이 찾아와 새록새록 살아나는 질긴 연정의 끈을 타고 아련한 회억의 편린들이 살아나 뱀처럼 꿈틀거렸다. 그것은 때때로 이사부의 의식을 마비시키는 마향(魔香) 같은 것이었다.
지소를 떠올릴 때면 어김없이, 그녀와의 운명적인 만남이 이뤄졌던 사자놀음이 떠오르곤 했다.
서라벌에는 명절이면 마을마다 대광주리와 삼베를 이용하여 만든 사자탈을 쓰고 춤을 추며 동네를 순례하는 사자놀이 풍습이 있었다. 이사부의 나이 열다섯, 지소가 열넷이던 때였다. 동네에서 벌어지는 사자놀음이 궁금하여 구경을 나갔던 이사부는 그곳에서 우연히 지소를 만났다. 궁궐 행사에서 이따금씩 보아온 터여서 그녀가 원종 왕자의 딸이요, 자신에게는 오촌 조카뻘인 줄은 알고 있었다. 하지만, 제대로 말을 붙여보지는 못하던 터였다.
사자놀음은 각각 두 사람씩 네 사람이 두 개의 사자탈을 쓰고 풍물을 치면서 마을을 돌아다니는 놀이다. 놀이패들은 여유가 있는 집을 찾아들어가 마당에서 한바탕 춤을 추고 논 뒤에, 그 집주인으로부터 사례로 곡물이나 금전 등을 받는다. 놀이패들 뒤에는 구경꾼 아이들이 주렁주렁 따라다닌다.

 사자춤의 동작은 타령이나 굿거리장단에 맞추어 덩실덩실 춤을 추는 것으로 시작된다. 그러다가 꼿꼿하게 높이 솟기도 하고, 앉아서 좌우로 몸을 돌려 이 잡는 시늉을 하다가 꼬리를 흔들면서 몸을 긁는 모습도 연출한다. 동과 서로 나뉘어 놀던 사자들은 북쪽을 향하여 머리를 들거나 입으로 땅을 두드리고, 눈을 번쩍이며 일어나는 동작을 거듭하기도 한다. 풍류장단에 맞추어 꼬리를 휘두르고 발로 뛰며 좌우로 돌아보고, 입을 벌리고 이빨을 딱딱 부딪치며 나아가다가 꼬리를 물고 제자리에서 뺑뺑 도는 등 우스꽝스러운 춤사위를 반복적으로 보여준다.

 어느 날 이사부는 흥겨운 사자놀음이 좋아서 그 뒤를 반나절이나 따라다녔다. 그러다가 문득 구경꾼 속에 섞여있는 지소를 발견했다. 지소 역시 사자놀음 구경에 흠뻑 빠져서 넋을 놓고 바라보다가, 놀음패들이 옮겨가면 그 뒤를 따라잡는 구경꾼들 속에 묻히곤 했다.

 아리따운 지소의 모습에 마음을 빼앗긴 이사부는 사자놀음보다도 그녀를 바라보는 일이 더 즐거웠다. 한동안 지소를 바라보고 있다가 구경꾼 속에 묻혀서 보이지 않으면 그녀를 찾아내려고 군중 속을 헤집고 다녔다.

 그러던 어느 순간 등 뒤에서 지소가 이사부를 불렀다.

 "낭두님!"

 이사부가 흠칫 놀라 뒤돌아보았다.

 "이사부 낭두님 맞으시지요?"

 "아, 그래요. 맞소. 나 이사부요."

 지소가 한바탕 까르르 하고 웃었다. 그리고는 밝은 얼굴로 말했다.

"아까부터 저를 훔쳐보며 따라 다니셨지요?"

"……."

이사부는 멋쩍게 웃음을 지으며 말을 잇지 못했다.

"너무 무안해 하지 마시어요. 소녀 역시 지난 날 궁궐에서 낭두님을 곁눈질한 적이 여러 번 있사옵니다."

지소는 그러고는 또 한바탕 까르르 하고 웃었다. 지소의 웃음소리에서 짜릿한 전율이 번져왔다. 들을수록 어여쁜 웃음소리였다.

사랑은 그렇게 비롯되었다. 지소는 이사부를 잘 따랐다. 두 사람은 양기못(壤避池)가에서 자주 만났다. 지소는 승마를 좋아해서 이사부 못지않게 말을 잘 탔다. 두 사람은 말을 타고 서라벌 외곽의 이곳저곳을 다니며 많은 이야기를 나누었다. 그것이 첫사랑인 줄도 모르고 둘은 만남을 이어갔다. 두 사람의 교제는 한 해가 넘도록 지속됐다.

그러던 어느 날부터인가 이사부와 만나던 장소에 지소가 나타나지 않았다. 이사부는 매일 양기못가로 나가서 지소를 기다렸지만 허사였다. 그리고 머지않아 청천벽력 같은 소식이 들려왔다. 지소가 삼촌인 입종 왕자에게 시집을 가게 됐다는 말을 모친으로부터 들었다. 지소의 할머니이자 왕비인 연제부인(延帝夫人) 박 씨가 그렇게 결정을 내렸다고 했다.

굳이 사랑이라고 생각하지 않았고 말하지도 않았다. 그러나 이사부와 지소는 이미 평생 지울 수 없을 깊은 연심을 가슴에 새겨놓고 있었다. 입종 왕자와 지소 공주의 혼례식에서 어린 신부는 내내 눈물을 그치지 않았고, 이사부는 먼발치에서 가슴으로 슬피 울었다.

전쟁터로 달려 나간 평도 이사부는 용맹을 다해 싸웠다. 이별의 고통을 잊기 위해 이사부는 전장에서 나날이 맹렬한 무사로 변해갔고, 연전연승을 일궈내는 장수로서 명성을 떨치며 성장했다…….

우산국 정벌의 크나큰 전쟁준비 시작을 앞둔 날의 밤은 더디게 흘러갔다. 이루지 못한 첫사랑 지소에 대한 그리움에 사로잡혀 이사부는 뜬눈으로 밤을 지새웠다.

*

이사부가 중군장 무덕을 비롯한 호위군사들과 함께 야시홀(也尸忽, 영덕 일원)과 고은(古隱, 영양 일원)을 지나 우진(于珍, 울진 일원)에 이르렀을 때는 이미 한낮이 지나 있었다. 기별을 미리 받은 실직주 주조 도형이 마중을 나와 있었다.

"어서 오시옵소서, 장군! 하슬라주까지 관장하시게 되었다는 소식 들었사옵니다. 감축 드리옵니다."

도형은 말에서 내려 이사부에게 예를 갖춰 인사를 했다. 이사부는 도형의 인사를 받으며 말했다.

"폐하로부터 각별한 임무를 받고 임지로 돌아왔으니 어깨가 무거울 따름이다."

"소장도 넉넉히 짐작하고 있나이다. 우산국 문제에 대해 궁성에서 많은 숙고가 있는 줄 아옵니다. 장군의 명을 받자와 성심을 다하겠사옵니다."

"고맙다. 이제부터 할 일이 태산같이 많으니 주조도 함께 고생을 해야 할 것 같구나. ……그건 그렇고, 하슬라주 국경 진지구축은 계획대로 잘 마무리되고 있느냐?"

"예. 장군께서 하명하신대로 진지를 모두 구축하여 점고하였고, 주청도 완비하였나이다."

"애썼구나. 오늘은 며칠 전 울릉도 해적들이 아주 달아난 해리현에서 유하면서 해안의 정황을 좀 더 살피고 내일 하슬라주로 갈 터이니 그리 알라."

"알겠사옵니다. 해리현에서 편히 쉬었다가 떠나실 수 있도록 채비를 하겠나이다, 장군."

실직주 주조 도형은 다시 말에 올라 앞장서서 길을 잡았다. 함께 온 수하들 중 기마병 하나가 도형으로부터 뭔가 지시를 받고는 말을 때려 번개같이 앞으로 내달았다.

동해는 언제 보아도 감동을 일깨운다. 푸른 물빛하며, 시원한 파도는 바라보는 이에게 가없는 희망을 던져주기도 하고, 때로는 아득한 그리움 속으로 끌어당기기도 한다. 이사부는 해안 길을 타고 북으로 향하면서 깊은 상념에 빠졌다. 그 상념의 끝을 잡고 풋사과처럼 싱그럽고 곱던 산단화의 얼굴이 되살아나 하얗게 떠올랐다.

세 해라고 했다. 세 해가 지난 다음에도 연심이 여전하거든 다시 찾아오라고 했다.

산단화는 태어나서 두 번째로 애틋한 연정을 느낀 이성이었다. 용기를 내어 데리고 떠나겠다고 찾아간 이사부를 그러나 그녀는 결국 따라나서지 않았다. 아비를 두고 당장 따라나설 수는 없는 일이라며 눈물짓는 그녀에게 이사부는 더 이상 다른 말을 하기가 어려웠다. 딸에 대한 사랑이 넘치는 현덕 노인과 아비를 지극으로 섬기는 산단화 앞에서 이사부는 더 이상 욕심을 부려 우길 말이 없었다.

*

 이사부와 산단화는 기이한 인연으로 만났다.

 여섯 해 전 이사부가 실직주 군주로 임명되던 그 해, 신라는 아직 왕이 국호를 바꾼 지 이태밖에 지나지 않은 때였다. 사실 서라벌 일대를 제외하면 남북 어디 한 곳도 제대로 확보가 되었다할 만한 안전한 국토가 있지 않았다.

 실직주만 해도 고구려 장수왕(長壽王) 오십 육년부터 근 반세기 동안을 고구려군이 장악하고 있던 곳이었다. 이사부는 실직주 군주가 되자마자 치열한 전투를 벌인 끝에 삽시간에 적들이 버티던 요지를 모두 점령해 일대를 평정했다. 그렇지만 고구려는 여전히 변방을 들락거리며 자기들 땅이라고 우대기는 지역이 많았다. 뿐만 아니라 말갈족 잔당들까지 수시로 침범해 노략질을 일삼았다.

 이사부는 비바람을 맞으며 밤낮조차 잊은 채 전선을 지켰다. 한때 하나같이 나라를 칭하고 세력을 견주던 주내(州內)의 크고 작은 성읍국가(城邑國家)들과 군현들을 복속시켜 묶어내는 일만으로도 벅찼다. 힘도 중요했지만, 지략이 더 많이 필요했다. 산중야숙의 고통쯤은 예사였다. 천만 뜻밖의 매복을 만나는 바람에 함께 움직이던 군사들을 거의 다 잃고 가까스로 살아남은 일도 한두 번이 아니었다. 살아남는 것이 곧 이기는 일이었고 이기는 것이 곧 살아남는 유일한 길이었다.

 수많은 고초 끝에 어느 정도 평안을 얻은 것은 실직주 군주로 부임한 지 네 해째 접어들었을 즈음이었다. 피나는 노력을 기울인 다음에야 비로소 실직주를 고구려의 침략위협으로부터 조금씩 놓여나게 할 수 있게 되었다.

 그 무렵 물고기를 잡는 일로 생계를 이어가는 어부들이 이따금씩 바다 한 복판에서 사나운 울릉도 사람들의 해적질에 피해를 입곤 한다는 소문이 들려왔다. 어부들의 말에 따르면 울릉도 사람들은 드세고 사납기가 그지없다고 했다. 마찰이 있을 적마다 배 부리는 기술과 해전능력이 뛰어난 그들에게 번번이 당할 수밖에 없다는 얘기였다. 때로는 잡은 물고기들을 송두리째 빼앗기기도 하고, 얻어맞아 몸을 크게 상하거나 목숨을 잃는 일조차 있다는 보고도 올라왔다.

이사부는 섬에 살고 있는 족속들이 어떤 모습인지 궁금했다. 하지만 섬으로 가는 바다가 워낙 깊고, 뱃길을 가로막는 풍랑이 잦아 울릉도에 닿아보았다는 사람조차 만나기가 어려웠다. 그 섬에 관한 더 이상의 정보를 듣기란 쉽지 않았다.

울릉도가 몹시 궁금하긴 했으나 미루어둘 수밖에 없었다. 변경(邊境)에서의 일이 여전히 아주 마음을 놓을 상태가 아니다보니 바다 건너 울릉도 문제를 염두에 두고 해결책을 모색할 여유가 있지 않았다.

*

"장군! 해리현에 거의 당도하였나이다."

저물어가는 바다를 바라보며 옛 생각에 푹 젖어 있던 이사부의 의식을 깨운 것은 주조 도형이었다. 멀리 마을이 보였다.

해리현 현청에 마련된 숙소에 도착하여 서둘러 지어온 저녁밥을 먹었다. 도형은 바다에서 나는 미역과 꽁치, 대게 등으로 만찬을 내어왔다. 하지만 마음이 번잡하여 몇 술 뜨지 못했다.

밥상을 물린 다음 이사부는 갑주를 챙겨 입고 혼자서 말에 올랐다.

"잠시 다녀올 터이니 따르지 말라."

자신의 행동을 뜨악하니 바라보는 도형과 호위군사들을 뒤로하고 이사부는 말을 몰아 바람처럼 해변을 달렸다. 막 어둠이 내리기 시작한 바다에는 철석거리는 파도소리가 커지고 있었다.

이사부는 산단화가 살던 맹방 바닷가 마을로 갔다. 마을에는 드문드문 저녁밥 짓는 연기가 피어오르고 있었다. 도주하던 울릉도 도적들의 침탈로 불이 나고 사람이 잡혀간 일이 있었음에도 사람들은 그새 다시 일상을 되찾은 모양이었다.

촌주의 집에는 아무도 있지 않았다. 손을 봐준 사람이 없었던지, 타다 만 지붕은 물론 집안 곳곳이 지난번 어질더분하던 모습 그대로였다. 하긴 마을사람들은 해적들이 불 지르거나 부수고 지나간 제 집들 돌보기에도 바빴을 터였다. 부녀가 잡혀 가고 텅 비어버린 남의 집을 살피려 들 정신이 따로 있지 않았을 것이었다. 이사부는 말에서 내려 마당으로 들어섰다.

말발굽소리를 들은 마을사람들 몇이 나와서 촌주의 집 돌담 뒤에 붙어서 눈치를 살폈다. 무장을 한 이사부의 모습이 두려웠던지 아무도 썩 나서는 이는 없었다.

"여러분에게 볼일이 있어서 온 것이 아니니 염려들 말고 다들 물러가시오."

이사부는 마을사람들을 향해 큰 소리로 말했다. 담장에 붙어있던 마을사람들은 눈치를 보며 슬금슬금 뒷걸음질을 쳐서 돌아갔다.

주인을 잃은 집은 적막하기 짝이 없었다. 칠흑 어둠이 깔리면서 바다도 물거품만 희미하게 보였고, 철썩거리는 파도소리만 쉼 없이 들려오고 있었다.

이사부는 낮은 마루에 걸터앉았다. 삼년 반 전, 그때의 일들이 주마등처럼 떠올랐다.

2.2 파선

  그 해 늦가을 이사부가 배를 타고 동해로 나선 것은 기어이 울릉도를 가까이에서 보고자 함이었다. 큰 바다에서도 잘 견딜만한 군선 같은 것은 미처 장만되지 못했다. 제법 큼직한 어선 하나를 내어 배를 부릴 어부와 수하 군사 다섯 명을 대동하고 동해 한 가운데로 나아갔다.
  실직주 해안을 출발한지 하루가 지나 막 이틀째 접어들었을 무렵, 별안간 바람이 수상하더니 바다가 거칠어지기 시작했다. 하늘에 잿빛 구름이 몰려오자 물빛은 이내 짙푸르다 못해 검은 색을 띠었고, 바다는 무섭도록 흔들렸다. 그리고는 머지않아 그 바다로부터 커다란 물멍석들이 솟아올라 뱃전을 때리기 시작했다.
  어선을 몰아가던 어부가 파랗게 질려서 난감해하고 있었다. 배를 거의 처음 타다시피 한 수하 군사들은 배 멀미로 인해 토악질을 참지 못했다. 슬금슬금 내리던 비는 한달음에 내려 온 먹구름과 합세하여 갑자기 폭풍우로 변해갔다.
  "장군! 아무래도 뱃길을 돌려 빠져 나가야겠나이다!"
  어부가 공포에 젖은 얼굴로 외쳤다. 어쩌다가 한 번씩 배를 타보긴 했으나, 난생 처음 맞닥트린 그런 거친 파도가 두렵기는 이사부도 마찬가지였다.

"과연 듣던 바대로 깊고 험하기 짝이 없는 바닷물길이로구나. 되돌아 나가는 일이 용이하겠느냐?"

더욱 거세어진 파도소리를 이기려고 이사부가 고함치듯 큰 소리로 물었다.

"이미 폭풍우 속에 깊이 들어있는 듯하지만, 어쩔 도리가 없습니다! 죽을힘을 다해서 되짚어 나가봐야지요!"

어부도 목청을 높여 외치듯 대답했다. 이사부는 흔들리는 뱃전 여기저기에서 매달리다시피 아무거나 붙잡은 채 쩔쩔 매고 있는 수하 군사들에게 말했다.

"어부를 도우라! 이 바다를 빠져나가야 한다."

어부는 돛을 내리고 노를 이리저리 틀어 배의 앞머리를 반대방향으로 돌렸다. 하늘에서 내려온 먹구름은 물동이로 들이붓듯 폭우를 쏟아 내렸고, 바다는 집채 같은 파도를 거푸 일으키며 사납게 흔들렸.

안간힘을 다하여 방향을 육지 쪽으로 되돌리긴 했으나, 배는 거센 파도에 무력하게 휘둘리면서 곧 뒤집힐 것처럼 요동칠 뿐이었다. 좀처럼 앞으로 나아가지 못하고 제자리에서 맴돌았다. 물길을 잡아나가기 위해 무언가 할 일을 찾기는커녕 하늘로 솟아올랐다가 파도위에 내동댕이쳐지는 배에서 떨어지지 않기 위해서 용을 쓰는 일만으로도 뼈마디가 아팠다.

얼마나 그렇게 버티었을까. 아마도 한 나절은 되었을 법한 오랜 시간을 파도와 싸웠지만, 성난 바다는 좀처럼 수그러들지 않았다.

그러던 어느 순간이었다. 저만큼에서 산처럼 치솟은 커다란 파도 하나가 완강한 물기둥으로 변하여 벌떡 일어선 채 어선의 옆구리를 향해 거침없이 돌진해오고 있었다. 배를 탄 사람들은 모두 아악 아아악 비명을 질러댔다.

그 물기둥에 부딪치는 순간 배는 마치 여린 나뭇잎처럼 맥없이 하늘로 솟구쳐 올랐다가 뒤집어진 채 파도 위에 거꾸로 쑤셔 박혔다. 아아, 이제 여기에서 죽는구나……. 이사부는 그런 생각을 하며 정신을 잃었다. 돛대가 힘없이 부러지는 모습을 얼핏 본 것도 같았다.

*

이사부가 가까스로 정신을 차린 것은 그로부터 나흘이나 지난 다음이었다. 눈을 뜨니 주위가 낯설었다. 흙벽돌과 나무를 이어서 지은 집이었고, 제법 큼지막한 방안이었다.

주변을 둘러보던 이사부의 눈에 방문 안쪽에 다소곳이 앉아 바느질을 하는 처녀 하나가 눈에 띄었다. 화려하지는 않았지만, 입은 옷이 깨끗했다. 더 자세히 보니 그 처녀는 바로 지소였다.

"아! 지소! 그대가 어찌 여기에 있소? 여기는 도대체 어디요? 내가 왜 여기 누워 있소?"

이사부가 근근이 몸을 일으켜 세우며 떨리는 목소리로 물었다. 조용히 앉아서 바느질을 하던 처녀가 깜짝 놀라 자리에서 일어섰다. 지소가 아니었다. 그러다가 다시 한 번 살펴보니 지소였다. 다음 순간 그녀는 지소가 아니었다.

"정신이 드셨나이까?"

처녀의 얼굴이 발그레 달아올랐다. 지소를 꼭 빼닮았으되 지소는 분명 아니었다. 목소리도 아니었다. 이사부는 절망하고 있었다.

"여기는 어디이며, 내가 왜 이곳에 와 있소?"

그렇게 다시 묻고 있는데, 뒷머리와 왼쪽 어깨에서 감당하기 어려운 통증이 폭발했다. 이사부는 얼굴을 찡그리며 앞으로 고꾸라졌다.

"송구하오나, 아직 신체가 온전치 아니 하시오니 그대로 계시옵소서."

"……."

"잠시만 기다리시옵소서. 아비를 불러오겠나이다."

처녀는 그러면서 잰 발걸음으로 방을 나갔다. 그리고는 머지않아 수염이 허옇고 몸이 호린 노인 하나가 앞장서서 방문을 열고 허겁지겁 들어왔다. 처녀가 조심스러운 발걸음으로 뒤를 따랐다.

"정신이 나셨소이까?"

노인은 이사부에게 다가앉으며 따뜻한 목소리로 물었다.

"예. 그렇소만……."

"무슨 일로 바다 한 가운데로 나가셨는지 몰라도 조난을 당하신 모양입니다. 마을 어부들이 의식을 잃어 반송장이 된 귀공을 바다에서 건져 떠 매고 왔더이다. 부서진 돛대 조각을 부여잡고 실신해 있더랍디다. ……그래도 대단한 장골이십니다. 그 폭풍우 속에서 살아 나오신 데다, 큰 부상을 입고도 이처럼 깨어나셨으니……."

"그랬소이까? 그런데 나 이외에 다른 사람은 있지 않았는지요?"

"다른 이는 아무도 없었다지요. 일행이 많았던가요?"

"대여섯 명은 되었는데……. 어찌 되었는지……?"

"아마도 다른 분들은 구명이 어려웠을 것이오. 그날 풍랑이 워낙 거칠었소이다."

아아, 모두 변을 당하고 말았구나……. 가슴이 아파왔다. "그런데 여기는 대체 어디요?"

노인은 이사부가 정신이 온전히 돌아온 것에 안도하는 표정으로 대답했다.
"해리현 맹방 근처에 있는 조그만 어촌이오이다."
이사부는 몸을 움직이려다가 다시 머리와 어깨에 통증을 느껴 상을 찡그렸다. 노인이 이사부의 몸을 잡아 다시 눕히면서 말했다.
"부상이 깊소이다. 아직 몸을 움직이는 것은 무리일 것이오. 당분간 안정을 취하는 것이 좋을 듯하오. ……그나저나 공은 대체 뉘시오?"
노인이 처음으로 이사부의 정체를 물어왔다. 이사부는 노인에게 차분한 목소리로 말했다.
"나를 이렇게 살려주셨으니 백골난망이오이다. 나는 김 이사부라는 이름을 가진 실직주 군주라오."
노인은 화들짝 놀라 입을 다물지 못했다.
"예? 실직주 군주님이시라고요? 그게 참말이나이까?"
"그렇소. 그나마나 노인장은 누구시오? 이름이 어찌 되시오?"
노인과 처녀는 동시에 벌떡 자리에서 일어났다가 다시 몸을 숙여 공손히 절을 했다.
"소인의 이름은 현덕이라고 하옵고, 이 작은 마을 촌주를 맡고 있나이다. 그런데 군주님께서는 어쩌다가 이런 황망한 일을 당하셨나이까?"
"큰 바다로 정찰을 나갔다가 변을 당했소."
"저 바다가 도무지 요물이옵지요. 멀쩡하다가도 별안간 폭풍우가 몰아치기도 한답니다. 그게 아니라도 동해는 늘 파도가 높고 풍랑이 잦아 어부들이 멀리 나가지 못하는 날이 많사옵니다."
"그렇구려……. 그건 그렇고, 내가 지금 움직일 수가 없으니 실직성에 전갈을 넣으러 달려갈 청년 하나를 곧바로 데려다 주시오. 가능한 발이 빠른 자로 부탁하오."

"알겠나이다. 잠시만 기다려 주시옵소서."

노인은 놀라움으로 몸을 덜덜 떨면서 밖으로 나갔다. 처녀도 잔뜩 겁을 먹은 표정으로 아비를 따라 방을 나갔다.

*

이사부는 전갈을 받고 달려온 호위군사들에 의해 들것에 실려서 실직성으로 돌아왔다. 돌아온 다음에도 깨진 머리와 부러진 어깨를 치유하는데 꽤 여러 달이 걸렸다. 그 겨울이 다 지나도록 몸이 온전치 못했다.

봄이 저만치 서성거리는 계절이 되어서야 이사부는 비로소 말을 탈 수 있도록 몸이 회복되었다. 그는 어느 날 술과 기름진 음식을 말 잔등에 싣고 해리현 맹방 바닷가 마을로 현덕 노인을 찾아갔다.

"하마터면 끊어질 번했던 명을 이어주신 분이오니 앞으로 생명의 은인으로 모시겠습니다. 정말 고맙소이다."

이사부는 촌주의 집 마당에 들어서서 현덕 노인에게 큰절을 하며 감사의 뜻을 표했다. 노인은 헌헌장부의 모습으로 찾아와 정중히 예를 갖추는 군주 앞에서 쩔쩔매며 맞절을 했다.

"아이고, 무슨 황송한 말씀이오니까? 부상이 깊긴 했어도 아직 숨이 떨어지지 않으신 상태라 혹시나 하고 공을 들인 것뿐이옵니다. 워낙 타고난 기운이 장사이시어서 그에 살아나신 것이지요."

"그래도 사경에 이른 이 사람의 목숨을 귀히 여기고 끈질기게 살려내신 은공을 평생 어찌 잊겠소?"

"다행히 제게 손을 거들어줄 여식이 있어서 군주님의 상처에 약을 바르고 보살펴드리는 일이 수월했습지요. 아무튼, 하찮은 일을 놓고 이렇게 상찬을 하시니 몸 둘 바를 모르겠나이다."

"그런데 낭자는 어디에 있소이까?"

노인이 몸을 돌려 약간 소리치듯 말했다.

"애야. 어서 나와서 군주님께 인사 올려라."

그러자 처녀가 정지(부엌) 문을 삐걱 열고는 부끄러운 듯 조심스런 발걸음으로 나왔다. 다시 보아도 눈코입하며 자태에 이르기까지 영락없이 지소의 모습을 똑 닮은 처녀였다. 아마도 정지 안에서 어쩌지 못하고 눈치만 살피고 있었던 모양이었다. 처녀는 제 아비의 뒤편으로 걸어와서는 살포시 목례를 하고 섰다.

"낭자가 내 명을 구하느라 애써주신 고마운 분이구려. 정말 감사하오. 그래 낭자의 이름은 무엇이오?"

처녀는 머뭇머뭇 쉽게 입을 떼지 못하다가 여리고 맑은 목소리로 겨우 대답했다.

"소녀 산단화(산다화山茶花, 동백)라고 하옵니다."

"산단화……. 좋은 이름이구려. 생명을 구해주신 은혜를 내 결코 잊지 않으리다."

"……부끄럽사옵니다."

처녀는 모기소리 만큼 작은 목소리로 대답을 한 뒤 얼굴을 붉히며 고개를 숙였다.

곱구나. 이사부는 지소를 쏙 빼닮은 산단화라는 이름의 처녀에게서 묘한 감정을 느끼기 시작했다. 밝은 곳에서 처음 보는 처녀는 지소처럼 얼굴이 희고 이목구비가 선명했다. 어디를 보아도 천기(賤氣)가 느껴지지 않는 모습이었다.

"올해 나이가 어떻게 되시오?"

"열다섯이옵니다."

열다섯 치고는 좀 성숙하다싶은 얼굴이었다. 이사부는 현덕 노인에게 말했다.

"참으로 어여쁘고 마음씨가 고운 따님을 두셨소이다."

노인은 머리를 조아렸다.

"황감하신 말씀 듣기가 그저 민망하옵니다."

"내 오늘은 어른과 낭자와 더불어 잔치라도 벌이고 싶은 마음으로 찾아왔으니, 가지고 온 음식과 함께 즐거움을 마음껏 나누고자 하오."

"고맙사옵니다. 저희 부녀가 해드린 일이 결코 귀하지 않거늘, 이리 크게 칭찬해주시니 몸 둘 바를 모르겠나이다."

이사부는 말 잔등에 실려 있던 술과 음식을 내렸다. 현덕 노인과 산단화는 그것들을 받아 정지로 가져가서 상을 차리기 시작했다.

안방에 상이 차려지자 이사부가 먼저 두 손으로 정중히 현덕 노인에게 술을 따랐다. 노인은 이사부의 행동에 어쩔 줄 몰라 하는 얼굴로 엉거주춤 술잔을 받았다. 그리고는 이사부의 잔에 공손히 술을 쳤다.

이사부가 노인에게 물었다.

"처음부터 느낀 바이오만, 촌주께는 어딘가 모르게 귀태가 있으십니다. 어느 가문이오니까?"

"예. 실은 저의 조상께서는 옛날 실직국(悉直國, 실직곡국悉直谷國, 삼척 지역에 있던 삼국시대 초기의 소국)의 귀족이셨사옵니다. 아시다시피 파사(婆娑)이사금 이심 삼년에 사로국에 합병된 이후 가문이 쇠락했지요."

"그러시군요. 예사롭지 않게 여겨지던 내 짐작이 틀리지 않았소이다. 다시 한 번 죽을 목숨 구해주신 은덕에 감사의 말씀을 올리오."

두 사람은 그렇게 거나하게 취하도록 술을 마시며 주로 동해와 관련된 일들을 주제로 많은 대화를 나누었다.

바닷가에서 평생을 살아 온 현덕 노인을 통해서 이사부는 그날 동해에 관해서 참으로 많은 것을 새로이 알게 되었다. 산단화는 늦도록 계속된 안방 술자리와 정지를 오가며 그림자처럼 조용히 시중을 들었다.

*

그리움은 그렇게 시작되었다. 다음날부터 이사부는 눈을 감으면 산단화의 아리잠직한 모습이 자꾸만 어른거려서 곧바로 잠이 들지 못했다. 아니, 아득히 멀어져가서 다시는 손에 잡힐 것 같지 않던 지소가 곁으로 다시 찾아온 것만 같아 마음이 애틋하게 달아올랐다.

지소를 놓치고 난 이후 처음 있는 일이었다. 소년시절부터 전장을 누비고 다닌 장수에게 여인을 가까이 할 기회란 있지 않았다. 위태를 좀처럼 벗어나기 어려운 나라의 형편을 보아서도 그렇고, 밤낮없이 삶과 죽음이 교차하는 전쟁터에서 여인에 대한 사사로운 정 따위에 얽매이는 일은 생각조차 할 수 없는 일이었다. 가슴속에 깊은 상처로 남은 지소에 대한 그리움마저도 모진 마음으로 꾹꾹 눌러두어야 하는 세월이었다.

처음에는 '이래서는 안 된다'하고 세차게 머리를 흔들었다. 여러 마디 말을 건네어 본 것도 아니고, 됨됨이를 견주어 본 것도 아니었다.

아마도 지소를 워낙 많이 닮은 여인이기 때문이었을 것이다. 바다에서 풍랑을 만나 다 죽어가던 자신을 정성으로 살려내어 준 고마움으로 시작된 뭉근한 마음이 어느 새 뜨끈해지고 있는 것이 스스로 신기로웠다. 머리맡에 앉아 바느질을 하고 있던 다소곳한 모습과 마당에서 목례를 하고 섰던 단아한 자태, 그리고 조용히 술시중을 들던 사뿐한 발걸음에 이르기까지 산단화의 모습은 청년장수 이사부의 가슴을 좀처럼 떠나지 않았다.

산단화가 살고 있는 촌주의 집을 처음 다녀온 지 이레째 되는 날 늦은 오후 이사부는 끝내 그리움을 견디지 못하고 또다시 말을 몰아 해리현으로 달려갔다. 해변 길을 내닫는 이사부의 가슴에 새뜻한 연정이 폭발하고 있었다.

느닷없이 다시 찾아 온 군주의 모습에 먼저 얼이 빠진 사람은 황황히 마당에 내려선 현덕 노인이었다.

"군주님께서 해 저문 시각에 어인 일로 예까지 납시었사옵니까?"

이사부는 말에서 내려 노인에게 목례를 했다.

"다름이 아니고, 산단화 낭자에게 할 말이 있어서 왔소. 좀 만나보고 갈 수 있겠소이까?"

"소인의 딸아이를 보기 위해 왔노라 하셨나이까?"

"그렇소."

현덕 노인의 표정에 미묘한 그림자가 스쳤다. 노인은 뒤로 돌아서서 딸을 불렀다.

"얘야. 이리 나와서 군주님께 예를 갖추어라."

방문이 열리고 산단화가 수줍은 모습으로 나타났다. 마당에서 들려오는 대화를 들었던 터라, 그녀의 표정에도 긴장과 함께 두려움이 묻어 있었다.

이사부는 산단화를 데리고 바닷가로 나갔다. 저물어 가는 바다는 한결 더 고저늑한 모습이었고, 철썩거리는 파도소리는 더욱 크게 들려왔다. 두 사람은 한동안 말없이 해변을 걸었다.

"바다가 참 아름답소."

이사부가 걸음을 계속하며 먼저 말을 꺼냈다.

"예."

산단화는 얼굴을 붉히며 대답했다. 이사부가 물었다.

"이 마을에서 나고 자라나셨소, 아니면 다른 곳에서 살다가 오셨소?"

"소녀 이 마을에서 태어나 한 번도 타지로 나가 본 적이 없나이다."

그러고 나서 두 사람은 또다시 침묵 속에 한참 동안을 가만가만히 앞으로 걸어갔다. 사각거리는 모래 밟는 소리가 파도소리에 섞이고 있었다.

이사부가 갑자기 발길을 멈추고 돌아서서 산단화를 내려다보았다.

"이렇게 불쑥 찾아와서 많이 놀라진 않으셨소?"

산단화도 걸음을 멈추어 섰다. 그리고는 다소곳이 고개를 숙이고 선 채로 대답했다.

"괜찮사옵니다."

이사부가 한차례 심호흡을 했다.

"여기 좀 앉으십시다."

그러면서 이사부가 먼저 바다를 향해 몸을 돌려 모래톱에 주저앉았다. 산단화도 느린 동작으로 그 옆에 나란히 앉았다. 두 사람은 또다시 침묵 속으로 빠져들었다.

하늘에는 어느 새 별들이 하나 둘 보이기 시작했고, 파도소리는 더욱 크게 들려왔다. 봄이 막 지나가고 있는 바닷가의 밤바람이 여간 차가운 것이 아니었는데도 그리 춥게 느껴지지는 않았다.

"사실 내가 오늘 이렇게 찾아온 것은 내 마음을 낭자에게 좀 물어보고자 함이라오."

"군주님의 마음이라 하오시면?"

산단화가 뜨악한 표정으로 이사부의 얼굴을 똑바로 응시했다. 그렇게 얼굴을 정면으로 바라보기는 처음이었다. 영락없는 지소의 용모였다.

"내가 말이오……. 실은 지난번 여기를 다녀 간 다음 하루도 밤잠을 제대로 이룰 수가 없었다오."

"무슨 연유로 그러하셨나이까? 여전히 신체가 평안치 아니하시나이까?"

"아니오, 그런 게 아니라오."

"그러면 대체 무슨 일로……."

이사부는 잠시 말을 끊고 또 한 차례 심호흡을 했다. 그의 얼굴에는 무어라고 말해야 하나 마땅한 낱말을 찾지 못해 고민하는 기색이 역력했다.

"바로 낭자 때문이오."

산단화가 더욱 놀란 얼굴로 이사부를 안쓰럽게 바라보았다.

"소녀가 무슨 큰 잘못이라도 지었나이까?"

"아니오, 아니오. 눈을 감으면 낭자의 얼굴이 자꾸 떠오르고, 아련하여 영 잠이 오지 않소."

"……"

"처음 보았을 때의 모습부터 그동안 눈에 담아둔 낭자의 자태가 시도 때도 없이 떠올라 내가 아주 얼이 빠진 듯하오."

"……"

산단화는 머리를 더 많이 숙였다. 이사부가 무슨 말을 하고 있는지 그제야 조금 알아차린 것 같기도 했다. 그녀의 어깨가 달싹달싹 떨리고 있었다.

"그래서 낭자에게 내 가슴에 든 이 병이 무엇인지 물어보고 싶어서 이렇게 달려왔소. 내 마음 속에 무시로 찾아드는 분이시니 그게 뭔지 알만도 하지 않겠소?"

"……"

이사부는 그쯤에서, 그렇게 말하고 있는 자신이 너무 신기했다.

삶과 죽음이 교차하는 살벌한 전쟁터에서 잔뼈가 굵어온 대장부였다. 그동안 숱한 죽음을 보았다. 창칼에 찔리고 베이어 처참하게 죽어간 군사들, 불에 시커멓게 타 죽은 양민들, 발가벗겨진 채 무참히 능욕을 당하고 난 뒤 목이 부러져 죽은 여인들……. 물론 그의 칼을 맞고 스러져간 인명들도 만만치 않았다. 그런 큰 장수가 연약한 한 여인 앞에서 흔들리는 마음을 어찌지 못하고 더듬더듬 연정을 읊조리고 있는 것이었다.

그러나 자신에 대한 그런 생경스러움은 부끄러움과는 사뭇 달랐다. 가슴속에서 진정으로 우러나는 말이었고, 마음속으로 골백번도 더 되씹었던 의문이었기에 수치스러움 따위와는 관련이 없는 것이기도 했다. 지소를 앗기고 가슴아파하는 자신을 가엾이 여겨 하늘이 선물을 보내준 것은 아닐까하는 고마운 마음 끝이었다.

산단화는 무슨 말을 하기는커녕 가만히 고개를 숙인 채 숨조차 제대로 쉬지 못하고 있는 것 같았다. 이사부가 하는 말을 아주 못 알아듣는 것도 아닌 듯 했으나, 그녀는 딱히 할 말을 찾지 못하고 있는 것이 분명했다.

정적은 길었다. 이사부는 하늘을 올려다보고 있었다. 별이 초롱초롱 떠있는 밤하늘에는 어느 새 저 만큼 보름달이 떠올라 바다 위에 금가

루를 흩뿌리고 있었다. 바람이 매웠음에도 냉기가 그리 싫게 느껴지지는 않았다.

얼마나 오랫동안 그러고 있었을까. 산단화가 조용히 입을 열었다.

"군주님께서 하시는 말씀 무슨 뜻인지 잘은 모르오나, 저 역시 군주님의 늠름한 모습 마음에서 지우지 못하고 있사옵니다. 생각이 머무는 것도 같사옵니다. 하오나 군주님은 하늘같으신 분이옵고, 저와 제 아비는 바닷가 작은 마을에서 한낱 무지렁이로 살아가는 하찮은 존재들이옵니다. 서로의 삶이 하늘과 땅 같이 다르오니 딴 마음을 품는 것이 어찌 가하겠나이까? 소녀가 군주님의 심상을 어지럽혔다면 죽을죄를 지은 것이오니 그저 용서를 빌 따름, 올릴 말씀이 따로 있지 않나이다."

또박또박한 산단화의 말에 이사부는 차라리 전율을 느꼈다. 진작부터 이목구비가 반듯하고 눈빛이 예사롭지 않은 처자라고 느끼긴 했지만, 그렇게 정연하게 제 생각을 정리하여 말할 줄은 몰랐다. 그녀는 마치 지소의 분신처럼 여겨졌다.

"좋은 말씀이오. 그러한 줄 내 몰라서가 아니라, 또 그러한 서로의 처지를 아주 몰라서도 아니라 그저 이 가슴이 견딜 수 없도록 하도 이상하여 물어보는 말일 뿐이라오."

산단화는 하늘의 별들을 한동안 올려다보았다. 그리고는 말했다.

"군주님. 직접 더 말씀을 하지 않으셔도 소녀가 이제 군주님의 마음을 많이 알아들었사오니 오늘은 이만 돌아가시지요. 무부 중에도 으뜸이시라 저 같은 가냘픈 아녀자 하나 취하는 일이 그리 어려울 까닭이 없을 터인 데도, 귀히 여겨주시고 예를 다해 주시니 황송하기 그지없나이다. 소녀 또한 어미도 없이 자란 몸이라, 아비의 내리사랑 못지않게 부친을 여투는 마음이 다르답니다. 해서, 제가 더욱 숙고하고 아비의 뜻을 받들어 처신할 것이오니 부디 혜량하시옵소서."

이사부는 더 이상 할 말이 없었다. 아무리 보아도 산단화는 평범한 여인이 아니었다. 바닷가 달빛 아래에서 그녀의 자태는 더욱 고와서 마치 선녀가 하늘에서 내려온 듯 아름다웠다.

*

처음 그렇게 산단화를 만나 대화를 나눈 이후 이사부는 보고픔을 못 견딜 때면 혼자서 말을 몰아 해리현으로 달려갔다. 이상스럽게도 그녀를 만나면 마음이 편했고, 피로마저도 말끔히 씻겼다. 범상치 않아 보이던 첫인상에 걸맞게 산단화는 명석하고 지혜로움이 가득한 여성이었다. 이사부는 첫사랑 지소를 빼닮은 그녀에게서 또 하나의 숙명 같은 것을 느꼈다.

무더운 여름이 지나가고 가을마저 다 흘러가도록 이사부는 종종 산단화를 보러 달려갔다. 말갈족 큰 도적들과 전투가 벌어졌을 적에는 달포를 못 들른 적도 있었지만, 꾸준한 만남으로 두 사람은 훨씬 더 친밀해졌다. 이사부를 맞는 산단화의 몸가짐은 흐트러짐이 전혀 없었다. 그런 옹골진 그녀의 모습은 이사부의 가슴에 깊이 새겨져 이따금씩 참기 힘든 그리움으로 부풀어 오르곤 했다.

그러던 어느 날, 말을 몰고 해리현으로 달려간 이사부는 산단화와 나란히 늦은 가을해변을 거닐었다. 결단을 구해야 할 시간이 다가와 있었다. 예감이 있었던지, 산단화의 얼굴도 다른 날처럼 해맑지는 못했다.

이사부가 먼저 말을 꺼냈다.

"내가 낭자를 깊이 연모하고 있음은 설명이 더 필요한 일이 아닌 듯

하오. 나와 산단화 낭자 사이에 끊지 못할 질긴 운명의 끈이 연결돼 있다는 것이 내 느낌이라오. ……다름이 아니라, 내가 오늘은 낭자를 실직성으로 아주 데리고 가고자 하니 기꺼이 응해주시기를 바라오."

산단화는 시름이 가득한 얼굴로 대답했다.

"소녀 역시 군주님을 마음에 소중히 담은 채 살고 있사옵니다. 하오나, 지엄한 신분의 차이가 천길만길이오니 어찌 함부로 용기를 내겠나이까."

이사부는 손사래를 쳤다.

"남녀가 연분으로 만나 서로 곁에 두고 살자 하는데 신분의 고하가 무슨 상관이리오. 나는 괜찮으니 낭자가 용단을 내려주시오."

"이 몸이 군주님의 뜻을 따르기가 어려운 이유는 또 있나이다. 오직 이 어린 여식 하나만을 바라보고 살아오신 늙은 아비를 두고 홀로 떠난다는 것은 자식으로서 할 도리가 아니옵니다."

산단화의 눈에는 이미 눈물이 그렁그렁 고여 있었다. 이사부도 가슴이 뭉클해졌다.

"그 문제라면 걱정 마시오. 내 그대와 현덕 어른을 함께 모실 터이니……. 그러면 되지 않으리까?"

"하지만 군주님. 제 아비에 대해서는 제가 잘 압니다. 아마도 아비는 바다를 끝내 떠나지 못하실 것이옵니다."

"어쨌든 내가 어른의 의사를 직접 여쭙겠소."

그렇게 말하는 이사부의 모습을 바라보며 산단화는 기어이 눈물을 주르륵 흘렸다.

*

  안방에서 마주앉은 현덕 노인의 표정에는 철을 넘기며 거듭된 이사부의 방문과 딸아이의 변화에 대한 걱정이 묻어 있었다. 이사부는 자리에 앉자마자 먼저 말문을 열었다.

"단도직입적으로 말씀 여쭙겠소이다. 이미 눈치를 채셨으리라 믿소이다만, 산단화 낭자의 은정을 되새기다보니 내가 불현듯 가슴깊이 연정을 품게 됐소. 이번에 따님을 데리고 갈 수 있도록 허락해주시길 바라오."

  노인은 어느 정도 예견을 하고 있었던 듯 그리 당황하지 않고 담담한 표정으로 고개를 숙인 채 말이 없었다. 산단화가 찻상을 받쳐 들고 방에 들어왔을 때에야 노인은 비로소 입을 뗐다.

"딸아이로부터 그 동안 군주님에 관한 말씀 잘 들어왔나이다."

"따님은 부친이 걱정이 되어 수월히 따라나서기가 어려운 입장인 듯하니, 웬만하면 어른께서도 저와 함께 성으로 들어가시는 게 어떠할까 하오만."

  그러자 현덕 노인은 갑자기 그 자리에서 무릎을 꿇고 엎드렸다. 이사부는 당황했다. 노인이 엎드린 채 말했다.

"그저 천덕꾸러기에 지나지 않는 저희 두 부녀에게 베풀어주시는 군주님의 총애에 감읍할 따름이옵니다. 이 크나큰 은덕을 어떻게든 감당함이 마땅하오나, 소인은 이 바다를 떠날 수가 없사옵니다. 평생을 이곳에서 살아왔던 터라 소인은 해풍이 아니면 숨을 쉴 수 없는 어찌하지 못할 바닷사람이옵니다. 이곳 바닷가를 정녕코 떠날 수가 없사오니, 동행하라는 명을 거두어 주시옵소서."

이사부는 다시 단호하게 말했다.

"어른의 뜻이 무엇인지 알겠소. 그렇다면, 낭자라도 내게 내주어 함께 가게 해주실 수는 없겠소이까?"

그러자 그때까지 조용히 지켜보던 산단화가 머리를 조아렸다.

"소녀에게도 얼마든지 군주님을 따르고 싶은 한 마음이 있나이다. 하오나, 아까 말씀올린 대로 저 역시 아비를 두고 떠나서는 한 시도 살 수 없는 천명이 있사옵니다. 그러하오니 부디 지금 당장 따라나서라는 명을 거두어 주시옵소서."

산단화의 눈은 이미 흠뻑 젖어 있었다. 난감한 일이었다. 딸을 함께 가자하니 아비를 두고는 못 가겠다 하고, 아비에게 함께 가자하니 바다를 두고는 못 가겠단다. 이사부는 할 말을 잃었다.

*

한참 만에 침묵을 다시 깬 것은 현덕 노인이었다.

"기왕에 이리 된 것, 소인의 생각을 숨김없이 사뢰어도 괜찮겠나이까?"

이사부는 눈이 번쩍 떠였다.

"기탄없이 말 하시오."

"천하의 영웅호걸로서 창대한 나랏일을 하시는 장군 같으신 분께서 미욱하기 짝이 없는 여식을 그토록 깊이 괸다(괴다, 사랑하다) 하옵는데 내어주지 못할 아비마음이 어디에 있겠나이까. 하오나, 자식의 행복을 바라는 부모의 마음이면 누구나 그러하듯 소인 역시 아무리 못난 자식일지언정 딸아이의 앞날을 걱정하는 처지에서 저어함이 크나이다."

"저어함이라니, 그게 무슨 말씀이시오?"

"지금은 두 사람이 순간 간절하여 그렇다하나, 장군께서는 제 딸아이가 내내 안온한 삶을 영위토록 지켜 가시기가 여의치 않으실 것이옵니다."

"그렇지 않소."

"송구하오나 소인의 말씀을 좀 더 들어보시옵소서. 군주님께서는 신라국의 왕족이시라 들었습니다. 그리고 신라국의 왕족들은 혈통을 지키기 위해 귀족들 사이에서만 정식 혼인을 하는 전통이 있는 것으로 아옵니다. 더군다나 군주님은 사나운 전장을 돌아치느라 영일이 없는 장군이시오니 나중에 딸아이를 챙길 여유가 어찌 있을까 두렵사옵니다. 그런 세월을 제 아이가 또 어찌 견딜까 도무지 안심이 안 되옵나이다. 더욱이 아이는 이제 열다섯, 그런 모진 삶을 견디도록 성숙하지 않았으니 이렇게 내놓을 수는 없는 노릇이옵니다. 소인의 어리석은 생각을 통촉하옵소서."

"아니오, 아니오. 내 낭자를 데려다가 귀히 보살피며 살아갈 것이오. 믿고 딸려 보내도 아무 탈이 없을 것이오."

"……"

노인은 선뜻 대답하지 못했다. 산단화는 울음소리를 삼키며 여전히 눈물만 훔치고 앉아 있었다.

그렇게 한동안 또다시 시간이 흐른 다음 현덕 노인이 어렵사리 입을 열어 침묵을 깼다.

"정히 그러하시다면 제가 제안을 하나 올릴까 하옵는데 괜찮겠나이까?"

"제안이라…… 말해보시오."

"판단컨대 군주님께서는 앞으로 나라를 위해 더욱 중요로운 일을 하시느라고 여념이 없을 것으로 짐작되옵나이다. 앞으로 봄여름가을겨울 사철 세 번을 말미를 두어 그 이후에도 제 딸아이에 대한 군주님의 연심이 여전하시거든 그때에 와서 데리고 가시옵소서. 물론 그 안에 소인이 제 아이를 다른 사내에게 내어주는 일은 결코 없을 것이옵니다."

"……"

이사부는 대답을 곧바로 찾아내지 못해 망설였다. 그러나 아직 반석 위에 올랐다고 할 수 없는 나라의 크고 작은 일을 위해 자신이 분골쇄신해야 할 일들이 태산 같으리라는 말에는 동의하지 않을 수가 없었다.

생각할수록 딸 산단화의 인생을 깊디깊게 걱정하는 현덕 노인의 마음이 뜨겁게 느껴졌다. 이사부가 산단화를 연모하는 마음은 딸을 향한 노인의 사랑에 비하면 아무것도 아닌 듯했다.

이사부는 결국 현덕 노인의 제안을 받아들이기로 했다.

"좋소이다. 어른의 제안을 기꺼이 받아들이겠소. 지금으로부터 정확하게 만 세 해가 지난 다음 반드시 산단화 낭자를 데리러 다시 올 것이니 그때는 절대로 딴 말 말아 주시오."

"군주님의 배려하심에 감격하나이다. 하해 같은 은혜에 감읍하나이다."

노인은 그렇게 말하면서 엎드려 고개를 굽실거렸다. 곁에 앉은 산단화 역시 어깨를 들썩이며 흐느꼈다.

*

그날 이사부와 산단화의 이별은 길고도 길었다. 두 사람은 바닷가에서 서로 손을 잡은 채 오랫동안 말이 없었다. 그러다가 이사부는 문득 산단화에게 정표로 내어줄 뭔가를 생각해냈다. 모친으로부터 받은 색동 복주머니였다. 이사부는 품속에 지니고 있던 복주머니를 꺼내어 그녀의 손에 쥐어주었다.

"이것은 내 어머님이 몸에 지니고 있으라고 만들어주신 복주머니라오. 내 마음이 변치 않을 것이라는 신표로 이것을 낭자에게 줄 터이니 간직하도록 하오."

산단화는 놀라움에 눈을 동그랗게 뜨고 사양하며 받지 않으려고 했다.

"이 귀한 물건을 어찌 저 같이 천한 아녀자가 받을 수 있나이까? 거두어 주옵소서."

이사부는 완강한 어조로 말했다.

"아니오. 낭자가 이 복주머니를 정표로 잘 간직했다가 훗날 다시 만날 때 보여주어 마음속에 나를 품고 살았음을 증명해주오."

산단화는 또다시 고개를 숙인 채 구슬 같은 눈물을 뚝뚝 흘렸다. 바다에서 나는 파도소리마저 한없이 구슬픈 밤이었다.

2.3 직삼

하슬라성에 도착한 때는 노을이 막 지기 시작한 저녁 무렵이었다. 먼 길을 재촉해온 심신이 고달팠다. 하지만, 주청(州廳)에 당도한 이사부는 영접을 나온 장수들을 모아놓고 회합을 열었다.

"내가 이번에 하슬라주 군주로 임명되면서 폐하로부터 지엄한 왕명을 받았다. 저 우산국의 야만 해적들을 소탕하여 폐해를 종식시키고, 일체의 후환이 없도록 해야 한다. 제장들은 나와 함께 우산국을 복속시킬 묘책을 찾아내야 할 것이다."

실직주 주조 도형이 나서서 말했다.

"마침 선부서(船府署)를 통해서 천거된 인재 한 분이 있나이다."

"어떤 인물이냐?"

"직삼(直三)이라고 하는 분이온데, 해전을 하자면 반드시 필요한 인사로 사료되옵니다."

"직삼이라……. 어떤 자인가?"

"직삼은 이곳 명주, 그러니까 하슬라주에서 대대로 내려오는 호족 집안의 장손이옵니다. 창해삼국(滄海三國) 중 예국(濊國, 강릉지역에 있던 군장국가) 귀족의 후손인 그의 부친은 여러 척의 배를 지어 부리며 살던 선주였으나, 바다에서 우산국 해적선과의 전투 중에 전사했다 하옵니다."

이사부는 배 이야기가 나오자 귀가 번쩍 띄었다. 저 파도가 높고 험한 동해 건너에 있는 적을 소탕하자면 전선(戰船)은 기본적으로 구해야 할 전비였다.

"그래, 그는 지금 어디에 있느냐. 직접 만나보고 싶구나."

"주청 밖에 대기하고 있사옵니다. 곧바로 들이겠나이다."

도형은 곧바로 밖으로 나가 직삼이라는 사나이를 데리고 들어왔다. 키는 좀 작았지만, 체구가 당당하고 얼굴이 까무잡잡하게 생긴 사나이는 대청에 무릎을 꿇고 절을 했다.

"장군님의 명성을 익히 들어온 터라 뵈옵게 되기를 학수고대하였나이다. 소인 직삼이라고 하옵니다."

"반갑소. 방금 도형 주조로부터 간단한 소개말을 들었소. 누대로 바다에서 배를 부려온 가문이라고 들었소만."

"예. 소인은 배를 만들어 바다에 띄워온 지역 선주 집안의 자손이옵니다."

"부친이 우산국 배와 싸우다가 전사하신 게 맞소이까?"

"예. 제 부친의 함자는 하신(荷信)이라고 하옵는데, 연전 배를 타고 바다에 나가 우산국 해적선과 전투를 벌이다가 그만 참살을 당했나이다."

"우산국에 대해 원한이 깊으시겠구려."

직삼의 얼굴에 분노의 기운이 밀물처럼 몰려들었다. 표정을 가득 채운 분노는 이내 단단한 결의로 바뀌었다.

"그러하옵니다. 소인은 우산국 놈들을 철천지원수로 삼고 절치부심하며 살고 있나이다. 그 섬의 야만인들을 모두 척살하는 일이 제 평생의 소원이옵나이다."

"알다시피 지금 우리 신라에는 해전을 치를 전선과 수군이 온전히 갖춰져 있지 않소. 그럼에도 불구하고, 우산국 정벌은 미뤄둘 수 없는 시급한 과제로 대두해 있소. 그래, 직삼 공께서는 지금 어찌하고 있으시오?"

"제게는 부친으로부터 물려받은 명월선(明月船)이라는 첨저선(尖底船, 배 밑이 뾰족하고 흘수가 깊은 선박)이 있사옵니다. 또한 가산을 털어 전선을 더 만드는 일도 추진하고 있나이다."

"첨저선이라……. 굳이 첨저선을 써야하는 이유가 무엇이오?"

"동해 울릉도 근해는 파도가 거칠고 물이 깊으며 암초가 많은 바다이옵니다. 그런 바다에는 첨저선이 유용하옵니다."

"아무래도 파도가 높으니 배의 높이도 달라야 할 것으로 생각되는데?"

"그렇사옵니다. 동해는 워낙 파도가 높아 전선의 높이를 여느 배보다 최소한 반 길은 더 높게 지어야 하옵니다."

"해풍을 잘 활용하기 위해서는 돛을 앞뒤로 달아야 한다고 들었소만?"

"장군님께서 잘 알고 계시옵니다. 배의 앞과 뒤에 두 개의 돛을 달아 바람의 방향과 세기에 따라 이를 적절히 조정해서 나아가는 것이 필요하옵니다."

"모름지기 전선이라 하면 속도가 상당히 문제가 될 터인데, 노를 많이 달아서 추진력을 높이는 건 어떻소?"

"옳은 말씀이시옵니다. 만일에 배를 새로 짓는다면 설계과정에서 전선 양쪽에 노를 더 많이 붙이도록 하면 성능을 높일 수 있을 것이옵니다."

"또 다른 중대한 문제가 있소. 우리에게는 해전에 능한 수군 병사가 있지 않소. 이 난제를 풀어볼 방안이 있겠소?"

"그 문제에 대해서도 염려를 놓으시옵소서. 제 수하에 있는 사병들과 예전 창해삼국 출신의 선원들 중에는 해전을 경험한 자들이 꽤 있사옵니다. 그들을 중심으로 훈련을 하면 바다전쟁에 필요한 군사력을 확보하는 일이 어렵지 않을 것으로 생각하나이다."

이사부는 무릎을 쳤다. 하늘이 신라국과 나를 돕는구나. 직삼이라는 자에 대해 깊은 호감을 갖기 시작한 이사부는 자리에서 일어나 그에게 손을 내밀었다.

"나와 온 힘을 합쳐 저 무도한 울릉도의 비적들을 무찌릅시다."

직삼은 이사부의 제의에 기다렸다는 듯이 감격에 겨운 낯빛을 지었다. 그는 머리를 낮춰 예를 갖추며 씩씩한 목소리로 말했다.

"거두어만 주신다면, 신명을 다 바쳐 충성하겠나이다."

이사부는 대청에 모인 장수들 모두를 향해 목청을 돋워 말했다.

"다들 들으라. 직삼 공의 조선장(造船場)에 필요한 물자와 인력을 최대한 지원하여 전선제작에 박차를 가하도록 하라. 또한 내일부터라도 직삼 공의 협조를 받아 병사들에게 해전에 필요한 훈련을 시킬 것이다. 빈틈없이 시행하라. 다들 알겠느냐?"

"예. 명 받들겠나이다."

군장 부장들이 머리를 조아리며 대답했다. 그들의 얼굴에도 기대가 가득했다.

이사부가 중군장 무덕을 향해 말했다.

"병서에 이르기를 시무자멸 시문자망(恃武者滅 恃文者亡)이라 했다. 칼의 힘에만 의지하는 자는 멸망하고 인정만 베푸는 자도 망한다고 했느니라. 전쟁을 벌이기 전에 저들의 항복을 받아낼 방도가 있다면 그보다 더 좋은 전략은 없을 터. 적에게 귀복을 요구할 사개(使介, 사신)를 일차 보낼 것이다. 내일아침에 바다를 건너갈 마땅한 병사를 선발하여 내게로 데려오라. 아울러 사개를 울릉도까지 싣고 갔다 올 배와 노련한 사공을 대기시켜라."

"알겠나이다."

무덕이 고개를 숙이며 대답했다.

이사부는 원로에 깃들었던 피로가 한꺼번에 다 씻긴 듯이 개운한 마음으로 회합을 끝냈다.

*

다음날 새벽 이사부는 죽간(竹簡)을 펼쳐놓고 붓을 들어 우산국에 보낼 항복요구문서를 써 내려갔다.

-우해왕과 울릉도 거민들은 들으라. 울릉도는 고래(古來)로부터 한한 곳(한반도韓半島, 한반섬)의 부속도서였으며, 거민들 또한 이곳에서 건너간 자들이니 지금은 대 신라국의 속도(屬島)임이 분명하도다. 그럼에도 섬에 살고 있는 일당들이 나라를 참칭하고 부모국인 신라의 땅을 노략질하는 불충마저 저질러 천추에 씻지 못할 대죄를 짓고 있음을 통탄치 않을 수 없노라. 마땅히 정벌하여 모조리 멸함이 가하나, 대 신라국은 그대들의 모국으로서 하늘같은 은혜를 베풀어 평화로이 복속의 절차를 밟을 기회를 주고자 하니 이를 기꺼이 수용하라. 대 신라국의 이 같은 은전을 순순히 가납한다면 그대들은 추후에도 마땅한 도주(島主)의 휘하에서 지금까지 영위해왔던 편안한 삶을 계속 누릴 수 있으리라. 그러

나 만약 후의를 마다하고 대 신라국에 끝내 맞서고자 한다면 그대들은 일거에 멸종을 면키 어려울 것이니, 대의를 깊이 헤아려 현명한 판단을 내리기를 앙망하노라.-

*

아침밥을 먹고 나니 중군장 무덕이 사개의 신분으로 우산국에 가기를 자청했다는 군사를 데리고 주청으로 왔다. 인물이 훤하게 생긴 젊은 병사였다.

"이름이 무엇이냐?"

젊은 병사는 무릎을 꿇고 앉아 고개를 숙이며 대답했다.

"준모(俊模)라고 하옵니다."

"그래, 네가 지금부터 맡게 될 사명이 무엇인지를 아느냐?"

"예. 우산국에 항복을 권하는 장군님의 문서를 전달하고 답찰을 받아오는 일인 줄 아옵니다."

젊은 병사의 말투에 굳건한 결기가 느껴졌다.

"이 임무가 얼마나 위험한 일인지, 또한 아주 살아 돌아오지 못할 수도 있다는 사실도 알고 있느냐?"

"잘 알고 있나이다."

"두렵지 아니 하냐?"

"조금도 두렵지 않나이다. 소인은 대 신라국의 영광을 위하여 목숨을 초개와 같이 버릴 각오를 다진 지 이미 오래 되었사옵니다."

"참으로 훌륭하구나. 그대와 같은 젊은이가 있음으로 해서 신라는 참으로 든든하고 앞날이 양양하다."

"아뢰옵기 황송하오나, 저보다도 더 조국을 사랑하는 동지들이 많은 줄 아옵니다. 목숨 바쳐 대 신라국 융성의 밑거름이 되고자 하는 젊은 이들은 얼마든지 있나이다."

가슴이 뭉클했다. 전장에서 만나는 이 같은 젊은이들을 볼 적마다 신라는 기필코 번창할 것이라는 믿음이 더욱 굳건해지곤 했다.

"그렇다. 대 신라국에는 그대처럼 나라를 위해 헌신할 젊은이들이 샘솟 듯 늘어나고 있다. 내 오늘 그대가 보여준 기개를 결코 잊지 않겠다."

"황공하옵니다."

"반드시 임무를 완수하고 무사히 돌아오라."

"알겠나이다. 장군."

이사부는 사개 준모를 싣고 가는 고깃배가 수평선으로 사라질 때까지 오래도록 바다를 바라보며 배웅했다.

*

사개를 보내고 난 다음 이사부는 군장과 부장들을 대동하고 직삼이 차려놓은 조선장이 있는 자가곡(資可谷, 강동)으로 갔다. 조선장은 당초 예상했던 것보다 규모가 컸다.

이사부가 나타나자 직삼은 황황히 나와 그를 맞이했다. 직삼의 뒤를 따라 조선장(造船匠)과 도목수들이 잠시 일손을 놓고 달려 나와 인사를 했다.

"장군께서 친히 나오셨나이까?"

"수고가 많소. 그런데 배를 만드는데 필요한 나무는 주로 어떤 것을 쓰시오?"

"잘 말린 해송과 낙엽송, 그리고 참죽나무 등이 쓰이나이다."
"목재를 비롯하여 배를 만드는데 필요한 물자와 인력을 정리하여 알려주시오. 수하들에게 일러 즉시 조달토록 하겠소."
"예. 그리 하겠사옵니다."
조선장에서 만들어지고 있는 전선은 모두 여섯 척이었다. 직삼은 만들고 있는 배들을 차례로 안내하며 자세하게 설명을 했다.
"세 척은 이미 몸체가 만들어져서 멍아(돛을 세우는 디딤바닥)를 붙이는 작업을 하고 있고, 두 척은 이제 막 아엽파기(통나무의 양 옆에 홈을 파 나무와 나무를 붙이는 작업)와 배물막기(특수 제작한 쇠못으로 몸체를 고정하고 나무틈새를 대나무밥으로 메우는 공정)를 시작했나이다."
"그렇구려."
"여기 한 척은 넓배기(판자와 판자를 넓게 붙이는 작업)와 동배기(판자의 끝을 붙이는 작업)를 하는 중입니다. 마지막으로 한 척은 이제 겨우 곱장쇠(배 밑바닥에 대는 휜 참나무)를 놓고 있는 중이옵니다."
"그렇소이까. 생각보다 훨씬 더 공정이 복잡하고 어려워 보이는구려."
"그러하옵니다. 배를 짓기 위해서는 최소한 스무 가지 이상의 장인(匠人)기술이 쓰입니다."
"아무래도 배를 훨씬 더 많이 지어야겠소. 필요한 물자와 인력을 충분히 댈 터이니, 전선을 더욱 많이 만드시오."
"알겠나이다. 분부 받자와 실행하겠나이다."
직삼은 이사부에게 허리를 숙여 뜻을 받들겠다는 의사와 감사의 뜻을 함께 표했다. 그의 얼굴에는 새로운 감개와 희망이 가득 차 있었다.
마음이 든든했다. 전선이 어느 정도 구축이 되어야 우산국 정벌 준비에 더욱 박차를 가할 수 있을 것이라 여기고 노심초사했는데, 생각지 않게 그런 일들이 수월하게 돌아가고 있었다.

이사부는 해전 훈련을 막 시작한 군사들의 연병장을 돌아보았다. 크고 작은 해전경험으로 숙달된 직삼의 사병들이 하슬라주와 실직주 병사들 앞에서 해상전투기술들을 시연하고 있었다.

*

"장군! 기침하셨나이까?"

새로운 준비로 분주하게 보낸 나날이 이레를 막 넘기고 있었다. 그동안 직삼의 조선장에 물자와 인력을 배로 늘리고, 이미 건조하고 있는 배와 새로 지을 배를 합하여 목표를 모두 스물한 척으로 높였다. 전날 밤 꿈자리가 사나워서 깊은 잠을 들지 못했는데, 하늘에 잔별이 아직 성성한 시각에 중군장 무덕이 이사부의 처소 앞에 들어 있었다.

"이른 시각에 웬 일인가?"

이사부는 처소 문을 열고 나와 하품을 섞으며 물었다.

"참혹한 일이 일어났나이다."

"무엇이냐?"

"다름이 아니옵고…… 우산국으로 건너갔던 배가 돌아왔나이다."

일시에 잠이 확 달아나는 전갈이었다.

"그래? 일이 어찌 되었느냐? 사개 준모는 돌아왔느냐?"

"예. 하오나……."

"그 아이가 돌아왔어?"

중군장이 어두운 모습으로 머리를 조아렸다.

"돌아오긴 했사오나, 살아오지는 못하였나이다."

불길했던 예감대로 일이 잘못된 모양이었다.

"놈들이 준모를 죽였더냐?"

"그러하옵니다. 준모를 참수하여 시신을 거적때기에 싸서 보냈나이다."

"서찰 같은 것은 없더냐?"

"예. 답찰은 따로 있지 아니하나이다."

"저런, 무도한 놈들!"

"배를 부리고 갔다 온 사공이 밖에 있사온데 들여도 되겠나이까?"

"들라하라."

중군장이 대문 쪽으로 나가 밖에 있던 중년의 사공을 데리고 다시 들어왔다. 사공은 이사부를 보자마자 엎드려 큰 소리로 울었다. 죽지 않고 겨우 살아 돌아온 자의 안도와 설움도 섞여있을 터였다.

"그래. 준모는 어찌 죽었느냐?"

"가지고 간 항복요구문서를 받아 읽은 우해라는 우산국 왕이 직접 나서서 월도(月刀)로 가차 없이 목을 쳤나이다."

사공은 더욱 섧게 울었다.

"마지막 순간의 준모는 어떠했느냐?"

"적들 앞에서 당당했사옵니다. 허리를 꼿꼿이 세운 채 우해왕을 향해 '모국에 대한 역심을 버리지 않는다면 우산국은 대 신라국으로부터 처절하게 응징당해 멸망할 것'이라며 저들을 끝까지 꾸짖었나이다."

이사부는 가슴이 느꺼워졌다. 나라를 위해 그렇게 죽어갈 수 있는 젊은이들이 있다는 것이 뿌듯하면서도 마음이 아팠다.

"놈들의 행색은 어떠하더냐?"

"거민들의 몰골은 초라했으나, 우해왕은 물론 군사들의 모습은 험악하게 생긴 지세만큼이나 험상궂었나이다."

"그러하구나. 어쨌든 고초가 많았다. 물러가 편히 쉬도록 하라."
사공은 눈물을 머금은 채 넙죽 엎드려 절을 하고는 방을 나갔다.
이사부가 중군장에게 일렀다.
"준모의 시신을 양지바른 곳에 잘 묻어주어라. 또 그의 가족들에게 곡식을 넉넉히 전해주고 각별히 위로하라."
"예. 분부대로 시행하겠나이다."
중군장이 물러간 다음, 이사부는 아무래도 바다를 건너가 저들을 모조리 쳐부술 수밖에 없겠구나 하는 생각을 했다. 우선 바다를 건너는 일이 문제일 테지만, 직삼이 있으니 그도 조만간 대책이 마련될 것이었다. 나머지 전략만 제대로 짜면 길이 드러나리라 여겨졌다.

*

한낮이 되었을 무렵 서라벌 왕궁으로부터 전령이 당도했다. 전령은 며칠 전 올린 장계(狀啓)에 대한 왕의 처결 교지(敎旨)를 이사부에게 전했다.
이사부는 군장 부장들을 불러 군의를 열었다. 사람을 따로 보내어 조선장에 있는 직삼도 함께 불렀다. 우산국에 사개로 갔던 준모가 무참히 목이 잘려 돌아왔다는 소식을 듣고 아연해 있던 참이라, 장수들은 모두 굳은 표정이었다. 이사부가 큰 소리로 말했다.
"다들 들어라. 이 자리에 있는 직삼 공이야말로 우산국 정벌을 위해 반드시 필요한 인재다. 내 며칠 전 폐하께 장계를 올려 직삼 공을 우산국 정벌군의 아장(亞將, 두 번째 장군)으로 임명해주실 것을 주청 드린 바 있다. 그리고 오늘 드디어 폐하께서 이를 윤허하시는 왕명을 보내오셨다. 하여, 이 자리에서 직삼 공에게 아장 관직을 전수하고자 하니 수행에 차질이 없도록 하라."

군장 부장들은 하나같이 고개를 숙여 복종의 예를 갖췄다.

"분부 받잡겠나이다."

이사부 앞에 허리를 굽히고 서 있던 직삼은 전혀 예상치 못했던 갑작스런 임명에 자못 놀란 듯 벌겋게 달아오른 얼굴로 넙죽 엎드렸다.

"우산국을 쳐부수는 직분이라면 소인은 미관말직이라도 흡족하나이다. 아장 직이라니 천부당만부당한 하명이시옵니다. 거두어 주시옵소서."

이사부가 다시 말했다.

"왕명으로 결정된 일이니 복종하라."

직삼은 엎드린 채로 고개를 더욱 숙였다. 그의 얼굴이 잔뜩 상기돼 있었다.

"장군님의 은덕이 하해와 같사와 소인 몸 둘 바를 모르겠나이다. 황감하기 그지없사옵니다."

이사부는 직삼의 손을 잡아 일으켰다.

"아비의 원수를 반드시 갚아야 하지 않겠느냐? 대왕 폐하의 지엄한 명을 받은 아장 직삼은 지금부터 나와 더불어 우산국 정벌에 신명을 다 바쳐야 할 것이다."

직삼은 감격한 얼굴로 이사부 앞에 다시 한 번 머리를 숙였다.

"장군님을 받들어 모시고 목숨을 바쳐 충성하겠나이다."

이사부는 참석한 장수들 모두를 향해 다시 일어섰다.

"모두들 알다시피, 우산국에 귀복을 요구하러 갔던 사개 준모가 무참히 살해되어 시신으로 돌아왔다. 이는 저 야만 해적들이 우리 신라국을 가벼이 여기고 있음을 드러내는 명백한 증좌가 아닐 수 없다. 또한 이는 기필코 전쟁으로 저들을 정벌하여 복속을 시킬 수밖에 없는 상황에 이르렀음을 뜻한다. 하여, 우산국 정벌군은 전선 구축과 해전 훈련을 서둘러 마친 다음 이른 시일 내에 출병하여 저들을 궤멸시켜야 할 것이다. 임무수행에 차질이 없도록 전쟁준비에 만전을 기하라."

"예. 분부 받들겠나이다."

좌중은 숨소리 하나 없도록 경건하고 결의에 찬 모습이었다. 봄이었음에도, 밤바람이 후텁지근했다.

〈別註〉

* **이찬**
  伊湌, 이간伊干, 이척찬伊尺湌, 신라 17관등 가운데 둘째 등급.

* **아찬**
  阿湌, 아척간阿尺湌, 신라시대 여섯 번째 등급의 관직.

* **각간**
  角干, 17관등제와는 별도로 정해진 상대등과 함께 신라 최고 관위 중의 하나.

* **양기못**
  양피지壤避池, 서출지書出池, 삼국유사 기이紀異 제1 사금갑조에 실려 있는, 신라 21대 소지왕이 즉위 10년/AD488년에 못 속에서 나온 노인의 편지 때문에 죽을 위기를 넘겼다는 전설을 간직한 경주시 남산동에 있는 연못.

* **창해삼국**
  滄海三國, 2000년전 동해안 강릉지역의 예국濊國, 삼척지역의 실직국悉直國, 울진지역에 있던 파조국波朝國 또는 파단국波但國이란 군장국가를 함께 일컬어 말함.

마당 셋

철옹성(鐵甕城)

3.1 명진

　토단법(土丹法)……. 들숨(흡식吸息)에 따라 들어온 하늘의 밝은 빛에 심장의 열기를 합해 하단전으로 내린다. 지기(地氣)와 서로 합쳐지는 그곳이 곧 무심의 자리……. 상단전(머리)을 어지럽히는 온갖 걱정과 잡념들이 일시에 안개처럼 사라진다.

　다시 날숨(호식呼息)을 통해서 체내에 있는 탁기를 배출하면 몸에 스며든 지기가 천기를 맞으면서 신수(腎水)가 감응하여 수기(水氣)가 상승한다. 드디어 입천장과 어금니 사이 그리고 혀 아래에서 옥천(玉泉)이 분출되어 입안에 달콤한 향기가 느껴진다. 몸 안에서 수승화강(水昇火降)이 원활하게 이루어지고 있다는 증거다.

　이사부는 며칠 째 해변에 있는 바위산 낭떠러지 위에 결가부좌하고 앉아서 한동안 하지 못했던 낭가(郞家, 풍류도風流道, 국선도國仙道) 수련을 하고 있었다.

　기공은 술법의 기본이다. 전장에서 굳이 술법을 쓸 일이 있지 않다 하더라도 수련은 해야 한다. 수련을 게을리 하면 어리석음이 잡초처럼 자라 올라 판단을 가로막기 때문이다.

　가을 날씨라 해도 바람이 제법 차서 귀가 시렸지만, 기분은 상쾌했다. 군대를 통솔하고, 응전을 모색하다보면 차분히 내공을 다질 시간적 여유가 많지 않다. 시시때때 일어나는 상황에 대처하고 결행하는 일만 갖고도 시간이 늘 부족하다.

우산국 정벌을 앞두고, 전비(戰備)를 구축하는 일과 병사들을 단련시키는 과정이 무르익었으니, 그에 못지않게 스스로의 심신을 강고히 만드는 일 또한 소홀히 할 수 없다. 전선을 이끌고 바다 위에서, 그리고 바다를 건너서 일전을 벌이는 일은 일찍이 치러보지 못했던 전투다.

아무래도 시행착오를 숱하게 겪어야 할 서툰 전쟁이 될 것이다. 연전 한번 건너가 살펴보려다가 풍랑을 만나, 동해 한복판에서 사경을 헤맨 경험이 있는 이사부에게 우산국 정벌은 결코 만만해 보이는 출정이 아니었다.

바다는 변화무쌍하다. 아침 한나절만 해도 물빛이 여러 차례 바뀌는데, 그 물빛은 언제나 하늘을 좇는다. 결국 하늘의 변화무쌍이 바다의 변덕으로 이어진다. 어쩌면 바다의 용틀임은 하늘의 오묘한 뜻을 땅이 미처 따라잡지 못하고, 끌어안지 못함으로써 일어나는 일종의 부조화가 아닐까.

하늘의 신묘한 기운이 달라질 때마다 들숨을 따라 들어오는 대 우주의 기운 또한 달라진다. 우주의 크기에 비하면 인간이란 한낱 미물에 지나지 않는 사소한 존재다. 그런 하찮은 인간이 하늘 뜻에 일치하여 살고자 하는, 하늘마음과 하늘정신 그대로를 닮은 하늘사람이 되고자 하는 수련이 과연 가당키나 한 욕심일까……. 때로 그런 의구심이 드는 적이 아주 없지 않았던 것이 사실이다. 무예를 통달하고, 술법을 익혀 더러 귀신의 움직임까지 읽어내는 재주를 지녔음에도, 무궁무진한 우주만물의 변화를 엿보는 일은 여전히 어림없는 허욕일 따름이리라.

세상의 무궁무진을 깨우쳐주는 일 중에도 으뜸은 역시 인간이란 생물의 태생적 한계 아니었던가. 제 아무리 시공(時空)을 뛰어넘으려 애를 써도 번번이 벽에 부딪치고 말 뿐인 나약한 존재…….

이사부는 스며드는 상념들을 한동안 밀어내다가 수련을 접었다.

은빛 햇살이 부서지는 바다 위를 갈매기들이 끼룩거리며 날았다. 무사(武士)의 생을 살기로 작정한 게 언제였으며, 수련을 위해서 심신을 담금질하며 살아온 시간은 또 얼마이던가. 장수로서 전장을 누비며 목숨을 내걸고 헤쳐 온 세월은 늘 버거웠다. 돌이켜 보면 그 하루하루가 매양 험하고 고된 나날이었다.

눈을 감고 세상을 보아라. 눈을 뜨고는 세상을 제대로 볼 수가 없느니. 열린 눈으로 들어오는 빛은 먼저 심상을 어지럽히고, 다음으로 물상을 어지럽힌다. 빛의 굴절과 반사에 의해 왜곡되지 않은 삼라만상의 참모습을 보려거든 눈을 감고 보아야 한다……. 바다를 물끄러미 바라보고 있는데, 불현듯 스승의 목소리가 환청으로 들려왔다. 이사부에게 스승은 기억에 아슴아슴 남아있는 아버지보다도 더 깊고 큰 존재였다.

이사부는 소년시절부터 무사의 길을 꿈꾸었다. 나이 일곱 살에 청소년들만 모여서 집단생활을 하는 일종의 연령급단조직(年令級團組織, 초기 화랑도조직)에 들어갔다. 태생적으로 무골이었던 그는 유난히 맑은 기(氣)와 명석한 머리로 미처 열 살이 넘기도 전에 주목을 받았다. 그리고 열두 살이 되던 무렵 계림(鷄林)에 있는 소도제단(蘇塗祭壇, 신성한 기도장소) 무사단의 소년무사로 선발됐다.

이사부는 거기에서 평생을 지켜갈 가르침을 준 스승 경천선사(敬天禪師)를 만났다. 선사의 첫 인상은 흡사 천년 묵은 멧돼지처럼 거칠었다. 머리카락이 다 빠져서 반질거리는 정수리 양 옆에서 자라나 허리춤까지 흘러내린 허연 두발 용모도 그렇고, 누더기 차림에 사시사철 맨발인 외양은 얼핏 보아서는 사람의 것이 아니었다. 심산 햇볕과 개울 물빛에 검게 탄 얼굴이 영락없는 맹수의 몰골이었다. 특히나, 가늘고 깊은 눈매는 보는 이로 하여금 가슴이 철렁 내려앉게 할 만큼 날카로웠다. 그 무렵 동악(東嶽, 토함산吐含山)의 중턱 바위굴에서 기거하던 선사는 산짐승들을 자유자재로 부린다는 소문이 있었다.

선사는 닷새에 한 번 꼴로 소도에 내려와 무사들을 가르치고는 돌아갔다. 이사부를 처음 보았을 때 선사는 다짜고짜 지팡이로 이사부의 어깨를 한 차례 내리쳤다. 영문을 몰라서 어리둥절했지만, 선사는 끝내 그 이유를 말하지 않았다. 이사부 역시 첫 만남에서 어깨를 내리친 까닭을 스승에게 물어보지 않았다.

경천선사는 이사부의 출중한 재능을 대뜸 알아보았다. 웅숭깊은 눈빛으로 한동안 지켜보던 선사는 어느 날부터인가 그를 동악으로 데리고 들어가 한동안 무예와 낭가를 따로 가르치기도 했다.

사람은 몸(精)과 마음(氣)과 정신(神)으로 이뤄진 존재다. 낭가는 이 세 가지를 다 같이 밝고 충만하게 만드는 수련이다. 정(精)은 하복부에 뿌리를 두고 온몸에 퍼져 있다. 기(氣)는 가슴을 중심으로 온몸에 퍼져 있으며, 신(神)은 머리를 중심으로 전신에 퍼져 있다. 정(精)의 뿌리가 되는 하복부를 하단전이라 부른다. 가슴은 중단전, 머리는 상단전이라 일컫는다. 정기신과 상중하 삼단전을 함께 닦아 심신을 지극히 밝게 만드는 것이 낭가수련의 기본원리이니라…….

이사부는 경천선사의 가르침을 누구보다도 빠르게 받아들였다. 선사도 그런 이사부를 대견스러워하며 무예와 기공, 그리고 술법까지 수련토록 했다.

이사부가 낭가수련 끝에 더 나아가 익힌 것은 방사법(放射法)이었다. 방사법은 내공에 기인한 기를 방사하여 원거리에 있는 물체에 영향을 끼칠 수 있는 술법의 일종이다. 방사법의 특성을 살려서 멀리 있는 물체의 윤곽이나 종류를 알아내는 것이 통견원문술이다. 수년간의 수련 과정을 통해서 이사부는 상당한 수준의 투시력과 도청력을 갖게 됐다. 그러나 아주 먼 곳의 일까지 생생히 보고들을 수 있는 천리안을 얻는 단계에 다다르지는 못하였다.

산으로부터 불어내리는 바람 속에 언뜻 겨울 냄새가 났다. 저 먼 곳에 벌써 겨울이 서성거리고 있구나……. 이사부는 한동안 우두커니 서서 그렇게 하늘을 응시하고 있었다.

*

"장군!"

상념에 젖어있던 이사부의 등 뒤에 누군가 다가와 있었다. 눈을 떴다. 출정의 때가 이르고 있음인가.

"장군. 소장 직삼이옵니다."

이사부가 몸을 일으켜서 뒤로 돌아섰다. 아장 직삼이 부복하고 있었다.

"왔느냐? 배 짓는 일은 이제 다 되어 가느냐?"

"예. 스물한 척 전선제작이 다 마무리되어 가나이다. 마지막 한 척이 모든 건조과정을 거쳐 멍아 붙이는 작업을 하고 있사옵니다."

직삼의 얼굴이 많이 수척해 보였다. 삼복더위 속에서 그렇게 많은 배를 짓는다는 것은 좀처럼 생각할 수 없는 일이었다. 다행히 장마가 길지 않았고, 폭염도 그리 심하지 않았던 덕분에 작업은 영일 없이 강행되었다. 두꺼비 등짝처럼 거칠어진 직삼의 손을 보는 순간, 이사부는 가슴이 뭉클해졌다. 그의 시커먼 몰골이 지난 몇 달 동안 조선장에서 얼마나 애를 썼는지를 말해주고 있었다.

"수고가 많았다. 군사들의 훈련도 진척이 많이 되었을 터. 내일 군사들의 조련 상태와 함께 전선제작 현황을 일제히 점고할 것이다."

"분부 받자와 차질 없도록 준비하겠나이다."

"이제 출정 일자를 정해야 할 것인 즉, 아장의 조언을 구하고자 한다. 언제가 좋겠느냐."

직삼은 그렇지 않아도 생각하고 있었다는 듯이 대답했다.

"늦가을이지만 아직은 바닷바람이 그리 차지 않으니 조만간 출병하여도 무방할 듯싶사옵니다."

"그렇구나. 우산국 정벌이 더뎌지므로 대왕폐하의 근심이 이만저만이 아니다. 저들을 하루빨리 복속시켜야 고구려와 말갈의 침범을 방비하는 일에 더욱 매진할 수 있을 것이다. 가능한 빠른 시일 내에 출정할 수 있도록 채비하라."

"알겠나이다."

"뒤따라 하산할 것이니 먼저 내려가 기다리라."

"하오면, 소장 먼저 물러가 있겠사옵니다."

직삼은 일어나 한차례 목례를 하고는 몸을 돌려 바위산을 내려갔다.

이사부는 바다를 향해 돌아서서 심호흡을 했다. 이제 비로소 우산국 정벌이 시작되는가……

바다는 많은 것을 가르쳐주는 또 하나의 위대한 스승이다. 바다를 통해서 깨닫게 되는 여러 가지 중에서 가장 큰 가르침은 겸손이다. 드

넓은 바다의 크기만으로도 인간은 대자연에 대한 경외를 되새기기에 충분하다.

바람이 자는 동안 바다는 가없는 평온함으로 평화의 소중함을 일깨운다. 그러나 폭풍우가 몰아칠 때면 커다란 용틀임으로 분노가 무엇인지를 무섭게 가르친다. 무궁한 대자연 앞에서 인간이 얼마나 하찮은 존재인지 그 경계를 증명하는 것이다. 오만함에 갇혀 대자연의 위력을 허술히 아는 자에게 바다는 그 거대한 힘을 여지없이 드러낸다. 바다를 보고도 끝내 '겸손'을 깨닫지 못한다면 그야말로 바보 천치에 불과하리라.

이제 곧 출병이다. 이사부의 가슴속에서 불현듯 울릉도로 잡혀간 산단화의 모습이 물안개처럼 피어올랐다. 지금 그녀는 어떻게 하고 있을까. 혹여 그 사이에 무슨 변고라도 생긴 것은 아닐까. 그녀를 만난 것이 숙명이었다면, 뜻밖으로 빚어진 이런 별리의 고통은 왜 또 이렇게 가혹한 것일까. 이사부는 바다를 향해 가슴을 에는 그리움을 삭히며 그렇게 한동안 우두커니 서 있었다.

*

주청으로 돌아온 이사부는 우선 수하들로부터 자리를 비웠던 며칠간의 업무에 대한 보고를 받았다. 군장들은 각자 맡은 바 소임을 충실히 이행하여 출정준비를 잘 마무리해가고 있었다. 산에서 보낸 며칠 동안이나마 용맹정진으로 낭가수련을 한 끝이라 몸에는 기가 충만했고, 정신도 맑았다.

저녁 무렵 직삼이 중년의 사내 하나를 데리고 왔다. 몸이 호리호리하고 얼굴이 쥐의 형상을 띠어 꾀가 철철 넘쳐흐르는 관상을 지닌 자였다.

"장군. 우산국 출정에 꼭 필요한 인물을 데리고 왔나이다."

"출정에 꼭 필요한 인물이라니 누구더냐?"

"예. 이 사람은 근동에서 알아주는 장사꾼이온데, 갑골문까지도 좀 읽을 줄 알 만큼 아는 게 많사옵니다. 무엇보다도, 연전 울릉도를 직접 다녀 온 경험이 있사옵니다."

함께 온 사내가 대청 저만큼에서 앞으로 숙인 몸을 연신 굽실거렸다. 울릉도를 왕래한 사람이라는 말에 부쩍 호기심이 일었다. 이사부가 사내를 향해서 물었다.

"그래, 이름이 무엇이오?"

사내는 고개를 더욱 조아리며 떨리는 목소리로 답했다. 목소리가 무척 가늘었다.

"소인 명진(明珍)이라고 하옵니다요."

"울릉도엘 다녀온 적이 있다고 하시었소?"

"예. 지금부터 일곱 해 전쯤에 몇몇 장사꾼들과 함께 거친 물길을 헤치고 어렵사리 한 차례 다녀 온 적이 있습니다요."

"무슨 연유로 갔소이까?"

"그야 물론, 울릉도에 귀한 향과 약재가 있다고 해서 물건을 구할 요량으로 갔다 왔습지요."

이사부는 사내가 알고 있는 것을 낱낱이 들어볼 필요성을 느꼈다.

"일어나서 가까이 다가오시오. 이야기를 좀 더 들어야 하겠소이다."

사내는 이사부의 위엄에 몸이 굳었는지 선뜻 몸을 일으키지 못했다. 직삼이 그를 일으켜 세워 떠밀듯 앞으로 데리고 나와서 이사부 앞에 앉혔다.

"무, 무엇이든지 하문하시옵소서."

사내는 한참 뜸을 들인 다음 슬금슬금 눈치를 보며 여전히 떨리는 목소리로 말했다. 사내의 얇은 입술과 잰 입놀림으로 보아 필시 말이 어눌한 사람 같지는 않았다.

"직접 본 울릉도의 모습은 어떠하였소?"

"그때 제가 본 울릉도는 천혜의 요새였습니다요. 얼핏 보아서는 바다에서 섬으로 들어갈 수 있는 뱃길이 도무지 보이지 않을 만큼 거대한 암벽이 병풍처럼 둘러쳐져 있는 모습이었습니다요."

"병풍처럼 암벽이 둘러쳐져 있다?"

"예, 제가 탄 배가 어렵사리 당도한 지역은 섬의 서남 끝 골계(곡계谷溪, 곤계, 골깨)라는 곳이었는데, 아무래도 그곳이 우산국의 중심지 같았습니다요."

"골계? 그 지명은 무엇을 뜻하는 것이오?"

"골짜기와 계곡이라는 말의 첫 글자를 합쳐서 골계라고 부른다는 말을 들었습니다요. 남향이라 날씨가 따뜻한데다가 비파산 양 쪽 긴 골짜기에 물이 많이 흐르고 있어서였던지 비탈밭일 망정 땅이 기름져 보였습니다요. 거민(居民)들도 상당수에 이르는 것 같았습니다요."

"그래, 울릉도 사람들의 행색은 어떻더이까?"

"풍족해보이지는 않았지만 그냥저냥 먹고 살만 한 것 같았고, 거민들을 다스린다는 우해왕에 대한 두려움이 무척 깊은 것으로 보였습니다요. 하지만 외지인에 대한 경계심이 워낙 깊어서 오래 머물지는 못하였습니다요."

"혹여 그 우해왕이라는 자를 보았소?"

"직접 보지는 못하였고, 소문만 전해 들었습지요. 거구의 장수에다가 도술(道術)을 능히 쓸 줄 안다는 말도 귀동냥한 것 같사온데, 그것 말고는 들은 이야기가 별반 없습니다요."

"골계 지역 이외에 다른 곳을 살펴본 적은 있소?"

"송구하오나 다른 지역을 더 다녀보지는 못했습니다요. 섬사람들의 눈초리가 너무 거북하여 더 돌아다니지 못하고, 불과 사흘 만에 쫓겨 나다시피 떠날 수밖에 없었습니다요."

"그랬구려. 어쨌든 도움이 될 말을 해주어서 고맙소이다."

그때 곁에서 가만히 대화를 듣고 서 있던 직삼이 나서서 조심스럽게 말했다.

"장군. 명진이 장군을 모시고 함께 출정하기를 소원하고 있사오니 곁에 두고 부리시면 어떨까 합니다만."

이사부가 사내를 향해 물었다.

"정녕 나와 함께 우산국 정벌 길에 나설 의향이 있소?"

그러자 명진이라는 사내는 기다렸다는 듯이 마치 여성의 목소리인 양 가늘고 높은 음성으로 말했다.

"거두어만 주신다면, 소인 군주님을 기꺼이 받들어 모시겠습니다요."

가까이 두고 함께 하면 도움이 되겠다는 판단이 들었다. 잠시 생각하던 이사부가 흔쾌한 목소리로 말했다.

"시종장(侍從長)으로서 함께 하여 출정의 길잡이 역할을 하도록 하시오."

"황감하옵니다요, 군주님."

명진은 기쁜 얼굴로 넙죽 절을 했다. 그가 직삼과 함께 물러간 다음 이사부는 잠시 생각에 젖었다. 울릉도. 암벽이 병풍처럼 둘러쳐진 섬이라……. 공략이 결코 쉽지 않겠구나. 게다가 어렴풋이 짐작했던 대로 우해왕이란 자가 도술까지 쓴다 하니 정벌전쟁의 전도가 더욱 불가측하구나……

*

"장군. 연무장과 조선장 점검 채비를 다 마쳤나이다."

직삼이었다. 기별을 기다리고 있던 이사부는 지휘봉을 들고 처소를 나서서 가벼운 몸놀림으로 주청 앞에 대기하고 있던 말에 올랐다.

"먼저 연무장으로 가자."

"예."

직삼은 앞장서서 이사부를 해변 연무장으로 안내했다.

연무장에는 병사들이 군별로 나뉘어 도열하고 있었다. 한눈에 보아도 그 동안의 훈련으로 인해 기강이 잘 잡힌 단정한 모습이었다.

첫 연무시범은 상대 전선에 불을 붙이기 위한 불화살 공격이었다. 목궁(木弓)과 각궁(角弓), 죽궁(竹弓)이 모두 동원되었다. 촉(鏃) 대신 불꽃을 단 화살들이 일제히 날아가 미리 설치해놓은 목표지 짚더미에 정확하게 꽂혀 방화하였다.

다음에는 군사들이 해전에 필요한 무기들을 들고 나와 연무시범을 보였다. 전선끼리의 근접전에 대비해 월도(月刀), 협도(狹刀) 등 자루달린 칼을 비롯하여 기창(旗槍), 장창(長槍), 죽장창(竹長槍), 톱창(미늘쇠창) 등 긴 창 종류가 주류를 이루고 있었다. 무기를 든 병사들의 몸놀림은 나무랄 데가 없을 정도로 익숙하여 그 동안의 훈련 양을 가늠케 했다.

선상 백병전에 대비한 동작시범이 이어졌다. 병사들은 단검(短劍)과 납작도끼(판상월부版像鉞斧), 손도끼(수부手斧), 작은 손도끼(소수부小手斧),

쇠도리깨, 철퇴(鐵槌) 등을 사정없이 휘둘러 위압적인 모습을 선보였다.

바람을 가르는 군사들의 연무동작을 지켜보며 이사부는 자못 흐뭇한 마음이었다. 출정이 가하겠구나.

"수고들 많았다. 오늘 연무시범을 보니 과연 강군으로 조련된 기상이로다. 조만간 출병의 북소리가 울려 퍼질 것이니 긴장을 늦추지 말고 충실히 대비하라."

이사부는 밝은 표정으로 장졸들을 격려하고 연무장을 떠나 조선장으로 향했다.

자가곡 조선장에는 이미 제작과 정비를 마친 스물한 척의 전선이 깃발을 펄럭이며 대기하고 있었다. 이사부는 직삼의 안내로 전선들을 하나하나 점검하였다. 통나무를 많이 써서 지은 전선들은 나무랄 데 없는 튼실함을 뽐내고 있었다.

*

병사와 조선장 점고가 끝난 다음 이사부는 휘하장수들을 불러 모았다.

"수(數)를 모아 산(算)을 쌓아놓고, 그 산을 가지고 비교하여 우위가 됐을 경우를 일러 병법에서는 승산(勝算)이라고 부른다. 이번 전쟁에서 우리는 적에 관한 정보가 많지 않아 수가 많다 할 수 없으니, 산을 헤아릴 때 그 점을 간과해서는 안 될 것이다. 제장들은 어떻게 판단하느냐? 우리가 이제껏 취득한 정도의 수만 가지고도 승산이 있다고 볼 수 있겠느냐? 의견을 내어보라."

군장과 부장들은 잠시 긴장한 모습을 보이며 술렁거렸다. 한동안 서로 눈치를 보는 사이에 좌군장이 나섰다.

"소장의 견해를 말씀 올리겠나이다. 우산국이 어떤 나라인지 그 전모를 파악하기는 어려우나, 지난번에 고작 도적떼의 모습으로 몰려온 행색으로 미루어보건대, 그 군대는 결코 크게 평가할 바가 못된다고 사료하옵니다. 아군이 지금 수준의 전비와 무예로 출정하면 반드시 대승을 거둘 것이옵니다."

이어서 우군장이 나서서 말했다.

"그렇사옵니다. 해전에서의 취약점을 충분히 보완했고, 전선도 스무 척이 넘도록 장만하였으니 우산국 정벌에는 무리가 없을 듯하옵니다."

좌우 군장이 나서서 장담을 하니 군의에 참석한 장수들이 모두 고개를 끄덕거렸다. 부장 하나가 나서서 말을 보탰다.

"옳사옵니다. 아군이 바다를 무사히 건너가기만 한다면, 해전이든 육전이든 두려울 것이 없사옵니다. 한낱 작은 섬에서 살아온 야만인들이 발악하여 응전을 한다 한들 몇 식경이나 용을 쓰겠나이까? 쾌승이 분명하옵니다."

사기가 충천한 좌중이 모두 그 말에 동조하여 고개를 끄덕였다.

이사부가 나서서 다짐을 하듯 말했다.

"제장들의 결기가 모두 그러하니 흡족하도다. 그렇다 하더라도 출정 채비에 추호의 차질이 없도록 끝까지 만전을 기하라."

"알겠나이다, 장군!"

장수들은 하나같이 우렁찬 목소리로 전의를 다졌다. 이사부가 다시 말을 이어갔다.

"출정준비가 끝났으므로 이제 출병의 날짜만 잡으면 모든 게 마무리된다. 폐하의 근심을 생각하면 빠를수록 좋을 것이다. 적당한 날짜가 언제쯤이 되겠는지 의견들을 말하라."

중군장 무덕이 입을 열었다.

"중군장 아뢰겠나이다. 소장이 고깃배를 부리는 어부들로부터 들은 바로는 사흘 뒤쯤부터 며칠 동안 바다가 잔잔할 것이고, 그 기간을 넘기면 보름 뒤쯤이나 되어야 바다가 다시 고요할 것이라고 하옵니다."

"사흘 뒤나 보름 뒤쯤이라……"

이사부가 눈을 껌벅거리며 생각을 다듬고 있는 동안 아장 직삼이 나섰다.

"소장이 판단하기로는 사흘 뒤에 서둘러 출정하심이 가한 줄 아옵니다. 우산국 정벌 대업이 전선제작 문제로 시간이 지체되어 왔는바, 출정채비가 다 끝난 지금 머뭇거릴 이유란 있을 수 없을 것이옵니다."

그러자 이번에는 좌군장이 나섰다.

"소장도 같은 생각이옵니다. 하루속히 우산국을 복속하여 대왕폐하의 근심을 덜어드리는 것이 도리인 줄 아옵니다."

좌군장의 말을 듣자, 좌중은 모두 그의 말에 공감하는 눈빛을 지어 보였다. 장수들의 표정을 잠자코 톺아보던 이사부가 자리에서 벌떡 일어나며 큰소리로 결론을 말했다.

"사흘 뒤 새벽에 출정하기로 결정한다. 제장들은 출정날짜와 시각에 맞추어 단 한 가지라도 빠진 일이 없는지 치밀하게 점검하여 채비에 차질이 없도록 하라."

"예. 알겠나이다."

군장 부장들은 일제히 복종의 예를 갖추며 목소리를 높여 대답했다.

"오늘 밤은 군사들을 배불리 먹고 마시게 하여 사기를 북돋우라. 다만 배를 타고 멀리 나가야 하는 출정인 만큼 과음으로 인해 뱃길에 멀미가 덧나게 해서는 안 될 것인 즉, 적절히 통제하라."

"예."

회의를 파하고 나니 왠지 마음이 허전해졌다. 출정준비를 위해서 겪어 온 지난 세월의 노심초사가 되살아나는 듯 했다. 병사들을 통솔하여 전장에 나서는 출정이야 밥 먹듯이 해온 일이었다. 다만 이번 출정 채비는 배를 지어야 하고 해전에 대비해 군사들을 따로 조련해야 하는, 지금껏 겪어보지 못한 번거로움이 있었다.

혹서에 진행된 출병준비 과정을 잘 견뎌 준 군사들이 대견스러웠다. 군사들 중에는 나라를 위한 충성심으로 고통을 씩씩하게 견뎌내는 젊은이들이 적지 않았다. 그런 일련의 풍조가 신라국을 크게 부강토록 할 것이라는 믿음을 키웠다.

처소로 돌아와 휴식을 취하고 있던 이사부의 뇌리에 우산국에 사개로 갔다가 무참히 목이 잘린 청년병사 준모의 모습이 떠올랐다. 죽음을 앞둔 순간에도 우해의 잘못을 꾸짖었다는 그의 기개가 떠올라 새삼 가슴이 뜨거워졌다. 그대의 우국충정은 이제 머지않아 열매를 맺으리라. 내 결코 그 희생을 헛되게 하지 않을 것이다. ……이사부는 혼잣말을 하며 가슴 깊이 투지를 다졌다.

3.2 출정

예측한 대로 바다는 고요했다.

이른 새벽이었음에도, 실직 포구 앞바다에는 자가곡 조선장에서 옮겨진 스물한 척의 전선이 나란히 띄워져 있었다.

선단이 출정명령을 기다리는 동안 수많은 백성들이 구름같이 몰려나와 무운건승을 비는 환송행렬을 이루었다. 남편이나 자식, 또는 아비를 바다 한 복판 전쟁터로 내 보내는 백성들 중에는 진작부터 훌쩍거리는 모습도 없지 않았다. 하지만 오랜 시간 훈련을 거듭해온 탄탄한 정벌대의 위력을 믿고 승전을 확신하는 분위기가 우려를 압도했다.

출정에 앞서 대장선에서는 출정의식을 겸한 간단한 용왕제가 치러졌다. 뱃머리에 금방 찐 백설기가 담긴 시루와 함께 칼을 대지 않은 과일, 육포 등이 진설되고 정성으로 빚어낸 조라술(산신제나 용왕제 등에 쓰는 술)이 올려졌다.

이사부는 정성을 다하여 동해를 향해 절을 올렸다. 천지신명이시여, 부디 장도를 굽어 살피시어 정벌 길이 시종 여의하도록 도와주시옵소서……. 이사부의 입에서 간절한 기원이 되뇌어졌다.

이윽고 희생을 바칠 시간. 명진이 미리 준비한 중돼지 한 마리를 끌고 나와 중군장 무덕에게 넘겼다. 한낱 짐승일 뿐인 돼지도 죽을 때가 되었다는 것을 먼저 알았는지, 꽤 시끄러운 소리로 꽥꽥 비명을 질러댔다. 무덕은 넘겨받은 돼지를 대장선 뱃머리에 모로 눕혀놓고 한 칼에 목을 날려 머리를 바다에 떨어뜨렸다. 머리가 잘린 돼지의 목에서 시뻘건 피가 콸콸 솟아올라 뱃머리를 적셨다. 해변에서 지켜보던 백성들도 양손을 부지런히 비비며 바다를 향해 연거푸 절을 했다. 하늘은 맑았고, 바람도 배를 띄우기에 적당했다.

이윽고, 대장선 뱃머리에 늠름하게 앉아있던 이사부가 벌떡 일어나 지휘봉을 치켜들고 출정명령을 내렸다.

"전군! 출정하라!"

이사부의 우렁찬 목소리가 뱃전을 때리자 곁에 서 있던 두 명의 기수가 전진을 명하는 푸른 색 깃발을 높이 흔들었다. 이어서 고수(鼓手)가 북채를 힘차게 휘둘러 출정을 알리는 고고성을 울렸다. 대장선의 출정명령을 받은 스무 척의 전선에서 일제히 푸른 깃발이 올려지고, 선단(船團)은 돛을 올려 동해 한 바다로 늠름하게 미끄러져 나갔다.

뭍에 남은 사람들은 전선들이 아주 보이지 않을 때까지 흩어지지 않고 손을 흔들었다.

"부디 이기고 살아서 돌아오시오!"

"우산국을 반드시 복속시키고 오시오!"

"적들을 처부수어 승전하고 귀환하시오!"

저마다 목청껏 외쳤다. 그러던 어느 틈엔가 전쟁터로 떠나는 가족의 안위를 걱정하는 아낙들의 참았던 울음소리가 터져 나와 점점 커지기 시작하더니 군중은 이내 울음바다로 변해갔다.

전쟁이란, 늘 생사의 희비를 함께 달고 다니는 가장 치열한 인간 삶의 한 형태다. 가슴 터지는 희열로 돌아올 것인가, 평생을 안고 갈 비극을 안고 귀환할 것인가……. 아니, 이 길이 아주 아무것도 남기지 못하고 아예 돌아오지도 못할 영원한 이별길이 되고 말 것인가. 앞날을 도무지 알 수 없기로야 출정식만한 장면이 또 어디 있을까.

이사부는 선단이 나아가고 있는 바다 한복판을 응시했다. 이틀이다. 앞으로 이틀 동안은 이 바다가 조용해줘야 한다. 물때와 기상의 주기로 보아서 괜찮을 것 같다는 예측이 나와서 믿고 결행한 출정이기는 하지만, 어느 누구도 바다를 다 알 수는 없는 노릇이다. 아니, 바다를 다 알았다고 생각하는 것 자체가 대자연의 오묘한 이치를 거스르는 발칙한 오만이요, 천지신명에 대해 불경스럽기 짝이 없는 망발이리라.

화살은 시위를 떠났다. 이제 할 수 있는 일이라곤 부디 이 바다가 최소한 앞으로 며칠 간 잠잠해주기만을 기도하는 것뿐이다……. 이사부는 바다에서 눈을 떼지 못한 채 마음속으로 간곡한 기원을 되뇌었다.

*

"우산국이 보입니다! 울릉도가 나타났습니다!"

대장선 뱃머리에 앉아 망을 보던 병사가 큰 목소리로 외쳤다. 정벌군 선단이 실직주 포구를 떠난 지 꼭 하루 하고 반나절이 다 되어갈 즈음이었다. 전선 그 앞 쪽으로 아득한 곳에 흐릿한 점 하나가 보인 것도 잠깐, 섬은 서서히 신비에 싸인 형상을 드러내기 시작했다.

실직포구를 떠난 뒤 한나절을 넘겨 해거름을 맞을 무렵 잠시 파도가 높아져서 한동안 군사들이 고생을 한 적은 있었지만, 바다는 이상할 정도로 고요했다. 멀미에 특별히 예민한 몇몇 장졸들이 탈을 일으켜 토하거나 힘들어하기는 했다. 그럼에도 대부분 그리 큰 어려움을 겪지는 않았다.

이사부는 자리에서 일어나 앞을 내다보았다. 저만큼 수평선 가까운 바다 위에 흰 구름을 높다랗게 머리에 이고 떠 있는, 거대한 군선처럼 생긴 섬이 보였다. 순풍을 탄 신라군 전단이 나아가는 속도로 보아서는 반나절이면 넉넉할 거리였다.

이사부는 지휘봉을 높이 치켜들고 커다란 목소리로 명령을 내렸다.

"전군! 전투준비에 돌입하라!"

고수가 기운찬 동작으로 북을 울리는 가운데, 기수가 황색 깃발과 푸른 깃발을 번갈아가며 힘차게 흔들었다. 스물한 척의 배에 나눠 탄 병사들은 일제히 각자의 무기를 점검하며 앞쪽을 주시했다.

이사부는 손짓으로 명진을 불렀다. 명진이 이사부 앞에 예를 갖추고 섰다.

"자, 이제 섬에 다다랐으니 저들의 본거지로 접근해야 할 것이다. 네가 말하던 골계로 진격하려면 오른쪽으로 우회하는 것이 맞을 것 같은데 어떠하냐?"

"예. 그렇습니다요. 골계 쪽으로 가려면 오른쪽으로 돌아야 합니다요."

명진이 고개를 끄덕이면서 대답했다. 명진의 말을 받아서 직삼이 말했다.

"섬을 적선으로 가상하여 선단의 전투대형을 유지하면서 큰 원을 그리듯이 서서히 우회하는 것이 옳을 듯하옵니다. 적의 전선이 언제 어디에서 출몰할지 모르오니……."

"옳다. 잠시도 경계를 늦추지 말고, 그리 하도록 하라."

직삼은 기수에게 일러 선단의 대오를 유지한 채 우회하여 전진하라는 신호를 보내게 하였다. 모든 군사들이 섬을 향하여 경계의 눈을 부릅뜨고 있었다.

서서히 모습을 드러낸 울릉도는 명진의 말대로 평범한 섬이 아니었다. 가까이 다가갈수록 울릉도는 섬이 아니라 마치 바다 한 가운데 우뚝 막아선 거대한 암벽 성채 같았다.

섬 한 가운데 구름 사이로 솟은 산봉우리들이 보였다.

"저기 가장 높은 산봉우리의 이름은 무엇이더냐?"

이사부가 명진에게 물었다.

"성인봉(聖人峰)이라고 일컫는 소리를 들었습니다요."

명진은 다시 마주하게 된 울릉도에 대한 감회가 새로운 듯 눈을 반짝거렸다.

조금 더 나아가자 산은 하나가 아니었다. 섬의 중앙부근에 하늘을 떠받치고 있는 듯 솟아오른 산봉우리들은 여럿이었다.

산봉우리들을 중심으로 놓고 뺑 돌아가며 둘러쳐진 가파른 암벽은 마치 강인한 갑주로 몸을 단단히 감은 장수처럼 외부의 접근을 거부하고 있는 형상이었다. 어디를 둘러보아도 접근하기가 용이하지 않을 듯이 완강하여 숨이 턱 막혔다.

"과연 철옹성이로구나."

이사부는 자신도 모르게 감탄을 쏟아냈다. 가파른 암벽으로 강고하게 둘러쳐진 섬의 형상을 보고 군사들도 적잖이 주눅이 들었을 게 분명할 터……. 이사부의 가슴에 슬며시 걱정이 고였다.

"병사들을 안심시키고 고무하라."

이사부는 각 군장 부장들에게 병사들을 안심시키도록 명령을 내렸다. 기수가 부지런히 깃발을 흔들었다.

이윽고 섬의 전모가 드러나도록 거리가 가까워졌다. 선단은 오른 쪽으로 우회를 계속했다. 명진은 골계가 어디인지를 가늠하기 위해 대장선 앞에서 섬을 뚫어져라 살피고 있었다.

이상한 일이었다. 울릉도 서쪽 근해에는 배가 한 척도 보이지 않았다. 해전에 능하다고 들은 바 있는데, 저들이 굳이 해전에 나서지 않는 이유는 무엇인가. 선단이 우회하는 동안 시야에 들어온 섬의 모습은 깎아지른 암벽뿐이었다. 어찌하여 배가 한 척도 보이지 않는 것일까…….

이사부는 잠시 섬을 향하여 엉버티고 서서 기를 쏘아 보냈다. 섬 해안에서는 인마나 병장기의 움직임이 전혀 느껴지지 않았다.

그런데 바로 그때, 어디선가 거친 파도 한 더미가 몰려 와서 대장선 뱃머리를 세차게 때렸다. 진작부터 하늘이 심하게 흐렸던 것도 아닌데, 별안간 성인봉 하늘 끝에서 두꺼운 먹구름이 일더니 선단을 향해 달려 내려오는 모습도 보였다. 심상찮은 기운이 느껴졌다.

아니나 다를까, 바다가 느닷없이 거친 숨을 몰아쉬며 흔들리기 시작했다. 파도는 순식간에 정벌선단의 배들을 요동치게 했다. 병사들은 삽시간에 일어난 풍랑에 새파랗게 질려가고 있었다. 여기저기에서 탄식과 신음이 터져 나왔다. 이사부는 바다 깊은 곳을 투시하며 기운을 살폈다. 과연 바다 속에는 무시무시한 귀기(鬼氣)가 소용돌이치고 있었다. 무엇 때문인지 알 수는 없어도 수많은 원혼들이 무지막지한 흥분으로 난동을 부리고 있었다.

"흔들리지 말라! 전군 계속 진군하라!"

이사부는 이 고비를 넘겨야 한다고 생각했다. 귀기에 의해서 갑자기 일어난 바다의 소용돌이이므로 잠시만 견디면 잦아들 것이고, 무사히 지나갈 수 있을 것이라고 판단했다. 이사부는 지휘봉을 휘둘러가며 멈추지 말고 나아갈 것을 독려했다.

한동안 그렇게 버티고 있는데, 이번에는 앞쪽 섬의 수풀과 바닷가 암벽 위에서 솟구쳐 오르는 검은 구름뭉치 같은 것이 보였다. 구름뭉치는 빠른 속도로 선단을 향하여 날아왔다. 자세히 보니 그것은 수많은 까만 점들의 무리였다. 하나로 뭉쳐 날아오른 줄 알았던 무리는 하나가 아니었다.

"저것이 무엇이냐?"

이사부는 선단을 향하여 새까맣게 무리지어서 날아오는 것들을 향해 황급히 기를 쏘아 보냈다. 날아오는 것들은 여러 무더기로 나누어진 수천 마리의 새떼들이었다. 새떼들은 마치 멍석말이를 하듯 회오리를 일으키면서 선단을 향해 빠른 속도로 날아오고 있었다.

"장군! 새들이 날아옵니다! 새떼가 몰려오고 있습니다!"

선단의 하늘을 가득 메우다시피 몰려온 새떼들 중 맨 먼저 도착한 하얀 빛깔의 새떼가 전선을 향해 곤두박질치면서 일제히 고양이 소리를 내기 시작했다. 새들이 합창하듯 내는 그 소리는 마치 귀신울음처럼 공포를 자아내면서 소름을 돋아나게 했다.

"괭이갈매기다!"

누군가가 새들을 손가락질하며 소리쳤다. 괭이갈매기? 이사부는 섬으로부터 갈매기 떼가 일제히 날아올라 돌연 전선을 향해 몰려오는 이유를 알 수가 없었다. 저 새떼들은 대체 어쩌자고 선단을 향해 돌진해오는 것일까?

순식간이었다. 가차 없이 몰려온 갈매기들은 예상치 못한 격한 날갯짓으로 전선에 있는 장졸들을 덮치듯 공격해왔다. 그들은 군사들의 얼굴을 집중적으로 쪼았다. 설마 하고 방심하던 일부 군사들이 새들의 부리에 얼굴을 찍혀 비명을 질렀다.

"아니? 이 갈매기들이 미쳤나, 도대체 왜 이러는 거냐?"

아장 직삼이 달려드는 갈매기들을 어찌지 못해 쩔쩔 매면서 소리쳤다. 전선에 나눠 타고 있는 군사들은 칼과 창을 겨눠 들고 막무가내로 달라붙는 새들을 막아내기 위해 아등바등하고 있었다.

독수리도 아니고, 매도 아닌 갈매기들이 사람을 공격한다는 말은 듣지도 보지도 못했던 해괴한 변고였다. 이사부는 손바닥을 앞으로 뻗어 대장선으로 날아든 새떼를 향해 강력한 살기(殺氣)를 쏘았다. 몇 마리가 살기에 맞아서 끼룩거리며 뱃전에 떨어졌고, 나머지 새들은 달아났다. 명진이 떨어진 갈매기 한 마리를 주워들고 왔다. 새는 흰 몸빛에 어두운 청회색을 띤 등과 날개, 황록색 부리를 갖고 있었다. 보통 갈매기와 비슷했지만, 꽁지에 검은 빛깔의 띠가 있는 것이 달랐다.

잠깐 사이에 또 다른 새떼가 대장선을 공격해왔다. 이사부는 새떼를 향해 다시 한 번 살기를 쏘았다. 이번에도 몇 마리가 뱃전에 떨어졌다. 그런데 이번에는 갈매기가 아니었다.

"앗! 깍새(슴새)와 흑비둘기다!"

뱃전에 떨어진 것들을 손으로 들어보던 명진이 소리치듯 말하고는 축 늘어진 새들을 들고 이사부에게 왔다.

"그 새들의 이름이 무엇이라고 했느냐?"

"울릉도 사람들은 갈색이 나는 이 새를 깍새, 검은 새는 흑비둘기라 하였습니다요."

깍새라는 이름의 새는 위쪽은 검은빛이 도는 갈색, 아래쪽 배 부분은 흰색이었다. 이마와 옆머리 그리고 목은 흰색 바탕에 검정색 세로 줄무늬가 있었다. 흑비둘기는 얼핏 검은 빛으로 보였으나, 진주 빛이 나는 녹색과 광택이 있는 자색이 섞여 있었다.

"깍새와 흑비둘기? 독특한 이름이구나. 그나마나 이 새들이 왜 이렇게 미쳐서 병사들을 공격하는 것이냐?"

"소인으로서는 도무지 알 수가 없습니다요. 새들이 왜 이러는지……."

대장선으로 날아들던 새들은 이사부가 쏘아대는 살기 공격에 물러갔지만, 다른 전선에서는 새들이 아주 악착같이 달려들어 병사들을 공격하고 있었다.

뿐만이 아니었다. 바다는 아까보다도 더 파도가 높아져서 금방이라도 전선들을 뒤엎어버릴 듯이 흔들었다. 선단 여기저기에서 악악거리는 비명소리가 들려오면서 상황은 최악으로 치닫고 있었다.

직삼이 흔들리는 뱃전갑판으로 허겁지겁 기어왔다.

"장군! 일단 이 지역을 벗어나야 할 것 같사옵니다. 사태가 심상치 않나이다. 퇴각명령을 내리는 것이 좋을 듯하옵니다."

이사부는 잠시 고민했다. 지금의 이 상황은 단순한 자연현상이 아니다. 우해란 자가 술법을 쓴다 하더니 과연 대단한 도술가인 모양이다. 이미 놈에게 말려들었으니 계속 버티다가는 어떤 망측한 일을 더 당할지 모른다. 무엇보다도 군사들의 사기가 말이 아닐 터이니 일단 후퇴하는 것이 옳을 지도 모른다…….

그러나 다시 생각해보면 그냥 이렇게 맥없이 물러날 수는 없는 노릇이었다. 신라국이 우산국을 반드시 점령해야 할 이유를 생각하면 더욱 그러했고, 패퇴가 불러올 파장을 유추하면 더더욱 그랬다. 아니, 어쩌면 이번에 이렇게 덧없이 물러나면 다시는 이곳을 뚫어내지 못할 것 같은 불길한 예감마저 엄습했다.

"아니다! 이 난관을 이겨내야 한다! 두려워 말라! 고작 잡귀들의 장난일 뿐이다! 돌파하라! 전군! 전 속력으로 돌진하라!"

이사부는 직접 북채를 잡고 힘차게 북을 두드려 진군을 독려했다. 기수들은 깃발을 더욱 힘차게 흔들었다. 병사들도 달려드는 새들과 사투를 벌였다. 바다는 들썩거리고, 하늘에서는 새떼가 일제히 공격해 오는 희한하고도 참담한 현상은 한동안 계속됐다.

시간이 얼마나 흘렀을까. 새떼들이 일제히 물러가기 시작했다. 바다도 훨씬 더 잠잠해졌다. 뒤덮었던 시커먼 먹구름도 조금씩 틈을 보이면서 하늘이 빠른 속도로 개고 있었다.

그때였다.

"적선이 나타났다! 전방에 적선이다!"

대장선 이물(배의 앞쪽 부분)에 서있던 군사가 큰 목소리로 외쳤다.

이사부가 고개를 들어보니 언제 나타났는지 앞쪽에서 시커먼 우산국 군선들이 전투대형을 유지한 채 맹렬한 기세로 달려오고 있었다. 얼핏 세어보니 스무 척 가까운 선단이었다.

그런데 문제는 아군 전선들이 이미 전투대형을 흐트러뜨렸다는 점이었다. 뜬금없이 몰아친 풍랑과 난생처음인 날짐승들의 공격으로 혼비백산한 군사들도 전의를 다잡지 못하고 허둥대고 있었다.

"전군! 전투대형을 갖추라! 적선을 총 공격하라!"

이사부는 북을 치며 전투대형 정비와 공격을 명했다. 기수들이 황색 깃발과 붉은색 깃발을 번갈아 흔들었다.

하지만 거침없이 달려온 우산국 군선들은 신라 전선들이 미처 선체를 가누어 방향을 잡기도 전에 들이닥쳤다. 우산국 군선들은 대오에서 떨어져나간 신라 전선들을 골라서 집중적으로 공략했다.

"활을 쏴라! 물러서지 말라! 적들의 공격을 막아라!"

이사부는 크게 외치며 독전을 계속했다.

잠시 후 저 만큼에서 전속력으로 달려오던 우산국 군선 하나가 신라군 중군의 한 전선 옆구리를 사정없이 들이받는 모습이 보였다. 그다음 순간 공격을 당한 중군 군선은 거짓말처럼 옆으로 기울더니 큰 물결을 일으키며 서서히 가라앉기 시작했다. 배에 타고 있던 군사들이 바다에 떨어져 버둥거리는 처참한 광경이 펼쳐졌다.

전혀 예상치 못한 황당한 전투상황이 펼쳐지고 있었다. 느닷없는 파도와 새떼들의 황당한 공격으로 이미 전의를 상실한 군사들, 대형을 유지하지 못하고 있는 전선들로는 더 이상 전투를 계속할 수가 없는 형편이었다. 이사부는 결국 퇴각을 결심했다.

"퇴각하라! 배를 되돌려라! 대오를 정비하라!"

고수가 북을 쳤다. 기수가 분주히 흰 깃발을 흔들어 퇴각명령을 하달했다. 대장선의 명령을 받은 전선들은 한참만에야 어렵사리 뱃머리를 돌려 근근이 파도를 헤치며 물길을 되짚어 나아가기 시작했다.

우산국 군선들이 달아나는 신라국 전선들을 잡으려고 악착같이 뒤따랐다. 대장선 뱃머리를 돌리는 도중에 살펴보니 저 멀리서 또다시 회선하던 좌군 전선 두 척이 우산국 군선에 차례로 들이받혀 기우뚱거리다가 기어이 뒤집어지는 모습이 보였다.

"무리하지 말라! 침착하게 움직여라!"

이사부가 목이 쉬도록 크게 소리쳤다. 고수가 북을 치고 깃발을 들어 부지런히 명령을 하달하고 있는 가운데서도 우산국 군선들의 가차없는 공격과, 신라국 병사들의 필사적인 응전은 계속되고 있었다.

군사들이 생지옥 같은 울릉도 앞 해역을 벗어나기 위해 발버둥치는 동안 이사부는 가슴을 치며 통한을 삼키고 있었다. 도대체 무엇이 잘 못되었단 말이냐, 무엇이……. 마치 꿈을 꾸고 있는 듯, 도무지 믿을 수 없는 괴이한 전쟁이 이사부의 눈앞에서 펼쳐지고 있었다.

3.3 패퇴

시간이 많이 흐른 뒤였다. 이사부가 이끄는 신라국 선단은 병사들의 진을 완전히 다 뺀 다음에야 울릉도 인근 해역을 벗어날 수 있었다. 울릉도 근해를 다 빠져나오자 우산국 군선들은 더 이상 추격해오지 않았다.

육지 쪽 동해 한 가운데로 가까스로 도망쳐 나오니, 바다는 언제 그랬느냐는 듯이 얄밉도록 평온해졌다.

전선 갑판 위에는 지쳐 널브러진 병사들과 내팽개쳐진 병장기들로 어질더분했다. 느닷없이 일기 시작한 엄청난 파도 속에서 미친 듯이 달려드는 괭이갈매기, 그리고 깍새와 흑비둘기라고 불린다는 새들의 공격은 좀처럼 이해가 가는 일이 아니었다. 파도와 새들에게 속수무책으로 당하다가, 단 한 차례 우산국 군선들의 공격에 전의를 잃고 허둥지둥 도망쳐온 패잔병들의 행색은 비참했다. 흔들리는 바다 위에서 멀미를 하지 않은 사람이 드물 정도였으니, 전선 위는 온통 병사들이 토해놓은 오물로 악취가 진동했다.

한나절도 더 계속된 혼돈에서 겨우 벗어난 이사부는 남은 전선의 수를 세어보았다. 적선에 부딪혀 파도 속으로 사라져간 중군 전선 한 척과 급하게 회선하던 중에 공격을 받아 전복된 좌군 전선 두 척을 제외하고, 대장선을 포함하여 열여덟 척의 배가 눈에 들어왔다. 도대체 몇 명의 군사들이 희생된 것인가……. 속이 쓰렸다. 어디에서부터 잘못된 것일까. 울릉도에는 접안조차 해보지 못한데다가, 우산국 병사들과 제대로 된 전투 한번 치러보지 못한 채 적지 않은 수의 군사들만 수장시키고 돌아오다니……. 형언키 어려운 통탄이 가슴을 후벼 팠다.

참괴한 심정으로 대장선 뱃머리에 우두커니 서서 말을 잊은 이사부에게 직삼이 다가왔다. 그의 표정은 더욱 처절한 절망과 분노로 얼룩져 있었다.

"장군! 구출된 일부 병사들을 빼고 쉰일곱 명의 병사들이 실종된 것으로 집계되었나이다."

"쉰일곱 명이나……. 참으로 애통하구나. 각 군장 부장들을 모두 불러라."

"예. 분부 시행하겠나이다."

북을 치고 깃발을 들어 군장 부장들을 대장선으로 불렀다. 장수들을 모으는데도 시간이 많이 걸렸다. 부장들 중에도 선단을 공격해온 새들에게 얼굴을 찢긴 자가 둘이나 되었다.

"울릉도 앞바다에서 일어난 일은 전혀 예상을 하지 못했던 기괴한 현상이었다. 짐작컨대, 자연적으로 일어난 우연한 재해현상이 아니라면 우해라는 자가 예상 밖의 도술을 쓰고 있다는 이야기가 된다. 제장들의 판단을 듣고자 한다. 어떻게 하는 것이 옳겠느냐?"

장수들은 한동안 서로 눈치만 볼 뿐 할 말을 찾지 못했다. 한참을 머뭇거리던 끝에 좌군장이 입을 열었다.

"장군. 아뢰옵기 황송하오나, 일단 회군을 한 다음 새로운 전략과 전비를 갖추어서 재출정하심이 옳은 줄 아옵니다. 무엇보다도 병사들의 사기가 크게 저하되어 있는 까닭에 지금 재차 공격하는 일은 무모할 것이라 사료되옵니다."

중군장 무덕이 좌군장의 말을 받아서 의견을 내놓았다.

"소장의 의견도 좌군장과 같사옵니다. 무엇보다도, 폭풍이 불어온 것도 아닌데 울릉도 앞바다가 요동을 친 까닭을 알 수가 없고, 섬으로부터 새들이 일제히 공격을 해온 이유 또한 도무지 이해할 수가 없으니 그 방책을 세우는 일 또한 현재로서는 난망한 상태이옵니다. 더욱이, 공포에 질린 군사들을 안심시켜 사기를 북돋울 방안이 없는 한 당장 재공격을 감행하는 것은 무리인 듯하옵니다. 일단 하슬라로 돌아가 울릉도를 공략할 새로운 방도를 찾는 것이 마땅할 것으로 믿사옵니다."

중군장의 이야기를 들은 장수들은 모두 그 말에 찬동을 하는 낯빛이었다. 선택의 여지가 없었다. 전혀 예상치 못한 상황전개에 당혹하기는 이사부도 마찬가지였다. 느닷없이 요동치는 바다와 무차별적으로 달려드는 새떼들, 그리고 깎아지른 암벽과 빽빽한 구릉 천지인 섬의 지형에 대한 대비책을 세우지 않은 채 무작정 섬으로 진격하는 것으로는 승산을 기대하기가 어려울 것이었다. 이사부는 철군을 결정하지 않을 수 없었다.

"전군 회군한다. 부상자들에 대한 치료를 게을리 하지 말고 가능한 빨리 실직 포구로 돌아가도록 서두르라."

군장 부장들은 명령을 하달 받고 모두 제 자리를 찾아서 돌아갔다.

회군 깃발을 올리고 난 뒤 뭍을 향해 나아가는 선단을 이끄는 대장선 위에서 이사부는 무참한 심정을 달랠 길이 없었다. 그런 이사부의 심사를 아는지 모르는지 광막한 바다는 무심히 출렁거리고 있었다.

*

 실직주 포구에 선단을 정박시키고 하슬라주 주청으로 돌아온 이사부는 그날 저녁 우선 왕에게 전황을 보고할 장계(狀啓)를 올리기 위해 죽간과 붓, 벼루, 먹을 펼쳐놓고 앉았다. 왕에게 올릴 장계에는 난관을 헤치고나갈 방책이 포함되어야 할 것이므로 보고서를 어떻게 써야 할지 당장은 막막했다.
 어려움을 전혀 예감하지 못한 것은 아니지만, 바다를 건넌 정벌이 그렇게 뜻하지 않은 장벽을 만나 허망하게 좌절될 줄은 정말 몰랐다. 돌연히 닥친 액난을 돌파하지 못하고 우산국 병사들과의 단 한 차례 조우에서 패퇴한 일은 군문의 장수로서 여간 자존심이 상하는 일이 아니었다.
 울릉도 앞바다에서 일어난 일들을 반추해보았다. 고요하던 바다가 느닷없이 들썩인 사태에서부터 예삿일이 아니었다. 병사들이 어찌지 못하도록 새떼들이 미쳐 달려든 변고 또한 결코 범상한 일이라고 할 수 없다. 만약 그 모든 해괴한 일들이 우해라는 자의 술법에서 기인했다면 이야말로 난제 중의 난제가 아닐 수 없다. 우해라는 인물이 그 정도로 높은 교령술(交靈術)을 구사하는 대가였단 말인가.
 어떻게 해야 할 것인가. 이사부는 밤이 늦도록 깊은 고민에 빠져 있었다. 그는 우산국 정벌과 관련하여 드러난 문제점 중에 가장 큰 것이 무엇인지를 하나씩 따져 들어갔다. 신라군 전선의 수나 성능에는 문제가 없었다. 해전이나 상륙전을 대비한 병사들의 훈련도 지금 정도면 그리 큰 문제가 되지 않을 터였다.
 오랜 분석 끝에 이사부는 무엇보다도 우산국에 관한 정보가 너무

부족하다는 것이 가장 큰 약점이라는 판단에 이르렀다. 결국 수(數)가 부족했으니 이길 만큼의 산(算)을 쌓지 못한 것이다. 울릉도에 대한 지리정보도 태부족했고, 특히 왕으로 군림하면서 울릉도를 지배하고 있는 우해에 대한 구체적인 정보가 너무 없었다. 그가 쓰는 도술에 대한 깊이조차도 헤아리지 못하고 있는 형편에서, 우해를 극복해낼 방도를 찾는 일부터 현재로서는 지난한 과제였다.

이사부는 결국 울릉도의 실태와 우해에 관한 정보를 소상히 파악한 다음 약점을 찾아 공략할 방안을 세우는 것이 옳다는 결론에 이르렀다. 그렇게 하지 않고는 이 전쟁을 승리로 이끌어내기란 결코 쉽지 않으리라는 것이 최종 판단이었다.

이사부는 왕에게 올릴 장계를 써내려갔다.

-소장의 불민함으로 우산국 정벌 길에서 일차 패퇴하여 폐하께 큰 근심을 끼치게 된 참괴한 일로 장계를 올리나이다. 대왕폐하의 엄명을 쾌쾌히 수행치 못하고 성심을 어지럽히었사오니 소장 죽어 마땅할 큰 죄를 지었나이다. ……불충하기 짝이 없는 이 몸 패전한 군사들을 수습하여 군영을 재정비하는 시급한 과업을 하루빨리 마치고 폐하께 복명하여 중벌을 달게 받겠사옵나이다.-

장계를 다 쓰고 나니 밀린 피로가 한꺼번에 몰려왔다. 첫닭이 울었다.

*

날이 밝자, 장계를 지닌 전령을 서라벌 왕궁으로 보낸 이사부는 자가곡 해변으로 나갔다. 해변에는 울릉도 앞바다에서 실종된 병사들의 원혼을 달래어 주기 위한 진혼제 제단이 차려져 있었다. 울릉도 앞바다에서 세 척의 전선침몰로 실종된 쉰일곱 명의 병사들을 생각하니 가슴이 에이는 듯 아팠다.

바다 쪽을 향해 마련된 해변제단 앞에는 반쯤 혼이 나간 행색의 희생자 가족들이 진작부터 나와 울음을 삼키고 있었다. 그들은 이사부가 나타나자 폭발하듯 서럽게 울부짖었다. 그 울부짖는 소리가 이사부의 가슴에 비수처럼 날아와 꽂히면서 말로 다하기 어려운 고통을 퍼트렸다.

오구굿(사령제死靈祭, 진혼제鎭魂祭)을 시작하기에 앞서 시루떡과 포와 과일이 수북이 놓인 제단 앞으로 나가 정성을 다해 희생자들의 넋을 부르는 향을 피워 올렸다. 무릎을 꿇고 예를 올리는 이사부의 가슴에 허무하게 희생된 병사들에 대한 안타까움이 핏물처럼 참담하게 고였다. 내 그대들의 희생을 결코 헛되게 하지 않으리라. 이사부는 제단 앞에 엎드려 결의를 새기고 또 새겼다.

이윽고 늙은 무당각시가 고깔모자를 쓰고 나와서 바다에서 목숨을 잃은 이들의 넋을 건져 달래기 위한 수망굿(넋건지기굿)으로 굿을 시작했다. 무당을 따라 온 화랭이(무부巫夫, 양중兩中, 남자 무당도우미)가 요란하게 북을 치면서 굿이 시작됨을 알렸다. 무당은 머리 부분에 수십 개의 방울이 달린 굵은 지팡이를 흔들면서 초혼가(招魂歌)를 불렀다.

"아아어아으…… 동해 광연왕 남해 광이왕 서해 광덕왕 북해 광태

왕 용궁차사 일체 강신하되 하회 동참하소서. 아아 아으이…… 울릉도 앞바다에서 물에 젖은 영가(靈駕)님들…… 모두 육로로 환생하옵서……"

무당의 노래는 가슴을 쥐어짜는 듯 구슬펐다. 노래를 듣는 유족들은 모두 슬픔을 이기지 못하고 오열 속에 자지러졌다.

바다를 향해 한참동안 혼 부르는 노래를 하던 무당은 돌연 제단을 내려와 발길을 바다 쪽으로 돌렸다. 물가에 이른 무당은 뒤 따라온 화랭이로부터 가늘고 긴 새끼줄 끝에 한쪽 발을 묶은 수탉과 쌀을 넣은 밥주발을 넘겨받아 물속에 던져 넣었다. 그리고는 떡, 밥, 과일 등을 손으로 뜯어 앞으로 던졌다. 무당의 노래는 더욱 애달픈 곡조로 이어졌다.

닭은 곧 헤엄쳐 뭍으로 올라오고 밥주발도 서서히 건져 올려졌다. 넋걷이가 되었다는 신호를 보내는 듯 무당의 몸이 심하게 떨렸다. 그러더니, 무당이 들고 있는 방울지팡이가 찰찰찰 하고 요란스러운 소리를 내며 흔들렸다.

무당은 물에서 건져진 밥주발을 앞에 놓고 꺼이꺼이 울기 시작했다. 한동안 멍하니 굿판을 응시하던 이사부는 제단 근처를 떠다니는 숱한 혼백들의 움직임을 보았다. 무당은 희생자 가족들과 한 덩어리가 되어 오랫동안 목 놓아 울며 천도의 의식을 치르고 있었다.

*

진혼제가 끝난 다음, 이사부는 자리에서 일어서며 군장 부장들에게 명했다.

"병사(病舍)로 가자."

장수들은 모두 이사부를 따라갔다.

병사에는 출정 중에 몸을 다친 일흔 명이 넘는 군사들이 치료를 받고 있었다. 이사부는 병상을 일일이 다니면서 환자들을 어루만졌다.

그러던 중에 어느 병상에 이르러 화살을 맞은 발등이 심하게 곪아 걷지도 못할 정도로 힘들어하는 한 군사를 보았다.

이사부가 물었다.

"얼마나 고통스러우냐?"

"아무래도 제 발이 썩어 들어 가는가봅니다요. 욱신거리고 아파서 도무지 잠을 이룰 수가 없습니다요."

이사부가 발을 싸맨 헝겊을 풀고 상처부위를 살폈다. 상처에 고름이 꽉 찬 것이 한눈에 보기에도 심각했다. 이사부는 옆에 있던 의관(醫官)에게 일러 빈 그릇 하나와 물 사발을 가져오게 했다. 그리고는 주저앉은 채 서슴없이 군사의 곪은 발을 양손으로 잡아 올렸다.

"좀 아프더라도 참아야 하느니라."

그렇게 말하고 난 뒤 이사부는 발을 꽉 움켜쥔 채 곪은 부위에 입을 대고 세차게 고름을 빨았다. 군사가 자지러지며 비명을 질렀다. 이사부는 입으로 뽑아 올린 고름을 빈 그릇에 뱉었다. 같은 동작을 대여섯 번 반복한 뒤 물그릇을 들어 물로 입안을 헹구어냈다.

이사부가 말했다.

"의관은 느릅나무 껍질을 찧어 이 상처에 붙여주도록 하라."

옆에 있던 의관이 고개를 조아렸다.

"명을 받자와 즉각 시행하겠나이다."

곁에서 이를 지켜보던 군장과 부장들이 이사부를 본받아 부상당해 상처가 덧난 군사들을 찾아 환부를 세세히 살피며 위무했다.

*

 패장의 몸으로 귀환한 서라벌의 솔향기에는 여전히 피비린내가 났다. 이사부는 대전에 엎드려 왕에게 패전의 죄를 뉘우치며 간곡히 벌을 청했다.
 "소장 우산국 정벌을 위해 출정하였다가 울릉도 근해에서 무참히 패퇴하여 씻지 못할 대죄를 지었나이다. 중벌을 달게 받겠나이다."
 왕은 분기를 감추느라 서늘해진 표정을 애써 누그러뜨리며 하문했다.
 "패전의 원인이 무엇이라고 보느냐?"
 이사부는 고개를 들어 참담한 목소리로 말했다.
 "울릉도와 적장 우해에 대해서 알지 못한 것이 너무나 많았나이다. 지피지기(知彼知己)가 부족한 무모한 출정이었음이 뒤늦게 드러났사옵니다. 죽을죄를 지었나이다."
 이찬 등흔이 나서서 왕을 향해 허리를 굽히며 말했다. 예의 날카로운 음성이 이사부의 귓전을 때리며 차가운 바람을 일으켰다.
 "동해의 해상권을 장악하는 일이 신라국에 얼마나 긴요한지는 이사부 장군도 모르지는 않을 터. 이번 패전은 도저히 묵과할 수 없는 치명적인 중죄라 사료되옵니다. 엄벌을 내림이 가한 줄 아뢰오."
 왕은 이찬 등흔의 말을 들으며 미간을 찌푸린 채 눈을 껌벅거렸다. 좌중은 아무 반응을 보이지 않고 왕의 입만 바라보고 있었다. 대전에는 팽팽한 긴장이 가득 흘렀다.
 침묵을 깨고 나선 사람은 뜻밖으로 입종 왕자였다. 입종 왕자는 몸을 돌려 왕을 향해 허리를 굽히며 말했다.
 "금번 이사부 장군의 패전은 참담한 일이 분명하옵니다. 하오나 대왕 폐하. 병서에 이르기를 일승일패는 병가지상사(兵家之常事)라 했사옵니다. 이사부 장군이 세운 지금까지의 혁혁한 전공을 감안해본다면 이번 패퇴는 다음의 승전을 위한 밑거름이 될 것이 분명하옵니다. 하오니, 금번 패배를 거울삼아 재출정하도록 기회를 주심이 옳은 줄 아뢰옵니다."

평소에도 이사부에게 따뜻한 입종이었으나, 대전에서 이사부를 공개적으로 두둔하고 나선 일은 의외였다.

이찬 등흔을 비롯한 귀족들과 대신들은 한동안 아무 말이 없었다. 원종 왕자는 여전히 차가운 시선으로 이사부를 바라볼 뿐 입을 열지 않았다.

한참 만에 왕이 입술을 뗐다.

"입종의 말에 일리가 있도다. 처음 패전의 소식을 들었을 때는 짐의 실망이 이만저만이 아니었으나, 이사부 장군의 복명을 받고 보니 아주 낙망할 일은 아닌 것으로 사료되는구나. 아군의 피해가 치명적인 것도 아니고 하여, 이번 한 번만은 묵과하겠노라. 이사부 장군에게 한 번 더 출정에 나설 것을 명하노라. 제대로 준비하여 우산국을 기필코 정벌하라."

이사부는 대전 바닥에 엎드린 채로 왕의 하명에 답했다.

"대왕폐하의 은혜가 하해와 같사옵니다. 소장, 이번에는 만반의 준비를 마친 다음 출정하여 반드시 우산국을 복속시켜내겠나이다."

"두 번 다시 패전을 용서치 않을 것인즉, 명심하라."

왕은 다짐하듯 말하고는 휭 하니 대전을 나갔다.

*

하슬라로 돌아온 이사부는 수하 장수들을 주청으로 불렀다. 심기일 전하여 전쟁을 다시 준비할 시간이었다.

"우리가 울릉도 앞바다에서 당한 일은 일찍이 겪어보지 못한 요상한 변괴였다. 태풍이 몰아친 것도 아닌데 별안간 바다가 요동친 일과, 섬에 사는 새들이 모두 날아와 군사들을 공격한 일에 대해 제장들은 어떻게 생각하고 있는지부터 말해보라."

좌중은 한동안 아무 말이 없었다. 장수들은 여전히 울릉도 앞바다에서 당한 야릇한 패전에 대해서 혼란을 겪고 있는 것 같았다. 우군장이 어렵사리 입을 뗐다.

"소장의 생각으로는 바다가 요동친 일이나 새들이 미쳐서 선단으로 달려든 일은 결코 우연한 사변이 아닌 것 같사옵니다. 뭔가 초인적인 힘이 작용한 것이 아닐까 여겨지나이다."

우군장의 말을 좌군장이 받았다.

"그렇습니다. 굳이 짐작해보자면 그 바다에는 울릉도를 지키는 신령이나 원혼이 있는 것 같사옵고, 온갖 새가 움직인 것은 최소한 강력한 힘을 지닌 술사(術士)의 장난질이었음이 틀림없사옵니다."

이번에는 아장 직삼이 입을 열었다.

"그러하옵니다. 우군장이나 좌군장의 말처럼 하늘이 아무렇지도 않았는데, 바다가 요동친 일은 바다 속 귀기의 발동으로 보아야 할 것이며, 새떼가 날아와 공격한 것은 술법의 산물로 보는 것이 타당할 것이옵니다."

이사부가 직삼의 말을 받았다.

"그렇다. 이변에 대한 제장들의 해석은 옳을 것이다. 그렇다면, 현재로서는 이 두 가지 난제를 해결하지 않고는 울릉도를 접근할 수가 없다는 이야기가 된다. 어떤 방도가 있겠는지 견해를 말해보라."

한동안 토론을 지켜보던 중군장 무덕이 나섰다.

"소장의 미련한 생각으로는 이렇사옵니다. 우선은 바다를 요동치게 하는 원혼을 달래어 줄 희생이 필요할 것이옵니다. 각 전선마다 희생으로 쓸 동물을 싣고 가서 적당한 지점에서 제물을 바치고 제를 올리는 것도 효험이 있을 수 있사옵니다. 새떼를 움직이는 섬의 술사에 대해서는 아는 바가 없으므로 그를 제어할 방도가 따로 없사오나, 새들의 공격을 막기 위해 장비를 쓰는 방법은 있을 것 같나이다. 즉, 새들이 주로 공격하는 부위가 병사들의 얼굴인 만큼, 공격을 해올 때 낯을 가릴 수 있도록 죽람(竹籃, 대나무 바구니) 같은 죽세공품 장비를 준비해 가는 것이옵니다."

중군장의 의견은 비교적 구체적이었다. 그가 말하는 방도가 과연 묘책이 될 것인지를 생각하며 좌중은 한동안 침묵에 젖어 있었다.

아장 직삼이 다시 말했다.

"중군장의 의견은 일리가 있으나, 완벽한 방비책이라고 여겨지지는 않사옵니다. 바다 속 원혼을 달래는데 동물 희생 정도로 과연 효험이 있을 것인지, 새들의 공격을 대나무소쿠리로 다 막아낼 수 있을 것인지 더 많은 검토가 필요할 듯하옵니다."

이번에는 후군장이 나서서 말했다.

"그렇사옵니다. 소장의 아둔한 생각으로도 바다에 바칠 희생과 대소쿠리를 장만하는 정도로 해결이 안 될 경우의 낭패를 생각하지 않을 수 없사옵니다. 일단 출정하여 바다에 나서면 돌이킬 수가 없는 일이

오라……."

이야기를 듣고 있던 이사부가 매듭을 짓듯 말했다.

"제장들의 의견은 잘 들었다. 폐하의 근심을 생각하면 한시바삐 재출정을 서둘러야 할 일이나, 아무리 바빠도 바늘허리에 실을 매어서 쓸 수는 없는 노릇이다. 시일이 다소 걸리더라도 이제부터 좀 더 집중적으로 묘책을 궁구하여 완벽한 해법을 찾아야 할 것이다. ……그건 그렇고, 침몰해 잃은 세 척의 전선을 보충하는 것은 물론 최소한 십여 척의 배를 더 짓고, 부서져 돌아온 전선들을 보수하기 위해서는 얼마만큼의 시일이 필요할 것이냐?"

아장 직삼이 나서서 대답했다.

"최소한 다섯 달은 걸릴 것으로 짐작되옵니다. 더욱이 겨울이 막 닥쳐올 계절인지라……."

"다섯 달이라. 좋다. 그렇다면 아장 직삼은 오늘부터라도 곧바로 새 전선 제작에 착수하라. 부시진 전선도 점검하여 수리토록 하라. 또한 출병 장졸의 수를 늘릴 것이니, 열세 척의 전선을 새로 더 지어 모두 서른한 척을 준비하라. 특히 예국(濊國)과 실직국(悉直國), 파조국(波朝國) 등 창해삼국에서 해상활동을 해온 인력들을 모두 동원하여 투입하라. 엄동설한에 작업이 더딜 것인 만큼, 아무래도 해동이 되고 난 뒤 어쩌면 내년 봄을 넘겨야 출병이 가능할 것이니 기일을 넉넉하게 잡으라."

"예. 분부대로 시행하겠나이다. 병사들의 전투력도 다시 가다듬겠나이다."

이사부는 그렇게 대답하는 직삼의 표정을 살폈다. 울릉도 공략 실패로 울증에 빠져 도무지 갈피를 못 잡고 있던 그가 다시 의욕을 품게 된 듯이 보여, 그나마 다행한 일이다 싶었다.

*

"군주님! ……군주님……!"

새벽녘이었다. 꿈인 듯 생시인 듯, 어디선가 이사부를 부르는 산단화의 애잔한 목소리가 들려왔다. 눈을 크게 뜨고 사방을 둘러보았으나 안개만이 자욱할 뿐 그녀의 모습은 아무데도 보이지 않았다.

"산단화 낭자! 어디에 있소?"

이사부는 다시 눈을 크게 뜨고 주변을 둘러보았다. 하지만 여전히 산단화의 모습은 보이지 않았다. 꿈이로구나……. 그런 생각을 하고 있는데, 산단화의 목소리가 또다시 들려왔다.

"군주님! ……어디에 계신가요? 왜 저를 구하러 오시지 않으시나요?"

"산단화 낭자! 도대체 어디에 있소?"

이사부는 온힘을 다해 팔을 내저으며 사방을 두리번거렸다. 하지만 주변은 여전히 안개만이 자욱할 뿐, 산단화의 모습은 보이지 않았다. 꿈이로구나, 꿈…….

이사부가 잠에서 깨어났을 적에는 속옷이 축축이 젖었을 정도로 땀이 나 있었다. 정말 꿈이었다.

방문을 열어보니 바깥은 아직 칠흑어둠이 걷히지 않았다. 날이 새자면 좀 더 기다려야 할 시각이었다. 부르르 한 차례 진저리가 쳐질 만큼 새벽공기가 차가웠다. 이사부는 자리로 돌아와 결가부좌하고 앉았다.

단전호흡으로 한동안 숨을 고르고 난 뒤에야 비로소 정신이 조금 맑아졌다. 우해에게 잡혀 간 산단화는 어찌 되었을까. 그 사이에 혹시라도 잘못된 것은 아닐까. 어쩌면 산단화와 그녀의 아비 현덕 노인의 청을 들어준 것이 잘못이었는지도 모른다. 현덕 노인이 세 해가 지난 다음에 다시 오라고 이야기했을 때 좀 더 설득을 하던가, 아니면 한 해 쯤 뒤에라도 찾아가서 억지로라도 데리고 나섰더라면 이런 생이별은 일어나지 않았을 지도 모른다. 아니, 처음부터 잘못 이해한 것은 아닐까. 현덕 노인이 세 해를 말한 것은 어쩌면 완곡한 '거절'이었을 수도 있다. 그 말을 곧이곧대로 믿고서 약조를 하고 떠난 것 자체가 어리석은 판단이었을지도 모른다.

이사부는 한 동안 억념에 잠긴 채 복잡한 심사에 젖어 있었다. 그런 사념의 틈새를 비집고, 뼈가 시리도록 아픈 그리움이 사무쳐 왔다. 지소의 얼굴이기도 하고, 산단화의 얼굴이기도 한 화사한 여인의 얼굴이 눈앞에 아른거렸다. 예전에는 이럴 때마다 그녀를 보기 위해 휭 하니 말을 타고 달려갔건만……

날이 밝아올 기미가 좀처럼 보이지 않는 신 새벽, 이사부는 결국 답답한 마음을 어찌하지 못하고 옷을 챙겨 입고 방을 나섰다. 거소를 지키던 호위군사들이 놀라서 따라 나오며 토끼 눈을 떴다.

"잠시 다녀올 것이다. 번거롭게 하지 마라."

이사부는 호위군사들에게 그렇게 이르고 말 잔등에 올랐다. 동해 바다를 끼고 아래쪽으로 힘차게 달려 내려가는 동안 답답한 가슴이 조금씩 가라앉았다. 소금냄새가 풍기는 새벽 바닷바람은 폐부를 시원하게 씻어주었다.

해변을 한참 동안 달려 내려가던 중에 비로소 날이 새는 듯하더니, 동해 바다 끝이 벌겋게 달아올랐다. 이사부는 말을 멈추고 돌아서서 태양을 출산하기 위해 진통하는 수평선을 바라보았다.

언제 보아도 일출은 장관(壯觀)이다. 맨 처음 바다 끝에서 희미하게 솟아오른 선홍색 핏기는 점차 배면을 넓히면서 옆으로 퍼져간다. 그러다가 느닷없이 나타난 하얀 머리가 동그랗게 솟아오르면 붉은 빛은 물길을 달려와 길고 긴 꼬리를 만든다. 이윽고 해는 물빛에 어리어 커다란 동그라미였다가, 이내 표주박처럼 가운데가 홀쭉해진다. 그러던 끝에 어느 틈엔가 태양은 아래 위 쌍둥이로 변한다. 그렇게 갈라진 해는 점점 더 사이가 벌어지고, 아래로 처진 해는 서서히 먼 바다위에 부서져 산산이 흩어진다.

환상의 빛을 흩뿌리며 펼쳐지는 일출을 바라보던 이사부의 가슴속에 또다시 아련한 그리움이 가득 차올라 파도처럼 출렁거렸다. 다시 말고삐를 옮켜 다잡고 양발을 굴러 해변을 달렸다.

해리현 근처 산단화가 살던 맹방마을은 변함없었다. 바다를 삶터로 여기고 사는, 저마다 생업에 바쁜 동네사람들은 지나가는 사람에게 관심이 많지 않았다. 길을 비키고 나서 흘끗 바라보거나 잠시 눈치를 살피다가 제 갈 길을 갔다. 산단화가 살던 촌주의 집은 여전히 비어 있었다.

이사부는 촌주의 집을 한 바퀴 휘둘러보고는 마루에 걸터앉았다. ……소녀 역시 군주님을 마음에 담고 있사옵니다. 하오나, 신분의 차이가 지엄하고 또 지엄하니 어찌 함부로 용기를 내겠나이까……. 마치 그날 그때처럼 산단화의 음성이 들려오는 것 같았다.

이사부는 깊은 한숨을 지으며 가슴속에서 솟아오르는 고통을 짓누르고 있었다. ……소녀에게도 얼마든지 군주님을 따라나서고 싶은 한 마음이 있나이다. 하지만, 저 역시 아비를 두고 떠나서는 한시도 살 수 없는 숙명이 있사옵니다. 그러하오니 부디……. 산단화의 목소리가 다시 들려왔다. 아아…… 꿈이로구나. 아니, 진정 이 현실이 꿈이었으면 좋겠구나. 이사부는 머리를 움켜쥐고 한동안 미동도 하지 않은 채 가쁜 숨을 몰아쉬고 있었다.

*

다음날 아침 이사부는 자가곡 조선장으로 나갔다.

조선장에는 출정 중 울릉도 앞바다에서 상한 전선들을 수리하는 손길이 바빴다. 크게 출렁거리는 바다 위에서 파도를 견디느라고 그렇게 되기도 했겠으나, 전선끼리 서로 부딪치면서 갈라지고 부서져서 손을 봐야 할 배들도 적지 않았다.

"장군께서 기별도 없이 어찌 이렇게 이른 시각에 나오셨나이까?"

조선장을 지키고 있던 직삼이 황급히 달려왔다.

"조선장과 연무장을 한 바퀴 둘러볼 참이다."

"예. 그러면 소장이 모시겠나이다."

이사부는 손을 내저었다.

"아니다. 굳이 그럴 필요는 없다. 나 혼자 조용히 둘러보고 다닐 터이니 아장은 소임에 전념하라."

직삼은 그래도 어찌 그러느냐는 눈빛을 한 채로, 고개를 숙여 복종의 예를 갖추었다. 이사부가 서두르던 발길을 세우며 새삼 생각이 난 듯 직삼에게 말했다.

"삼동이 닥치면 작업이 지난할 것이니, 다그쳐서 중한 일부터 미리 마쳐놓고 겨우내 서서히 마무리해가야 할 것이다."

"예. 분부대로 하겠나이다."

직삼은 다시 한 번 고개를 조아렸다.

조선장은 다시 활기를 띤 모습이었다. 새 전선을 짓기 위해 들여온 목재들도 차곡차곡 쌓이고 있었고, 목수들의 손길도 제법 신명이 붙어 있었다.

조선장을 다 둘러본 이사부는 해변 연무장으로 갔다.

연무장에서 훈련을 하는 병사들 역시 울릉도 앞바다에서의 악몽을 많이 씻어낸 모습으로 눈빛과 몸놀림이 살아나고 있었다. 이사부는 다시 뭔가 조금씩 새로운 희망을 품게 된 현실에 안도했다.

해송을 스치고 불어온 바람의 갈기에 겨울 냄새가 더욱 짙어져 가고 있었다.

〈別註〉

* 연령급단조직
年令級團組織, 촌락 또는 부족단위로 일정한 연령층의 청소년들이 모여 단체생활과 공동의 의식을 수행하면서 가무와 무예를 익히는 단체. 나중에 화랑도가 됨.

* 교령술
交靈術, 소환召還, 외부의 귀신이나 정령, 동물 등과 영적으로 의사소통을 하거나 자유자재로 부릴 수 있는 능력.

마당 넷

잠입(潛入)

4.1
밀행

전쟁의 승패를 점치기 위해서 헤아려보아야 할 요소들을 놓고 이사부는 숙고에 숙고를 거듭했다. 땅 넓이를 보고 비교하는 도(度)에서나, 두 나라의 물질적 크기를 달아보는 양(量), 그리고 병력이나 동원 가능한 인력의 여유를 헤아리는 수(數)의 비교에 이르기까지 우산국은 결코 신라국과 견주어볼 상대가 아니었다. 그러나 두 나라의 총체적 실력을 비교하는 칭(稱)에 이르면 결코 승리를 무조건 장담해서는 안 되는 형국임이 분명했다.

신라는 우선 우산국의 장수를 모르고 지리조건과 병사, 그리고 전략전술에 관한 정보가 거의 없다시피 하다. 지난 번 첫 번째 출병에서 실패한 것은 도량수에서의 우위를 과신하고 칭을 소홀히 한 것이 문제였다. 그렇다면 결론은 무엇인가. 아무리 궁리해보아도, 우산국에 대한 '정보부족'이라는 가장 큰 약점을 해소하지 않고서는 승전을 장담하기가 어려우리라는 것이 이사부의 결론이었다.

*

산과 바다에 봄빛이 완연한 이월의 어느 날이었다. 밤이 깊어갈 무렵, 이사부는 시종장 명진을 침소로 은밀히 불렀다. 긴 겨울 동안 밤낮으로 조선장과 연무장을 오가면서 우산국을 공략할 비책을 궁구하는 일로 소일한 이사부의 얼굴이, 봄볕을 안고 달려드는 해풍에 많이 그을려 있었다.

명진은 군주의 갑작스런 부름에 긴장한 얼굴로 무릎을 꿇고 앉아 하명을 기다렸다. 이사부가 몸을 앞으로 숙였다.

"너를 따로 부른 것은 다름이 아니라, 나와 함께 해야 할 중요한 작전이 있어서다."

이사부가 목소리를 한껏 낮춘 것과 동시에 명진의 눈이 왕방울 만하게 열렸다.

"중요한 작전이라 하오시면……."

"너와 나 단 둘이서 장사꾼을 가장하여 배를 탄다."

명진은 불에 댄 듯이 놀란 눈을 뜨악하니 올려 뜨고 껌벅거렸다.

"어디를…… 가고자 하십니까?"

이사부가 목소리를 더욱 낮추며 말했다.

"우산국이다."

"에에? 우, 우산국이라 하셨습니까……요?"

명진은 놀라움에 말을 제대로 잇지 못했다.

"목소리를 낮춰라."

"아, 예? 예."

"배를 준비하고 대기하라. 지난번에 사개 준모를 싣고 울릉도를 다녀

온 사공을 중심으로 배꾼들을 꾸려라. 물론 그들에게도 배가 출발하기 전까지는 목적지가 우산국이라는 언질을 절대로 주어서는 안 된다. 만약에 우리의 행선지가 알려지면 모든 것은 수포로 돌아가고, 목숨 또한 부지하기 어려울 것이다. 너와 나 단 둘이서만 알아야 할 극비사항이니 절대로 함구해야 한다. 알겠느냐?"

"아…… 예, 예. 며, 명심하겠습니다요."

명진은 몇 번이고 고개를 조아리며 다짐을 했다. 극에 달한 긴장으로 그는 숨조차 제대로 쉬지 못하고 있었다.

명진이 물러간 다음 이사부는 아장 직삼을 처소로 불렀다.

"내가 명진과 함께 은밀히 다녀올 곳이 있어 한동안 주청을 비울 것이다. 그러니 직삼 그대가 그 동안 주청의 모든 임무를 통할하라."

"어디를 다녀오시옵니까?"

"아무것도 묻지 말라. 또 함부로 나의 출타를 언급하지 않도록 단속하라. 내가 없는 동안 전선제작과 군사훈련에 일체 차질이 없도록 하라."

"신명을 다 바치겠나이다."

"그리고……"

이사부가 말을 잠시 끊고 비장한 표정을 지었다. 직삼이 긴장한 눈빛으로 다음 말을 기다렸다.

"지금으로서는 나의 출타기간이 얼마가 될 지 알 수 없다. 다만, 보름이 넘도록 나와 명진이 돌아오지 못하거든 서라벌에 나의 유고를 전하고 대안을 찾도록 도모하라."

"도대체 어디를 가시옵기에?"

"알려고 하지 말라 하지 않았더냐?"

이사부가 목소리를 높이며 직삼의 입을 막았다. 직삼이 무르춤하여 고개를 숙였다.

"송구하옵니다. 명 받잡겠나이다."

영문을 알 턱이 없는 직삼은 군주의 뜻을 다 알지 못해 답답해하는 표정으로 주청을 나갔다.

이제 길고 긴 여정이 시작되겠구나……. 이사부는 심호흡을 했다. 달이 휘영청 밝았다.

*

울릉도가 저만큼 보이도록 바다가 내내 조용한 것은 천행이었다.

이사부와 명진은 건삼(乾蔘)과 연지, 분, 머릿기름, 거울, 빗, 비녀, 은수저 등 귀중품과 방물이 가득 담긴 대나무 궤짝 등짐을 하나씩 꾸렸다. 그리고는 사개 준모를 싣고 울릉도를 다녀온 적이 있는 사공이 부리는 큼지막한 고깃배를 타고 한밤중에 동해로 나섰다. 포구를 출발한 이후 비로소 행선지가 울릉도라는 것을 알게 되자 배꾼들은 깜짝 놀라서 한동안 말문을 열지 못했다.

사공을 돕는 두 명의 배꾼들을 포함하여 모두 다섯 명인 그들 일행은 만 이틀이 지난 날 해 저물 무렵 울릉도 먼 바다에 이르렀다. 멀리서 바라보는 울릉도는 여전히 깎아지른 바위가 병풍처럼 막아선 난공불락의 철옹성이었다.

이사부는 사공과 배꾼들을 가까이 불렀다. 그들은 눈을 껌벅거리며 명을 기다렸다.

"속도를 조절하여, 어둠이 완전히 내린 다음 섬으로 접근하도록 하여야 한다. 그리고 나와 명진을 내려놓는 즉시 너희들은 하슬라로 돌아가라."

사공과 배꾼들이 허리를 굽혀 대답했다.

"알겠나이다."

"그리고 명심해야 할 것이 있다."

"……."

"너희들은 이번에 나와 명진이 울릉도에 잠입한 일을 함구하라. 절대로 발설해서는 안 된다. 만약, 내가 임무를 마치고 돌아갔을 때 하슬라에 이 사실이 알려져 있다면 너희들 모두는 결코 살아남지 못할 것이다. 알겠느냐!"

"예! 명심 또 명심하겠나이다."

사공과 배꾼들이 고개를 숙이며 대답했다. 그들이 각자 제자리로 돌아간 다음 명진이 이사부에게 다가와 말했다.

"군주님. 그동안 배가 많이 흔들렸사온데, 괜찮으십니까요?"

아닌 게 아니라, 그들이 타고 온 배는 제아무리 크다 해도 전선에 비해서는 턱없이 작은 규모의 어선이었기에 바다 한 가운데에서 파도에 여러 차례 뒤집힐 듯 춤을 추며 위기를 맞았었다. 멀미가 심하게 났지만 참아야 했다.

"견딜 만하다."

"섬의 어느 쪽으로 접안하는 것이 좋겠습니까요?"

"아무래도 주성(主城)이 있는 남방 골계 쪽은 경계가 심할 터이니 피해야 할 것이다. 그렇다고 배회가 너무 길면 그 또한 의심을 사기 십상이니 적당할 때 배를 대어야 한다. 지세가 험한 곳일수록 경계가 허술할 게다. 그러니 가장 가까우면서도 지형이 완만치 않은 곳을 찾아야 한다. 접안이 쉽지 않겠으나, 요령껏 다가가면 작은 배 한 척쯤 댈 공간은 있지 않겠느냐."

"알겠나이다."

명진이 사공과 함께 섬 쪽을 바라보며 한참을 쑥덕거렸다. 이사부는 멀리 바다 위에 둥실 떠 있는 울릉도를 바라보며 잠시 상념에 빠졌다. 저기 저 섬 어디엔가 산단화 낭자가 잡혀 있을 터인데…… 그녀를 찾아서 데리고 나올 수만 있다면 얼마나 좋을까. 그나마나 지금껏 무사하기나 한 것일까. 아니, 살아서 한 번이라도 다시 만나볼 기회라도 있을 것인가…….

*

밤이 깊어 어둠이 짙게 깔린 다음, 이사부와 명진을 실은 배는 거친 파도에 흔들리며 힘겹게 섬을 향해 나아갔다. 내처 달려오던 바다 쪽에서 가장 가까운 곳이니 섬의 서북지역 어디쯤이 될 것이라 짐작하고, 시커먼 절벽을 향해 배를 움직였다. 예상대로 배를 해안에 붙이는 일은 쉽지 않았다.

한참동안 파도와의 실랑이 끝에 당도한 곳은 암벽아래 그리 넓지 않게 펼쳐진 작은 몽돌해변이었다. 봉물등짐을 각각 짊어진 이사부와 명진은 배가 자갈밭에 닿자마자 펄쩍 뛰어내렸다.

"애 썼다. 가능한 빨리 섬을 빠져나가서 하슬라로 돌아가라."

이사부가 사공에게 낮은 목소리로 말했다.

"군주님! 부디 무사하시옵소서."

"그래. 내 걱정은 말고 무탈하게 잘 건너가라."

"알겠사옵니다."

이사부와 명진은 재빠른 동작으로 자갈해변을 사뿐사뿐 걸어서 암벽 사이로 난 작은 계곡 쪽으로 몸을 움직였다. 달그락 달그락 발밑에 닿는 몽돌자갈의 감촉이 부드러웠다.

계곡을 들어서면서, 그들은 뒤를 돌아볼 겨를도 없이 오른편 산등성이 쪽으로 길을 잡았다. 이른 봄 부지런히 수분을 길어 올리고 있는 초목들이 향긋한 풀냄새를 풍겼다.

한참을 그렇게 재빠르게 기어오르던 그들은 숨을 돌릴 겸 잠시 뒤를 돌아다보았다. 별빛 아래, 해안을 저 만큼 빠져나가고 있는 사공의 배가 어슴푸레 보였다.

"군주님. 일단 섬에는 무사히 들어온 것 같습니다요."

"명진아!"

"예. 군주님!"

"지금부터는 나를 군주라고 부르면 안 된다."

"예?"

명진이 눈을 동그랗게 떴다.

"섬을 다시 나갈 때까지는 나를 전주(廛主)라고 불러야 한다."

"하오나, 어찌 제가 감히……."

"이 섬에서 살아서 나가려면 내 말대로 해야 하느니라. 지금부터 우리는 하슬라 저잣거리 시전(市廛)에서 유람 삼아 장사하러 건너온 부상(負商, 등짐장수)들일 뿐이다. 이곳에서 나는 박이종(朴伊宗)이라는 이름을 쓴다. 알겠느냐?"

"예."

명진은 영리한 사람이라 충분히 알아들을 것이다, 이사부는 그렇게 생각하면서 갈 길을 재촉했다.

두 사람은 곧바로 능선을 타고 봉우리 쪽으로 올랐다. 칠흑 어둠 속이라 방향을 유지하기가 쉽지 않았다.

산봉우리에 오른 이사부는 우선 내공을 써서 주변의 기척을 살폈다. 사방 가까운 곳 어디에도 인마의 기미는 없었다. 시린 밤바람이 날카로운 냉기를 품고 겨드랑이 속으로 파고들었다.

"저기가 좋겠다. 저곳에서 이 밤을 넘겨야겠구나."

바위 옆 오목하게 패인 지형에 이르자 이사부는 명진에게 야숙(野宿)을 준비하도록 일렀다. 명진은 등짐을 내려놓고 바닥을 살펴 돌들을 추려냈다. 익숙한 동작으로 주변에서 마른 나뭇가지를 줍고 검불을 뜯어다가 바위 안쪽에다가 쌓았다. 그리고는 봇짐 속에서 꺼낸 부싯돌을 때려 모닥불을 피웠다.

바위를 끼고 우묵하게 생긴 그곳은 두 사람이 불을 피우고 앉아 시린 밤을 견디기에 적당한 곳이었다.

조그만 화톳불이 잉걸불로 타오르다가 숯불로 잦아들면서 온몸에 따스한 온기를 깊숙하게 전해왔다. 고깃배를 타고 만 이틀 밤낮을 흔들려 온 피로가 한꺼번에 쏟아지면서 지독한 졸음이 몰려왔다. 이사부는 귀를 반쯤 열어놓은 채로 선잠에 들었다.

*

이른 새벽. 바다 쪽에서 불어 온 칼바람에 발이 시려서 일어난 이사부는 온기가 사그라진 모닥불을 뒤적거려 불씨를 찾아냈다. 그리고는 명진이 주워다 놓은 나뭇가지를 한 움큼 집어넣어 불을 살렸다. 나뭇가지는 타닥타닥 소리를 내면서 타올라 다시 따뜻한 기운을 사방에 퍼뜨렸다. 영롱한 별들이 수를 놓고 있는 하늘이 찬연했다. 아래쪽을 내려다보니 여명의 바다는 온통 다양한 푸른빛으로 물들어 신비한 세상을 만들어 놓고 있었다.

울릉도 앞 바다의 새벽은 아름다웠다. 보이는 곳이 서쪽 바다인 까닭에 화려한 일출은 아니었으나, 희부옇게 밝아오는 하늘빛을 담아내는 바다의 변모는 신묘하기 그지없었다. 바깥에서 보면 거대한 철옹성처럼 그렇게도 무뎌 보이던 섬이었건만, 막상 그 안 산봉우리에서 내려다보는 풍광은 황홀하기만 했다.

"이제 그만 일어나야 한다."

새우처럼 몸을 모로 뉘어 구부린 자세로 자고 있는 명진을 조용한 목소리로 깨웠다. 따스한 열기를 전해오는 모닥불에 취한 듯 정신없이 곯아떨어진 명진은 도무지 잠 속에서 빠져나올 기미를 보이지 않았다.

"명진아! 이제 그만 일어나거라!"

이사부는 좀 더 큰 목소리로 자는 사람을 깨웠다. 그 제서야 명진은 구부렸던 몸을 쭉 펴 부르르 기지개를 켜며 눈을 떴다. 그러다가 모닥불을 살려 놓고 앉아 있는 이사부를 발견하고는 깜짝 놀라면서 벌떡 몸을 일으켜 세웠다.

"아이고, 군주님! 언제 일어나셨습니까요?"

"어허…… 이 사람. 군주님이라니?"

"아차차. ……죄송합니다요. 전주님이라는 말이 입에서 잘 안 나옵니다요."

"그렇더라도 정신 바짝 차리고…… 실수하면 안 된다. 알겠느냐?"

"예 예. 앞으로는 조심하겠습니다요."

명진이 대나무로 짠 등짐궤짝의 덮개를 열어 멧돼지 육포와 대추를 꺼내는 동안 이사부는 주변에서 솔잎을 뜯어왔다. 두 사람은 솔잎과 대추와 육포로 요기를 했다.

"군주…… 아니, 전주님! 이제 어디로 갑니까요?"

이사부는 고개를 돌려 섬 한 가운데에 있는 산봉우리를 손가락으로 가리켰다.

"저기가 성인봉이라고 했지……. 섬에서 제일 높은 산이라고 하지 않았느냐?"

"예. 거기가 가장 높은 산봉우리 맞습니다요. 그리고 여기 사람들이 성인봉이라고 부르는 소리를 들었습니다요."

"저 봉우리부터 올라 보자. 거기에 가면 아마도 섬 전체가 한 눈에 가늠될 것이다."

"예. 알겠습니다요."

이사부와 명진은 아직 불기운이 남아있는 모닥불을 흙으로 덮어 끄고는 등짐을 다시 짊어지고 그 자리를 떴다. 날은 이미 밝았고, 하늘은 맑았다.

*

성인봉으로 오르는 길은 험하고 가팔랐다. 구릉은 깎아지른 절벽이나 마찬가지였다. 묵직한 등짐까지 짊어졌으니 발은 돌덩이가 매달린 듯 무거웠고, 숨은 턱까지 차올랐다. 잡목들이 가로세로 뒤엉킨 숲과 바위틈으로 새 길을 만들어가며 반나절 가까이를 기어올라도 끝이 보이지 않았다.

그나마, 다리쉼을 하기 위해서 잠깐씩 쉬는 동안 내려다보이는 사방의 절경과 신비한 바다가 고단함을 잠시 잊게 했다.

산에서 내려다보는 울릉도는 이름처럼 빽빽한 구릉과 깊은 계곡 투성이였다. 산정을 중심으로 마치 사방으로 주름을 잡아놓은 것처럼 등성이들이 뻗어있는 지형은 어디 한 뼘이라도 평평한 땅이 있으랴 싶을 만큼 험준해 보였다.

이사부는 울릉도의 지세를 짯짯이 살펴보면서 내심 긴장하고 있었다. 높은 파도가 몰아치는 거친 물길을 용케 넘어온다고 해도 난관은 여전히 남게 되는 형국이었다. 커다란 전선을 붙이기가 도무지 용이하지 않은 암벽 사이에 어찌어찌하여 배를 댄다고 해도 문제는 결코 간단치가 않아 보였다.

만일 적병들이 구릉이나 계곡을 타고 올라 골골이 박혀 저항한다면 더더욱 난공불락일 것이었다. 그야말로 섬 곳곳이 겹겹 천연장벽이요 요새인 셈이었다. 이사부는 은근히 근심이 들기 시작했다. 이 천연요새를 정복할 묘책은 과연 있을 것인가. 이런 섬에 묻혀 사는 이들에게 무슨 두려움이 있으랴······.

길이 따로 나 있지 않은 산을 어슷하게 가로질러오르는 일은 생각보다도 훨씬 더뎠다. 발끝에 걸리는 자갈돌이 자꾸만 구르는 소리를 내며 밑으로 떨어지는 일이 적잖이 성가셨다. 산을 오르거나 산에 있던 다른 누군가가 그들의 발소리를 듣게 된다면 결코 좋을 일이 없을 것이었다.

성인봉 정상이 저만큼 보이기 시작했을 즈음, 산의 형세를 찬찬히 살펴보던 이사부는 크게 놀랐다. 눈앞에 보이는 높다란 봉우리는 명장(名將)을 품고 있는 희귀한 지리를 띠고 있었다. 저런 지세라면 틀림없이 이 섬에서 어마어마한 장수가 태어날 터인데······. 그렇다면 우해라는 자가 저 성인봉의 정기를 받고 태어난 바로 그 장수란 말인가. 그렇다면 그는 지금껏 짐작해온 것보다도 훨씬 더 범상치 않은 인물일 수도 있으리라……

더러 미끄러져가면서 손까지 동원하여 어렵사리 산을 기어오르던 이사부의 귀에 두런거리는 남자들의 말소리가 아득하게 잡혔다. 소리가 나는 곳은 성인봉 정상 부근이었다.

"잠깐! 멈추어라!"

이사부가 낮지만 단호한 어조로 명진의 발걸음을 잡았다. 거친 숨을 몰아쉬던 명진이 의아한 눈빛으로 이사부를 바라보았다. 그의 얼굴에 굵은 땀방울이 송송 맺혀 있었다.

이사부는 남자들의 말소리가 들려오는 정상 부근 언덕 위를 향에 기를 쏘았다. 열 명은 족히 될 법한 장정들의 움직임이 감지됐다.

"발소리를 내지 말고 천천히 나를 따르라."

이사부는 명진에게 낮은 목소리로 그렇게 이르고는 조심조심 정상을 향하여 비스듬하게 앞장서서 나아갔다.

드디어 정상이 저만큼 모습을 나타낼 즈음, 사람들의 말소리는 더욱 또렷이 들려왔다. 그런데, 귀를 열고 끌어당겨 들어본 말소리는 쉬이 알아들을 수 있는 한한곳의 언어가 아니었다. 좀 더 집중하여 들어 보니 그 소리는 섬나라 왜국의 말이 분명했다. 그들은 뭔가 작업을 하고 있는 것 같았다. 곡괭이 소리도 나고 삽질 소리도 섞여 들렸다. 왜인들이 무슨 일로 이른 아침에 울릉도 성인봉에 올랐을까. 그들은 또 저기에서 무슨 일을 하고 있는 것일까……

*

　이사부가 성인봉 정상 가까운 곳에서 곡괭이와 삽으로 커다란 바위 하나를 파내고 있는 왜인 무리들의 모습을 직접 목격한 것은 그로부터 한참을 더 지난 다음이었다. 숲속에 몸을 숨기고 올려다본 그들은 무엇엔가 쫓기는 듯이 바쁜 손길로 집채만큼 큰 바위의 아래쪽을 파고 있었다. 아마도 그 바위를 뽑아서 절벽 아래로 굴려 내리려고 하는 것 같았다. 이미 작업을 한 지 오래 되었던지, 바위는 금방이라도 뽑혀 굴러 떨어질 듯 위태로워 보였다.
　어깨가 떡 벌어져 범상치 않은 완강한 몸피를 지닌 남자 하나가 그들을 지휘하고 있었다. 저들은 대체 왜 저런 짓을 하는 것일까. 이사부는 왜인들의 행동을 찬찬히 살피며, 모습이 좀 더 잘 보이도록 자리를 위쪽으로 옮겼다.
　얼마 동안의 시간이 더 흘렀을 무렵, 그들이 파내던 바위가 기우뚱하고 움직이는 것 같았다. 그리고 그 다음 순간 큰 바위는 아래쪽으로 서서히 넘어졌다. 바위의 밑둥치가 뽑혀 휘청하고 넘어지는 순간 이사부의 귀에는 무시무시한 비명소리가 들렸다. 바위는 거짓말처럼 아래로 쿨렁 굴러 떨어져 내렸다.
　산이 고통스럽게 울고 있었다. 그리고 바위가 뽑혀진 그 자리에서 용암처럼 솟구쳐 오르는 검붉은 피가 보였다. 선혈은 이내 폭포가 되어 계곡을 타고 아래로 콸콸 흘러내렸다.
　"앗! 저건?"
　산세를 다시 한 번 찬찬히 살펴보던 이사부는 소스라치게 놀랐다. 그 바위는 성인봉의 지혈을 장악하고 있는 대동맥의 혈 자리, 기맥의 급소였다. 그 바위자리에서 솟구쳐 오른 검붉은 정기는 아래로 콸콸 흘러내리면서 산의 영험을 빠르게 소진시키고 있었다.

이사부의 얼굴이 하얗게 질렸다가 일순 화석처럼 굳어졌다. 명진은 그런 이사부의 모습이 도무지 이해가 가지 않았다. 바위가 굴러 떨어지는 것 이외에 아무것도 보이지 않고 아무 소리도 들리지 않는데, 군주께서는 대체 무엇을 보고 무슨 소리를 들었기에 저리 망연자실한 것일까……. 명진은 그저 이상스러울 따름이었다.

바위를 계곡 아래로 굴려 내리는데 성공한 왜인들이 뭐라고 한바탕 환호성을 질렀다. 그러자, 그들의 수장인 듯해보이던 사내가 그들의 환성을 단호한 음성으로 막았다. 민나 시즈까다까라(모두 조용하라!)……. 사내의 윽박지름에 그들은 모두 소리를 뚝 그쳤다.

이사부의 뇌리에 새로운 깨달음이 스쳐 흘렀다. 저 왜인들은 울릉도의 정기를 끊으러 온 자들이로구나. 성인봉의 혈맥을 끊어 지세를 흐트러뜨리려는 것이로구나. 더 이상 이 땅에서 인재가 나지 못하도록 할 흉계를 품고 찾아 온 자들이 틀림없으리라.

"저런, 쳐 죽일 놈들!"

이사부의 입에서 분노의 신음이 터져 나왔다. 지금 당장은 우산국이 비록 적국이긴 하지만 한한곳의 땅이 분명할진대, 저 놈들이 가당치 않은 흑심을 품었구나. ……생각이 거기에 이르자 이사부는 흥분을 감출 수가 없었다.

"군, 아니, 전주님! 왜 그러십니까요? 저치들은 대체 어떤 놈들이며 왜 저런 요상한 짓거리를 한답니까요?"

"저들은 왜인들이다. 놈들은 방금 울릉도 대동맥의 정기를 끊어버렸다."

"예? 대동맥 정기라고 하셨습니까요?"

명진으로서는 이사부의 말을 다 이해할 수가 없는 노릇이었다. 그는 고개를 갸우뚱거리며 눈치만 살피고 있었다.

"설명해도 다 알아듣기 힘들 것이다. 저 바다를 건너온 왜놈들이 울릉도 땅의 기운을 영 못 쓰게 만들어 버렸다는 이야기이니라."

"울릉도의 기운을 못 쓰게 만들었다 하셨습니까요? 그런데 저 왜놈들이 도대체 왜 그런 짓을 합니까요?"

이사부는 한 차례 깊은 한숨을 내쉬었다. 저들의 목적은 분명해보였다. 저들은 지금 울릉도를 침탈하려는 흑심을 품고 있음이 틀림없었다.

어찌해야 할 것인가. 그들을 당장 쳐서 요절을 내고 싶은 마음이 굴뚝같았다. 하지만, 대업을 생각하면 그렇게 감정적으로 섣불리 움직일 수는 없는 노릇이었다.

왜인 무리들은 자기들끼리 무언가를 하염없이 수군거리고 킬킬거리면서 바위가 뽑혀 굴러 떨어진 자리 근처를 번갈아 바장거렸다. 이사부와 명진은 미동도 없이 그 자리에 한동안 돌처럼 머물러 있었다.

시간이 얼마나 지났을까. 이윽고 그들은 장비를 챙겨들고 성인봉 저쪽 반대편으로 하산하기 시작했다. 그들은 마치 한바탕 전투에서 대승을 거둔 병사들처럼 성취감에 도취된 듯 가뿐한 몸짓을 하고 있었다.

4.2 우직

 왜인들이 모두 봉우리에서 내려간 다음에야 이사부는 명진과 함께 굴러 떨어진 거대한 바위가 서 있던 터 쪽으로 다가갔다. 바위가 서있던 자리에서는 여전히 콸콸 솟아올라 계곡으로 쏟아지고 있는 선혈이 느껴졌다. 참담한 표정으로 주변을 살피고 있는 이사부에게 명진이 물어왔다.
 "이게 이렇게 되면 어찌 됩니까요? 울릉도에 무슨 큰 횡액이라도 생깁니까요?"
 이사부는 어두운 표정을 풀지 못하고 천천히 입을 열었다.
 "이 성인봉 산봉우리들은 울릉도에서 큰 장수를 배출시킬 지기(地氣, 땅의 정기)를 안고 있다. 그런데 저놈들이 이 산의 대동맥 기혈을 끊어 놓았으니 그 정기가 흩어져버리고 있는 것이다."
 이사부의 말을 들으면서 명진은 눈을 빠르게 몇 번 껌벅거렸다.
 "그럼 잘 된 일 아닙니까요? 우산국을 복속시키려는 신라로서는 좋은 일이 되지 않겠습니까요?"
 "아니다. 그렇게만 생각할 일이 아니다. 문제는 이 기혈을 끊은 자들이 왜인이라는 사실이다. 저들이 울릉도 정기의 혈맥을 왜 끊었겠느냐. 저들의 속셈은 단지 여기에 그쳐 있지 않을 것이다. 그것을 잘 생각해야 한다."

명진은 이사부의 설명을 듣고도 그게 무슨 소리인지, 무엇을 뜻하는지 감이 제대로 잡히지 않는 표정이었다. 이사부는 자기를 멀뚱 쳐다보고 있는 명진의 얼굴을 살피면서 설명을 더 이어가야 할 것인가 말 것인가 잠시 망설이다가 이내 주저를 내려놓았다.

바위가 뽑혀진 구덩이를 안타까운 눈으로 둘러보며, 이사부는 연신 고개를 가로저었다. 끊어진 혈 자리를 다시 이을 방법이 없을까 궁리도 해보았다. 하지만 아무리 생각해보아도 뚝 잘려버린 기맥을 다시 이을 묘책은 떠오르지 않았다.

"네 이놈들! 도대체 어떤 놈들인데 이런 천인공노할 짓을 하느냐?"

그때였다. 이사부와 명진을 향해 벽력같은 소리를 지르며 오르막길을 차고 올라오는 사람이 있었다. 쩌렁쩌렁한 그 소리는 메아리가 되어 산을 울렸다.

봉우리의 북북서방향 아래쪽이었다. 뽑힌 바위 터 자리 그 아래로 저만큼 뻗어 내린 가파른 절벽 옆길을 손에 든 장(杖, 지팡이)을 휘두르며 허둥허둥 올라오는 사내 하나가 보였다. 가깝지 않은 거리였지만, 이사부는 그의 풍채가 가볍지 않다는 느낌을 받았다.

사내의 발은 빨랐다. 얼마나 서둘렀던지, 오르막 산길을 차고 올라오는 발걸음에 흥분이 넘쳐났다. 사내는 순식간에 이사부와 명진의 앞으로 다가왔다. 덩치가 크고 투박한 외양이었으나 눈빛은 예사롭지 않게 매서웠다. 마흔을 갓 넘겼음직한 중년남자의 얼굴에는 희끗한 구레나룻이 꽤 성글고 짙었다. 그는 우선 바위가 뽑혀진 자리에 다가가 슬픈 표정으로 그곳을 살폈다.

"아아, 이 일을 어쩌면 좋단 말인가? 이 장수바위를 뽑아 성인봉의 기혈을 싹둑 잘라놓았으니 장차 이 일을 어이할꼬? 이제 울릉도는 망했구나……"

목소리가 점점 높아지더니 결국 사내는 눈물까지 찔끔거렸다. 한참을 그러던 중년사내는 이사부와 명진의 존재가 다시 생각난 양 몸을 홱 돌려 지팡이를 내둘렀다.

"야, 이놈들아! 지금 너희들이 무슨 짓을 했는지 알기나 하느냐? 여기 이 혈 자리에서 콸콸 솟아오르는 검붉은 피가 너희들 눈에는 도대체 보이지 않는 것이냐?"

떨리는 그의 목소리에 노기가 철철 넘쳐흘렀다. 이사부는 겸손한 낯빛을 지으려고 애쓰면서 차분히 말했다.

"뭔가 오해를 하신 듯한데, 고정하시지요. 이 자리에 서있던 바위를 뽑아 내린 것은 저희들이 아니올시다. 우리도 산을 오르다가 바위 밑을 파서 아래로 굴려 내리는 일단의 무리들을 우연히 목격했을 뿐이라오."

"그대들이 이런 몹쓸 짓을 한 자들이 아니라고? 그럼 도대체 누가 이런 무도한 짓을 했다는 말이오?"

사내는 목소리를 약간 누그러뜨리면서 말했다. 이사부는 낮은 음성으로 천천히 설명했다.

"제가 그들의 말소리를 들어본 바로는 틀림없이 왜인들이었소이다."

"왜인들? ……아아, 그놈들이 정녕……?"

사내는 뭔가 짐작이 가는 바가 있다는 듯이 말투를 바꾸며 얼굴에 낙망의 빛을 가득 담았다. 사내가 다시 물었다.

"그놈들의 모습이 어땠는지 자세히 말해주시오. 도대체 몇 명이나 됩디까?"

"그들의 수는 십여 명 쯤 되어 보였고, 꼭두새벽부터 이곳에 올라와 작업을 한 것 같았소. 비범해 보이는 풍모를 지닌 장정 하나가 그들을 지휘하고 있더이다."

그러자 사내의 눈빛이 반짝 빛났다.

"키가 작고 몸피가 완강하지 않던가요?"

"맞소이다. 멀리에서 보기에도 어깨가 떡 벌어진 그 장정은 범상한 체신이 아닌 듯 했소이다."

"모야(毛野) 장군이로구먼. 결국 이 짓거리를 하려고 그 자가 울릉도엘 들어온 게야."

사내는 혼잣말을 하듯 뇌까리면서, 이제야 뭔가 알 것 같다는 표정을 지었다. 그리고는 잠시 말을 끊었다가 다시 흥분하기 시작했다. 그의 짙은 눈썹이 실룩거렸다.

"이런 쳐 죽일 놈들! 울릉도를 집어삼킬 작정으로 들어와서 그에 이런 참혹한 만행을 저지른 것이 틀림없으렷다!"

분기를 누르지 못하고 있는 사내의 정체에 대한 궁금증이 깊어지면서 머리가 복잡해졌다. 산천의 기맥을 볼 줄 아는 것으로 보아서 평범한 인물은 아닐 것이다. 그렇다면 우해의 곁에서 무슨 벼슬을 맡은 자인가? 따져보니 꼭이 그런 것 같지도 않았다. 그는 이 섬을 '우산국'이라고 하지 않고 굳이 '울릉도'라고 일컫고 있지 않은가.

"그런데 대체 그대들은 뉘시오? 행색을 보아하니 여기 섬사람은 아닌 듯 하오만?"

한동안 식식거리고 혀를 차며 뽑혀나간 바위자리를 맴돌던 사내가 불현듯 이사부를 향해 다가왔다.

"예. 저희들은 유랑삼아 장사를 좀 해볼까하고 뭍에서 가까스로 건너 온 등짐장수들이올시다. 우연히 이런 해괴한 장면을 목도하게 됐소이다."

"아, 그러시오? 그럼 우리 통성명이나 합시다. 나는 이 섬에 누대를 이어 고깃배들을 부리며 살고 있는 우직(于直)이라는 사람이오."

"어쨌든 이렇게 만나게 돼서 반갑구려. 이 몸은 하슬라 저잣거리에서 시전을 열고 있는 박이종이라 하옵고, 함께 온 이 자는 제 수하올시다."

명진이 기다렸다는 듯이 사내에게 고개를 숙이며 말했다.

"명진이라고 합니다요."

우직이라는 사내의 눈빛에 의심의 그림자가 살짝 스쳤다. 행색을 넘어서는 사람의 기색에서 뭔가 께름칙한 느낌을 받았던지 고개를 한 번 갸우뚱해 보이기까지 했다.

그들은 한동안 바위자리 옆에 함께 서서 큰 바위가 뽑혀 굴러 떨어진 절벽 아래를 망연히 내려다보고 있었다. 우직은 여전히 바위가 뽑혀 굴러 떨어진 일을 믿을 수 없다는 듯이 혀를 끌끌 차며 난감해 했다.

"이를 어찌 하면 좋은가 그래? 저 수백 길 낭떠러지 아래로 굴러 떨어진 장수바위를 다시 주워서 원래자리로 올려놓을 재간도 없고……."

우직의 얼굴에는 눈물보다도 더 짙은 안타까움이 그득했다. 할 말을 마땅히 찾지 못하고 있던 이사부가 화제를 돌려 질문을 던졌다.

"이 섬에 왜인들이 많이 들어와 있소이까?"

우직은 여전히 까마득한 벼랑 저 아래 아무렇게나 굴러 떨어져 있는 바위에서 눈을 떼지 못하면서 심드렁한 목소리로 대답했다.

"많이 들락날락 하지요. 하지만 이번에 들어 와서 이 짓을 한 자들은 좀 달라요. 복색은 민간차림이어도 왜병들이 틀림없는 것 같았소. 특히 그 모야 장군이라는 자는 예사 인물이 아닌 모양입디다."

"모야 장군? 그 자는 언제 이 섬엘 왔소이까?"

"울릉도에 들어온 지 달포 쯤 되었지요. 한 떼의 사내들을 끌고 다니면서 뭔가를 찾고 있더니, 그게 이 장수바위였던 모양이오. 결국 바위를 뽑아버렸으니 낭패가 아닐 수 없구려. 내 미처 저놈들의 흉계를 알아차리지 못해 이리 무참한 일을 당했으니 어찌할꼬……."

우직은 한숨을 깊게 쉬었다. 울릉도를 걱정하는 그의 마음이 읽혀졌다. 이사부는 그의 속내를 더 알고 싶어졌다.

"저들이 또 무슨 일을 더 할 지 알 수 없겠군요."

"지금 이런 짓을 한 것으로 미루어 저들은 우선 이 섬의 정기를 모조리 끊을 심산인 것으로 보이오. 필경 뭔가 험한 일을 더 꾸밀 거요."

우직은 장수바위라고 불리는 바위가 뽑혀나간 자리를 다시 한 번 둘러보면서 난감한 표정을 풀지 못했다. 한 동안 그렇게 침묵을 이어가던 그가 이사부에게 정색을 하고 물었다.

"그런데, 그대들은 장사를 하러 왔다면서 이 성인봉엔 왜 올랐소?"

이사부의 가슴이 뜨끔 저렸다. 처음부터 우직이라는 자가 여간내기가 아니리라는 느낌이 들더니, 역시 만만치 않은 존재라는 생각이 다시 들었다. 머리카락이 곤두섰다.

"장사도 장사지만, 아까 말씀드린 대로 일찍이 울릉도의 풍광이 수려하다는 소문을 듣고 한 번 보기를 소원했던 터라 겸사겸사 건너왔다오. 여기 이 봉우리가 제일 높기에, 오르면 섬 풍광을 다 볼 수 있을 것이라 여기고 무심코 올랐을 따름이오."

그때 눈치만 보고 있던 명진이 나서서 설명을 보탰다.

"사실은 소인이 수 년 전 장사를 하려고 울릉도엘 건너와서 며칠 묵고 간 적이 있었습지요. 그래서 전주님께 이곳 산과 바다가 절경이라는 말씀을 여러 차례 올렸더니 한 번 가보자 하셔서 이렇게 모시고 왔습니다요."

우직은 여전히 의심이 다 풀리지 않은 눈빛으로 이사부와 명진을 한참 더 톺아보았다. 그리고는 다시 물었다.

"그나마나 박이종 전주 당신은 풍수지리 공부를 좀 하신 것 같은데, 맞지 않소?"

"아, 예. 공부를 했다고 말하기는 부끄럽소이다. 어려서부터 오랫동안 산천을 주유하다보니 관심을 갖게 됐습지요. 그저 견문을 조금씩 넓혀가고 있는 중일 뿐이오."

"그렇다면, 지금 이 장수바위가 무참히 뽑혀진 일을 어떻게 보시오?"

"얕은 소견이라 내 짐작이 들어맞을지는 모르지만, 왜국이 이 섬을 집어삼키려는 야욕을 품고 있지 않은가 하는 의혹이 생기는 구료. 그렇지 않고서야 굳이 울릉도의 주 혈맥을 이렇게 끊어놓을 이유가 없지 않겠소이까?"

우직의 얼굴에 처음으로 화기가 돌았다.

"정확하게 맞추셨소. 저 놈들의 행동이 수상하여 조금씩 의심해왔으나 이제야 분명하게 알 것 같소이다. 장차 저 놈들의 흉계를 어찌 막아야 할 지 걱정이구려."

이사부는 그 대목에서 우해왕 이야기를 꺼내볼까 하다가 아무래도 아직은 위험할 것 같아서 참았다. 여전히 우직의 정체조차 아무 것도 알지 못하는 상태였다.

"저기…… 전주님! 시장들 하실 텐데 잠시 앉아서 요기라도 좀 하시는 것이 어떻겠습니까요?"

 이사부와 우직의 대화를 잠자코 듣고 있던 명진이 분위기를 돌을 겸 해서 제안을 했다. 그러고 보니 새삼 시장기가 깊었다.

 "아닌 게 아니라 배가 많이 고프군요. 저희들에게 요깃거리가 좀 있으니 함께 드십시다. ……명진아. 먹을 것들을 좀 꺼내라."

 "알겠습니다요, 전주님."

 명진이 이제는 군주라고 부르는 실수를 하지 않아서 다행이라는 생각을 하면서 이사부는 우직의 팔소매를 잡아 근처에 있는 평평한 바위 쪽으로 이끌었다.

*

 등짐에서 꺼내어 놓은 마른 음식들을 세 사람은 한 동안 말없이 먹었다. 곶감과 잣을 멧돼지육포에 싸서 먹거나 대추를 솔잎과 함께 씹었다. 울릉도에서는 귀한 음식이어서 그랬던지 우직은 마른 음식을 씹으면서 이게 무슨 맛일까 눈을 자주 껌벅거리는 모습이었다.

 "실례지만, 우직 선주께서는 울릉도 어디쯤에 살고 계시오?"

 "나는 섬 북쪽 예선창(고선창古船昌, 천부天富)이라는 곳에 살고 있소."

 "고깃배들을 부린다 하셨는데, 몇 척이나 갖고 계신지요?"

 "돛배 네 척에 거룻배 일곱 척이오. 고조할아버지 대부터였으니 꽤 오래 됐지요. ……헌데 박이종 전주께서는 울릉도에 언제 어떻게 건너오신 것이오?"

 "예. 저희들은 어젯밤 섬 왼쪽 어딘가 암벽 아래로 배를 댔소이다. 지리를 몰라 잘못 들어서는 바람에 배꾼들이 배를 붙이는 일도 어려웠거니와 가파른 산을 오르느라 또 혼이 났지요."

"큰 황토구미(태하台霞)나 학포(鶴圃) 쪽으로 들어오신 모양이구려. 그쪽은 배를 쉽게 댈 만한 곳이 못 되지요."

"지형을 통 모르니 그냥 무작정 비탈 산을 넘어오다가 야숙을 하고, 아무래도 사방이 다 보이는 곳에 올라야 어떻게 돌아볼 것인가 길머리를 잡을 수 있을 것 같아서 이 봉우리를 올랐습지요. 산을 오르다 보니 정말 경치가 일품입디다."

울릉도 산수 칭찬에 우직은 한결 경계심이 풀려가는 것 같았다. 마침 날이 맑아 시야가 확 트여 있었다. 우직은 들고 있던 지팡이를 들어 멀리 서북쪽 해안으로 뻗은 뾰족한 산봉우리를 가리키며 설명을 시작했다.

"내 고향땅이어서가 아니라, 울릉도 풍광은 정말 최고지요. 잘 보이지는 않지만, 저 송곳봉 왼쪽으로 용포와 광바위가 있다오. 그 오른쪽에 있는 동네가 바로 내가 사는 예선창이지요. 성인봉 북편 아래에 있는 송곳산, 미륵산, 간두산, 나리산이 에워싼 평평한 나리촌(羅里村)이 그 안쪽으로 펼쳐져 있다오. 섬 오른쪽 끝 저기를 두루봉이라 하고 그 아래쪽을 석포라고 하지요."

"구멍바위(孔巖, 코끼리바위)는 어디쯤입니까요?"

우직의 설명을 들으며 작은 눈을 부지런히 깜박이고 있던 명진이 궁금증을 견디지 못하고 물었다. 우직은 친절하게 대답해주었다.

"구멍바위는 저기 송곳봉 앞바다에 있지요. ……이름이 명진이라고 했던가? 구멍바위를 어떻게 아시오?"

"아, 예. 소인이 연전 다른 장사치들을 따라서 잠시 건너왔을 적에 누군가에게 그런 기묘한 바위가 있다고 들었습지요. 하지만, 그때는 돌아

다닐 형편이 되지 못하여 살펴본 곳이 별반 없었고, 그나마 세월이 지나다보니 기억에 남은 것이 거의 없습니다요."

우직은 고개를 끄덕거리고는 다시 섬의 우상(右上)귀에서부터 한 바퀴 오른 쪽으로 빠르게 빙 돌려 가리키며 설명을 이어갔다.

"여기에서 보이지는 않지만, 저기 나리봉 앞쪽에 와달리라는 곳이 있고, 그 한참 아래 오른 쪽이 모시개(저동苧洞), 그 아래 쪽 섬 우하(右下)지역이 새각단과 우복(又復), 옥천(사동砂洞)이고, 그 아래쪽이 깎아지른 절벽인 통구미, 그 옆쪽에 골계와 구암(남서南西)이라고 하는 곳이 있지요."

"지명만 들어도 신비롭게 여겨지는군요. 차차로 유람을 해보면 정말 일품일 것 같은 생각이 듭니다."

이사부는 우직이 가리키는 곳들을 유심히 지켜보면서 섬의 지리를 익혀 나갔다. 섬은 안에서 보기에도 완사지라고는 찾아보기 힘든 가파른 구릉 일색이었다. 뭍에서는 좀처럼 보기 힘든 특이한 지형들이 생경스러웠다.

"아직 어디 유할 곳도 없을 터이니, 일단 우리 집으로 가십시다."

"고마운 말씀이시오. 선주께서 그리 편의를 보아주신다하니 감사하기 그지없소이다."

이사부는 호의를 베풀고자하는 우직에게 고개를 숙여 깍듯이 예를 갖췄다. 명진이 풀어놓았던 등짐 궤짝을 다시 추슬러 묶는 동안 우직은 파헤쳐진 장수바위 자리를 다시 한 번 둘러보면서 혀를 찼다.

4.3 예선창

성인봉은 내려가는 길도 만만치 않았다. 성큼 앞장 선 우직을 따라서 이사부와 명진은 등짐을 지고 땀을 흘리며 가파른 산길을 내려갔다.

우직이 살고 있다는 예선창에 이르는 길은 아침나절에 이사부와 명진이 힘겹게 올랐던 비탈에서 북쪽으로 약간 더 꺾어 비스듬하게 되짚어가는 방향이었다. 이사부가 간밤에 야숙을 했던 곳을 가리키며 거기가 어디인지를 묻자, 우직은 서달령 근처라고 알려주었다.

한참을 더 내려가니 뜻밖으로 널따란 평지가 눈앞에 나타났다. 나리촌이라는 곳이었다. 저만큼 평지 한 가운데에 작은 마을이 보였다. 나무껍질을 지붕으로 켜켜이 쌓아올린 너와집과 조릿대를 엮어서 지붕을 이어 올린 키 낮은 투막집 몇 채가 옹기종기 모여앉아 있었다.

우직이 산다는 마을까지는 나리촌 평지가 끝나는 지점에 솟아오른 작은 고개를 넘어 가파른 내리막길을 한참을 더 걸어 내려가야 했다.

예선창은 너와집과 판석집, 그리고 투막집들을 포함하여 쉰 가구 정도 될 법한 가옥들이 바다를 향해 나란히 모여 앉은 형태의 상당히 큰 부락이었다.

우직의 집은 그 중 규모가 가장 컸다. 호박돌을 진흙으로 붙여 켜켜이 쌓아올린 벽체에 지붕 위에다가 판석을 듬성듬성 올려 눌러놓은 형태의 너와집이었다. 안채와 사랑채, 그리고 문간 행랑채까지 모두 세 채의 건물이 가지런했다.

이사부와 명진은 행랑채로 안내되었다.

"누추하지만, 이곳에서 유하시지요. 불편하거나 필요한 것이 있으면 기탄없이 말해주시오."

우직은 행랑채 방안으로 먼저 들어서며 손님들이 들기를 청했다.

행랑채 방은 생각보다 넓었다. 더러 손님이 묵어가는 곳인 듯 윗목 시렁 위에는 이부자리가 반듯하게 개켜져 있었다.

"선주께서 이리 편의를 보아주시니 너무 고맙소이다. 은혜를 잊지 않으오리다."

이사부는 정중히 감사의 뜻을 표했다. 가벼운 목례로 답을 한 우직은 방안을 찬찬히 한 번 더 살펴 본 다음 안채로 건너갔다. 등짐을 내려놓은 명진은 피로가 깊었던지 나무판자를 이어 붙인 마루방 바닥에 그대로 널브러져 금세 코를 골았다.

이사부는 잠시 생각에 잠겼다. 울릉도는 난공불락의 요새다. 사방으로 펼쳐진 거친 바다가 이미 접근을 막는 만만찮은 장벽인데, 병풍처럼 둘러쳐진 암벽은 더욱 완강하다. 게다가 섬 안쪽의 지형마저 가파른 계곡 일색이라 뚫고 들어오기도 힘들거니와 들어온다 해도 어찌해 볼 도리가 없는 얄궂은 땅이다. 뿐만이 아니라, 해귀(海鬼)와 날짐승들을 부리는 우해의 도술까지 헤아려보면 어느 것 하나 만만한 조건이 없다……. 이사부는 한숨을 깊게 쉬었다.

걱정은 또 있었다. 우직이라는 자를 의심하지 않아도 될 것인가. 그의 관상에서는 일단 음흉한 기운이 감지되지는 않았다. 또 왜인들이 장수바위를 뽑아버린 일을 놓고 극도로 흥분하는 반응을 보이는 것으로 보아서는 울릉도의 명운을 진정으로 염려하는 인물임에는 틀림이 없는 것 같다. 하지만 여러 척의 배를 부리며 이만큼 살고 있을 정도라면 우직은 우해와 어떤 긴밀한 관계에 놓여 있을 가능성을 배제할 수 없다…….

울릉도 거민들의 민심도 알아내야 할 일 중의 하나였다. 우해의 통치 아래 우산국 사람들은 또 어떤 마음을 품고 살고 있는지를 파악하는 일은 공략을 위해서 소중한 정보가 될 것이었다.

명진의 코고는 소리가 더 높아졌다. 이사부에게도 견디기 힘든 피곤이 엄습했다. 등짐에 기대어 비스듬히 드러누워 눈을 감았다. 잠이 몰려왔다. 긴장과 피로가 뒤범벅이 된 미묘한 기운 속에 젖어있던 이사부는 스르르 깊은 잠 속으로 미끄러져 들어갔다.

*

잠도 꿈도 아닌 몽롱한 의식 속에서 불현듯 산단화에 대한 걱정이 슬며시 솟아올랐다. 산단화는 지금 어찌하고 있는 것인가. 살아있기나 한 것일까. 과연 그녀를 찾을 수나 있을 것인가…….

"전주님! 그만 일어나시옵소서."

얼마나 잤을까. 이사부는 명진의 목소리를 듣고 후루룩 잠에서 깨어나 벌떡 일어나 앉았다.

"어이구! 제가 너무 놀라게 해드렸습니까요? 송구합니다요."

지나치게 놀라면서 일어나는 이사부의 모습을 본 명진이 죄스러워

하는 낯빛을 지으며 굽실거렸다. 이사부는 얼굴에 묻은 잠을 털어내면서 적진 한 복판에서 깊은 잠에 골아 떨어졌던 자신이 기이하다는 생각을 했다.

"내가 얼마나 잔 것이냐?"

"반나절 가까이 주무신 것 같습니다요."

반나절이라. 그렇다면 벌써 해거름이 됐다는 말인가? 이사부는 화끈거리는 눈꺼풀에 여전히 남아있는 피로를 뿌리쳤다. 뱃길에서부터 쌓인 피곤을 풀어낼 겨를이 없었던 데다가 가파른 산을 오르내리기까지 했으니 곤할 만도 했다. 명진이 마루방 한 가운데 놓여있던 등짐들을 구석 한 쪽으로 밀치면서 말했다.

"좀 전에 우직 선주님께서 다녀가셨습니다요. 진지 상을 내오신다고 전주님을 깨우라 하셨습니다요."

그러고 보니 산에서 육포 등으로 허기를 면한 것 빼고는 종일 먹은 것이 없으니 시장기가 깊었다. 이사부는 자리에서 일어나 하품을 한 번 길게 하고는 명진에게 말했다.

"우직 선주의 가솔들을 가늠하여 선물로 건네 줄 물목들을 따로 넉넉히 챙겨라."

"벌써 챙겨놓았습니다요. 건삼 한 근에 은수저 두 벌하고 머리빗, 머릿기름, 동거울을 각각 한 개씩 쌌는데, 괜찮겠습니까요?"

"그래, 그 정도면 된 것 같다. ……그런데, 이 집에는 식구가 어떻게 되는지 모르겠구나."

명진은 약간은 으쓱한 표정으로 말했다.

"제가 벌써 안채 사람들을 염탐하여 다 파악해 뒀습니다요. 이 집에는 선주 내외분과 하인들 다섯 사람 그렇게 일곱 명이 살고 있답니다요."

"자제들은 없고?"

"예. 자식들을 낳지 못했는지 아니면 출가한 건지 몰라도, 하인들 말로는 함께 사는 자식은 없다고 했습니다요."

"음. 그래 수고했다."

이사부는 명진의 어깨를 한번 툭 쳐주고는 잠도 털어낼 겸 행랑채 밖으로 나왔다.

아까 예선창으로 들어올 적에는 잘 살피지 않아서 미처 몰랐는데, 마을 앞쪽에 가로로 넓게 펼쳐진 바다가 장관이었다. 하늘이 맑아서였는지, 해저물녘이 되어 가는데도 바다색이 아름다웠다. 이사부는 바다를 바라보며 심호흡을 했다. 바람이 제법 찼다.

*

안채에서 내 온 밥상은 푸짐했다. 조밥에 냉이된장국을 기본으로 하여 이름을 알 수 없는 나물무침 몇 가지와 고등어구이, 오징어볶음, 고추장아찌, 더덕무침 등이 올라 있었다. 명진이 목기(木器)에 담긴 나물무침을 놓고 명이나물이니 부지깽이나물이니 하고 일일이 이름을 불러가며 아는 체를 했다. 이사부와 명진은 모처럼 마음 놓고 배불리 먹었다.

"어째 찬이 입에 맞으셨는지 모르겠소이다."

식사를 끝내고 막 상을 물리고 났을 때 우직이 찾아왔다. 희끗한 그의 구레나룻이 산에서 처음 보았을 때보다도 더 성글어보였다.

"아주 맛나게 잘 먹었소이다. 선주님의 후의는 결코 잊지 않을 것이오."

이사부가 고개를 숙여가며 깍듯이 인사를 했다. 두 사람은 마루방에 마주 앉았다. 이사부가 고개를 돌려 명진에게 말했다.

"명진아. 거기 물건들을 내오너라."

"예."

명진이 따로 묶어두었던 물건들을 가지고 왔다.

"이거 변변찮습니다만, 베풀어주시는 은혜에 조금이라도 보답하고자 하오니 받아주시오."

우직이 정색으로 하고 손을 내저었다.

"아니올시다. 내 결코 이런 보답을 바라고 하는 일이 아니오."

"제 성의이니 그냥 받아주시오."

명진이 물건들을 펼쳐놓고 하나하나 설명을 했다. 우직은 인삼에 대해서 알고는 있었지만 접해보지는 못했는지 신기한 표정으로 건삼을 이리 저리 살폈고, 은수저를 받아들고는 적이 감동하는 눈치였다. 동거울도 무척 마음에 들어 하는 것 같았다.

"섬에서는 좀처럼 보기 힘든 이런 귀한 물건들을 챙겨주시니 고맙게 받겠소이다."

"별 것 아닌데도 기꺼워해주시니 제가 그저 감사할 따름이오."

이사부는 우직의 표정을 읽으면서 그가 매사에 신중하고도 현명하고 원만한 사람일 것 같다는 느낌을 받았다. 나름대로 꽤 넉넉하게 누리며 사는 것 같은데도 예의를 아는 그의 품성이 돋보였다.

그때, 안채에서 부리는 하녀인 듯한 여자가 술상을 받쳐 들고 나와 들여놓고 갔다. 우직은 이사부가 건넨 선물들을 하녀에게 들려서 안채로 보냈다.

"험로에 고생도 하셨을 터이고, 긴장도 안 풀리셨을 것이니 약주나 한잔 하시고 푹 쉬시지요."

"진지를 내주신 것만도 고마운데 이렇게 주안상까지 차려내시다니 정말 고맙소이다."

우직이 술상을 당겨 두 사람 사이에 가지런히 놓고는 잔에 술을 따랐다.

"좁쌀로 빚은 동동주라오. 맛이 어떤지 한번 들어보시지요."

노란 색깔을 띠고 있는 좁쌀 술은 맛이 아주 좋았다. 달착지근한 첫맛과 알싸한 누룩의 맛이 조화를 잘 이루고 있었다. 이사부는 단숨에 잔을 비우고 반배를 하면서 말했다.

"술맛이 천하일품이구려. 아주 달고 맛있어요."

이사부의 칭찬에 우직은 환한 얼굴로 술잔을 받았다.

"술맛이 괜찮으시다니 다행이오. 필요하신 게 있으시면 뭐든지 말씀하시길 바라오."

"예. 정말로 고맙기 그지없소이다. 저야 원체 풍류를 좋아하여 유람 반 장사 반의 심사로 건너온 사람이니, 그저 섬 구경이나 조금 시켜주시면 더 이상 바랄 게 없지요."

우직이 받은 술잔을 들어 절반 쯤 마시고는 잔을 내려놓았다.

"길이 제대로 나있지 않은 지라 걸어서는 울릉도를 다 돌아보기가 쉽지 않지요. 제 배를 타고 한 바퀴 돌아보시면 거지반 보는 것이니 충분하실 거요. 그나마나 이 섬에서 교환하여 가지고 갈 물건들이 마땅치 않으실 터인데……"

명진에게서 진작 들어두었던 말을 떠올렸다.

"질 좋은 건오징어와 향, 또 재수가 좋으면 진주나 수달피도 구해 갈 수 있다고 들었소이다. 그런 것들이나 좀 바꿔 가면 될 것 같소이다만……"

"하기야 그렇지요. 왜국 사람들도 오기만 하면 주로 그 물건들을 찾아서 챙겨 가곤 한다오."

우직이 왜국 이야기를 하자, 이사부는 아까 산에서 보았던 왜인들 생각이 났다. 그들의 정체는 무엇일까?

"아까 산에서 만난 왜인들이 많이 낯설더이다. 그들은 대체 누구인 게요? 어떻게 하여 이 섬에 들어와 그렇듯 활개를 치고 다니는 것이오?"

이사부의 물음에 성인봉에서 있었던 일이 다시 생각난 듯 우직의 표정이 굳어졌다. 그는 뜸을 들인다 싶게 잠시 틈을 두었다가 말했다.

"왕비의 비호를 받고 들어와서 여기저기 기웃거리고 다니는 자들이라오."

"그렇다면 혹시…… 왕비가 왜인들과 무슨 관련이 있다는 말씀이오?"

우직은 또다시 뜸을 들였다. 말을 해도 될 것인지 아닌지를 망설이는 모습이 역력했다. 그는 술잔에 남은 술을 다 들이키고는 빈 잔에 술을 채워 이사부에게 내밀면서 말했다.

"그렇소. 우산국을 다스리는 우해대왕의 왕비는 풍미녀(豊美女)라는 이름을 가진 왜녀라오."

"왜녀라 하셨소이까? 어떻게 왜녀가……?"

상상치 못했던 우직의 말에 이사부는 깜짝 놀랐다. 왜녀가 울릉도에 들어와 왕비가 되어서 살고 있다고? 이게 무슨 소리인가?

그러나, 그 즈음에서 우직은 내막을 더 밝혀 말하고 싶어 하지 않는 것 같았다. 내놓기 마땅치 않은, 뭔가 말 못할 사정이 있는 것 같기도 했다.

이사부는 서두르지 않기로 했다. 말없이 천천히 술잔을 비운 뒤 잔에 술을 채워 우직 앞에 내밀어 놓고는 얼른 말을 돌렸다.

"그나저나, 마실수록 술맛이 더 좋소이다. 이리 훌륭한 가주(佳酒, 嘉酒 맛이 좋은 술)를 빚으시는 것을 보면 우직 선주께서 얼마나 훌륭한 가풍을 이루고 사시는지 알만 하군요."

"원 별 말씀을 다 하시오. 술맛은 물맛을 따라간다 하지 않소이까? 울릉도에 좋은 물이 나니 술도 맛이 있을 따름이지요. ……그건 그렇고, 말씀 나온 김에 내일 내가 골계에 갈 일도 있어서 배를 띄울 예정이니 함께 가십시다. 박 전주께서 물건을 거래하실 마땅한 사람도 소개해드리겠소."

"정말로 그리 해주시겠소이까? 내가 참으로 훌륭한 은인을 만난 것 같구려. 감사하기 짝이 없소이다."

이사부는 비로소 안심하기 시작했다. 우직의 표정에서도 경계심이 아주 풀려 있었다. 두 사람은 주거니 받거니 한동안 술잔을 더 나누었다. 우직은 뭍의 풍속에 대해서 이것저것 여러 가지를 물어왔다. 이사부는 정말 장사꾼인 양 하고 그가 묻는 대로 소상하게 대답을 해주었다.

*

새벽하늘이 맑았다. 다음날 동이 트자마자 우직은 서둘러 배를 띄워놓고 이사부와 명진을 깨웠다.

예선창에서 고깃배를 함께 타고 오른 쪽으로 돌아나가기 시작하면 서부터 섬은 온통 기암괴석의 절경이었다.

"날이 맑고 바다가 잔잔하니 운이 좋으신 거요."

뱃머리에 앉아 물길을 보고 있던 우직이 이사부에게 말했다.

"잔잔한 날이 그렇게나 흔치 않던가요?"

이사부는 우직의 말을 기분 좋은 목소리로 되받았다.

"고요한 날이 드물어요. 울릉도 앞 바다는 물길이 워낙 사나워서 배를 띄우지 못하는 날이 잦다오. 그런데 오늘은 천행으로 하늘도 괜찮고 바다가 얌전한 편이구료."

예선창 그 뒤쪽을 바라보니 나리촌이라는 곳으로 이어지는 계곡들은 완만했다. 하지만, 성인봉에서 바라보았던 지세를 되새겨보면 나리촌은 그 뒤쪽에 성인봉을 비롯한 다섯 개의 봉우리에 갇혀 오도 가도 못할 지역이어서 진격로로 삼을 만한 지형이 결코 되지 못했다.

배는 섬을 오른 쪽에 끼고서 계속 돌아나갔다. 우직은 바다에 외떨어진 거대한 골무모양을 한 바위를 딴바위라고 일컫는다고 설명했다. 그리고는 잇달아 나타난 세 개의 우뚝한 바위를 삼선암이라고 알려줬다.

배가 이윽고 오른쪽 아래로 더 꺾어서 내려가자 왼쪽에 제법 큼지막한 섬이 하나 나타났다.

"저게 깍새섬이라는 곳이지요."

이사부는 깍새라는 말에 흠칫 놀랐다. 깍새라면 지난 번 전쟁 때 군사들을 공격하여 곤경을 안겨 준 새들 중 한 종류가 아니던가.

"저 섬에는 깍새라는 새가 많이 삽니까?"

"그렇지요. 하지만 지세가 워낙 험하고 배를 대기도 어려워서 사람은 살 수가 없다오."

거기에서부터는 또다시 울릉도 쪽은 깎아지른 절벽이었다. 우직은 그 절벽을 가리키며 와달리라고 불렀다. 절벽을 오른쪽으로 놓고 뱃머리를 아래로 돌렸을 즈음, 우직은 배를 부리는 사공들에게 소리를 쳤다.

"속도를 좀 높여라. 부지런을 떨어야 일을 보기가 수월할 것 같구나."

뱃길 왼쪽 저 멀리에 깍새섬보다도 훨씬 더 큰 섬 하나가 보였다. 가파른 절벽 위에 무척 넓어 보이는 평지가 펼쳐져 있는 섬의 모양이 독특했다.

"저 섬은 꽤 크군요."

"예 저 섬은 울릉도 주변에서 제일 큰 섬이라오. 섬조릿대가 우거진 섬이라 죽서도(竹嶼島)라고 부르지요."

죽서도를 지나자 오른쪽에 작은 포구가 하나 나타났다. 포구 안에는 여러 척의 작은 고깃배들이 정박해 있었다. 그 뒤쪽 지형을 살펴보니 역시 골이 깊었다.

"포구가 하나 보이는 데, 저기는 어디지요?"

"거기는 큰 모시개라고 부르는 곳이라오."

거기를 스쳐 지나자 천애의 절벽과 기암괴석이 어우러진 경관이 펼쳐지기 시작했다. 깨끗한 바다와 우람한 검은 바위들, 그리고 태고의 빛깔을 간직한 원시림들이 수려했다. 바다 쪽으로 돌출하여 나온 바위산도 눈길을 끌었고, 안으로 오목하게 파여 들어 간 지형을 따라 펼쳐지는 암벽 또한 이채로운 모습이었다. 거기에도 작은 포구가 보였다.

"저곳은 작은 모시개라고 하는 포구이고, 그 아래쪽이 새각단과 우복, 옥천이라는 곳이라오. 저기 저 숲 속에 흑비둘기들이 많이 살고 있지요."

이사부는 흑비둘기라는 말에 새삼스럽게 그 쪽을 자세히 살펴보았다. 그 지역은 비교적 완만해서 접근이 용이할 것도 같았다. 그곳을 벗어나자 바다 쪽으로 불쑥 튀어나온 봉우리 하나가 보였다.

"가두봉이라고 부르는 곳이라오. 이 봉우리를 돌아서면 몽돌해변과

묵은 향나무가 많은 통구미가 나타날 거요."

우직의 말대로 봉우리를 돌아서자마자 오른 쪽으로 몽돌바닷가가 펼쳐졌다. 섬은 여전히 깎아지른 절벽으로 이어져 있었다. 어디를 살펴 보아도 좀처럼 접근이 용이하지 않도록 되어있는 지세에 이사부는 할 말을 잃고 있었다.

"이제 골계에 거의 다 왔소이다."

섬의 오른 쪽 끝에서 우회전을 한 우직의 고깃배가 남쪽 어느 포구 앞에 이르렀을 때, 이사부는 처음으로 포구 양안에 정박해있는 우람한 우산국의 군선(軍船)들을 보았다. 긴장이 깊어졌다.

이사부는 조심스럽게 군선들을 살펴보았다. 모두 다 합하여 스무 척이 넘어 보이는 군선들은 지난 번 전투에서 보았던 대로 투박한 외양을 하고 있었다. 자세히 살펴보니 배에 사용된 목재가 여간 튼실해 보이지 않았다. 지난 해전에서 중군의 전선을 들이받아 침몰시켰던 바로 그 군선들이었다. 놀란 눈으로 군선들을 바라보던 명진이 꿀꺽 소리가 나도록 침을 한 차례 삼켰다.

"여기가 우산국 왕궁이 있는 골계라는 고을이라오. 남양(南陽)이라고 부르기도 하지요."

이사부는 골계라는 말을 듣는 순간 경계가 삼엄하지 않을까 더욱 긴장했다. 하지만, 자세히 살펴보니 그렇지가 않았다. 군선들 위마저도 군사들이 전혀 보이지 않는 포구는 이상하리만치 한가로웠다.

바깥에서 보는 골계는 가운데 돌출한 산을 중심으로 양쪽으로 제법 넓고 평평한 골짜기가 뻗어있는 형국이었다. 골짜기의 양쪽 바깥 산들이 마치 마을 전체를 감싸고 있는 모습을 하고 있어 영락없는 천연요새였다. 특히 가운데 우뚝 솟은 바위산이 사방을 경계하듯 마을을 지키고 있는 형상이 인상적이었다. 양 쪽 골짜기를 타고 흘러내려온 두 개의 완만한 계곡은 마을 한복판 앞쪽 바다근처에 이르러 하나로 합쳐지고 있었다.

"이곳이 울릉도의 중심지역인 셈이군요."

이사부의 물음에 우직은 곧바로 대답했다.

"그렇소이다. 섬의 남쪽 지역이라, 사철 햇볕이 잘 들고 계곡물이 풍부한데다가 흙살도 기름져서 농사가 잘 되는 곳이기도 하지요."

우직은 물이 묻어 반질거리는 몽돌이 수북하게 깔려있는 포구 안쪽으로 배를 댔다. 배가 포구에 닿자 우직이 말했다.

"자, 여기에서 내려 마을로 들어가십시다."

이사부는 명진과 함께 등짐을 진 채 배에서 내려 우직을 따라 몽돌을 절걱절걱 밟으며 마을로 향했다. 밖에서 볼 때는 모르겠더니, 양 쪽 골짜기에 펼쳐진 동네는 예상보다 훨씬 더 넓은 평지공간이었다. 지붕에 듬성듬성 돌을 얹어 눌러놓은 너와집과 갈대를 이어 지붕을 올린 투막집들이 상당히 많이 보였고, 들락거리는 사람들도 꽤 여럿 눈에 띄었다. 좀 더 자세히 살펴보니 마을 근처에 다닥다닥 일구어진 비탈밭에도 제법 많은 사람들이 나가 있었다. 그들은 봄 농사를 위해 밭고랑을 손보고 있는 것 같았다.

마을에서 마주치는 사람들의 표정은 밝지 않았다. 아니, 표정이 거의 없다 해도 과언이 아닐 정도로 그들은 무심한 얼굴이었다. 이상스러운 것은 그들의 무표정에서 결코 평안이 느껴지지 않는다는 점이었다. 웬만하면 다른 사람과 눈을 맞추지 않으려는 그들의 무덤덤한 표정에서 이사부는 야릇한 공포 같은 것을 보았다. 낯선 사람에 대한 호기심조차 발동하지 않는 듯한 그들의 모습은 오히려 다행이었다.

"저기가 왕궁인 모양입니다요. 예전 이곳에 왔을 때는 없었는데……."

남서천이라고 부른다는 왼쪽 계곡을 중심으로 펼쳐 내린 마을 위쪽 저 만큼 비탈길 위쪽에 삐죽 솟아 지붕이 높아 보이는 큰 건물을 가리키며 명진이 말했다. 검은 색과 짙은 회색으로 조화를 이룬 목조 궁궐은 무척 컸다. 한눈에 보기에도 낯익은 건축양식은 아니었다.

궁궐 앞 쪽에는 왕궁을 지키는 군사들이 눈에 띄었다. 수가 그리 많아 보이지 않는 경계병들의 검붉은 복색이 야릇한 위압감을 던져주고 있었다.

우직은 마을 한가운데 우뚝 솟아있는 바위산 오른쪽 남양천이라고 부르는 계곡을 타고 형성된 많은 가옥들 중 큼지막한 한 너와집으로 이사부 일행을 안내해 들어갔다.

마당 다섯

풍미녀(豊美女)

5.1 골계

우직이 앞장서서 들어 간 너와집 광(창고)은 내부가 무척 넓었다. 물건이 아주 많지는 않았으나, 상품(商品) 꾸러미들이 양쪽 벽면에 쌓여 있었다. 광 안에 들어서자 명진은 쌓여있는 물건들을 하나하나 살피고 다녔다. 그러는 사이에 키가 큰 중년 남자 하나가 안쪽에서 나타났다.

"아, 우직 형님 오셨습니까?"

친밀한 사이인 듯 그 남자는 우직과 손을 맞잡고 무척 반가워했다. 자세히 보니 그는 눈을 끔벅거리는 습성이 있었다. 남자는 우직과 함께 광에 들어선 이사부와 명진을 경계심이 섞인 눈빛으로 살폈다.

"이보게 당충(堂忠). 이 분은 하슬라 저자에서 시전을 운영하는 전주님이시네. ……인사들 나누시지요."

이사부가 빠른 동작으로 등짐을 내려놓고 허리를 굽혀 먼저 인사말을 건넸다.

"박이종이라고 하오이다."

그러자 남자도 정중히 인사를 되받았다.

"예. 저는 당충이라고 합니다."

우직이 한 발짝 앞으로 나서며 그를 소개를 했다.

"이 사람은 여기 골계에서 도매상을 운영하는 행수라오. 외지에서 들어오는 물건을 울릉도 특산품과 교환해주는 일을 주로 하고 있지요."

당충은 우직의 소개말을 들으며 다소 마음을 놓는 표정으로 고개를 끄덕였다. 그는 잰 걸음으로 광의 입구로 다가가 바깥을 잠시 살핀 다음 문을 걸어 잠그고 다시 돌아왔다. 은밀한 상거래를 하면서 익힌 습성인 것 같았다.

"이 쪽으로 오시지요."

당충이 광 안쪽 커다란 탁자 옆에 가지런히 놓인 통나무 원목의자로 손님들을 안내했다. 일행은 통나무 의자에 말없이 둘러앉았다.

"그래, 박 전주께서는 무슨 물건을 가지고 오셨습니까?"

당충이 먼저 입을 열었다. 이사부는 담담한 어조로 대답했다.

"이곳에서는 얼마나 귀한 물건일지 알 수 없소이다만, 뭍에서는 특별히 거래되는 상품들을 골라서 좀 가져왔소이다. ……명진아! 어서 등짐을 열어서 물건들을 보여 드러라."

기다리고 있던 명진이 등짐을 들고 와서 탁자 옆에 놓고 풀었다. 그리고는 건삼과 머리빗, 머릿기름, 옥비녀, 동 거울, 은수저 등등 등짐 속에서 꺼낸 물건들을 탁자 위에 하나씩 올려 자랑하듯 펼쳐 놓았다. 명진이 늘어놓는 물건들을 바라보던 당충의 눈이 휘둥그레졌다. 그 역시 여러 물건들 중에서 건삼에 깊은 호기심을 드러냈다.

"이게 인삼이라는 약재지요?"

명진이 기다렸다는 듯이 나서서 설명했다.

"그렇습니다요. 잘 아시겠지만, 만병통치의 명약입지요. 인삼칠효(人蔘七效)가 무엇인지 혹시 아십니까요?"

서로 눈치를 보다가 우직이 되물었다.

"인삼칠효라니 무슨 말이오?"

명진은 신이 난 듯 인삼자랑을 늘어놓았다.

"인삼의 일곱 가지 빼어난 효능을 말합니다요. 지금부터 제가 한 번 읊어볼 테니 들어보시지요. ……보기구탈(補氣救脫)이라 원기를 보하여 허탈을 구하고, 익혈복맥(益血復脈)이라 혈액을 보충하여 맥을 회복하며, 양심안신(養心安神)이라 마음을 길러주어 정신을 안정시키고, 생진지갈(生津止渴)이라 진액을 생기게 하여 갈증을 멈추게 하며, 보폐정천(補肺定喘)이라 폐를 보하여 천식을 멎게 하고, 건비지사(健脾止瀉)라 위장을 튼튼하게 하여 설사를 멈추게 하며, 마지막으로 탁독합창(托毒合瘡)이라 독을 배제하여 부스럼을 없애는 등 인삼에는 탁월한 약효가 있습지요."

인삼의 효능들을 넉살까지 섞어가며 단숨에 줄줄 읊는 명진의 설명이 하도 달변이어서 이사부는 속으로 또 한 번 놀랐다. 역시 장사꾼으로 닳고 닳아 들은 풍월도 대단하구나…… 하는 감탄이 절로 나왔.

명진의 청산유수 같은 인삼자랑을 들으면서 당충은 건삼을 손으로 들어 짯짯이 살폈다.

"익히 들어서 알고 있습니다. 보약 중의 보약이라고 알려져 있지요. 이런 귀한 약재를 여기에서 이렇게 보게 되네요. 상품들의 양은 모두 어떻게 되시오?"

"주요 물목으로는 건삼이 스물여덟 근, 머리빗이 예순네 개, 머릿기름이 열한 통, 옥비녀가 일곱 개, 동 거울이 아홉 개, 은수저가 열일곱 벌이고 노리개를 비롯한 잡다한 물건들이 좀 더 있습지요."

"예, 그렇군요. 그래 이곳 울릉도에서 특별히 바꿔가고자 하는 물건은 따로 있으시오?"

이번에는 이사부가 말을 받았다.

"여기 울릉도에는 최상품의 진귀한 향이 난다고 들었소이다. 그리고 잘 하면 수달피나 진주 같은 것들도 구할 수 있는 것으로 알고 왔소이다……."

당충의 눈이 반짝거렸다. 뭍에서 가지고 온 물건들이 마음에 썩 드는 눈치였다.

"귀한 물건들을 다루는 사람들이 더러 있으니, 수소문해보면 원하시는 물목들을 어렵지 않게 챙길 수 있을 겁니다. 일단 여기 이 물목들로 은밀히 통문해서 바꿔갈 작자를 찾아봐야지요."

이야기를 한참 나누고 있을 때 창고 바깥에서 인기척이 났다. 이윽고 입구 쪽에서 어험 하는 짧은 헛기침 소리를 앞세운 굵은 사내의 목소리가 들려왔다.

"당충 형님 계시오?"

사내의 음성을 듣자마자 당충이 벌떡 일어나 문으로 다가갔다. 그는 문틈으로 조심스럽게 바깥을 살피며 물었다.

"아우인가?"

"예. 그렇습니다."

당충은 닫아걸었던 안쪽 빗장을 벗기고 문을 열었다. 문 바깥에는 덩치가 제법 큰 사내 하나가 서 있었다. 광으로 들어서는 사내의 얼굴을 보니 검고 구불구불한 턱수염이 풍성했다. 그러나 결코 천박한 용모는 아니었다. 그가 안으로 들어서자 당충은 다시 문을 닫아 빗장을 걸었다. 사내는 안쪽에 모여앉아 있는 낯선 손님들을 발견하고는 지나치다싶을 만큼 짙은 경계의 눈빛을 보냈다.

"아, 우직 형님도 와 계셨습니까?"

"오셨는가? 어서 이쪽으로 앉으시게."

우직은 자리에서 일어나 사내를 반갑게 맞았다. 이사부와 명진은 덩달아 엉거주춤 일어서서 그를 바라보았다. 키는 그리 크지 않았지만, 다부진 몸매를 하고 있는 사내였다. 목이 굵고 완강해 보여서 힘깨나 쓰는 사람이 아닐까 여겨졌다.

"인사 나누시게. 여기 이 분은 하슬라에서 건너오신 시전 전주님이시라네."

우직이 이사부를 소개했다. 이사부는 공손하게 허리를 굽혔다.

"박이종이라고 하오."

"연철(沿鐵)이라고 합니다."

그는 경계심을 다 풀지 못한 표정으로 인사를 받으면서 이름을 밝혔다.

"연철 아우는 이 울릉도에서 최고의 기술을 지닌 대장장이이지요."

당충이 연철이라는 이름의 사내에 대해서 설명을 보탰다. 이사부는 다시 한 번 가볍게 그를 향해 목례를 했다. 그때 우직이 뭔가 생각이 났는지 확인하듯 말했다.

"아 참! 그리고 보니 연철 자네도 선대 어르신들이 하슬라에서 건너오셨다고 하지 않았나? 그렇지?"

그러자 옆에 있던 당충이 새삼스럽게 무릎을 치며 연철을 향해 큰 소리로 말했다.

"그래, 맞아. 이 봐. 연철 아우! 자네 할아버지가 하슬라 사람이라고 했지?"

그러나 연철은 우직과 당충 두 사람의 말에 별 감흥을 느끼지 못하는 표정이었다. 그는 멋쩍은 낯빛을 지으며 머리를 긁적거렸다. 외양에 어울리지 않는 순박한 모습이었다.

"그렇다는 말만 들었을 뿐, 사실 제가 아는 것이 별로 없어서……. 할아버지 살아계실 적에도 하슬라에 대해서 무슨 말씀 하시는 것을 본 적이 거의 없습니다."

우직이 나서서 그 말을 받았다.

"하긴, 모르고 살아서 그렇지 울릉도 사람들 중에는 조상이 하슬라나 실직에서 건너온 이들이 적지 않기 때문에 굳이 그걸 따지는 일 자체가 무의미하긴 하지."

이사부가 연철을 바라보며 다시 한 번 반가움을 표했다.

"어쨌든 조상께서 하슬라 분이시라니 더욱 반갑습니다."

"예. 저도 그렇습니다."

연철은 어느새 경계심이 한결 누그러졌던지 얼굴에 살짝 웃음까지 띠며 말했다. 처음에 투박하게 들려왔던 그의 목소리가 조금은 부드럽게 느껴졌다.

그때 우직이 연철을 향해 목소리를 낮춰가며 조용히 물었다.

"이보게, 연철. 궁에 구금됐다는 치금(治金)선생과 내풍(耐豊)영감은 어찌 됐는가? 여태 못 풀려났는가?"

우직의 질문을 듣자 연철의 표정이 창졸간에 굳어졌다. 그 역시 목소리를 한껏 낮춰서 대답했다.

"벌써 보름이 넘었는데, 소식을 통 듣지 못하고 있습니다. 지금까지의 예로 봐서는 아무래도 무탈하시지는 못할 것 같습니다."

두 사람의 이야기를 잠자코 듣고 있던 당충이 안타깝고 답답하다는 표정으로 눈을 끔벅거리며 말했다.

"울릉도를 걱정하시는 그 두 어르신들의 말씀은 백번 옳습니다. 하지만, 왜 그렇게 당신들의 안위는 도무지 생각지 않으시고 무모한 직언을 지속하시는지, 안타까울 뿐입니다."

그러자 우직이 당충의 어깨를 토닥거리면서 달래듯이 말했다.

"너무 상심하지 마시게. 설마 더 이상 무슨 일이야 있겠는가. 치금선생과 내풍영감님이 누구신가? 이 나라의 충신 중 충신 아니신가. 설마 대왕께서 아주 상하도록 모질게 다루시기야 하겠는가?"

그 말을 연철이 받았다.

"아닙니다. 요즘 들어서 대왕의 심기가 더욱 흔들리고 있다고 들었습니다. 왕비에 관한 이야기라면 아주 작은 험담이라도 용서하지 않을 정도로 예민하게 반응한다는 말도 들려오고 있습니다."

"그런가? 그것 참 낭패로세……."

연철의 말을 듣고 우직은 더욱 힘을 잃는 모습이었다. 그 무렵 당충이 그 자리에 외부인이 있었음을 뒤늦게 의식한 듯 이사부와 명진에게 말했다.

"아이고, 이거 정말 송구합니다. 그저 우리끼리만 아는 이야기를 하고 있었네요. 어리둥절하셨겠습니다."

이사부가 얼른 낯빛을 바꿔 밝게 웃으며 말했다.

"아니, 괜찮소이다. 아무래도 아주 긴한 말씀이신 듯한데, 불청객이 끼어 있게 됐군요. 제가 외려 송구하오이다."

당충이 눈을 끔벅거리며 다시 이사부를 향해 말했다.

"그건 그렇고……. 여기 박 전주님께서 가져온 물건들을 처분하고 원하는 물건들을 찾아서 챙기려면 넉넉잡고 사나흘은 더 이곳 골계에 머무르셔야 할지도 모르겠습니다. 괜찮으시다면, 누추하지만 사랑채에 딸린 방들이 좀 있으니 에서 묵으시지요?"

"그래주시겠소이까? 편의를 봐주겠다고 하시니 그저 감사할 따름이오이다."

이사부가 그렇게 인사말을 하자, 당충이 먼저 자리에서 일어서며 말했다.

"아직 노독이 만만치 않으실 터이니 안으로 드시지요."

자기들끼리 나눌 비밀 이야기가 따로 있는 것 같은 분위기였다. 이사부와 명진은 탁자 위에 꺼내놓았던 물건들 중 견본들만 남기고 다시 정리하여 등짐을 꾸려 멨다. 그리고는 앞장 선 당충을 따라 광 건물 옆에 나란히 붙어있는 또 다른 너와집 사랑채로 들어갔다. 사랑채는 생각보다 넓고 방도 꽤 여럿 돼 보였다.

이사부 일행은 대문에서 가까운 제법 큼지막한 문간방으로 안내되었다.

"많이 불편하실 터인데, 괜찮으실지 모르겠습니다."

방문을 열어주고 서 있던 당충이 말했다. 등짐을 안으로 옮겨 놓은 이사부가 손사래를 쳤다.

"아니오. 이만하면 아주 훌륭하구려. 흡족하니 조금도 심려치 마시오."

"우선 여장을 풀어 놓으시고 편하게 쉬시지요……. 그럼 이따가 다시 뵙도록 하겠습니다."

당충은 그렇게 말하면서 문을 닫았다. 명진이 등짐들을 방 한 쪽으로 몰아서 가지런히 쌓았다. 한동안 사람이 들지 않았던지 방안에서는 퀴퀴한 냄새가 났다. 명진이 방문을 등지고 돌아서서 허리를 굽혔다.

"바깥을 좀 살펴보고 돌아오겠습니다요."

"그리 하라. 각별히 조심해서 다녀야 하느니라."

"심려 마시옵소서."

명진이 방문을 열고 나간 다음 이사부는 마룻바닥에 깔린 왕골 돗자리 위에 드러누웠다. 연속되는 긴장 속에 오랫동안 눌려있던 피로가 눈시울을 타고 물씬 솟아올랐다.

*

"언제쯤 해치우는 게 좋을까요?"
"아무래도 출타할 때를 기다려 거행하는 것이 좋겠지요."
"자객들은 준비가 잘 돼 있겠지?"
"염려 마십시오. 두 명이 독시(毒矢, 독화살)를 쏘고 난 뒤 태하령 쪽으로 바람처럼 달아나도록 계획돼 있습니다. 만약의 경우에 대비해서 네 명이 더 나서서 도주를 호위하도록 하는 방책도 마련돼 있습니다."

우직과 당충과 연철의 목소리가 도란도란 뒤섞이고 있었다.

자리에 누운 지 얼마가 지났을까. 잠시 졸음에 젖어있는데, 희미한 두런거림이 열어 둔 귓바퀴를 휘돌아 고막으로 파고들었다. 이사부는 소스라쳐 놀라 일어나 앉았다. 들켜버린 것일까? 저들이 나의 정체를 기어이 알아차리고 만 걸까? 가슴이 뛰었다.

이사부는 정좌를 하고 앉아서 눈을 감고 단전에 기를 모아 화급하게 통견원문술에 돌입했다. 멀리서 방문을 여닫는 소리와 발길 소리가 섞이면서 그들의 말소리는 희미해졌다가 또렷해졌다가 하기를 반복했다.

"문제는 계집이 아니라 대왕의 신통술이야. 대왕께서 함께 움직이거나, 뒤를 바짝 따른다면 큰 낭패를 당할 수 있네."

우직의 목소리였다. 계집? 대왕? …… 그러면 나를 목표로 하고 나누는 이야기는 아니란 말인가…….

"그건 문제가 되지 않습니다. 요즘 출타하는 것을 보니까, 주로 계집 혼자서 '별님'이라고 하던가 하는 딸과 함께 가마를 타고 다니더군요."

당충의 목소리였다. 뒤를 이어 굵직한 연철의 목소리가 이어졌다.

"자객들 쪽은 문제가 없습니다. 모든 준비가 다 끝났고요. 설사 거사가 실패해서 붙잡힌다고 해도 즉각 자결하도록 정신무장이 돼 있습니다."

우직이 다시 그 말을 받았다.

"정말 이렇게까지는 하지 않으려고 애써왔는데, 결국 피를 보게 생겼으니 안타까울 뿐이야."

"할 수 없는 일이지요. 울릉도 사람 모두가 사느냐 죽느냐 양단간에 결판을 내야 할 일인데 어쩌겠습니까?"

"그나마나, 왕께서는 어쩌다가 저렇게까지 되셨는지……. 도대체 왜 저 왜놈들의 흉악한 계략을 눈치 채지 못하시는지 알 길이 없어요."

"사내란 그 누구라도 계집에 아주 빠지면 헤어날 길이 없는 법이지."

"예사 계집이 아니라잖아요. 대마도 도주(島主)가 아예 어릴 때부터 명기(名妓)로 키운 셋째 딸이라는 말이 있더라고요."

"맞아요. 미색이나 가무 재주야 다 알려진 바이지만 방중술(房中術)까지 탁월하다는 풍문까지 돌던데요. 그 방중술 때문에 대왕이 완전히 녹아서 정신을 차리지 못하고 계집이 시키는 대로만 한다는 풍문도 있어요."

그 대목에 이르자, 이사부는 비로소 그들이 '계집' 운운하는 사람이 우해왕의 비라던 풍미녀를 지칭하는 것임을 눈치 챘다. 대마도 도주의 딸이라고 했던가? 이사부는 더욱 귀를 쫑긋 세우고 그들의 이야기를 더 듣기로 했다. 호흡을 가다듬었.

"그렇다면, 대마도주가 아예 계획적으로 자기 딸을 내주었다는 이야기 아닌가?"

"그렇다고 봐야지요. 대왕께서 대마도 원정을 갔을 적에 도주가 항복하는 척 하면서 길게 내다보고 딸을 내주어 음모를 획책하고 있는 것이 틀림없을 겁니다."

"그건 그렇고, 모야라는 그 왜인 장수 놈은 아직도 울릉도에 있는 거지요?"

"아, 참. 내가 자네들한테 해 줄 중요한 이야기를 깜빡 잊고 있었네."

우직의 목소리였다.

"중요한 말씀이시라니요?"

"그 모야라는 왜장 놈이 드디어 흉측한 일을 저질렀다네."

"흉측한 일이라고요?"

"그래. 그 왜인 패가 장수바위를 뽑아 울릉도의 혈맥을 잘라버렸어."

"예에?"

당충과 연철의 목청이 동시에 높아지고 있었다.

"어제 아침나절에 아무래도 이상한 낌새가 있어서 성인봉에 올라 봤더니 이놈들이 바위 밑을 파고 뽑아서 벼랑 아래로 굴려버렸더라고."

"장수바위는 울릉도의 혈맥, 그것도 대동맥 정수리인데…… 그걸 뽑아버렸다고요? ……저런 쳐 죽일 놈들!"

그 대목에서 그들의 음성은 밀담이라고 하기엔 너무 크다 싶을 만큼 높아졌다. 분노를 그에 참지 못하는 목청이었다.

"예상해왔던 대로 풍미녀라는 계집을 앞세운 왜놈들의 흉계가 본격적으로 실체를 드러내고 있는 것 같습니다."

"그러하네. 저들이 무슨 못된 짓을 더 저지를 지 알 수 없는 상황이 되고 있는 것으로 보이네."

"왕께서 정사를 제대로 돌보지 않고 계집에 빠진 것만 가지고도 이미 사단(事端)은 나고 있는 거지요."

"그 뿐입니까? 바른말을 고하는 충신을 벌써 일곱 명씩이나 처형하지 않았습니까?"

"맞습니다. 지난번 신라군이 쳐들어왔을 때 대왕이 신통술로 원정군을 물리치고 난 다음 기고만장하여 중신들의 고언을 더욱 귀 밖으로 듣는다 하더이다."

이사부는 침을 꿀꺽 삼켰다. 짐작했던 대로 바다를 들썩이게 하고 괭이갈매기와 깍새, 흑비둘기 등 온갖 새들을 총동원하여 전선을 공격하도록 한 일이 모두 우해의 술법이었구나 생각하니 소름이 돋았다. 그들의 대화는 더 이어졌다.

"왕께서 신라를 직접 탐색한다고 서라벌 부근까지 침투했던 일은 또 어떻습니까? 그것도 알고 보니 그 계집이 꼬드겼다는 말이 있더라고요."

"그 바람에 신라 왕궁에서 우리 울릉도를 쳐서 멸하라고 특명을 내렸다는 이야기도 들려오던데……."

"그래도 그들이 쳐들어오기는 쉽지 않을 겁니다. 왕의 신통력이 아니라고 하더라도 이 섬은 난공불락의 천혜요새라 함부로 넘볼 곳이 아니니까요."

"문제는 대왕이 자신의 술법과 울릉도의 지리만을 믿고 도무지 지금의 그릇된 통치를 바꾸지 않는다는데 있지. 굳이 신라가 아니더라도 이대로 가다가는 울릉도는 저절로 망하게 돼 있네."

"그렇습니다. 대왕께서 지금이라도 개심을 해주셔야 하는데, 계집이 있는 한 그럴 가망이 없으니 낭패지요."

거기까지 들리고 난 그들의 이야기는 끊어진 채 한동안 침묵이 이어졌다. 이사부는 다시 심호흡을 하면서 단전에 기를 모았다. 말을 다시 시작한 것은 우직이었다.

"이제는 선택의 여지가 없는 것 같네. 가능한 이른 시일 내에, 아니 당장 내일이라도 결행을 하세. 그 왜녀를 제거하지 않고는 대왕도 울릉도도 무사하지 못할 것 같으이."

"일단, 왕비의 호위를 맡고 있는 왜국 무사들에게 막혀서는 안 되는데 그게 용이하겠습니까?"

"그건 염려하지 마십시오. 준비된 자객들은 최고로 숙련된 자들이어서 치고 달아나는 일에 전혀 차질이 없을 겁니다."

"아무래도 왜녀가 자주 찾는 비파산 쪽에서 거사를 벌여야겠지요?"

"그렇습니다. 왜녀가 비파산 앞쪽에서 연회를 벌이는 날이 잦으니 거기에서 기회를 보아야 할 것 같습니다."

"그래요. 그럼 그 문제는 그렇게 하기로 하고……"

그들의 이야기는 그쯤에서 매듭이 지어지는 것 같았다.

이사부는 단전을 풀었다. 풍미녀라는 이름을 가진 우해왕의 왕비를 시해하려고 하는 모양이로구나. 저들의 대화로 미루어보건대, 우해왕은 처음에는 우산국 사람들 모두의 신망을 받는 군주였던 모양이다. 그러나 우해는 대마도 정벌을 갔다가 그곳 도주가 자신의 딸 풍미녀를 바치자 그녀를 왕비로 맞이하였고, 그 이후부터는 제대로 된 통치에는 뜻이 없이 왜녀의 미색에 도취해 살고 있다는 이야기다. 그래서 우산국을 침탈하려는 왜국의 계략마저도 눈치 채지 못한 채 표변하여 학정을 펼치고 있다는 결론인데…….

통견원문술을 거둔 이사부는 결가부좌의 자세로 깊은 사념에 젖어 들었다.

5.2
수장형

"소인 다녀왔습니다요."

밖으로 나갔던 명진이 돌아왔다. 그런데 그의 얼굴에 긴박한 기운이 흘러넘치고 있었다.

"그래, 바깥에 무슨 일이라도 있는 게냐?"

"지금 좀 나가보셔야 할 것 같습니다요. 백성들이 포구로 모여들고 있습니다요. 궁궐에서 누군가 나오고 있다 합니다요."

다시 보니 그렇게 말하는 명진의 얼굴이 발갛게 상기돼 있었다.

"그러하냐? 누가 나온다는 말이냐?"

"군사들이 포구 쪽을 에워싸고 백성들의 접근을 막는 것으로 보아서 아마도 우해왕이 나오는 게 아닌가 여겨집니다요."

순간, 이사부의 가슴이 흥분으로 두근두근 뛰기 시작했다. 우해가 궁에서 나온다고? 드디어 우해를 직접 보게 되는 건가?

"우해왕이 나타난다고?"

"아무래도 그런 것 같습니다요. 사람들 쑥덕거리는 말들을 묶어서 유추해본 바로는 소인의 짐작이 거기에 닿습니다요."

이사부는 의복을 추스르면서 자리에서 일어났다. 명진이 방문을 밀어쭙히며 앞장섰다.

왕궁으로 오르는 기다란 길에는 언제 어디에서 쏟아져 나왔는지, 좀 전까지만 해도 잘 보이지 않던 사람들이 양쪽으로 빼곡히 늘어서서 허리를 굽히거나 엎드려 있었다. 검붉은 복색의 군사들은 양팔 간격으로 돌아서서 그들을 가로막으며 삼엄한 경계를 펼쳤다. 행렬은 포구까지 이어져 있었다. 이사부와 명진은 군중들 사이에 소리 없이 숨어들어 함께 몸을 낮춘 채 왕궁 쪽을 살폈다.

휘어진 길 위편 잘 보이지 않는 왕궁의 성문 안쪽에서 이윽고 한 떼의 사람들이 나오는 기미가 느껴졌다. 머지않아 구부러진 길을 돌아 나타난 것은 붉은 빛깔의 커다란 가마였다. 지붕이 없는 남여(籃輿, 의자와 비슷한 작은 승교乘轎) 형태의 우람한 가마는 앞뒤 각각 여섯 사람씩 모두 열두 명의 건장한 가마꾼들이 메고 있었다. 가마 옆 금빛 치장이 화려했다.

길가에 나와 늘어선 사람들은 모두 고개를 땅에다 처박고는 미동도 하지 않았다.

"우해대왕 납시오!"

누군가 우렁찬 목소리로 우해의 등장을 알렸다. 가마꾼들의 발소리가 절걱절걱 제법 크게 들렸다. 이사부는 엎드린 자세 그대로 곁눈질을 하며 우해의 모습을 살폈다.

과연 듣던 바대로 우해는 기골이 장대한 장수의 용모였다. 눈이 부리부리하고 기다란 콧수염까지 길러 내린, 한 눈에 봐도 특출한 외양을 하고 있었다. 오만함과 살기가 뚝뚝 흘러내리는 그는 첫 느낌에서부터 섬뜩했다.

그런데, 우해가 탄 가마의 뒤 쪽으로 군사들에 의해 절름거리며 끌려 내려오는 두 사람이 보였다. 밧줄로 온몸이 꽁꽁 묶인 그들은 이미 형신을 많이 당한 듯 몰골이 말이 아니었다.

"아니? 저 분들은 치금 선생과 내풍 영감 아닌가?"

군중 속에서 누군가 낮은 목소리를 냈다. 그 제서야 이사부는 당충의 광 안에서 우직 일행이 나누던 밀담을 떠올렸다. 우해왕이 탄 가마와 묶인 죄인들 행렬이 포구 쪽으로 내려가자 사람들은 소리 없이, 그러나 하나같이 겁을 잔뜩 먹은 모습으로 조심조심 그 뒤를 따랐다. 이사부와 명진은 천천히 그들 속에 섞였다.

"아무래도 저들을 처형할 모양입니다요."

명진이 작은 소리로 속삭이듯 말했다. 이사부가 고개를 끄덕거리면서 동감을 표했다. 모여든 사람들은 파랗게 질린 모습으로 아무런 말도 하지 않은 채 줄지어 따라가며 그 광경을 지켜보았다.

일행이 포구 끝 바다를 향해 뻗어있는 낭떠러지 위에 다다르자, 우해가 타고 온 가마에서 느릿느릿 내렸다. 짐작했던 대로 그의 키는 일곱 척 가량 되어 보였고, 몸에서는 힘이 넘치는 듯 했다. 굳이 그의 용한 술법이 아니라 험궂은 외양만으로도 웬만해서는 대적이 쉽지 않을 기상이었다.

우해는 이윽고 가마 뒤를 따라 밧줄에 묶인 채 끌려온 두 사람을 벼랑 끝에 세운 다음, 모여든 수많은 백성들을 향해 돌아서서 우렁우렁 소리쳤다.

"모두들 들어라! 여기에 있는 치금과 내풍 두 죄인은 대 우산국의 위기와 패망을 번번이 입에 올리며 민심을 어지럽혀온 역신들이로다. 짐이 이들에게 수차례 불충한 언동을 경고하고, 반성할 기회를 주었음에도 요설을 그치지 아니하므로 부득이 이놈들을 수장형(水葬刑)에 처할까 하노라. 오늘 이들의 극형을 본보기로 삼아 더 이상 짐의 심기를 어지럽히는 자들이 나오지 않게 되기를 바라노라."

쩌렁쩌렁한 그의 목청은 모여든 백성들을 위압하기에 충분했다. 그가 내뿜는 기에서는 실로 어마어마한 힘이 느껴졌다. 과연 대단한 인물이로구나……. 군중 속에서 이사부는 침을 꿀꺽 삼켰다. 그 사이 우해는 벼랑 끝에 무릎 꿇려 앉혀진 두 사람을 향해 돌아서 있었다.

"치금과 내풍 네 이 역적 놈들! 이제 황천으로 가기 직전인 판에 아직도 더 뱉어낼 요망한 변설이 남아 있더냐? 어디 있다면 마저 해봐라! 만약 지금이라도 불충을 참회하고 용서를 구한다면 내 너희들의 목숨만은 부지하도록 온정을 베풀 용의가 있느니라."

두 사람 중 유독 피투성이가 된 한 사람이 먼저 입을 열었다.

"대왕 폐하! 신 치금 마지막으로 폐하께 간하나이다. 지금 저 서쪽 바다건너 신라국은 날로 웅비하는 기세를 바탕으로 머지않아 대군을 이끌고 우산국 복속을 꾀하러 몰려올 것이나이다. 폐하께서 지금처럼 저들을 얕잡아 보고 국사를 등한시한 채 오만과 풍류에 빠져 계시오면 우산국의 멸망은 불 보듯 뻔한 일이옵니다. 더욱이, 폐하께서는 왜인왕비 풍미녀의 꼬드김에 넘어가 우산국 백성들로 하여금 근본 없는 오랑캐들처럼 해적질이나 일삼도록 내몰고 있지 않으시옵니까? 바라옵건대 부디 통촉하시고 성심을 바로 하옵소서!"

죽을힘을 다해서 부르짖고 있는 그의 외침은 가슴이 뭉클하도록 절절했다. 이사부는 신라의 정벌을 예상하고 근심하는 그의 말에 움찔하고 심부가 오그라드는 경계심을 느꼈다.

우해가 갑자기 푸하하하 하고 큰 소리로 웃었다.

"네 이놈! 일전에 신라 놈들이 겁 없이 쳐들어왔다가 이 울릉도 땅에는 범접도 못해보고 배가 부서져 혼비백산 달아나는 꼴을 두 눈으로 분명히 보지 않았더냐? 저들에게는 하늘과 땅과 바다를 움직이는 짐의 전능을 넘을 재주가 있지 않거니와, 설사 용케 접안을 한다 해도 하늘이 내린 요새인 울릉도를 장악할 수는 결코 없을 것이다. 네 놈의 그 허황된 망국론은 오직 짐을 모독하는 망상일 뿐임을 왜 기어이 모르느뇨? ……아니지, 아니지! ……네 놈은 모종의 불순한 역심을 품고 끝까지 짐을 음해하고 있음이 분명하도다. ……이 천하에 무엄한 놈!"

그렇게 고함치는 우해는 극한 흥분으로 식식거렸다. 그의 눈에서 불이 뿜어져 나오는 것 같았다. 그때 그 옆에 꿇어 있던 노인이 입을 열어 힘이 빠진 목소리로 기를 쓰며 말했다. 자세히 보니 그는 구부정한 허리를 제대로 펴지도 못하고 있었다.

"대왕 폐하! 신 내풍도 목숨 떨어지기 전에 한 말씀 더 올리겠나이다. 소인은 왜국을 수시로 드나들며 그들의 행태와 사고방식을 낱낱이 경험했나이다. 연전 대마도를 치러 갔을 적에 소인이 정벌의 길잡이로 나서서 폐하를 보필한 일은 폐하께서도 익히 알고 계시지 않으시옵니까? 왜국은 절대로 우리 우산국과 선린(善隣)을 유지하려 하지 않을 것입니다. 대마도주가 그의 딸 풍미녀를 폐하께 내어준 일부터 결코 가볍게 보아 넘길 일이 아닙니다. 머지않아 우산국을 집어삼키고자 하는 저들의 마각이 백일하에 드러날 것이옵니다."

흥분으로 얼굴이 벌겋게 달아오른 우해가 고함을 쳐 내풍이라는 노인의 말을 잘랐다.

"닥쳐라! 네 이놈! 어디서 감히 착하디착한 나의 왕비를 끝내 모함하려 드는 게냐? 그리고, 훈도시(일본의 성인 남성이 입는 전통 속옷, 팬티)나 차고 날 생선이나 잡아먹고 사는 쪽발이 왜놈들이 도대체 무슨 힘이 있어서 대 우산국을 범한다는 말이냐? 네놈이 그따위 근거 없는 요사한 말장난으로 짐의 권위를 흔들려는 저의가 대체 무엇이냐?"

내풍 영감이 한 치의 흐트러짐 없는 기세로 대답에 나섰다. 힘이 많이 빠졌지만 두려움은 조금도 남아있지 않은 절절한 음성이었다.

"대왕폐하! 소인의 말을 절대로 소홀히 여기지 마옵소서. 우산도(于山島, 무릉도武陵島, 독도獨島)가 저들의 수중에 들어가면 옆구리에 들이댄 비수가 되어 울릉도가 위태롭게 될 것이고, 울릉도 역시 한한곶(한반도韓半島, 한반섬)의 옆구리에 들이댄 왜국의 칼이 될 것이옵니다. 풍미녀를 대마도로 다시 내치시는 것은 물론 울릉도와 우산도에 드나들고 있는 왜인들을 모조리 소탕하시어야 하옵니다. 저들의 흉계를 절대로 얕잡아보면 아니 될 것이옵니다. 부디 통촉하옵소서!"

순간 우해의 얼굴이 심하게 일그러졌다. 분노에 겨운 그의 거친 숨소리가 금세 폭발할 듯 커져갔다.

"이런 단매에 쳐 죽일 놈들! 스스로 목숨을 부지할 생각이 도무지 없는 작자들 아니냐? 그렇게도 짐과 왕비를 능멸하는 언동을 멈추라 경고했거늘 죽음을 코앞에 두고도 그리 못된 주둥이를 놀리다니! 괘씸한지고! 더 들어볼 것 없다. 여봐라! 저 죄인들에게 돌을 달아라!"

우해의 목소리가 쩌렁쩌렁 울렸다. 몰려나온 백성들이 술렁거렸다. 어디선가 낮은 신음소리가 연거푸 들려왔다. 하지만 그 어느 누구도 감히 나서서 무어라 말하는 사람은 없었다.

우해의 명령을 들은 군사들이 달려들어서 벼랑 끝에 꿇어앉아 있는 치금과 내풍이라는 두 사람의 몸에 각각 커다란 돌을 밧줄로 묶어 맸다. 우해가 몰려든 백성들을 향해 다시 돌아섰다.

"잘들 보아라! 짐의 뜻을 거슬러 요망한 언행을 일삼으면서 죄 없는 왕비를 모해하려는 역적들이 어떻게 되는지 똑똑히 지켜보아라! 앞으로 또다시 이 같은 일이 발생한다면, 이제부터는 당사자뿐만 아니라 그 일족까지 모조리 물고기 밥을 만들 것이다!"

그렇게 외친 우해는 낭떠러지 위로 성큼성큼 다가갔다. 그리고는 추호의 망설임도 없이, 사지가 묶인 채 돌까지 매달린 치금과 내풍을 차례차례 양손으로 냉큼 들어 올려 절벽 아래 시퍼런 파도를 향해 집어던졌다. 실로 엄청난 힘이었다.

두 사람은 이미 모든 것을 포기한 듯 한마디 비명조차 지르지 않았다. 모여 든 사람들 사이에 또다시 낮고 깊은 신음소리가 길게 번져나갔다.

순간, 이사부의 뇌리에 사개로 왔다가 우해에게 참수를 당한 준모가 떠올랐다. 우해 저놈은 참으로 무지막지한 자로구나.

이사부는 치금과 내풍 두 사람을 집어삼키고도 태연히 철썩거리고 있는 바다를 응시했다. 그 바다 아래 깊은 곳에는 용틀임하는 시커먼 해귀들이 득실거렸다.

우해가 다시 가마를 타고 유유히 왕궁으로 되돌아간 뒤, 무연한 눈빛으로 한동안 바다를 바라보던 이사부는 명진과 함께 천천히 당충의 집으로 돌아왔.

당충의 너와집 창고에는 당충과 더불어 우직, 연철 그렇게 세 사람이 마주 앉아 있었다. 필경 현장에서 처형의 참상을 함께 보았을 그들은 서둘러 그곳으로 돌아온 낌새였다. 그네들의 얼굴에는 지극한 슬픔의 그림자가 드리워져 있었다. 열린 문으로 막 들어선 이사부에게 당충이 물었다.

"처형장을 보고 오는 길이시오?"

"예. 실로 끔찍한 장면이었소이다. 제가 못 볼 것을 본 건 아닌지……."

이미 그들의 대화를 낱낱이 엿들었던 이사부로서는 그 사람들이 얼마나 비통한 마음일 것인지 알고도 남음이 있었다. 하지만 그렇다고 그들의 대화에 무턱대고 끼어들 수도 없는 노릇이었다.

침묵이 늘어지면서 그 야릇한 분위기를 벗어나야겠다고 생각한 이사부는 그들에게 가벼이 목례를 하며 일어섰다.

"말씀들 나누시지요. 저는 이만 안으로 들어가서 쉬겠소이다."

자리에서 엉거주춤 일어선 당충으로부터 눈인사를 받으면서 이사부는 창고를 나왔다. 저 멀리 이른 봄 바다가 푸른빛을 내뿜으며 일렁거리고 있었다.

*

"앗! 아니 저 사람들은 그저께 성인봉에서 장수바위인가 뭔가 하는 그 바위를 산 아래로 굴려 내린 왜인들 아닙니까요?"

다음날, 섬을 구경시켜주겠다는 우직을 따라 이른 아침부터 나선 길이었다. 세 사람이 골계에서 동편 능선을 가로지르며 통구미를 지나 감을계(감은계, 현포玄圃) 등성이 간령재라는 곳을 막 넘었을 무렵이었다. 앞쪽을 주시하던 명진이 목소리를 눌러가며 말했다. 저만큼 중령이라고 불리는 언덕으로 오르고 있는 일단의 무리들을 발견하고 살펴보던 중에 그들의 정체를 먼저 알아본 것은 명진이었다.

"그런가? 저들이 분명 장수바위를 뽑은 자들인가?"

우직이 긴장한 눈빛을 반짝이며 나직한 목청으로 명진의 말을 받았다. 다섯 명 쯤으로 헤아려지는 그들을 향해 이사부가 귀를 열었다. 예상대로 그들은 와깟다 다깟다 하는 소리를 내는 왜인들이었다. 자세히 살펴보니 그들을 이끌고 있는 사람은 역시 이름이 '모야'라던 왜인 장수 그 자였다. 그들 중 두 명은 맨 손이었고, 세 명은 연장으로 보이는 기다란 물건들을 각자 어깨에 둘러메거나 손에 들고 어디론가 향하고 있었다.

"저놈들 또 무슨 짓을 하러 어디로 몰려가는 건가? 몰래 쫓아가 봅시다."

우직은 앞장서서 그들을 미행해볼 것을 제안했다. 이사부와 명진은 말없이 우직을 따랐다. 뭐라고 계속 지껄이며 걷던 왜인들은 새각단이 바라보이는 사동에서 왼쪽으로 길을 틀더니 성인봉 쪽으로 방향을 잡았다.

"아무래도 저들이 성인봉으로 가는 것 같은데……."

우직이 습관처럼 희끗한 구레나룻을 손가락으로 훑어 내리며 혼잣말로 자신의 짐작을 중얼거렸다. 그들의 목적지가 성인봉일 거라는 우직의 말을 듣자 이사부가 의문을 표했다.

"저들이 왜 또다시 성인봉으로 오르는 걸까요? 장수바위를 뽑아서 아래로 굴러 내렸으니 목적을 다 이룬 게 아니었던가요?"

앞장선 우직이 조심조심 일정한 거리를 유지하며 그들을 뒤쫓았다. 경사가 제법 심해진 계곡 길에 다다른 왜인들은 이제 모두 입을 다문 채 조용히 산기슭을 오르고 있었다.

울릉도는 안쪽의 풍취도 대단했다. 멀리 내다보이는 바다의 빛깔도 처처에 따라 아름답기가 달랐고, 군데군데 묵은 향나무가 기묘한 형상으로 아슬아슬 매달린 바위들의 모습도 눈길을 끌었다. 배를 타고 바깥에서 보는 모습이 경이롭듯이, 섬 안에서 보는 경치 또한 신비스러웠다.

저만큼 앞서서 산을 오르는 왜인들의 발길이 성인봉을 향하고 있음

마당 다섯. 풍미녀(豊美女) **215**

은 갈수록 분명해지고 있었다. 일행은 왜인들이 눈치를 채지 못할 정도로 적당한 거리를 지켜가며 끈덕지게 산을 올랐다. 섬에 잠입하여 처음 올랐던 서쪽 서달령보다는 길이 훨씬 수월했지만 여전히 가파른 곳이 많았다. 앞서가던 명진이 어디에선가 나무 막대기 하나를 주워 와서 이사부에게 내밀었다. 막대기는 지팡이로 쓰기에 알맞았다.

왜인들의 목적지는 과연 성인봉 정상이었다. 반나절 남짓의 부지런한 발걸음 끝에 정수리 부근에 다다른 그들은 잠시 휴식을 취했다. 나머지 사람들이 다리쉼을 하는 동안 '모야'라는 이름의 장수가 산 정상 근처 이곳저곳을 살피더니 자기들이 뽑아 내린 장수바위 터로 다가갔다.

모야는 바닥을 가리키며 뭐라고 연방 지껄였다. 그러던 그가 한참만에야 어딘가 위치를 찾아 손가락으로 가리키자, 그들 일행 중 한 사람이 어깨에 메고 있던 굵고 기다란 막대기를 그곳에다 세웠다. 막대기의 길이는 다섯 자 남짓 되는 것으로 보였다. 그러자 그 옆에 있던 자가 들고 있던 망치로 그 막대기를 내려치기 시작했다. 쇠 부딪치는 소리가 쨍쨍 들려오는 것으로 보아서 그들이 박고 있는 막대기는 쇠붙이임이 분명했다.

"도대체 저놈들이 무엇을 하고 있는 거지?"

그 모습을 잠자코 바라보던 우직이 도무지 알 수 없다는 듯이 고개를 갸웃대며 중얼거렸다. 그때, 이사부의 뇌리를 스치는 것이 있었다. 혈침(穴鍼)이로구나! 언젠가 스승 경천선사로부터 받은 가르침이 떠올랐다.

"저 왜인들은 지금 흉악한 짓을 하고 있소이다."

이사부가 시선을 전방에 붙박은 채 낮은 목소리로 천천히 말했다. 우직은 눈을 동그랗게 뜨고 이사부의 얼굴을 바라보았다. 이사부는 치밀어 오르는 흥분을 눌러가며 차분하게 설명을 이어갔다.

"산의 정기를 관장하는 혈도(穴道)는 대개 정상에 있소이다. 그 혈 자리에다가 쇠말뚝을 꽂아 놓으면 정기가 아주 틀어 막혀서, 그 일대의 지역은 융성하지 못하고 끝내 소멸하는 법이지요. 아마도 저들은 장수바위를 굴려 내린 것에 만족하지 않고 혈도를 아주 완전히 막아버리기 위해서 혈침을 박으러 올라온 모양이오이다."

이사부의 설명을 다 듣고 난 우직의 얼굴에 주체하기 힘든 분노가 솟아오르고 있었다. 그는 금방이라도 달려가 어떻게 해보고 싶은 충동으로 안절부절못하고, 손을 부들부들 떨었다.

"저런 죽일 놈들! 도저히 그냥 둬서는 안 되겠네!"

어느새 우직은 숨소리까지 거칠게 몰아쉬고 있었다.

"저 쇠말뚝은 다 박고 나면 다시 뽑아내기가 쉽지 않을 거요. 할 수만 있다면, 지금 저 놈들을 내치고 막아야 하오."

이사부는 자신이 나서야 할 것인지 아닌지를 잠시 고민하며 머뭇거렸다. 황급한 상황이었다. 당장으로서야 우산국이 적국이니, 왜인들이 이들을 망하게 하고자 하는 짓이 나쁠 이유가 없을 것으로 볼 수도 있다. 그러나 왜국의 한한곶 침략야욕이 명약관화한 바에야 저들을 막는 것이 나아가 신라를 지키는 길이기도 할 것이리라. 이사부는 저들을 지금 물리치는 것이 옳다는 판단을 내렸다.

이러지도 저러지도 못하고 있는 우직을 향해 이사부는 단호히 말했다.

"우직 선주께서는 저들에게 얼굴이 드러나면 곤란할 터이니, 여기에 꼼짝 말고 있으시오. 내가 저들을 퇴치하겠소."

"아니, 어떻게 박 전주님 혼자서 저들을 감당하려고 그러시오? 복색은 달라도 저자들은 왜국 장수와 병사들인데?"

이사부는 우선 명진이 허리춤에 차고 있던 수건을 낚아채어 코와 입을 가려 묶어 맸다. 그리고는 들고 있던 나무지팡이를 단단히 움켜쥐며 벌떡 일어섰다.

"걱정 말고 여기 숨어서 잠자코 기다리시오."

이사부는 그렇게 짧게 말하고 난 뒤, 날랜 동작으로 쇠말뚝 박는 일에 열중하고 있는 왜인들을 향해 달려갔다. 나무지팡이를 치켜들고 느닷없이 달려드는 이사부를 먼저 발견한 것은 모야였다.

"다레다(누구냐)?"

모야는 쇳소리가 섞인 둔탁한 목소리로 그렇게 외치며 재빨리 허리춤에서 뭔가를 뽑아들었다. 단도(短刀)였다. 이사부는 날카롭고 정확한 동작으로 지팡이를 휘둘렀다. 그러나 모야도 만만치 않았다. 가까이에서 보니 모야는 키만 조금 작을 뿐, 소나무 둥치처럼 굵고 완강한 목을 지닌 장골이었다.

이사부의 일차 공격을 가까스로 피한 모야가 단도를 휘둘러 역습을 시도해왔다. 가벼운 몸놀림으로 모야의 칼질을 따돌린 이사부가 다시 상대방의 급소를 겨누어 지팡이를 찌르고 들어갔다. 모야가 다시 이사부의 공격을 피하며 단도를 치켜세우고는 바람소리를 내며 찔러왔다.

이사부가 몸을 옆으로 틀며 단도를 잡은 모야의 손목을 지팡이로 힘차게 올려친 것은 바로 그 다음 순간이었다. 모야는 비명조차 지르지 못한 채 단도를 떨어뜨리고 휘청거렸다. 이사부는 그 찰나를 놓치지 않았다. 허공을 타원으로 가르며 휘둘러진 이사부의 지팡이가 모야의 정강이를 세차게 강타했다. 모야는 한 순간에 나동그라졌다.

그 무렵 얼어붙은 듯 꼼짝을 못하고 서서 두 사람의 대결을 지켜보고 있던 나머지 왜인들이 슬금슬금 뒷걸음질 치기 시작했다. 저만큼

나가떨어졌던 모야가 황급히 일어나면서 외쳤다.

"기미와 잇따이 다래다(너는 도대체 누구냐)?"

이사부는 복면 위로 날카로운 눈을 치뜨고 그를 쏘아보면서 또다시 지팡이를 겨누었다. 드디어 모야가 안 되겠다 싶었던지 뒤로 돌아서서 일행과 함께 산 아래쪽으로 달아나기 시작했다. 이사부는 혼비백산 줄행랑치는 그들의 뒤를 거칠게 쫓아내려갔다. 한 번 도망치기 시작한 왜인들은 뒤도 돌아보지 않고 구르듯 미끄러지듯 부리나케 산을 달려 내려갔다. 이사부의 이마에 맺혀있던 굵은 땀방울이 주르륵 흘렀다.

숲 속에 숨어있던 우직과 명진은 왜인들이 멀리 도망치는 것을 확인한 다음 그들이 박다 만 쇠말뚝 쪽으로 달려왔다. 우직이 반쯤 땅속으로 박힌 쇠기둥을 보며 기가 막힌다는 표정으로 혼잣말을 했다.

"이런! 굉장히 큰 쇠말뚝이네. 박 전주님 말씀대로라면 저 왜인들은 참으로 고약한 놈들이 아닐 수 없구먼. 도대체 우리 울릉도를 어찌 보고 이런 악행을 서슴지 않는단 말인가?"

이사부는 비로소 얼굴을 가렸던 수건을 풀었다. 우직과 명진이 마주 서서 땅에 박힌 철주를 손으로 잡고 흔들면서 끙끙 소리를 내며 뽑아 올리고 있었다.

*

성인봉 정상 장수바위 자리에 반쯤 박힌 쇠말뚝을 다시 뽑아들고 내려오는 길에서 일행은 한동안 아무 말이 없었다. 골계가 저만큼 보이는 길목에 이르러서야 우직이 비로소 이사부와 모야의 대결을 입에 올렸다.

"박 전주께서는 대체 어디에서 그런 훌륭한 무술을 익히셨소?"

"무술이라니 당치 않으시오. 사시사철 먼먼 장삿길을 다니는 사람이라 험한 일을 당할 가능성이 높다보니 호신이나 할 요량으로 익혀둔 허접한 막대기싸움 기술일 뿐이라오."

이사부가 정색을 하며 고개를 가로저었다. 그러나 우직은 도저히 믿을 수 없다는 표정으로 이사부의 말을 되받았다.

"내 눈에는 결코 가벼운 무술이 아닌 것으로 보였소. 내공이 느껴지는 대단한……."

이사부가 다시 우직의 말을 끊으며 난처한 듯 말했다.

"아니요. 그저 잡기에 불과하오. 별 것 아닌 것을 가지고 우직 선주께서 자꾸 그러시면 내가 너무 민망하오이다."

"어쨌든, 덕분에 성인봉의 정기를 아주 끊어놓으려는 저들의 만행을 일단 막아냈으니 감사의 인사는 드려야 할 것 같으오. 정말 고맙소이다, 박 전주님."

우직은 발걸음을 멈추고 가벼운 목례로 경의를 표했다. 이사부가 다짐하듯 정중하게 부탁의 말을 했다.

"왜인들을 산봉우리에서 내치는 일에 이 몸이 나선 사실이 알려지면 입장이 난처해질 수도 있으니 오늘 산에서 있었던 일은 일체 발설치 말아주시오."

우직은 당연하다는 듯이 고개를 끄덕이며 약속했다.

"아무렴요. 염려 푹 놓으시구려. 내 단단히 함구하오리다."

전날 일어났던 수장형의 참사를 그 새 잊은 듯 골계는 평온한 모습으로 되돌아와 있었다. 산비탈 멀리 또는 가까이에 다닥다닥 붙어있는 다랑이 농토에는 평화롭게 밭을 가꾸는 농부들의 모습이 많이 보였다.

*

 한 밤중에 공연히 가슴이 서늘하여 잠을 깼다. 잠도 아니고 꿈도 아닌 미몽의 틈바구니로 안개처럼 스며드는 그리운 얼굴이 있었다. 산단화……. 이사부는 자리에서 일어나 앉았다. 성인봉을 오르내린 일이 피곤했던지, 명진은 죽은 듯이 곯아 떨어져 자고 있었다.
 만약 산단화가 아직 목숨을 잃지 않았다면, 이곳 어디엔가 있을 터인데……. 제발 살아 있기나 했으면 좋으련만……. 이사부는 가슴을 파고드는 애잔한 그리움에 한숨을 토했다.
 섬에 들어와서 요행히 우직 같은 인물을 만나 그의 안내로 우산국의 심장부인 골계까지 잠입해 들어온 것만 해도 실로 대단한 일이다. 게다가 울릉도의 지리를 염탐하고, 적국의 왕인 우해를 직접 보았으니 결코 작은 소득이라고 할 수는 없다. 그러나 뭔가 시원한 정보를 캐내어 묘방을 찾아낸 것은 결코 아닌 처지……. 이사부는 도리질을 쳤다. 일단 잊어야 한다. 이 섬에서 해야 할 정탐임무들을 모두 마칠 때까지는 산단화에 대한 생각일랑 묻어두어야 할 일이다.
 다시 자리에 누워서 눈을 감았다. 그리고는 애써 번민을 밀어내며 잠을 청했다. 아직은 그녀를 고민하지 말아야 한다…….
 "박 전주님 기침하셨습니까?"
 이른 아침, 미처 걷혀지지 않은 진한 졸음을 뚫고 문밖에서 들려온 목소리의 주인공은 당충이었다. 이사부는 벌떡 일어나 방문을 열어젖혔다.
 "어서 오시오, 당충 행수."
 "아, 일어나 계셨군요."

당충은 문지방을 넘어서며 방안을 한차례 톺아 살폈다. 그러고 보니, 당연히 아직도 잠들어 있으리라 여겼던 방문 옆 명진의 잠자리에는 벙긋이 치켜 들린 이불만 놓였을 뿐 사람은 보이지 않았다. 어디 잠시 바람이라도 쐬러 나간 것인가.

"어인 일이시오? 교환할 물목들이 다 찾아지셨소이까?"

"예. 다행히 진주를 갖고 있는 소상(小商)이 있어서 그것도 좀 구했습니다. 양은 그리 많지 않으나, 품질이 워낙 좋아서 괜찮으실 겁니다. 수달피도 몇 장 받아놓았습니다. 그리고 최고급 향과 건오징어도 최상품으로 구해놓았으니 이제 거래를 성사하시면 될 것 같습니다."

"수고가 많으시었소. 명진이 돌아오면 거래를 마무리 지으라고 이를 것이니 그리 정리하십시다."

"알겠습니다. 그나마나 잠자리를 비롯하여 묵기에 불편한 점은 없으신지 염려스럽습니다."

"무슨 말씀을……. 편안하니 걱정하지 마십시오."

그때 밖에 나갔던 명진이 방으로 들어서다가 당충이 와 있는 것을 보고는 약간의 호들갑을 섞어가며 인사를 했다.

"아이고, 행수님 오셨습니까요?"

"아, 예. 어디 나갔다 오는 길이시오?"

"예. 잠도 깰 겸해서 주변을 한 바퀴 돌았습지요. 이 몸이 원래 타고나기를 잠시도 한 자리에 가만히 있지 못하는 성정인지라……."

이사부가 명진을 향해 말했다.

"당충 행수께서 요긴한 물목들을 모두 챙기셨다하니, 살펴서 거래를 매듭짓도록 하거라. 후의를 베풀어주시는 마음을 헤아려 너무 야박하게 셈을 하지는 말고……."

명진이 머리를 조아리며 대답했다.

"알겠습니다요. 곧바로 행수님과 거래를 마무리하겠습니다요."

명진이 당충과 함께 방안에 있던 등짐들을 들고 방을 나갔다.

이사부는 방안에 결가부좌하고 앉아 다시 생각에 빠져들었다. 이제 어찌할 것인가. 당충과 명진이 곧 거래를 매듭짓고 나면 더 이상 이곳에 머물 명분이 없어진다. 우산국을 공략할 묘책을 찾기는커녕 이 섬이 얼마나 완강한 요새인지, 우해왕이 얼마나 모질고 험한 작자인지나 겨우 알아낸 판이다.

산단화 문제만 해도 그렇다. 그녀가 있는 곳을 알아내어 구출하는 것은 고사하고 생사여부조차 파악하지 못하지 않았는가. 이사부는 가슴이 답답해져 왔다. 답답함은 곧 나른함으로 번져왔다.

이사부는 잠시 자리에 누워서 눈을 감았다. 거래가 끝난 다음에는 산단화가 어떻게 됐는지, 살아있기는 한 것인지 잠시라도 수소문을 해 봐야 하는 것 아닐까……. 이사부는 그런 생각을 하면서 망연히 누워 시간을 보내고 있었다.

머지않아 명진이 방으로 돌아왔다. 낯선 장정 하나가 이사부의 등짐을 들고 명진을 따라와 방에 들여놓고 나갔다.

"전주님! 거래가 잘 끝났습니다요. 진주 다섯 개에 수달피 일곱……."

이사부가 낮고 매서운 목소리로 명진의 말을 툭 잘랐다.

"됐다. 그 쯤 해 둬라. 내가 물건이나 바꾸자고 온 사람이 아니지 않느냐."

명진은 그때에야 비로소 정신이 난 듯 제 머리를 쥐어박으며 굽실거렸다.

"아이고, 내 정신 좀 봐. 제가 그만 깜빡…… 죄송합니다요."

"괜찮다. 그건 그렇고, 바깥소식은 뭐 별다른 게 없느냐?"

잠시 눈을 껌벅거리던 명진은 뭔가 생각이 났던지 목소리를 한껏 낮췄다.

"사람들 이야기를 들으니, 오늘 낮에 풍미녀라던가 하는 왕비가 비파산이라는 곳에 납신다고 합니다요. 왕비가 워낙 미인인데다가 화려한 출타인지라, 수월찮이 많은 사람들이 구경을 나온다고도 하고……"

명진의 이야기를 듣자 이사부의 뇌리에 스치는 것이 있었다. 왕비가 궁에서 나온다? 그렇다면 우직과 당충, 연철이 모의하고 있던 왕비 시해가 감행될 가능성이 높다는 것인데……. 그들은 독시를 쏜다고 했다. 출중한 무사들이 준비돼 있다고도 했다. 이사부는 적잖이 솟아오르는 흥분을 느꼈다.

"그게 언제쯤이라더냐? 아니, 네가 밖을 살피고 있다가 내게 일러라."

내막을 알 턱이 없는 명진은 얼굴에 비식하니 미소를 머금고 말했다.

"절세미인이라 하니 한번 보시는 것도……"

이사부는 또다시 싸늘한 말투로 질책하듯 말했다.

"그런 게 아니다. 내가 보고 확인해두어야 할 일이 따로 있느니라."

"아이고, 송구합니다요. 제가 자꾸 본분을 잊고서 그만……. 조심하겠습니다요."

명진은 금세 머리를 조아리며 죄스러워 하는 표정을 지었다. 그런 그의 모습은 영락없이, 약삭빠르게 표변하는 장사꾼 얼굴 그대로였다.

5.3 비파산 연회

먼발치에서 바라본 비파산 기슭 연회장은 상상했던 것보다 한층 더 화려했다. 날아갈듯이 덩그러니 쳐진 형형색색의 차일 아래 산해진미로 보이는 음식들이 가득 차려졌다.

이윽고 먼저 도착한 열두 명의 시녀들이 비파를 뜯기 시작했다. 그리고 머지않아 수려한 꽃 장식을 주렁주렁 매단 커다란 가마 하나가 나타나더니 그 안에서 풍미녀라는 왕비가 모습을 드러냈다. 대여섯 살쯤으로 보이는 여자아이도 함께 내렸다. 당충이 말하던, '별님'이라는 이름을 가진 딸인 모양이었다.

그런데 특이한 것은 풍미녀와 함께 가마에서 내린 커다란 새 한 마리였다. 몸은 희고, 이마와 목과 일부 날개에 검은 깃털이 나 있었다. 그 새는 마치 어미를 따라가듯 풍미녀를 졸랑졸랑 따라다니고 있었다.

"저 새는 또 무엇이냐?"

이사부가 혼잣말처럼 물었다.

"아무래도 길들인 학(鶴)인 것 같습니다요."

명진이 실눈을 뜨고 자세히 살피며 말했다. 과연, 머리 꼭대기의 검붉은 색깔이 선명한 그 새는 학이었다. 학도 저렇게 길을 들이면 사람을 따르는 것인가 의아스러웠다.

풍미녀는 듣던 바대로 역시 미인의 태를 풍겼다. 멀리서 보기에도 얼굴이 보름달처럼 희고 둥글었으며, 이목구비가 선명해 보였다. 걸음걸이도 살랑살랑 간드러지는 모양새였다.

연회석 가운데자리에 앉은 풍미녀는 비파소리에 흠뻑 빠져들어 행복한 표정으로 회식을 즐기고 있는 듯했다. 왕비는 차려진 술과 음식을 차례로 맛보다가, 시녀들과 이야기를 나누며 활짝 웃기도 하는 등 화사한 모습이었다.

한동안 시녀들의 비파연주를 즐기고 있던 풍미녀가 이번에는 직접 비파를 껴안고 의자에 앉았다. 그러더니 비파를 뜯으며 노래를 부르기 시작했다. 왜어(倭語)로 부르는 노래라 무슨 뜻인지 알아들을 수는 없었으나, 음색이 꽤나 구슬펐다. 고국을 멀리 떠나 살고 있는 왜녀의 가슴에 흥건히 젖어드는 향수를 간드러진 목소리에 담아 부르는 노랫가락은 계곡을 따라 남쪽 바다로 날아갔다.

이사부는 문득 독화살을 써서 왜녀 왕비를 시해하겠다던 우직 일행의 모의를 떠올렸다. 어쩌면 곧 일이 벌어질 지도 모른다는 생각에 슬며시 긴장이 솟아올랐다. 주변을 살펴보았다. 그러나 특별히 무슨 사단이 벌어질 것 같은 기미는 어느 곳에도 없었다.

왕비의 비파산 연회는 오랫동안 계속됐다. 연회가 끝날 무렵 왕비는 술을 많이 마셔 꽤나 취한 듯 몸을 비칠거렸다. 왜국에서 우산국까지 풍미녀를 따라 온 것으로 여겨지는 시녀들이 왕비를 부축하여 가마에 태운 뒤 천천히 그곳을 떠났다. 커다란 가마 안에는 딸 별님과 눈부시게 흰 깃털을 가진 학이 함께 타고 있었다.

우직 일행의 시해계획은 실행에 옮겨지지 못한 것 같았다. 그렇다면 그들의 거사가 사전에 발각이라도 됐단 말인가? 이사부는 불현듯 걱정스러운 마음이 들었다. 만약 그랬다면, 어쩌면 그 화가 자신에게도 미칠 가능성이 있을 것으로 판단되었다. 더욱 신중하고 치밀하게 움직여야 할 때에 이른 것인가. 이사부는 명진을 불렀다.

"명진아. 달려가서 당충의 집을 염탐하고 오너라. 누가 어떻게 하고 있는지 분위기를 조용히 살펴보고 와야 한다."

명진이 왜 그러느냐고 묻고 싶은 충동을 가까스로 억누르면서 궁금증에 겨운 눈빛으로 대답했다.

"예. 알겠습니다요."

명진이 휭 하니 마을 쪽으로 내려간 다음 이사부는 잠시 바다 쪽을 바라보았다. 바다는 여전히 해맑은 쪽빛을 뿜내며 일렁이고 있었다. 또다시 산단화 생각이 떠올랐다. 물빛만큼이나 새뜻한 그리움이 가슴속에서 샘처럼 솟아올랐다. 산단화 낭자…… 도대체 어디에 있는 것이오……?

"당충 행수의 창고에는 당충 행수와 우직선주, 그리고 연철인가 하는 사람까지 다들 모여 있습니다요. 무슨 좋은 일이 있는지, 모두들 상기된 표정이었습니다요."

명진의 걸음은 과연 빨랐다. 잰 걸음으로 마을까지 달려갔다 온 명진은 숨도 별로 차지 않아하는 씩씩한 모습으로 살피고 온 동정을 보고했다.

"그리 좋은 낯빛들이더냐?"

"예. 하지만 드러내놓고 신명이 난 얼굴들은 아니고, 어딘지 약간은 긴장된 분위기도 엿보이긴 했사옵니다만 그런대로 밝은 표정들이었습니다요."

"그래, 알았다. 당충의 집으로 가자."
이사부는 앞장서서 성큼성큼 마을로 향했다.

*

"박 전주님. 당충 행수와의 거래는 잘 끝났다고 들었소이다. 이제 하슬라로 돌아가셔야 할 터인데, 어찌하시겠소이까? 저는 잠시 후에 예선창으로 출발할 생각입니다마는……."
우직은 이사부를 보자마자 기다렸다는 듯이 그렇게 물어왔다. 그 사이 연철은 어디로 갔는지, 당충의 집에는 우직과 당충 두 사람만 남아 있었다. 두 사람은 명진의 말마따나 정말 밝은 표정들이었다.
"그러시오니까? 일단 저희들도 우직 선주님과 함께 예선창으로 가는 게 좋을 듯하오이다. 거기에서 적당할 때에 배를 좀 내어주시면 그편으로 하슬라로 건너가면 될 것 같소이다만……. 물론 배 삯은 넉넉히 치를 터이니 염려마시고……."
"아, 그리 하시겠소이까? 그럼 그렇게 하십시다."
우직은 선선히 그러마고 대답했다.
그때 두 사람의 대화를 듣고 있던 당충이 말했다.
"잘 됐군요. ……그건 그렇고, 거래도 아주 잘 성사됐고 해서 제가 안에다가 음식을 좀 장만하라고 일러놨습니다. 음식이 곧 나올 터이니 함께 나눠드시고 출발하시지요."
이사부는 당충을 향해 깎듯이 목례를 하며 말했다.
"명진으로부터 당충 행수께서 거래를 편안하게 해주셨다는 말씀 들었소이다. 숙소를 배려해주신 것만 해도 고마운데, 별식까지 주신다

하시니 더 없이 감사하오이다."

당충도 예의를 다해 인사를 받았다.

"원 별 말씀을요. 욕심을 부리지 말라는 박 전주님의 특별한 당부가 있으시지 않으셨습니까. 그래서 거래가 아주 수월했습니다. 넘겨주신 물건들이 너무 훌륭하여 저는 큰 재미를 보게 생겼습니다. 그저 감사할 따름이지요."

그때 집 안채에서 당충의 처와 식비(食婢)가 음식이 담긴 큰 쟁반을 들고 건너왔다. 울릉도에서 나는 갖은 나물반찬과, 생선구이가 수북하게 담겨 있었다.

일행은 별 말 없이 한동안 음식을 먹었다. 그 동안 변변히 끼니를 챙기지 못한 탓도 있겠지만, 울릉도 특산물로 정성을 다해 지은 음식이라 특별히 맛이 좋았다. 명진은 모처럼 받은 좋은 밥상에 신이 난 듯 무척이나 게걸스럽게 식탐을 부렸다.

음식을 한참 먹고 있을 무렵, 어디를 다녀왔는지 연철이 돌아와 이사부에게 목례를 한 다음 자리에 함께 앉았다. 그는 무슨 할 말을 참고 있는 사람처럼 보였고, 표정이 무척 상기돼 있었다.

"어서 오시게. 음식부터 우선 좀 들게나."

우직이 연철에게 음식을 권했다.

"아, 예. 그러겠습니다."

그러는 연철의 표정에, 동석한 이사부 때문에 말머리를 꺼내놓기를 저어하는 눈치가 배어 있었다. 어쨌든 연철까지 그렇게 다섯 사람은 포식을 했다.

"그럼 저희들은 안에 들어가서 짐을 좀 꾸리겠소이다. 말씀들 나누시지요."

식사가 다 끝나갈 무렵 이사부는 서둘러 인사를 하며 자리에서 일어났다. 당충이 잠시 함께 일어서며 미안한 표정을 지었다.
"천천히 일어나셔도 되는데……."
"아니오. 모처럼 아주 좋은 식사였소. 고맙소이다."
그러고서 이사부는 명진과 함께 그들이 묵던 너와집 안채 대문 옆방으로 돌아왔다.

*

"그래. 왜녀는 어찌 됐는가?"
우직이 연철에게 물었다. ……이사부는 방으로 돌아오자마자 곧바로 결가부좌하고 앉아서 통견원문술을 썼다. 정좌의 자세로 눈을 감은 채 집중하고 있는 이사부를 명진이 뜨악한 눈으로 바라보며 서 있었다.
"약이 든 차를 마시고 한참 뒤에 쓰러져서 의식을 잃었는데, 아직 숨은 붙어있답니다."
"그래, 그럴 거야. 약을 아주 정확하게 썼기 때문에 바로 죽지는 않을 거라고 했으니까."
아니? 독시를 쓴다더니 독약을 사용한 건가……?
당충의 목소리가 이어졌다.
"그럼 확실하게 죽기는 하는 거야?"
연철이 대답했다.
"그럼요. 믿어도 될 것입니다. 아마도 오늘 밤을 넘기기 힘들 겁니다."
차에 독약을 타 넣었구나. 이사부의 가슴이 두근거렸다. 이어서 우직의 목소리가 들려왔다.

"그래도 독시를 쓰지 않은 것은 잘한 일이야. 경계가 부쩍 심해져서 위험성이 높았거든."

당충이 대답했다.

"맞습니다. 독화살을 쏘았다면 문제가 아주 커질 뻔 했습니다. 어쩌면 무고한 사람들까지 여럿 희생될 수도 있었을 테니까요."

다시 우직이었다.

"그래도 안심해서는 안 돼. 왕비가 죽고 나면 왕이 정신을 차릴지, 아니면 더 미쳐서 날뛸지는 알 수 없는 일이야."

연철이 말을 이었다.

"그렇습니다. 경우에 따라서는 더 가혹한 피바람이 불 지도 모릅니다."

당충의 목소리가 뒤따랐다.

"그래도 풍미녀는 죽어야 합니다. 그 왜녀야말로 우리 울릉도의 가장 큰 액운덩어리입니다."

우직이 말을 받았다.

"그건 맞는 말이야."

그러고 나서 그들은 한동안 말이 없었다.

짐을 꾸려서 출발을 해야 할 시각이었다. 이사부가 결가부좌를 풀자, 긴장한 눈으로 그를 지켜보던 명진이 주섬주섬 옷가지들을 챙겼다.

"전주님. 채비가 다 됐습니다요."

"알았다. 가자꾸나."

두 사람은 등짐을 하나씩 걸머지고 당충의 집을 나섰다. 섬을 향해 내리쬐는 하오의 햇볕이 따사로웠다.

마당 여섯

해후(邂逅)

6.1 나리촌

골계에서 예선창으로 돌아오는 뱃길에서 우직은 말이 없었다. 그의 눈빛에는 사뭇 초조한 기색이 어른거렸다.

이사부는 우직이 그토록 조바심에서 벗어나지 못하고 있는 이유를 알 것 같았다. 통견원문술을 동원해 엿듣고 알게 된 왕비 풍미녀에 대한 독살기도 때문일 것이었다. 당초 그들은 살수(殺手)를 써서 암살을 실행할 계획이었다. 그런데 무슨 까닭인지 정확히 알 수는 없지만, 나중에 생각을 바꿔 서서히 목숨을 앗아가는 독약을 써서 암살을 결행한 것으로 짐작되고 있었다.

이틀 전 예선창에서 골계로 갔던 경로의 반대방향 서안을 끼고 섬 왼편으로 돌아 오르는 뱃길은 또 다른 묘미를 불러일으켰다. 산세를 살펴 공략할 만한 지점이 있는지 톺아보면서, 이사부는 지형의 윤곽들을 머릿속에다가 차곡차곡 쌓았다.

지세를 세세하게 뜯어보았지만 암벽은 높았고, 그 위쪽 골짜기 역시 가파르고 깊었다. 대규모 군대가 만만히 접근해 들어갈 만한 곳은 도무지 있어 보이지 않았다. 그 뱃길에서 이사부는 다시 한 번, 울릉도의 험악한 지형에 난감을 금치 못했다.

사태감, 학포라는 곳을 지나고 태하를 막 휘돌아 가는 동안 갑자기 파도가 높아졌다. 지난 번 원정 때 느닷없는 물 소용돌이를 만났던 지점이었다.

힘겹게 헤쳐나간 뱃길 왼 쪽으로 이윽고 큰 바위섬이 하나 나타났다. 그 곁을 지나가면서 보는 바위섬은 가운데 구멍이 크게 뚫려 있었다. 구멍을 에워싸고 있는 바위는 마치 육면체의 벽돌을 일부러 켜켜이 쌓아올린 것처럼 가지런했다.

"저게 구멍바위라고 부르기도 한다는 공암인 모양입니다요. 정말 기묘하게 생겼습니다요."

바위를 바라보던 명진이 먼저 소리쳤다.

"그렇구나. 바위모양이 참으로 신기하구나."

구멍바위를 왼쪽으로 놓고 오른 쪽으로 울릉도 끝자락에 비스듬히 삐죽 솟아오른 산이 시야에 들어왔다. 하늘을 찌른 산은 기상에서부터 예사로워 보이지 않았다.

"저 산이 성인봉에서 가리켜 말씀하시던 송곳산이라는 봉우리로군요."

이사부가 산세를 살펴보면서 말했다. 다른 생각에 혼이 빠져나간 사람처럼 조금은 시무룩해 보이는 우직이 말을 받았다.

"그렇지요. 저게 송곳산이라오. 신령한 기운이 있다 해서 사람들이 저 산 밑자락 가파른 곳까지 올라가 기도를 많이 올린답니다."

*

예선창 집에 도착한 우직은 집에 진득하게 있지를 않았다. 그는 부산스러운 몸짓으로 마을길을 바장이며 무언가를 살피는 모습이었다.

이사부는 그의 들뜬 몸짓이 왕비시해를 결행한 그들의 모의와 관련이 있음을 직감으로 알고 있었다.

방안에서 가부좌하고 앉아 눈을 감은 채 한동안 이런저런 생각에 잠겨 있는데, 포구를 둘러본다고 나갔던 명진이 돌아와 방문을 열고 들어서 이사부의 의식을 흔들었다.

"전주님!"

눈을 떴다.

"무엇이냐?"

바깥이 어둑한 것으로 보아 이미 해가 떨어지고 있는 모양이었다. 명진의 얼굴에 뭔가 새로운 정보를 알아냈을 때 풍기는, 상기된 기운이 흘렀다.

"나루에 나갔다가 이상한 소문을 들었습니다요."

"이상한 소문이라니?"

명진이 몸을 앞쪽으로 숙이며 목소리를 낮췄다.

"뭍에서 잡혀 온 처자들이 근동에 연금돼 있다 합니다요."

그 말을 듣는 순간, 머리끝이 주뼛하고 서는 충격이 왔다. 뭍에서 잡아 온 처자? 그렇다면 산단화?

"그래? 그게 정말이라더냐?"

"예."

이사부는 침을 꿀꺽 삼켰다.

"거기가 어디라더냐?"

"나리촌 안쪽이라고 합니다요."

지체하고 있을 여유가 없었다. 이사부는 빠른 동작으로 자리에서 일어났다.

"나리촌으로 가자!"

"나리촌으로…… 지금 당장이요? ……아, 예에. 알겠습니다요."

잠시 의아한 표정으로 이사부를 쳐다보던 명진은 입술을 앙다문 장군의 표정에 눌려서 금세 표정을 바꾸고 부랴사랴 채비를 마치고는 앞장섰다.

밖은 훨씬 더 어두워져 있었다. 별이 더러 보이기 시작한 초저녁이었음에도 사위의 어둠은 제법 깊었다.

예선창에서 나리촌으로 가는 길은 섬에 들어온 직후 성인봉에서 내려오면서 한번 걸어본 적이 있는데도 길 같지도 않게 복잡했다. 그 길을 명진은 더듬거리지도 않고 잘도 짚어서 앞장서나갔다. 참 재주가 많은 자로구나……. 이사부는 새삼 그의 재바른 움직임에 감탄하고 있었다.

울릉도에서는 좀처럼 보기 힘든 넓은 평지인 나리촌 쪽으로 한참을 걸어 올랐다. 저만큼 들판 한 가운데 모여 앉은, 첫날 성인봉에서 내려오면서 보았던 마을이 눈에 들어왔다. 너와집과 투막집들 예닐곱 채가 사이좋게 둘러앉은 작은 동네였다.

이사부와 명진은 마을이 막 시작되는 길섶 바위 뒤에 일단 몸을 숨겼다. 그리고는 가옥들을 살폈다. 어둑한 가옥 풍경 속에서 창을 든 병사들의 그림자가 어른거리는 큼지막한 투막집 하나가 좀 다르다 싶게 시야에 닿았다. 병사들은 네댓 명 쯤 되는 것 같았다.

"소인이 먼저 가서 염탐하여 오겠나이다."

명진이 낮은 목소리로 자청하여 나섰다.

"그래. 우연인 듯 가장하여 접근해 보아라. 가서 잡혀 와 있는 사람들이 누구인지, 어떤 상태인지도 살펴 오너라."

이사부가 명진에게 조용히 일렀다.

명진은 소매 자락 속에 넣어 온 작은 방물 몇 점들을 확인하면서 마을 쪽으로 두리번두리번 나아갔다.

얼마나 기다렸을까. 명진은 꽤 오랜 시간이 흐른 뒤에야 돌아와서는 낮은 목소리로 상황을 보고했다.

"저기 저 투막집에는 뭍에서 살던 처자들 넷이 잡혀와 있다고 합니다요. 아, 참. 그리고 거기 노인 하나도 함께 붙잡혀 있는데, 병이 들어서 심하게 앓고 있다는 말도 들었습니다요."

맞구나. 이사부는 명진의 보고에 기쁜 마음이 앞섰다. 현덕 노인과 산단화, 그리고 마을 처녀들이 틀림없구나.

"그들을 만나볼 수 있겠느냐?"

명진은 기다렸다는 듯이 앞길을 잡고 나서며 말했다.

"물론입지요. 투막집을 지키고 있는 병사들을 푹 삶아놨습니다요."

이사부는 명진을 앞세우고 투막집으로 향했다.

"원래는 나리촌 일대를 지키는 경계병들이 더 많았는데, 오늘 골계에서 긴급연통이 와서 그곳으로 다들 떠나고 지금은 십여 명만 남아있다 합니다요."

가까이 다가가면서 본 투막집은 허술하기 짝이 없었다. 병사들은 부러 자리를 비웠는지 아예 보이지 않았다.

"안에 누구 계십니까요?"

명진이 참억새로 지붕을 엮어 올린 투막집 우데기(건물 바깥에 담처럼 둘러쳐져 있는 일종의 외벽)를 살펴 출입구를 찾아내고는 그 앞에 서서 외쳤다. 이사부는 조바심이 들어서 침을 꿀꺽 삼켰다.

한참만에야 안쪽에서 인기척이 났다. 수숫대로 얼기설기 엮은 이엉으로 둘러쳐진 우데기 중간쯤에 아무렇게나 붙어있는 꺼지렁문(거적

문) 안쪽이었다. 이윽고 모기소리 만큼이나 가냘픈 처자의 목소리가 흘러나왔다.

"밖에 누구시오니까?"

이사부는 벅차오르는 가슴을 억누르며 꺼지렁문을 살며시 들어 올렸다.

"여기 혹시 산단화라는 이름의 낭자가 있으시오?"

"누, 누구라고요?"

투막집 문밖 축담(벽체와 우데기 사이의 공간)에 엉거주춤 나와 선 처자는 일단 산단화가 아니었다. 이사부는 마음이 다급해졌다.

"저기 바다 건너 해리현에 살던 산단화 낭자 말이오."

처자는 말없이 투막집 방문을 열어젖히고는 몸을 돌려 안에다 대고 작게 소리쳤다.

"산단화 아씨! 누가 아씨를 찾습니다요."

이사부는 그 소리를 듣자마자 방 안으로 성큼 들어섰다.

희미한 관솔불이 겨우 사물을 분간할 만큼 어둠을 밀어내고 있는 투막집 안에는 억새와 수숫대 썩는 냄새가 진동했다. 웅크려 앉아 있거나 누워있는 사람의 모습들이 희미한 윤곽을 드러내기 시작했다. 모두 다섯 명이었다. 이사부는 좀 더 큰 목소리로 외치듯 물었다.

"산단화 낭자 여기 있소?"

잠시 정적이 흘렀다. 누워있는 사람 옆에 웅크려 있던 그림자 하나가 벌떡 일어서며 앞으로 나섰다.

"제가 산단화입니다만, 대체 누구……시온지?"

산단화였다. 남루한 옷차림의 그녀는 찾아온 사람이 이사부라는 것을 이내 알아차리고는 화들짝 놀라 얼어붙은 듯 멈춰 섰다.

"낭자! ……나요!"

"아니! 아니! ……어떻게 여길?"

어두워서 선명하게 보이지는 않았지만, 산단화는 파들파들 떨고 있었다.

저만큼 누워있던 노인이 쿨럭쿨럭 가래기침을 토했다. 이사부는 그 노인이 산단화의 아비인 현덕 노인이라는 것을 단박에 알아차렸다. 이사부가 노인에게 다가갔다.

"현덕 어르신! 현덕 어르신이시지요?"

노인은 미처 눈을 열지 못한 채 다시 쿨럭쿨럭 기침을 했다. 그리고는 겨우 샛눈을 뜨고 큼큼 목을 가다듬어 밭은기침을 눌러가며 가까스로 말했다.

"아! 군주님께서…… 군주님께서 여기는 대체 어인 일이시나이까?"

노인의 목소리에 거친 숨소리가 섞여 나오고 있었다.

"이야기하자면 대단히 길고 복잡하다오. 그건 그렇고, 어찌하여 저들은 이곳에 여러분들을 연금하고 있는 것이오?"

현덕 노인은 대답대신 가래기침을 한동안 이어갔다. 산단화가 대신 말했다.

"잘은 모르겠으나, 아직까지 우리를 살려두는 것으로 보아서는 아무래도 무슨 쓰임을 따로 정해놓지 않았을까 여겨집니다."

이사부는 잠시 고개를 돌려 명진에게 일렀다.

"바깥을 잘 경계하거라."

"예. 알겠습니다요."

명진이 한 차례 고개를 주억거린 뒤 밖으로 나갔다. 이사부는 현덕 노인을 향해 말했다.

"몸이 편찮으신 듯한데, 상태가 어떠하시오? 많이 안 좋으시오니까?"
"아무래도 타향객지 섬 곳 물과 바람이 몸에 안 맞아서 탈이 난 것 같나이다. 게다가 나이가 있으니 노환이 났다 여겨야 하지 않겠나이까?"

그렇게 말하는 현덕 노인 얼굴을 자세히 살펴보니 전혀 예전의 모습이 아니었다. 살이 내려 피골이 상접한 것은 물론이려니와 짙어진 주름, 퀭한 눈빛이 보기에 딱했다. 이사부는 더 이상 할 말을 찾기 어려웠다. 현덕 노인이 큼큼 기침을 삼키며 말했다.

"아뢰옵기 황송하오나, 일전에 우산국으로 진격해오다가 여의치 않아 물러가신 일이 있다 들었나이다."
"그런 일이 있었소. 우해왕이란 자가 아무래도 여간내기가 아닌 듯하오. 술법도 잘 쓰는데다가 용의주도한 지략도 있는 자 같구려. 뭍에서 예까지 이르는 바다가 험하기 짝이 없고, 울릉도의 지세마저 철옹성이니 난감한 상황이라오. 그래서 우해를 아주 잡을 묘책을 찾을 양 이렇게 잠입을 해왔다오."

"그러셨군요. 제가 보기에도 우해왕은 범상한 사람이 아닙니다. 도술을 쓰는 것은 물론 용력 또한 남다른 자인 듯 했나이다. 그나마나…… 이런 잠행이라니, 너무 위태하지 않나이까?"

"위험하지만, 어찌하겠소. 난관을 헤쳐 나갈 방책을 좀처럼 찾지 못하겠기에 선택한 고육지책이라오."

그 즈음에서 현덕 노인은 깊은 가래기침을 다시 시작했다. 이사부는 곁에 서있던 산단화에게 말했다.

"낭자. 따로 이야기를 좀 나눌 수 있겠소?"

그러자 산단화는 잠시 두리번거리다가 방 한쪽으로 난 문을 가리켰다.
"저기 정지(부엌)가 있으니 그리로 가시지요."

그때 바깥에서 망을 보고 있던 명진이 안쪽 상황이 궁금했던지 방문을 밀치고 들어와 눈길을 한 차례 휘둘러 살펴보고는 다시 밖으로 나갔다.

정지는 바닥이 우멍했다. 깊이 판 바닥에서 아궁이를 내어 불을 지피도록 돼 있었다. 아궁이에는 타다 만 솔가지가 아직 사그라지지 않은 채 불씨를 품고 있는 듯 따스한 기운이 풍겨 나왔다.

이사부와 산단화는 아궁이 앞에 나란히 앉았다.

"그래…… 낭자는 건강이 괜찮소?"

"예. 병환이 깊어 고통 받으시는 아버님에 비하면, 소녀의 작은 불편쯤이야 굳이 입에 올릴 일이 되겠나이까?"

얼굴은 많이 야위었지만, 그녀의 음성에 배어있는 기개는 옛적 그대로였다. 아비를 끔찍이 여기는 마음 또한 변함이 없어보였다.

"낭자! 지켜주지 못해서 미안하오."

산단화가 한 차례 길게 심호흡을 했다.

"아니옵니다. 소녀 뜻밖으로 이런 험한 사지(死地)에서 군주님을 다시 뵈오니 그저 황망하기 그지없사옵니다. 죽기 전에 한 번만이라도 뵈옵기를 마음 속 깊이 기원하긴 했사오나, 험지에서 막상 다시 뵈오니……."

울고 있었다. 산단화는 결국 누르고 있던 슬픔을 더 이상 참지 못하고 슴벅슴벅 눈물을 아래로 떨어뜨리고 있었다. 견디기 힘들만큼 가슴이 아렸다.

"내 곧 이 섬을 빠져나갈 배를 댈 터이니, 함께 뭍으로 가십시다."

"……."

산단화는 흘러내리는 눈물을 주체하지 못한 채 어깨를 들썩였다.

"낭자. 내 결코 낭자를 잊은 적이 없소. 약속한 대로 삼년의 기한이 차면 반드시 낭자를 데리러 갈 심산이었다오. 그런데 천만 뜻밖에 이런 괴이한 변고를 당하여 그만 낭패가 생기고 말았구려."

이사부는 아궁이 앞에 쪼그려 앉아 고개를 숙인 채 울고 있는 산단화의 모습을 잠시 지켜보았다. 연전 해리현 바닷가에서 보았던 아름다운 모습이 되살아나는 듯 했다.

두 사람은 한동안 말없이 그렇게 앉아 있었다.

만감에 빠져있던 산단화가 천천히 고개를 들어 말했다. 그녀의 젖은 눈망울이 모종의 굳은 마음으로 빛나고 있었다.

"아니옵니다. 죽기 전에 군주님을 이렇게 한 번 더 뵈옵는 것만 가지고도 소녀는 마음으로 행복할 수 있나이다. 노환이 깊으신 아비를 두고 소녀 혼자서 배를 탈 수도 없거니와, 설령 부친을 모시고 배에 오른다 한들 쇠할 대로 쇠하신 노인이 험한 뱃길을 끝까지 견뎌내지 못하실 것입니다. 소녀 걱정은 마옵시고, 군주님께서는 어서 뭍으로 나가 출병하셔서 나라를 위하여 소명된 장부의 큰 뜻을 이룩하소서."

오랜 세월이 흐르도록 한 치도 흐트러짐 없이 아비를 섬기고 있는 그녀의 모습이 하도 어여쁘고 안타까워서 마음이 아팠다. 어찌 저리도 강직한 단심으로 아비를 위하여 살 수 있다는 말인가. 또한 은애하는 사나이의 길을 귀히 여기고 자신을 낮추고 버릴 수 있다는 말인가.

"아니오. 내 어찌하든 이곳을 벗어날 방도를 찾을 터이니 함께 빠져나갈 준비를 해주시오."

이사부는 간절한 마음으로 타이르듯 말했다. 하지만, 산단화의 얼굴에는 흔들리는 기색이 전혀 보이지 않았다.

"소녀의 마음인들 왜 그리하고 싶지 않겠나이까? 하오나…… 하오나,

예감 컨데 아비의 명이 길게 남아있지 않아 보이는 형편인지라 소녀로서는 도저히 무리를 감행할 수가 없나이다."

산단화의 눈에 눈물이 다시 그렁그렁 고이고 있었다. 처연한 심사로 인해 이사부는 더 이상 말을 잇지 못하고 묵묵히 앉아 있었다. 타다 남은 나무에 다시 불이 붙었는지 아궁이 안에서 타닥타닥 소리가 났.

그때 부엌으로 난 문이 벙긋 열리면서 낭자 하나가 목을 내밀었다.

"저기요. 촌주 어른께서 찾으십니다요."

이사부와 산단화는 얼른 일어나 방으로 들어갔다. 현덕 노인은 여전히 가래가 잔뜩 낀 숨소리를 내며 희미한 눈동자로 두 사람을 물끄러미 바라보고 있었다. 노인이 산단화를 바라보며 말했다.

"얘야. 내 군주님께 긴히 올릴 말씀이 있으니 너는 좀 나가 있거라."

"예, 아버님."

산단화는 이사부를 한 번 바라본 다음 가만가만한 걸음으로 문을 열고 나갔다. 현덕 노인이 가래기침을 몇 차례 토한 뒤 입을 열었다.

"이제 이 늙고 병든 몸은 그리 오래 버티지 못할 것 같사옵니다."

그쯤에서 이사부는 노인의 손을 잡으며 말을 끊었다.

"아니오. 이제 이곳을 벗어나 고향으로 돌아가셔야지요."

"아니옵니다. 제 몸의 상태가 어떠한지는 제가 잘 아옵니다. ……그건 그렇고, 이제 두 가지만 말씀 올릴까 하옵나이다. 우선, 제가 이곳 울릉도에 잡혀 와서 유심히 들은 말이 있어서 알려드릴까 하나이다. 울릉도 병사들이 자투리 시간에 나무를 잘라다가 주머니칼로 남근(男根)목각을 깎아서 허리춤에 달고 다니기에 그 연유를 물어보았나이다. 그들은 한사코 그저 심심풀이로 그리한다고 말하고 있으나, 소인이 짐작하기에는 아무래도 그들이 출병을 할 때 필요한 물건이 아니겠는가,

그렇게 여겨집니다."

"목각남근이 출병에 필요한 물건이라?"

이사부도 그들의 목각남근이 어쩌면 몸에 지니고 다니는 무슨 신물(神物)로라도 쓰일지 모른다는 생각이 얼핏 들었다.

"그러하나이다. 그들 중에는 목각남근을 몇 개씩 옆구리에 차고 다니는 자도 있습니다."

"아무래도 그 목각남근이 무슨 용처가 있긴 있나보오이다."

말을 많이 하느라고 지치고 힘들었던지 현덕 노인은 한동안 뒷말을 연결하지 못하고 쿨럭쿨럭 기침을 했다. 한참만에야 목을 추스른 현덕 노인이 더 힘이 빠진 목소리로 말했다.

"올릴 말씀이 또 하나 있나이다."

"무엇이오니까? 어서 말씀하시오."

"다름이 아니옵고…… 일찍이 딸자식을 군주님께 내어드렸다면 오늘날 이 같은 참담은 겪지 않아도 될 것을…… 이 늙은 아비가 어리석기 짝이 없었나이다. 염치없는 부탁이오나 부디 제 여식을 이곳에서 탈출시켜 주시옵소서. 틀림없이 저 가련한 아이가 늙고 병든 아비를 두고 떠날 수 없다 할 것이나, 괘념치 마시고 데려가 주옵소서."

"그렇지 않아도 내가 그리 말하고 있는데 낭자가 고집을 꺾지 않는구려."

"그렇더라도 한사코 저 아이를 뭍으로 데려가 주옵소서."

"알겠소. 내 반드시 산단화 낭자는 물론, 어른까지 함께 모시고 나가리다."

그때, 밖에 있던 명진이 출입문을 펄쩍 열고 들어왔다. 산단화가 그 뒤를 따라서 들어왔다.

마당 여섯. 해후(邂逅) **245**

"이제 떠나야 할 시각입니다요. 잠시 자리를 피했던 병사들 돌아오는 소리가 저만큼에서 들려오고 있습니다요."

이사부는 얼른 자리에서 일어나면서 산단화를 향해 말했다.

"낭자! 다시 올 터이니 떠날 채비를 해두시오. 방금 현덕 어른과도 얘기가 다 됐으니, 부디 뜻을 따라주오."

"……."

산단화는 뭐라고 선뜻 말을 하지 못한 채 또다시 눈물만 훔치고 있었다.

"자, 그럼 지금은 이만 가겠소."

산단화는 울음 섞인 작고 떨리는 목소리로 말했다.

"군주님. 부디 대업을 완수하여 큰 공덕을 쌓으시옵소서."

"낭자……. 마음 굳게 먹고 조금만 참으시오."

이사부가 그렇게 산단화를 다독거리는 사이에, 명진이 이사부의 옷소매를 잡아끌었다.

하늘에는 어느새 무심한 달이 휘영청 떠올라 있었다.

*

예선창 집 앞에는 이사부를 초조하게 기다리고 있는 사람이 있었다. 우직이었다.

"이 밤중에 어디를 다녀오시는 길이시오?"

"갑갑하여 바람이나 좀 쐬자고 여기저기 돌아다니다가 오는 중입니다."

"그러시오니까? 들어가서 얘기 좀 하십시다."

우직은 그러면서 자기가 앞장서서 집안으로 들어가 이사부가 묵고 있는 행랑채 방문을 열었다.

"무슨 급박한 용무라도 있으시오?"

이사부가 자리에 앉으며 물었다. 우직의 얼굴에 피곤기와 함께 긴박한 기운이 덕지덕지 붙어 있었다.

"박 전주께서는 서둘러 이곳을 떠나셔야 할 것 같소이다. 어쩌면 한바탕 소동이 일지도 모르오. 와중에 애꿎은 화를 당할 수도 있는 판이라……"

왕비가 죽었구나……. 이사부는 속으로 그런 생각을 떠올렸다.

"무슨 몹쓸 일이라도 났습니까?"

시치미를 뚝 떼고 우직에게 물었다. 우직의 표정에는 왕비가 죽었다는 이야기가 이미 다 쒸어져 있었다.

"아니, 뭐 특별한 일이 있어서 하는 말은 아니고, 울릉도 돌아가는 양상이 뭔가 순탄치가 않아서 하는 말이오."

"하긴 거래도 다 끝나고 구경도 이만큼 하였으니 우리도 곧 돌아가야 할 형편이긴 하오만……"

"내 수하에 있는 배꾼들에게 내일 새벽에 배를 띄워 전주님을 뭍까지 모셔다 드리라고 일러놓았으니 그리 움직이시지요."

"알겠습니다. 말씀대로 새벽에 출발하겠소."

이사부는 명진을 향해 말했다.

"명진아. 우직 선주께 뱃삯을 넉넉히 치르거라."

"알겠습니다요."

그러자 우직이 손을 내저었다.

"아니올시다. 내 박이종 전주님 같은 귀인을 만난 것을 천생의 인연으로 알 터이니 개의치 말기를 바라오."

이사부가 다시 말을 받았다.

"그렇지 않소이다. 내가 우직 선주를 만나 여러 가지로 신세도 지고 좋은 구경도 한데다가, 이렇게 돌아갈 배편까지 마련해주시는데 그냥 말 수는 없소."

그럼에도 우직은 한사코 손을 내 저었다.

"아니올시다. 절대로 아니올시다. 더 이상 뱃삯이니 뭐니 하는 말은 거두어 주시길 부탁하오."

우직의 뜻이 워낙 완고했다. 이사부는 승강이를 벌이는 일이 무의미하다는 생각이 들었다. 문득 그에게 물어볼 말들이 떠올랐다.

"막상 섬을 떠나자하니 궁금한 게 두어 가지 있소. 여쭈어 봐도 되겠는지요?"

"무엇이오?"

"먼저, 여기 나리촌 마을에 뭍에서 데려온 처자들이 있다던데, 그들을 이리 오랫동안 잡아두고 있는 이유가 무엇인지 혹시 아시오?"

우직은 놀라는 표정을 지으면서 선뜻 대답을 하지 않았다. 이사부가 질문을 더 보탰다.

"뭍에서 데려온 그 처자들을 무엇에다 어떻게 쓸 요량인지 그저 궁금해서 물어보는 것이라오."

이사부가 한 차례 덧붙여 묻자 우직은 비로소 입을 열었다.

"여기 동해바다에는 바다를 통해서 재앙을 일으키는 해랑신(海浪神)이라는 여신이 살고 있다고 하오. 워낙 심술궂어서 풍랑을 몰고 오거나, 그물을 찢어놓거나 아니면 고기가 오랫동안 안 잡히게 하기도 하고, 때로는 바다를 흔들어 배들을 전복시키기도 한다오. 그래서 이곳 울릉도에서는 해마다 칠월이면 그 해랑신을 달래기 위해 바다에서 제

(祭)를 올리는데, 그 제에서는 계집아이를 제물로 바치는 오래 된 풍습이 내려오고 있다오. 그 동안에는 울릉도에 살고 있는 여자아이를 선발하여 제물로 올려왔으나, 올 여름 제사는 삼년에 한번 씩 돌아오는 대제(大祭, 큰 제사)라 뭍에서 데려온 처자들을 한꺼번에 제물로 쓸 작정이라고 들었소."

우직의 이야기를 듣는 순간, 이사부의 가슴에 훅 하고 뜨거운 기운이 솟구쳐 올랐다. 그래서 산단화 일행을 잡아두고 있구나. 그렇다면 더더욱 서둘러 그들을 구해야 한다는 이야기가 아닌가……

"한 가지 더 궁금한 일이란 무엇이오니까?"

우직이 궁금해 하는 말투로 재촉하듯 물어왔다.

"다름이 아니라, 목각남근에 대해서 물어보고 싶소. 여기 군사들이 틈틈이 나무로 남근을 깎아서 허리춤에 매달고 다닌다 하는데, 그건 또 무엇에다 쓰자는 물건이오?"

이사부의 질문을 들으며 우직은 비식하니 입가에 웃음기를 피워 올렸다.

"박 전주께서는 참으로 호기심이 많은 분이시구려. 그건 이러하다오. 해마다 수장되어 해랑신에게 바쳐진 처자들이 워낙 많다보니 섬 앞바다에는 또 얼마나 많은 여귀(女鬼)들이 있겠소? 그들 한 맺힌 귀신들이 특히 바다에 나서는 군선들에 해코지를 하는 일이 잦아서 그를 달랠 양법(禳法, 신에게 기도하여 재앙과 질병을 물리치는 법)으로 찾아낸 것이 목각남근이라오. 왕께서 술법으로 부리는 해귀들도 바로 그 여귀들이지요."

"아, 그렇군요. 이제야 궁금증이 풀렸소이다. 그런 별난 뒷얘기들이 있었구려. ……그나마나 이 밤이 지나면 이 몸은 우산국을 영 떠나야 할 판이니, 우직 선주를 다시 볼 날이 있을까 두렵고 섭섭한 마음이오이다."

"그러게요. 살다가 이렇게 마음이 맞는 귀한 분을 만나는 일이 쉽지 않은데, 이런 이별이라니 아쉽기 짝이 없소이다. 무엇보다도, 성인봉에서 왜놈들을 물리쳐주신 일은 참으로 고맙소이다."

"인연이 이렇게 한번 닿았으니 살아있다면 다시 만날 날이 있을 것이오. 하여간 그 동안 너무나 감사했소."

"내일 새벽 수하 배꾼들이 미리 기다리고 있을 터이니, 날이 밝는 대로 포구로 나가시오. 혹여 나를 보지 못하더라도 개의치 말고 무조건 배를 타고 떠나시오."

그렇게 말하면서 우직은 자리에서 일어났다. 이사부도 덩달아 함께 일어나며 말했다.

"아무쪼록 무탈하게 잘 지내시오. 언제가 될지 모르지만 내 반드시 다시 이곳 울릉도를 찾아오리다."

"알겠소. 뱃길 여정이 만만치 않을 것이니 눈을 좀 붙여 두시구려."

우직은 그 말을 끝으로 방문을 열고 나갔다. 이사부와 명진이 문밖까지 나가 그를 배웅했다.

"명진아. 이리 가까이 오너라."

우직을 보내고 난 다음 이사부는 명진을 불러 귓속말을 시작했다.

"새벽녘에 나리촌으로 간다. 그리고 산단화 낭자 일행을 구출할 것이다."

"예? 구출…… 을 한다고 하셨나이까?"

"그렇다."

"그들 모두를 데리고 배를 타실 작정이온지요?"

"물론이다. 신 새벽 첫닭이 울 무렵 나리촌 투막집으로 가서 인질들을 구한 다음 곧바로 포구로 갈 것이다. 모두를 배에 태워 탈출해야 한다."

명진은 무리한 작심이 아니냐는 듯 고개를 거푸 갸우뚱거렸다.

"지키는 군사들은 어찌하나이까?"

"투막집으로 몰래 잠입해서 일을 처리한다. 여의치 않을 경우 지키는 병사들을 모두 처치할 것이다. 그리 알고 단단히 채비하거라."

"그…… 병석에 있는 노인은 어떻게 하실 요량이시나이까?"

"함께 데리고 갈 것이다."

"알, 알겠나이다."

명진이 턱을 덜덜 떨고 있었다. 하지만, 신라국 최고의 장수 이사부 군주 아니던가. 장군의 용력과 지모를 아는 명진으로서는 그저 믿을 수밖에 없었다.

6.2 탈출

잠을 청하려고 눈을 감았다. 졸음은 쉽게 찾아오지 않았다. 이사부는 몸을 일으켜 결가부좌하고 앉았다. 정치의 도덕인 '길'과 기후 기상으로서의 '하늘'과 지리적 이점인 '땅'과 지도자의 능력인 '장수'와 제도와 질서로 '법'을 가늠해본다. 적국을 살피는 다섯 가지 요소로 살펴보건대 우산국은 '하늘'과 '땅'과 '장수'는 가졌으되 '길'과 '법'에서 하자가 있는 나라. 그 중 '하늘'과 '땅'은 어찌해볼 도리가 없는 상수(常數)이니, '장수'의 재능을 무력화시키는 일만이 유용한 타개책이 되리라……

시각이 얼마나 흘렀을까. 새파랗게 곤두서는 신경으로 밤을 지새우며 불에 댄 듯 화끈거리는 눈시울을 누르고 있을 즈음이었다. 갑자기 바깥에서 왁자지껄 소음이 터져 나왔다. 이윽고 귀에 익은 목소리의 고함이 저렁저렁 들려왔다.

"누구냐? 누군데 감히 나를 끌어가려고 하느냐?"

우직이었다. 이사부는 후다닥 자리에서 일어나 밖으로 나갔다. 명진도 벌떡 일어나 뒤를 따랐다.

창칼을 든 일단의 병사들이 대문 앞에서 우직과 실랑이를 벌이고 있었다.

"나는 대왕폐하의 형뻘 되는 사람이다. 진정 대왕께서 이리 하라고 시켰느냐?"

왕의 형뻘 되는 사람? ……아니, 그렇다면 저 우직이 우해왕의 가문이었단 말인가? 우직이 내뱉은 뜻밖의 말에 이사부는 큰 놀라움으로 가슴이 쿵쾅거렸다.

우직의 고래고함에도 아랑곳없이 병사들 중 나이가 제법 들어 보이는 군사가 흥분기가 전혀 없는 차분한 목소리로 우직을 달랬다.

"폐하께서 정중히 모셔오라 하셨으니 소란을 거두시고 동행해주시지요."

안채에서 나온 식솔들은 어쩔 줄 몰라 하며 주변을 서성거렸다. 우직은 분기를 참지 못해 식식거리며 버티고 서 있었다. 병사들은 완력을 쓸 기색이 전혀 없이 그냥 우직을 둘러싸고 서 있을 뿐이었다.

그런데 얼마 후, 병사들을 향해 호통을 치던 우직이 무슨 생각에서였는지 천천히 돌아서서 목소리를 누그러뜨리며 식솔들에게 일렀다.

"내 잠시 왕궁을 다녀올 터이니, 시끄럽게 하지 마라. 무슨 일인지 알아보고 곧 돌아올 것이다."

우직이 병사들의 동행 재촉에 순순히 응하겠다는 결심을 밝히고 있었다. 병사들에 의해 끌려가게 된 우직을 위해 무엇을 어떻게 해야 하는 것인지 이사부가 방향을 찾지 못하고 우물쭈물하고 있는 겨를에 일어난 변화였다. 이상스럽게도, 우직의 얼굴에는 두려움이나 조바심 따위가 전혀 보이지 않았다.

"그래, 가자!"

우직은 당당한 몸짓으로 병사들보다 한발 앞서서 포구 쪽으로 걸어 나갔다. 그 광경을 그냥 지켜보고 있자니 이사부의 심사가 매우 복잡해졌다.

저 사람이 우해의 일족이었다는 말인가. 그런 신분인 줄 까맣게 모른 채 내가 며칠 동안이나 같이 다니며 이런 저런 일을 함께 겪은 것인가. 이 얼마나 위험천만한 노릇인가. 아니, 그런 위치에 있는 사람이 어쩌자고 왕의 다스림에 울분을 토하는 것인가. 왕비를 시해하는 일마저 주도하는 것은 또 말이 되는 일인가.

곰곰 돌이켜 보니 그 동안 우직이나 그의 패들이 우해의 폭정에 대해 걱정을 늘어놓는 것은 보았어도, 왕을 직접 타도하거나 해칠 목적으로 무슨 험한 말을 하는 것을 들어본 적이 없었다. 그들의 주장은 한 결 같이, 풍미녀를 왕비로 맞이하는 바람에 왕이 잘못돼가고 있다는 요지였고, 그래서 왜녀인 왕비를 제거해야 우산국이 비로소 올바른 나라가 된다는 논리였다.

"전주님!"

우직이 병사들과 함께 사라진 포구 쪽 언덕길의 칠흑 어둠을 바라보며 넋이 나간 듯 깊은 생각에 빠져있는 이사부를 명진이 소리쳐 깨웠다.

"으응. 그래."

"우직 선주가 한 말이, 자기가 우해왕의 친족이라는 뜻이옵니까?"

"네게도 그렇게 들렸느냐? 나도 그렇게 들었다."

"그렇다면 이거 어찌 되는 일이옵니까? 배를 댄다는 말도 다 거짓이고, 위태로울 수 있는 일 아니옵니까?"

우직과 당충, 연철 등의 일당이 해온 일의 내막을 전혀 알지 못하는 명진으로서는 충분히 그리 생각할 수 있을 것이었다.

"꼭 그렇지만은 않을 것이다."

"소인의 생각으로는 어떻게든 지금 곧바로 달아나는 것이 상책일 듯 싶습니다요. 이미 우리의 정체가 저들에게 낱낱이 알려졌을 지도 모를 일 아닙니까요?"

 나름대로 추리력을 발휘한 명진의 한 걱정이었다. 밤바람이 매웠다.

 "일단 안으로 들어가자."

 이사부는 앞장서서 우직의 집 행랑채 숙소로 들어갔다. 명진이 불안을 씻어내지 못한 눈빛으로 뒤를 따랐다.

 이사부는 말없이, 짊어지고 다니던 등짐 뚜껑을 열고 그 안에 들어 있는 물건들을 모두 꺼냈다. 그리고는 바닥을 뜯어 그 아래 숨겨두었던 반궁(半弓, 앉아서 쏠 수 있는 짧은 활) 부품과, 화살이 한 움큼 든 궁대(弓帒, 활과 화살을 넣는 자루)를 꺼내어 익숙한 손놀림으로 조립하기 시작했다. 부린활(이궁弛弓, 활시위를 벗긴 활)의 한쪽 도고지(활에 시위를 맬 때 심고가 맞닿는 부분)에 궁현(弓弦, 활시위)의 심고(활시위 고리)를 걸었다. 그 끝을 바닥에 세우고 어느 정도 편 다음 줌통(활의 한가운데 손으로 쥐는 부분)을 발로 밀어 끄응 소리를 내며 다른 쪽 도고지에 맞은 편 심고를 잡아 걸었다. 그러자 네 뼘 남짓 되는 작고 탄탄한 얹은활(장궁張弓, 시위를 걸어놓은 활)이 만들어졌다. 이사부는 앉은 채로 활시위를 힘차게 당겨보며 점검했다.

 비장의 무기를 꺼내드는 이사부를 바라보며 명진은 더욱 조바심이 났는지 눈을 동그랗게 뜨고 긴장한 모습을 보였다.

 반궁 조립을 끝낸 이사부가 잠자리에 벌렁 드러누웠다.

 "눈을 조금 더 붙였다가 첫닭이 울면 나서자."

 명진도 이사부의 눈치를 슬금슬금 보면서 잠자리에 비스듬히 몸을 눕혔다.

 우직이 우해의 형뻘이라……. 이사부는 머릿속이 하얗게 퇴색되는 것 같은 느낌을 받았다. 거 참…… 세상에 모를 일이 너무 많구나……. 걱정이 아주 안 되는 것은 아니었으나, 깊이 헤아려보니 우직으로 하여금 낭패를 당할 일이 있을 것 같지는 않았다.

잠시 졸았던 것 같은데, 첫닭이 울었다. 의식의 문을 여니 윗목에서 부스럭대는 소리가 나고 있었다. 명진이 벌써 일어나 등짐을 살피고 있는 모양이었다. 이사부가 몸을 일으켜 길게 기지개를 켰다.

"기침하셨습니까요?"

"그래…… 눈을 좀 붙이긴 한 거냐?"

"못 잤습니다요. 잠이 통 오지 않습니다요."

"무탈할 것이니 너무 심려하지 말거라. 서둘러 나리촌으로 가자."

이사부와 명진은 처음 섬에 들어올 때보다는 좀 가벼워진 등짐을 하나씩 나눠지고 우직의 집을 나섰다. 이사부의 허리에 궁대가 매어져 덜렁거렸다. 바다로부터 불어오는 새벽바람이 워낙 차가워서 부르르 진저리가 났다.

두 사람은 한달음에 나리촌 안쪽 마을 입구에 다다랐다. 숙소에서 나올 때의 한기 따위는 전혀 남아있지 않았다. 오히려 등줄기에 땀이 흘렀다.

"군주님께서는 잠시 이곳에 계시옵소서. 소인이 먼저 살펴보고 오겠습니다요."

명진이 등짐을 벗어놓았다. 이사부는 고개를 끄덕이며 말했다.

"저들에게 발각되더라도 일이 아주 어그러지지 않도록 각별히 조심하거라."

"걱정 마시옵소서. 신중히 염탐하겠습니다요."

명진은 고양이 발걸음으로 살금살금 나아가 마을안쪽으로 사라졌다. 그런데 머지않아 마을에서 급박한 발걸음으로 되돌아 나오는 명진의 모습이 보였다. 뭐가 잘못된 것일까. 명진은 숨을 헐떡이며 이사부가 있는 마을 입구로 달려왔다.

"군주님! 저기 투막집이 텅 비었습니다요. 안팎으로 살펴보아도 아무도 없습니다요."

"집이 비다니?"

"문은 열려있고, 집안에 이부자리건 옷가지건 아무것도 없는 것으로 보아 모두 다른 곳으로 옮겨간 것 같습니다요."

"병사들도 없더냐?"

"아무도 없습니다요."

이사부는 등짐을 그 자리에 둔 채로 앞장서서 마을 쪽으로 달려갔다.

명진의 말처럼 어제 저녁까지만 해도 분명히 산단화 일행이 묵고 있던 투막집 안에는 수숫대 썩는 냄새만 진동하고 있을 뿐 인기척이 전혀 없었다. 인근에 있던 병사들도 모두 사라진 것을 보면 근처의 다른 집으로 옮겨간 것 같지도 않았다.

이사부는 집 앞으로 나와 통견원문술을 써서 사방으로 기를 던져 보았다. 하지만 그 어디에서도 산단화 일행의 기척으로 느낄 수 있는 반응은 되돌아오지 않았다. 어디로 간 것일까. 혹여 참혹한 일이 일어난 것은 아닐까. 이제 어찌해야 하는가. 우직마저 잡혀 간 마당에 이곳에 더 머무는 것은 위험하기 짝이 없는 일이다. 서둘러 배를 타고 떠나야 하는데……. 어찌해야 옳은가.

"포구로 가자."

잠시 넋을 놓고 생각에 잠겨있던 이사부는 일단 떠나기로 결단을 내리고 명진을 재촉해 앞세웠다. 명진의 화급한 발걸음에 초조로움이 가득했다.

"게 섰거라!"

등짐을 다시 지고 부지런히 걸어서 나리촌을 막 다 빠져나왔을 무렵이었다. 어디선가 이사부 일행을 향한 고함소리가 들렸다. 언덕 위 저 만큼에서 일단의 군사들이 소리치며 달려 내려오고 있었다. 미명 속에서 창을 든 자가 둘, 칼을 든 자가 하나 그렇게 셋이었다. 군사들의 몸짓에는 이미 이사부 일행을 향한 적의가 잔뜩 묻어 있었다. 그들에게 발이 묶여 지체할 시간이 있지 않았다.

"명진! 꼼짝 말고 엎드려 있거라."

이사부는 그렇게 명하면서 등짐을 던지듯 벗어놓았다. 그리고는 빠른 동작으로 궁대를 열어 화살 세 개를 꺼낸 다음 함께 오늬를 먹였다. 그런 다음 몸을 옆으로 틀어 대각선으로 반궁을 겨눠 시위를 힘차게 당겼다. 숨을 멈추고, 달려 내려오는 군사들이 좀 더 가까이 오기를 기다리면서 왼 손가락 사이에 걸린 세 개의 화살대를 잠시 조정하는가 싶더니 곧바로 오른손 엄지와 검지를 풀었다.

이사부의 활은 번개 같았다. 순식간에 세 명의 군사들이 한꺼번에 억 소리를 내며 가슴을 움켜쥐고 고꾸라졌다. 화살을 놓고 난 이사부가 재빠르게 다시 등짐을 걸머졌다. 그리고는 납작 엎드린 채 놀란 눈으로 이사부의 속사(速射)를 바라보고 있던 명진에게 외치듯 말했다.

"뛰어라! 포구로 가자!"

이번에는 이사부가 앞장서서 내달렸다. 명진은 한참을 뒤따라 달리다가 하늘에 닿을 듯 거친 숨을 몰아쉬며 허청거리기를 거듭했다. 헉헉대는 숨 사이로 명진이 물었다.

"화살을 맞은 군사들이 살아있으면 어떡합니까?"

울릉도를 다 빠져나가지 못할까봐 내놓는 걱정이면서, 우직에게 화가 미치지 않을까 하는 염려이기도 했다. 이사부가 걸음걸이를 늦추며 대답했다.

"살아있지 못할 것이다. 화살들은 심부에 명중했고, 화살촉에 맹독이 묻어있어서 모두 즉사했을 터."

"그런데 그들이 왜 우리를 공격했을까요?"

"우리의 정체를 다 알아서 치자고 나선 것은 아닐 게다. 또다시 나리촌에 나타난 것이 의심스러워서 일단 추포하려고 했으리라 본다."

명진이 고개를 끄덕였다. 이사부가 다시 명진을 채근했다.

"가자. 서둘러야 하느니라."

포구까지 가는 동안 이사부의 심사는 복잡하기 이를 데 없었다. 우직이 잡혀 간 것은 십중팔구 풍미녀의 변고와 관련이 있을 뿐 이사부 자신의 잠행과 연관이 있을 것 같지는 않았다. 그런데, 산단화가 있는 곳을 근근이 알게 돼 가까스로 잠시 만나고 온 직후에 하필이면 그 일행이 감쪽같이 사라진 일은 과연 어떤 손이 한 일일까.

명진의 걱정처럼 만일 이사부의 잠입 행보가 꼬리를 밟혔다면, 병사들이 진작 우직의 집으로 쳐들어왔을 일이었다. 간밤 산단화 일행에 대한 처분을 우직에게 물은 적이 있으니 알쏭달쏭한 부분이 없진 않다. 하지만, 산단화를 데리고 탈출하려는 계획에 대해서 우직이나 우산국 병사들이 눈치를 챘거나 할 리는 만무하리라 여겨졌다.

"포구에 거의 다 왔습니다요."

앞서가던 명진이 돌아서서 말했다.

아직 해가 뜨기에는 이른 시각이었으나, 희붐하게 밝아오는 여명의 기운으로 사물을 분간하기에는 어렵지 않았다. 포구에 이르자, 배에 돛을 달고 있던 두 사람의 사내 중 하나가 기다렸다는 듯이 말을 붙여왔다.

"뭍으로 가신다는 박이종 전주님 아니온지요?"

바닷바람이 섞인 사내의 음성이 거칠게 들려왔다.

"그렇소이다."

"저희 선주님께서 정중히 모시라 이르셨습니다. 어서 배에 오르시지요."

"고맙소이다. 먼 길에 고생하시게 생겼구려."

"아니옵니다. 저희들이야 늘 하는 일이오니 심려마시오소서."

이사부는 명진과 함께 돛배에 올랐다. 사내들은 익숙한 동작으로 배를 띄워 바다 쪽으로 노를 저어나갔다.

조금씩 멀어져 가는 울릉도를 바라보았다. 완강한 바위로 둘러쳐진 섬은 여명 속에서 서서히 깨어나고 있었다.

어디로 끌려갔는지도 모를 산단화를 그냥 두고 섬을 떠나는 일이 못내 마음에 걸렸다. 그렇다고 어찌해볼 도리가 따로 있는 형편도 아니어서 안타까움만 깊어갔다. ……죽기 전에 군주님을 이렇게 한 번 더 뵈옵는 것만 가지고도 소녀는 마음으로 행복할 수 있나이다…… 소녀 걱정은 마옵시고, 군주님께서는 어서 뭍으로 나가 출병하셔서 나라를 위하여 소명된 장부의 큰 뜻을 이룩하소서…… 산단화가 하던 말이 떠올랐다. ……염치없는 말씀이오나 이곳에서 부디 제 여식을 탈출시켜 주시옵소서…… 현덕 노인의 간절한 목소리도 환청처럼 들려왔다. 이사부는 긴 한숨을 몰아쉬었다. 아아, 참으로 기구한 운명이로구나. 산단화 낭자. 부디 살아 있으시오. 내 반드시 돌아와 우산국을 점령하고 그대를 구할 것이오……. 이사부는 혼잣말을 중얼거렸다.

큰 바다 동해 한복판으로 접어든 고깃배의 뱃전이 심하게 흔들리기 시작했다.

6.3 사자 똥

"그간 어디를 다녀오셨는지는 몰라도 안색이 좋지 않으시옵니다. 고생을 많이 하신 듯 창백하오니 기력부터 회복하셔야 할 것 같사옵니다."

주청입구에서 이사부를 맞은 아장 직삼이 걱정스러운 눈빛으로 이사부의 용태를 살피며 말했다.

여러 날 자리를 비웠음에도 주청은 별 문제가 없었다. 전선(戰船)을 제작하는 작업이나 병사들을 훈련하는 일 또한 차질 없이 진행되고 있었다.

울릉도에서 돌아오는 뱃길은 순탄했다. 배를 부리는 우직의 수하들이 능숙하여 어떤 상황에도 빈틈없이 잘 대처했다. 장구한 세월 배를 부리며 살아온 자들이라 그런지 돛과 노를 다루는 솜씨가 탁월했다.

울릉도 예선창 포구를 떠나온 지 이틀 남짓 만에 뭍에 도착한 뒤, 이사부는 명진에게 일러 고마움의 표시로 은수저와 머릿기름 등 비상으로 남겨 둔 물건들을 배꾼들에게 내주었다. 처음에는 받지 않으려고 하던 그들은 진심으로 고마워하면서 물건들을 받아갔다.

임지 하슬라주로 돌아온 이사부는 모처럼 깊은 잠을 잤다. 그리고 며칠 동안 사골을 고아 쑨 죽으로 기력을 보충하였다. 피로가 거의 다

풀렸다싶을 즈음부터 이사부의 뇌리에 산단화가 다시 떠올랐다. 그녀는 어찌 되었을까. 제발 살아있어야 할 터인데……. 이사부는 자신도 모르게 깊은 한숨을 토하고 있었다.

"군주님, 들어가도 되겠나이까?"

서라벌로 가기로 한 날이었다. 아침상을 막 물렸을 즈음에 아장 직삼이 문밖에 와 있었다.

"들어오라."

직삼이 방문을 열고 들어왔다. 시비(侍婢)가 갑옷을 받쳐 들고 뒤따라 들어왔다.

"명하신 대로 채비를 마쳐놓았나이다."

이사부는 자리에서 일어나 갑옷을 챙겨 입었다. 시비가 옷 입는 것을 거들었다.

"알았다. 그건 그렇고…… 작정한 대로 전선을 다 지으려면 시일이 얼마나 더 걸리겠느냐?"

"넉넉잡고 달포면 충분할 것이옵니다."

"달포라……. 한데, 제작이 완료된 배에 보완할 요소가 있다."

"무엇인지 하명하소서."

"공격선 선두(船頭)와 선미(船尾)에 박달나무 목판을 덧대어야겠다."

"송구하오나, 무슨 특별한 이유라도 있는지 여쭈어도 괜찮겠나이까?"

이사부의 뇌리에 울릉도 골계 포구에서 본 우산국 군선들의 투박한 외양이 또렷하게 떠올랐다.

"적국의 군선들이 충돌전에 유용하도록 지어졌으니, 우리 전선을 더욱 튼실하도록 보충해야겠다는 판단이니라."

"그러하나이까? 아군의 배도 돌파에 강하도록 짓고는 있지만, 군주님의 의중이 그러하시니 명대로 전선의 앞뒤를 보강하겠나이다."

"병사들의 훈련은 어느 수준에 도달해 있느냐?"

"지난 해 출병 때와는 비교가 되지 않을 만큼 강하게 단련돼 있나이다. 특히 해상에서 견디는 힘이 놀랍도록 향상되어서 웬만한 풍랑에도 잘 견디도록 연병(練兵)이 충분하나이다."

"아장이 애를 많이 쓰고 있구나. 내 이번에 폐하를 뵙고 온 연후에 특별훈련을 통해 병사들의 조련을 마무리할 것이다."

"알겠나이다. 철저히 준비하겠나이다."

갑옷을 다 챙겨 입은 이사부는 숙소를 나서 주청 앞뜰로 나왔다. 길 떠날 채비를 모두 마친 호위군사들이 기다리고 있었다. 대기하고 있는 말들을 살펴보았다. 울릉도에서 가져온 진주와 수달피, 향, 건오징어 등이 들어있는 죽람을 실은 말도 보였다.

말 잔등에 올라 막 길을 떠나려고 하던 이사부가 뭔가 생각이 난 듯 직삼을 가까이 불렀다. 이사부는 직삼에게 귓속말처럼 은밀한 목소리로 일렀다.

"손재주 좋은 자들을 시켜서 주먹만 한 크기의 목각남근들을 깎아 모으라고 이르라."

직삼이 웬 뜬금없는 말인가 하는 눈빛으로 되물었다.

"목각남근이라 하셨나이까?"

"그렇다. 나무를 남근 형태로 깎아서 될 수 있는 대로 많이 마련하라고 지시하라."

"알…… 겠나이다."

직삼은 장군이 왜 이상한 명령을 내리는지 미심쩍은 마음을 감추지 못하면서 머뭇머뭇 대답했다. 이사부가 그런 기색을 살펴내고는 잘라 말했다.

"그게 왜 필요한 지는 묻지 말라. 때가 되면 용처를 일러줄 것이다."

"알겠나이다. 분부 받잡겠나이다."

직삼은 그제야 흔쾌하게 명을 받았다. 장군이 무슨 일이든 설마 허투루 일을 시키기야 하랴 싶은 마음이 드는 눈치였다.

이사부는 말고삐를 힘차게 당겨 호위군사들과 함께 서라벌로 향했다.

*

"네가 울릉도엘 직접 들어갔다가 나왔다는 것이냐?"

"그렇사옵니다. 그곳에 잠입하여 지세와 민심을 두루 살펴보고 왔나이다."

용상의 왕은 큰 몸을 앞뒤로 흔들며 이사부 장군의 모험을 기특해하는 마음과 궁금증이 뒤 섞인 눈빛으로 굽어보았다. 아무리 보아도 왕의 용태가 예전 같지 않아 보였다. 워낙 노령인데다가, 나랏일에 대한 노심초사가 깊은 분이니 심기가 평안한 날이 많지 않은 탓이리라…….

"그래, 그곳 형편은 어떠하더냐?"

"울릉도는 우선 지세가 매우 험난하여 섬 자체가 난공불락의 요새였사옵니다. 배를 갖다 댈 공간마저 찾기 어려울 만큼 땅의 형세가 기묘하였나이다."

왕은 침을 꿀꺽 삼키며 몸을 앞으로 숙여 귀를 세웠다.

"그래? 그 섬이 그렇게 험준하단 말이지?"

"그러하였나이다. 게다가 그곳 사람들과 병사들은 배를 부리는데 능숙하고, 해전에도 강한 듯 했사옵니다."

"거민들은 모두 몇이나 되던고?"

"진한의 소국들과 비슷한 규모로서 모두 합하여 육백여 호에 못 미치는 것 같사옵니다. 인구는 삼천 명을 못 넘기는 듯 했고, 군사규모는 일천여 명 정도로 파악되었나이다."

"말은 통하더냐?"

"예. 그들의 조상들 대개가 하슬라주나 실직주에서 건너간 연유로 사용하는 말이 우리와 다르지 않았나이다."

"거기 왕을 참칭한다는 우해라는 자는 어떠하던고?"

"우해라는 자는 용력이 출중한데다가 술법까지 구사하는 범상치 않은 인물이었사옵니다."

"술법까지 구사해? 그래 그 놈에게 무슨 재주가 있더냐?"

"소장이 겪고 들은 바로 그 우해라는 자는 해귀(海鬼)를 충동하고, 조류(鳥類)들을 마음대로 부리는 수준의 높은 교령술을 구사하는 자였사옵니다. 지난 번 일차 출병에서 아군이 곤란을 당해 물러선 해괴한 변고들도 바로 그 자가 부린 요술이었던 것으로 확인되었사옵니다."

왕이 몸을 일으켜 세워 뒷짐을 지며 으흠 하고 한 차례 헛기침을 했다.

"그래? 그 자에게 그런 잔재주가 있단 말이지?"

"그러하나이다. 무엇보다도 그 자의 술법을 넘어서는 일이 관건이 될 것 같사옵니다."

"그 우해라는 자의 요술을 꺾어 넘길 묘안은 찾았느냐?"

"아직 완성되지는 않았사오나, 소장에게 몇몇 복안이 있나이다."

"다시 출병하면 승산이 있다는 말이더냐?"

"예, 폐하. 그 어떤 술법도 반드시 급소가 있는 법이오라, 곧 그의 재주를 타파할 묘책을 찾아낼 것이옵니다."

"그러하냐."

"예. 그러하옵고, 우산국에는 뜻밖에도 왜인들이 상당수 들어와 있었나이다."

'왜인'이라는 말에 왕은 미간을 잔뜩 찌푸렸다.

"정녕 거기에 왜인들이 있더냐? 어찌하여 그곳에 왜인들이 들어왔다는 것이냐?"

"우해라는 자가 왜국 대마도 도주의 딸을 왕비로 삼는 바람에 그리 되었다 하옵니다."

"대마도주의 딸을 왕비로 삼아? 괴이한 일이로고."

"그러하옵니다."

왕은 무슨 생각이 떠오른 듯 말을 가다듬었다.

"왜인들이란 본시 노략질을 일삼을 뿐만 아니라, 한한곶(한반도韓半島, 한반섬)을 침략할 흑심을 품고 있는 자들이다. 그들이 굳이 울릉도에 들어온 데는 필시 무슨 목적이 있을 것이다."

"소장은 그들이 울릉도를 교두보 삼아 한한곶을 침탈할 목적으로 그리하고 있을 것이라고 판단하옵니다."

"사정이 그러하다면, 우산국을 복속시키는 일이 화급치 않을 수 없도다."

왕은 그쯤에서 잠시 뜸을 들였다. 그리고는 단호한 어조로 명을 내렸다.

"신라의 대업을 생각하면 우산국 정벌은 더 이상 미룰 수 없는 중대과업이다. 고구려와 말갈의 뱃길 침투를 막는 것은 물론, 왜구의 출몰을 근본적으로 차단하는데도 동해를 장악하는 일은 반드시 선결되어야 할 과

제임을 그대도 익히 알고 있을 터. 이사부 장군은 하루라도 빨리 울릉도를 점령할 수 있도록 만반의 준비를 갖추어 다시 출정하라."

"소장, 폐하의 존명(尊命)을 받자와 하루 속히 출전채비를 마치고 출병하여 반드시 우산국을 정벌하겠나이다."

이사부는 왕을 향해 큰 절을 올린 뒤 왕궁을 물러나왔다.

왕궁을 나온 이사부는 곧바로 본가에 들러 모친을 만났다.

"어머님. 그 동안 강녕하셨나이까? 어디 불편한 데는 없으시옵니까?"

못 본 사이에 모친의 얼굴에는 주름살이 부쩍 늘어 있었다.

"그래. 나는 괜찮다. 잘 지냈느냐?"

"예. 소자 무탈하게 지내고 있사옵니다."

이사부의 모친은 잘 보이지 않는 눈으로 아들의 용태를 살폈다.

"네 몸에 수심이 가득 끼어 있구나."

모친은 원래부터 상대방의 심중을 꿰뚫어보는 강한 직관력을 갖고 있었다. 눈이 어두워진 뒤 그런 감각은 오히려 더 예민해진 듯 했다. 굳이 말을 하지 않았는데도, 아들의 흉중에 쉽게 풀지 못하는 매듭이 있음을 눈치 챈 것 같았다.

"소자는 괜찮사오니 심려 마시옵소서, 어머님."

모친은 아들의 손을 잡고 다시 한 번 찬찬이 살폈다.

"우산국 정벌 대업이 여의치 않다 들었다."

"예. 그러하오나 곧 해법을 찾을 것이옵니다."

"그래야지. 암, 그래야하고 말고……."

모친은 뭔가 깊은 생각에 빠진 듯 골똘한 표정으로 잠시 고개를 숙이고 있었다. 그러다가는 이윽고 입을 열었다.

"경천선사를 만나 보거라."

"예? 스승님을요?"

"그렇다. 요즘 내 꿈에 경천선사께서 여러 차례 나타나셨다. 특별히 하신 말씀은 없었으나, 뭔가 암시를 주신 것이 아닌가 여겨진다. 찾아 뵙고 혜안을 청해 보거라."

귀가 번쩍 띄었다. 아아, 그 생각을 왜 못했을까. 순간 이사부는 자신이 그 동안 스승을 전혀 떠올리지 못했던 사실을 깨달았다. 소도제단 소년무사 시절부터 이사부에게 나아갈 길을 열어 준 스승 경천선사야말로 난제를 풀어줄 가장 큰 지혜를 갖고 있을 가능성이 높은 어른이었다.

"알겠사옵니다. 스승님을 만나 뵈옵고 지혜를 구하겠나이다."

"그래. 한 시가 급한 나랏일에 앞장선 사람이니 여기 이렇게 사사로이 지체할 이유란 없을 것이다. 모자 사이에 서로 무탈한 줄 알면 됐으니, 시간 허비하지 말고 바로 떠나거라. 경천선사께서는 동악을 떠나 석병산(石屛山, 주방산周房山, 주왕산周王山)에 거하신다는 말을 들었다. 서둘러 선사부터 찾아뵈어라."

"귀로에 석병산에 들러 스승님을 배알하겠나이다."

그때 어머니는 무슨 생각이 났는지 돌연 말머리를 돌렸다.

"그건 그렇고, 폐하를 뵈오니 용태가 어떠하시더냐?"

"예전 같지 않으신 것 같았사옵니다. 적잖이 쇠하신 듯이 보였사온데……"

"그렇다. 폐하의 연경(年庚)이 이제 높디높다보니 여전치 않으시다는 말이 자주 들려오고 있다."

"그러하옵니까?"

"그래서, 서라벌의 공기도 많이 흔들리고 있는 듯하구나."

"어찌 달라지고 있사옵니까?"

"폐하의 원자이신 원종 왕자가 이제는 왕위를 계승할 준비를 해야 하는 것이 아닌가 하는 이야기가 나오면서 왕족들 사이에 미묘한 긴장감이 돌기 시작한 것으로 보인다."

"그러하옵니까?"

"그렇구나. 이럴 때일수록 네가 더욱 몸가짐을 바르게 하고, 충심을 지켜야 하느니라."

"어머님 말씀 명심하겠사옵니다."

"그래. 모쪼록 자중자애해야 할 것이다……. 먼 길 가야 할 터이니 어서 가 보거라."

이사부는 모친에게 큰절을 올리고 서둘러 본가를 벗어났다.

*

하슬라로 돌아오는 길에 이사부는 석병산으로 향했다. 서라벌에서 수소문한 바로는 스승 경천선사는 석병산 골짜기 학소대(鶴巢臺)라는 곳에 기거하고 있다고 했다.

어김없는 계절의 순환 속에서 산천은 봄빛을 한껏 적셔내고 있었다. 하늘거리는 아지랑이도 벌 나비와 함께 봄꽃을 피우는데 기운을 보태고 있음이 틀림없으리라…….

문득 실직주 군주가 되기 전 미리미동국을 복속하여 추화군(推火郡)을 설치했던 일이 떠올랐다. 그 전공(戰功)에 감격한 왕은 이사부의 벼슬을 크게 승차시켜 실직주를 맡겼다.

미리미동국은 인접 가야국의 비호 아래 오랫동안 신라국의 서남부를 집적대며 괴롭히고 있었다. 그 해 군대를 이끌고 미리미동국과 맞닿은 국경에 도착해보니 적국의 경계가 삼엄했다.

이사부는 며칠을 궁리하던 끝에 신라 네 번째 임금인 탈해(脫解) 이사금 때 있었다는 변관 거도(居道)의 위계를 떠올렸다. 거도는 마숙놀이(馬叔놀이, 일종의 말 타기 놀이)를 가장하여 적국의 경계심을 늦춘 다음 우시산국(于尸山國, 양산 일대에 있던 고대국가)과 거칠산국(居柒山國, 부산 일대에 있던 고대국가)을 협공하여 병탄했다.

이사부는 우선 거도의 위계를 흉내 내어 군사들에게 마숙놀이를 시켰다. 신라국 군사들은 미리미동국 군대가 잘 보이는 지역에서 한 동안 매일같이 소규모로 말 타기 놀이를 했다. 처음에는 적군들이 긴장을 하는 듯했다. 그러나 이윽고 그냥 단순한 오락쯤으로 여기고 마음을 놓는 기미가 보였다.

그러던 어느 날 이사부는 기병을 중심으로 대규모의 말 타기 놀이를 하는 척 하다가 질풍노도처럼 적진으로 밀고 들어갔다. 미리미동국은 순식간에 기습해온 이사부의 군대에 의해 손 한번 쓸 겨를조차 없이 점령당했다. 그 대승의 공로로 인해 약관 열아홉 살의 청년장수 이사부는 장군 칭호를 얻으며 서라벌에서 이름을 떨쳤고, 실직주 군주로 임명됐다.

그렇다. 어쩌면 우산국 정벌에서도 고도의 위계가 필요할지 모르겠구나……. 이사부는 혼잣말을 중얼거리고 있었다.

저만큼 모습을 드러낸 기암(奇巖)이 웅장했다. 석병산은 먼발치에서 바라보이는 기암만으로도 매력적인 산이었다. 때마침 만산에 꽃이 피고 벌 나비가 무수한데다가 풀 나무들도 무섭도록 푸르러 산은 한껏 싱그러웠다.

석병산 외곽 두수람과 먹구등 근처에서 두어 차례 전투를 벌인 적은 있지만, 주방계곡 안으로 들어가 본 기억은 없었다. 이사부는 적선(積善, 청송군 파천면의 옛 지명)으로 가는 방향으로 길을 잡고 나아가다가 오른 쪽 석병산으로 접어들었다.

인적이 워낙 드물어 길을 물어볼 사람조차 좀처럼 만나기 어려웠다. 노루귀처럼 생긴 기암이 저 만큼 보이는 곳에서 중늙은이 나무꾼 한 사람을 겨우 만났다.

"말 좀 묻겠소. 저기 저 석병산 학소대로 가자면 어느 길로 가야 하오?"

이사부의 질문에 나무꾼은 땔나무가 가득 실린 지게부터 허둥지둥 내려놓았다.

"학…… 학소대로 간다고 하셨습니까요?"

나무꾼은 이마에 흐르는 땀을 손등으로 훔치며, 갑옷을 입고 말을 탄 이사부와 호위군사 일행을 두려움에 찬 눈으로 바라보았다.

"그러하오. 학소대로 들어가는 길이 어느 방향인지를 알고자 하오."

다리가 짧은 나무꾼은 대답대신 아장바장하는 잰 걸음걸이로 앞장을 서며 말했다.

"소인이 산길 입구까지 길안내를 해드리겠습니다요."

"그래주시겠소?"

이사부는 반쯤은 달리기를 하듯 서둘러 앞장서는 나무꾼을 따랐다. 거리가 점점 더 가까워지면서 기암이 마치 명산의 수문장인 양 우람한 자태를 드러냈다.

"저기 보이는 저 주방계곡 길로 접어들어 흘러내리는 물길을 따라 곧장 거슬러 올라가시면 됩니다요. 한참 올라가다가 폭포에 닿기 전, 물이 휘돌아 흐르는 기괴한 암석들이 나타나는데 그곳이 바로 학소대라는 곳입지요. 길이 제대로 나 있지 않으니 들기가 수월치는 않을 것입니다요."

나무꾼은 여전히 두려운 낯빛을 감추지 못하면서 몸을 조아렸다.

"이리 자세히 길을 일러주니 고맙소."

"아닙니다요. 별 것도 아닌 일이옵니다요."

나무꾼은 이사부로부터 고맙다는 인사를 받고는 거의 절을 하다시피 허리를 굽히면서 몸 둘 바를 몰라 했다.

기암을 왼편 저만치에 두고 계곡으로 한참 접어들었을 즈음, 협곡이 더욱 깊어지면서 우마가 들어갈 길이 뚝 끊겼다.

"너희들은 이곳에서 말들과 함께 기다려라."

이사부가 말에서 내리며 호위군사들에게 일렀다. 호위대장이 말에서 따라 내리며 말했다.

"험로인 듯 하온데, 군주님 혼자서 괜찮겠나이까?"

"괜찮다. 걱정 말고 이곳에서 휴식을 취하고들 있거라. 혼자 다녀올 것이다."

이사부는 옆구리에 찬 환두대도를 추스르며 계곡 위쪽으로 올랐다.

*

주방계곡은 점입가경(漸入佳境) 그 자체였다. 들면 들수록 점점 더 오묘한 풍치를 드러냈다. 사람의 손으로 깎으라고 해서는 도저히 만들어 내지 못할 희한한 기암괴석들이 즐비했다.

계곡에서 걸어 오를만한 공간을 찾아서 발을 내딛는 일부터 여의치 않았다. 한참을 오르다가 나아갈 길이 끊겨서 되돌아오길 수차례 거듭해야 했다. 그러던 끝에 바위 언덕을 흘러 넘거나 혹은 틈새로 흐르거나, 우멍하게 파진 커다란 바위웅덩이에 옥빛으로 고여 휘도는 물빛이 황홀비경을 만들고 있는 장소에 어렵사리 도달했다. 아마도 이쯤 어딘가가 스승께서 계신다는 학소대일 것이다. ……이사부는 그런 생각을 하며 사방을 살폈다.

"네가 이곳엔 웬 일이더냐?"

눈앞에 나타난 절벽이 하도 기괴하여 잠시 감탄을 하고 서있을 즈음, 어디선가 스승 경천선사의 목소리가 쩌렁쩌렁 들려왔다. 깜짝 놀라서 목소리가 들려오는 곳이 어디인지를 찾았으나 가늠해내기가 쉽지 않았다.

"스승님을 뵙고자 부러 찾아왔사옵니다."

이사부는 사방을 두리번거리며 대답했다. 또다시 어디인지 알 수 없는 곳으로부터 껄껄껄 하는 호탕한 경천선사의 웃음소리가 들려왔다. 그 웃음소리는 협곡 안쪽 바위들을 웅웅 울리면서 긴 메아리를 만들고 있었다.

잠시 뒤, 누군가가 지팡이로 이사부의 어깨를 툭툭 내리쳤다.

"이사부야. 오랜만이로구나."

등 뒤에서 스승의 목소리가 들렸다. 돌아서니 촘촘히 기워 만든 남루한 가사를 걸친 경천선사가 바로 코앞에 서 있었다. 천년 묵은 멧돼지 같은 인상에 머리카락이 다 빠져서 반질거리는 정수리. 옆머리에서 자라나 허리춤까지 흘러내린 허연 두발……. 검게 탄 얼굴로 눈부신 흰 수염을 날리며 환하게 웃고 서 있는 선사는 여전히 맨발이었다. 양쪽 어깨 위에는 이름을 알 수 없는 화려한 빛깔의 새들이 오구구 앉아 있었다. 이사부는 얼른 스승을 향해 큰 절을 올렸다.

"그간 기체 안강하셨사옵니까?"

"나야 이 산 속에서 산천초목과 온갖 들짐승 날짐승들과 함께 벗하여 노닐고 있으니 아무 탈도 없다만, 보아하니 네 심상이 불안정하기 짝이 없구나."

스승의 날카로운 눈망울이 이사부의 온몸을 훑어 내리고 있었다.

"예. 난관에 부딪쳐서 노심초사에 빠져 있사옵니다."

"그래? 무슨 일이 그렇게 안 풀리기에 번민이 깊은 것이냐?"

선사가 앞쪽 바위 위에 걸터앉으며 물었다. 어깨 위에 앉아 있는 새들은 이따금씩 날개를 움찔거릴 뿐 날아오르지는 않았다.

"폐하로부터 우산국을 복속시키라는 명을 받고 출정하였으나, 그 섬의 왕인 우해라는 자의 술법에 막혀서 나아가지 못하고 그만 패퇴하였나이다."

"그래? 그런데 그 우해라는 자는 어떤 요술을 구사하더냐?"

"그 자는 해귀를 동원해 바다를 들썩거리는 장난으로 뱃길을 막고, 섬에 살고 있는 온갖 새들을 부려 병사들을 공격하는 따위의 재주를 피우는 인물이옵니다."

"해귀라……. 그리고 새를 동원하여 병사들을 공격한다?"

"그러하옵니다."

이야기를 듣자 선사는 예의 그 껄껄대는 소리로 한참을 길게 웃었다.

"그 자가 어디서 잔재주를 좀 익힌 모양이로구나."

"해귀를 움직이는 일도 그렇지만, 새들을 날려 보내어 병사들을 공격해오는 일은 도무지 방책을 찾기가 마땅치 않은 난제이옵니다."

선사는 잠시 말을 끊고 눈썹을 들썩거리며 생각에 잠기는 듯 했다. 불어오는 바람에 흩날리는 흰 수염이 더욱 눈부신 빛을 발했다.

"예서 잠시만 기다리거라."

선사는 이사부에게 기다리라는 말 한 마디를 남기고는 대답을 들을 생각도 없이 암벽 한쪽 가녘으로 갔다. 그리고는 돌 틈 사이사이에 손가락을 넣고는 팔을 당겨 몸을 부드럽게 솟구쳐 올리면서 양손 양발을 모두 동원해 암벽을 타고 올랐다. 어깨에 앉아 있던 형형색색의 새들이 푸득푸득 하고 날아 암벽 위쪽으로 먼저 올라갔다.

암벽을 타고 오르는 스승의 모습은 마치 네 발을 자유자재로 사용하여 험산을 누비는 백호 같았다. 선사는 눈 깜짝할 사이에 열댓 길은 족히 되어 보이는 암벽을 타고 올라 그 위로 사라졌다.

이사부는 암벽을 간단히 오르는 스승의 모습을 감탄하며 그 자리에 멍하니 서 있었다. 바위계곡을 세로 질러 내려오는 물소리가 새삼 낭랑하게 들렸다. 여기가 바로 선계(仙界)로구나. 이사부의 눈에 기이한 바위하며 그 사이를 흘러내리는 옥 같은 물빛이 신비롭기 그지없었다.

얼마나 기다렸을까. 선사가 다시 나타나기까지는 시간이 꽤 걸렸다. 선사는 뭔가가 잔뜩 담긴 커다란 자루를 두 개나 등에 지고 암벽을 가뿐가뿐 내려왔다.

"무엇이옵니까?"

이사부의 물음에 선사는 비식하니 웃음을 머금었다.

"똥이다."

"예에? 똥이라 하셨습니까?

"그래…… 똥은 똥이로되 사람 똥이 아니라 사자의 똥이니라. 가지고 가거라. 그런데 너는 사자의 모습을 본 일이 있느냐?"

"사자가 맹수의 왕이라는 말은 들어보았사오나, 직접 본 일은 없사옵니다. 다만 서라벌에서 명절 때마다 벌어지곤 하던 사자놀음에서 사자

탈 형상을 보긴 했사옵니다."

"잘 들어두어라. 사자의 몸은 생김생김이 호랑이와 비슷하고 덩치는 황소만하다. 몸빛은 모두 누런 황금색을 띠고 있다. 얼굴모양은 콧등이 아주 높은 인간의 모습을 많이 닮았고, 콧등은 매우 검다. 커다란 입에 아래 위 송곳니가 길고 날카로우며 눈은 위로 길게 치켜 찢어졌느니라. 특히 수놈은 목덜미에 빙 둘러 암갈색 갈기가 수북하게 나 있어서 머리가 유독 커 보이고 위협적이며 기풍이 당당하니라."

"사자의 형상이 정녕 그러하옵니까?"

"그렇다."

"그런데 이 사자의 똥을 무엇에다 쓰라고 주시옵니까?"

그러자 갑자기 선사는 버럭 화를 냈다.

"야 이놈아! 그걸 내가 알면 왜 이 산 속에서 늑대하고 놀겠느냐? 어디다 쓸 것인지는 네가 알아서 해라! 구워먹든 삶아먹든 껄껄껄……."

"그래도……."

"허허…… 이놈이 장군이 되더니 말이 많아졌구나!"

선사는 더욱 큰 소리로 이사부를 나무랐다. 이사부는 느닷없이 사자의 똥 두 자루를 내어주고는 호통만 치는 스승의 가르침을 당장 헤아릴 길이 없었다.

이사부가 머뭇거리고 있는 사이에 경천선사는 그런 제자의 복잡한 심사를 눈치 챘는지 껄껄대고 한참을 더 웃었다. 그리고는 다시 말했다.

"자, 그럼 할일이 태산같이 많을 터이니 머뭇거리지 말고 길을 재촉해 가 보거라. ……나는 이따가 밤에 또 숲속 친구들과 노닥거려야 할 터이니, 이제부터 낮잠이나 한 숨 자 둬야겠다."

선사는 아함 하고 팔을 뻗어가며 길게 하품을 한 다음 휑하니 돌아섰다. 그리고는 어깨 위에 앉아있는 새들에게 '얘들아, 가자!'하고 소리쳤다. 새들은 마치 말귀를 알아듣기라도 한 것처럼 푸득 암벽 위로 먼저 날아올랐다.

"소인 물러가옵니다. 스승님."

이사부는 홀연히 돌아선 스승 경천선사의 등 뒤에다가 큰 절을 올렸다. 절을 마치고 일어나보니, 선사는 이미 그곳에 없었다.

이사부는 스승이 주고 간 사자의 마른 분뇨가 가득 든 큰 자루들을 등에 지고 학소대를 빠져나왔다.

의문으로 가득한 이사부의 복잡한 심사는 아랑곳없이 돌아 나오는 주방계곡의 깊은 봄 풍치는 형언하기 어려울 만큼 신비롭고 아름다운 선경(仙境)을 펼쳐 보여주고 있었다.

마당 일곱

불 사자(獅子)

7.1 산악훈련

"다 됐다!"

널따랗게 펼쳐 놓은 여러 개의 대형 죽렴(竹簾, 대나무 발) 위에다가 온갖 정성을 들여 설계도를 그리던 이사부는 자기도 모르게 환호성을 쳤다. 삼월이 다 지나가던 늦은 봄 어느 날 저녁 무렵이었다.

경천선사를 배알하고 온 이후 이사부는 깊은 고민에 빠져 들었다. 선사가 했던 말을 백 번이고 천 번이고 되새김질하면서 암시의 내용을 찾으려고 애를 썼으나 쉽게 실마리가 잡히지 않았다. 잠도 제대로 들지 못하고 밥도 잘 먹지 못할 정도로 궁리에 몰두하던 이사부는 어느 날 새벽 드디어 무릎을 쳤다.

이사부는 그 새벽부터 아장 직삼을 불러 함께 밤낮으로 목각사자의 설계도를 그리기 시작했다. ……사자의 몸은 생김생김이 호랑이와 비슷하고 덩치는 황소만하다. 몸빛은 모두 누런 황금색을 띠고 있다. 얼굴모양은 콧등이 아주 높은 인간의 모습을 많이 닮았고, 콧등은 매우 검다. 커다란 입에 아래 위 송곳니가 길고 날카로우며 눈은 위로 길게 치켜 찢어졌느니라. 특히 수놈은 목덜미에 빙 둘러 암갈색 갈기가 수북하게 나 있어서 머리가 유독 커 보이고 위협적이며 기풍이 당당하니라……. 꼬박 열흘 동안이나 경천선사의 말을 수없이 되뇌면서 죽렴 위에다 사자의 모습을 그렸다 지웠다 했다.
 그리고는 마침내 마치 살아 움직이는 듯한 사자의 형상과 함께 목우사자(木偶獅子)의 각종 부위를 제작할 설계도를 세밀하게 그려냈다.
 "이 설계도대로 목우사자를 제작하는 일에 무리가 없겠느냐?"
 이사부가 완성된 설계도를 손가락으로 가리키며 직삼에게 물었다.
 "전혀 문제가 없나이다. 몰아쳐서 일을 하면 넉넉잡고 보름이면 족할 듯싶사옵니다."
 "불방망이를 쏠 수 있는 쇠뇌(弩弩, 쇠로 된 발사 장치가 달려 여러 개의 화살을 연달아 쏘게 되어 있는 활)를 턱 아래쪽에 장착하는 일이 무엇보다도 중요하다."
 "잘 알고 있나이다."
 "언제부터 제작에 들어갈 수 있겠느냐?"
 "전선제작이 마무리작업 중인 데다가, 소장이 미리 목공들에게 재료들을 준비하라 일러놓았기 때문에 내일이라도 바로 제작에 착수할 수 있나이다."
 "그래? ……그러면 내일부터 당장 목우사자 제작에 돌입토록 하라."
 "명 받들겠나이다."
 이사부는 식비(食婢)를 불러 주안상을 차려오라고 일렀다.
 "그동안 고생했으니 오늘은 나와 함께 곡주나 한 잔하고 모처럼 푹 쉬도록 하라."
 "황감하옵니다. 장군."
 "엊그제 병사들의 훈련 상태를 잠시 살펴보니 대단히 만족스러웠다. 무엇보다도 선상에서의 움직임이 예전과 같지 않고 능숙하여 마음이 든든하다. 아장의 노심초사가 얼마나 깊었는지 충분히 알 수 있었느니라."

"과찬에 소장 몸 둘 바를 모르겠나이다. 병사들이 하나로 단결하여 오랜 나날 모진 고생을 견뎌준 덕분이옵니다."

이사부의 칭찬에 직삼은 고개를 조아리며 황송해했다. 관솔 불빛에 비친 그의 얼굴이 새삼스럽게 꺙꺙해 보였다. 막중 국가대사로 동분서주해야 하는 하슬라 군주의 휘하로 들어 온 이래, 한 시도 편히 지내지 못하고 격무에 시달렸을 터이니 왜 아니 그러랴 싶었다.

주안상이 나왔다. 이사부는 술병을 들어 직삼에게 잔을 권했다.

"자, 그간 애썼다. 한 잔 받으라."

직삼은 무릎을 꿇어 술잔을 받아들었다. 이사부는 잔이 차도록 가득 술을 따랐다.

"감사하옵니다. 장군."

잔을 내려놓은 직삼이 이번에는 두 손으로 공손히 병을 기울여 이사부의 잔에 술을 쳤다. 공기 속에 여름 냄새가 진하게 배어 있었다. 하절기가 막 시작되고 있는 중이었다.

"맑은 공기가 들도록 방문을 활짝 열어라."

이사부는 대기하고 있던 배복(陪僕, 시중꾼)에게 일러 방문을 모두 열게 했다. 일몰 이후에 형성된 서늘한 바람이 바깥으로부터 후루룩 몰려 들어와 코끝을 스치면서 몇 날 몇 밤을 지새운 피로를 조금은 씻어주는 듯 했다.

"이제부터는 실전을 가정한 마지막 훈련을 해야 한다. 문제점이 없는지 직접 점검하여 철저히 보완할 것이다."

"알겠나이다. 명을 받자와 마무리훈련 준비에 만전을 기하겠나이다."

직삼의 눈이 빛났다. 누구보다도 결전의 의지가 깊은 그의 모습을 보면서 이사부는 든든했다. 이사부가 다시 술병을 들어 직삼의 잔에 술을 채웠다. 직삼은 무릎을 꿇은 채 술잔을 받았다.

"그건 그렇고, 일전에 내가 일렀던 대로 목각남근은 만들어 모으고 있느냐?"

"예. 틈틈이 만들어서 지금은 거의 일천여 개에 이를 것이옵니다."

"출병 때 요긴하게 쓸 것이니 계속 만들어서 잘 보관해두도록 하라."

"알겠사옵니다."

깊어가고 있는 밤, 어둠을 뚫고 어디선가 개구리 울음소리가 들려오고 있었다.

*

자가곡 조선장.

수리와 보완작업이 완료된 대장선(大將船) 위에 목우사자 제작을 위한 작업장이 차려졌다. 멀리에서도 잘 보이도록 해야 하니, 전선 위 뱃머리에서 직접 제작하여 고정시키는 방식을 채택했다. 우선 대장선 위에서부터 제작을 마친 다음, 선봉 중군 공격선 일곱 척의 전선 뱃머리에 목우사자를 만들어 붙이기로 했다.

"이 설계도를 잘 보아라. 크기는 황소만하고, 몸의 형태는 호랑이와 유사하나 얼굴 생김생김이 사람을 닮았다 했다. 특히 수놈사자의 얼굴에는 목덜미에 빙 둘러 암갈색 갈기가 수북하다고 했느니라. 위협적이고 위풍이 당당한 형상으로 만들어야 할 것이다."

이사부는 목공들을 모아놓고 목우사자의 형상과 제작방법을 설명했다. 목공들은 뱃전에 펼쳐진 죽렴 위 설계도를 자세하게 뜯어 살폈다.

그들은 난생 처음 해보는 일을 앞두고 얼굴에 호기심을 가득 담고 있었다. 이윽고 아장 직삼이 나섰다.

"자, 그러면 지금부터 장군께서 일러주신 대로 대장선에 목우사자를 만들어 붙이는 작업을 개시한다. 이곳 작업이 끝나는 대로 다른 일곱 척의 공격선 위에도 똑같은 방법으로 목우사자를 제작 설치할 것이다. 가능한 빨리 작업을 진행시켜야 한다. 알겠느냐?"

"예."

목공들은 일제히 대답을 하고 연장을 챙겨들었다. 목공장이 각자에게 역할을 분담하도록 작업을 지시하기 시작했다.

이사부는 대장선 뱃머리에서 목공들이 설계도 앞에 모여 목우사자의 얼개를 가늠하고 있는 모습을 지켜보며 직삼에게 말했다.

"한 치도 어긋남이 있어서는 안 된다."

"염려 마시옵소서. 여기 목공들은 모두 빼어난 솜씨를 가진 자들이오니, 뜻하신 대로 사자형상을 잘 지어낼 것이옵니다."

"암, 그래야지. ……자, 이제 연무장으로 가자."

이사부는 앞장서서 대장선을 내려와 연무장으로 향했다.

해변 연무장에는 병사들이 군별로 나뉘어 훈련에 열중하고 있었다. 병사들의 얼굴은 누구랄 것도 없이 한 겨울 그리고 한 봄내 계속된 고된 훈련으로 까맣게 그을려 있었다. 이사부는 훈련 중인 병사들의 기상을 살펴보았다. 활기찬 기운이 느껴졌다.

이사부는 훈련지휘소에 들어 군장 부장들을 불러 모았다. 긴 시간 병사들과 고락을 같이 한 장수들의 얼굴 또한 모두 구릿빛이었다.

"잘 들어라. 출병을 앞두고 해야 할 마무리훈련은 산악전, 상륙전, 해전 등으로 구분하여 세 단계로 실시한다. 따라서 전군은 내일 황병산

(黃柄山)으로 이동하여 특별훈련을 시작할 것이다. 출동 채비를 하라."

"알겠나이다."

휘하 장수들은 모두 힘찬 목소리로 이사부의 명을 받았다. 중군장 무덕이 나서서 말했다.

"언제 우산국으로 출병을 할 것인지, 적당한 시기를 정해야 하지 않겠나이까?"

이사부가 기다렸다는 듯이 말을 받았다.

"출정 일시를 잡을 때가 되었다. 신중히 추진하되 최소한 유월은 넘기지 말아야 한다는 것이 나의 판단이다. 제장들은 어떤 의견인가?"

좌군장이 나섰다.

"소장의 생각으로도 지금부터 마무리 훈련을 부지런히 마친 다음 유월 초순경에 출병하는 것이 마땅하지 않을까 하옵니다."

우군장이 말을 이었다.

"유월 초순이 해풍의 방향도 맞고, 날씨도 항해에 가장 적합하다는 말을 들은 적이 있사옵니다. 소장의 생각도 그 무렵으로 출정 날짜를 잡는 것이 합당하다고 믿사옵니다."

그러자, 다른 장수들도 대다수가 고개를 끄덕거리며 동감을 표시했다. 이사부가 결론을 내렸다.

"제장들의 견해가 그러하다면, 유월 초로 출정 날짜를 잡기로 하겠노라. 모두들 그리 알고 출병 준비에 소홀함이 없도록 하라! 알겠느냐?"

"예. 명심하겠나이다."

군장 부장들이 모두 입을 모아 기운차게 대답했다.

산악전투 훈련을 위해 황병산으로 향하는 병사들의 발걸음이 가벼웠다. 사기가 높고 전투력이 향상됐다는 증좌였다.

이사부는 호위군사들과 함께 말을 달려 미리 물색해 놓았던 산악훈련장으로 먼저 들어갔다. 직접 목격하고 온 울릉도 지형과 유사한 가파른 계곡이었다.

뒤따라 병사들이 당도하자, 이사부는 군장들을 불러 모아 계곡의 지형을 가리키며 말했다.

"울릉도의 지형은 대개가 이곳보다 경사가 훨씬 더 심한 계곡들로 이뤄져 있다. 병사들에게 울릉도 상륙 후에 펼쳐질 산악전에 대비하여 계곡의 비탈을 치고 오르는 훈련을 시켜놓아야 할 것이다. 오늘부터 이 일대에서 노영(露營)하면서 산악전 훈련을 할 것이니, 각 군장들은 숙영지를 구축한 다음 계획대로 훈련에 돌입하라."

"알겠나이다."

군장 부장들은 힘차게 대답하고 각기 자기 부대로 돌아갔다.

훈련은 혹독하게 실시됐다. 밧줄을 이용하여 절벽을 오르는 요령에서부터 등걸나무와 바위를 굴려 내리는 공격에 대비한 훈련, 위에서 내려쏘는 화살을 막아내기 위해 방패를 적절히 사용하는 훈련 등이 포함됐다.

끊임없이 반복되는 실전 같은 훈련에 힘겨워하면서도 장졸들은 과정을 잘 치러냈다.

훈련이 닷새 째 계속되고 있을 즈음 아장 직삼이 황병산 훈련장으로 주무(州務)보고를 하기 위해 찾아왔다.

"그래, 조선장 목우사자 제작은 수월하게 잘 진행되고 있느냐?"

이사부는 직삼을 보자마자 먼저 물었다.

"예. 차질 없이 잘 진척되고 있나이다. 현재 총 여덟 척 중 다섯 번째 전선에서 작업이 착수됐나이다."

"불방망이를 쏘아댈 쇠뇌를 설치하는 작업은 어찌 되었느냐?"

"사자의 입 바로 아래에 노(弩)를 붙여놓고 불방망이를 잇달아 쏘아 올리는 시험까지 해 보았는데, 흡족하게 잘 되고 있나이다."

"멀리서 보면 사자의 입에서 불이 뿜어져 나오는 것 같은 모습이더냐?"

"그러하옵니다. 영락없이 맹수의 입에서 불이 뿜어져 나오는 것으로 보였사옵니다."

"잘 된 일이다. 며칠 후 산악훈련을 마무리한 다음 본영으로 돌아가면 내 직접 한 번 살펴 볼 것이다."

"소홀함이 없도록 만전을 기하겠나이다."

보고를 모두 마친 직삼은 산악훈련에 열중하고 있는 병사들의 모습을 한참 지켜보다가 말을 몰아 다시 하슬라 주청으로 돌아갔다.

*

전선 뱃머리에 설치되고 있는 목우사자는 예상보다 훌륭했다. 몸에는 누런빛이 나는 밝은 황토염료를 겹겹이 발라 멀리서 보아도 눈에 잘 띄었다. 또 사람의 얼굴을 닮은 커다란 머리통 목둘레에는 빙 돌아가며 가늘게 잘라 다듬은 소나무 껍질을 갈기처럼 풍성하게 붙여 놓아 충분히 위협적인 모습을 보여주고 있었다.

머리통을 좌우로 움직일 수 있게 만들어, 아래에서 손잡이를 돌려 움직이게 하면 조금만 멀찍이서 보아도 마치 살아있는 맹수처럼 실감이 났다.

사자의 턱 아래쪽에 고정된 쇠뇌는 원통을 돌려 시위를 당긴 다음 한 번에 대형 화살을 동시에 세 개까지 쏠 수 있도록 설계돼 있었다. 화살촉에 기름을 먹인 짚 뭉치를 달고 불을 붙여 쏘자 영락없이 사자가 멀리까지 불을 토해내는 것처럼 보였다.

만족스러웠다. 이사부는 스승이 일러 준 사자의 모습이 어김없이 이러하리라 믿었다. 게다가 머리를 움직이게 하고 불을 뿜어대는 것처럼 보이도록까지 만들었으니, 그 위력은 실로 대단할 것이라 여겨졌다. 목우사자를 제작하여 뱃머리에 세우는 일은 가속이 붙어서 당초 계획보다 빠르게 진행되고 있었다.

산악훈련을 마치고 본영으로 돌아 온 군대는 곧바로 상륙전 훈련에 돌입했다. 상륙훈련은 그 동안 워낙 많이 해왔던 터라 딱히 나무랄 곳이 있지 않았다. 이사부는 군장 부장들에게 울릉도 골계의 지형을 지도로 그려 상세히 알려주었다. 물론 우산국 왕궁의 생김새며 특성에 대해서도 세세히 일러주어 기동성을 갖추어 점령할 수 있도록 훈련을 심화시켰다.

상륙전 훈련은 전선 위에서 목우사자가 불을 토하면서 섬 쪽으로 진격하는 것부터 시작하여, 각종 무기를 든 병사들이 섬에 내리지 마자 전투대형을 구축하여 파죽지세로 공격해 들어가는 과정으로 진행되었다.

상륙전 훈련이 끝날 즈음 모든 전선의 제작 및 수리와 함께 뱃머리에 목우사자를 만들어 붙이는 작업도 함께 마무리됐다.

해전 훈련은 자가곡 앞바다에 서른 한 척의 배를 모두 띄우고, 대장선의 지휘를 받아서 진(陳)을 변경해가며 일사불란하게 움직이는 훈련에서부터 시작되었다. 적선과의 접전에 대비하여 그동안 근접전 훈련을 많이 해둔 병사들의 몸놀림은 능수능란했다.

배 위에 오른 병사들은 너나 할 것 없이 죽람을 하나씩 가지고 있었다. 대나무로 얼기설기 엮은 소쿠리들은 머리통이 쏙 들어가고도 남을 만큼 컸다. 지난 번 일차 출병에서 겪은 것처럼 새들이 머리통과 얼굴을 쪼아댈 경우를 대비하여 만들어 낸 최소한의 방책이었다.

이제 다 되어가는구나. 이사부는 일차 출병 실패 이후 절치부심해 온 우산국 정벌의 때가 다시 무르익고 있음이 감격스러웠다.

*

한밤중에 잠이 깨었다. 꿈에 산단화가 보였다. 꿈속에서 이사부는 산단화와 단 둘이 돛배를 타고 있었다. 해맑은 얼굴로 웃고 있는 산단화의 모습을 본 것도 잠시……. 돌연 거센 풍랑이 일었다. 그리고는 눈 깜짝할 사이에 산단화는 뱃전에서 낙화처럼 바다로 굴러 떨어졌다.

꿈에서 깨어나니 식은땀이 흘러 있었다. 지금껏 살아있기나 한 것일까. 칠월이면 해랑신에게 올리는 큰 제사의 제물로 바쳐질 것이라던 우직의 말이 생각났다. 방안이 무척 더웠다. 여름이 깊어가고 있었다.

이사부는 방문을 활짝 열었다. 시원한 바람보다 개구리 울음소리가 먼저 달려들었다. 하늘에는 별이 총총했다. 별을 바라보며 이사부는 마음속으로 산단화 낭자가 살아있기를 빌었다.

곤한 기운이 삭신과 눈시울에 배어 있음에도 잠이 쉬이 오지 않았다. 장마가 일찍 닥칠 지도 모르니, 예정대로 유월 초에는 반드시 출병해야 할 것이다. 이사부는 우산국 정벌에서 겪게 될 전투의 양상을 머릿속에 그리며 하나하나 짚어보았다.

우선, 울릉도에 접근하고자 할 즈음에 지난번처럼 바다가 가만히 있지 않을 것이다. 목각남근을 이용하여 잠재워야 할 것인데, 과연 그런 방책이 제대로 통하기는 할 것인가. 괭이갈매기와 깍새, 흑비둘기의 공격도 있을 것이다. 대나무 소쿠리들을 준비하긴 했으나, 그것만으로 과연 막아낼 수 있을 것인가.

그때 문득, 이사부의 뇌리에 경천선사가 준 사자의 분뇨가 떠올랐다. 그렇다면? ……스승께서는 새들이 무차별로 날아들어 공격하는 일로부터 병사들을 보호하기 위한 수단으로 사자의 똥을 주신 것이 아닌가. 사자란 본시 만(萬) 짐승의 왕이다. 어쩌면 목우사자의 위용에 날짐승이든 길짐승이든 그 어떤 짐승들도 일절 범접을 못할 것이다. 이사부는 쾌재를 불렀다.

"과연 스승님이시로다!"

자신도 모르게 소리를 쳤다. 신라를 아끼고 제자를 사랑하는 스승의 은혜가 새삼 황송하게 느껴졌다. 생각한 대로 그렇게만 된다면, 우산국 정벌은 제일 큰 난관을 어렵지 않게 넘어갈 것이다. 이사부는 희망을 가슴에 품었다. 별빛이 밝아 미리내(은하수)까지 뚜렷하게 보였다. 그 밤하늘 위로 산단화의 얼굴이 아련히 새겨졌다. 이사부가 혼잣말로 중얼거렸다. 낭자! 부디 살아있으시오. 그리고 조금만 더 기다려주오…….

7.2 재출정

유월 초이렛날.

출정준비를 모두 마친 서른 한 척의 전선들이 모두 실직(悉直) 포구 앞바다에 도열했다. 우산국 정벌군에 배속돼 고된 훈련을 마친 하슬라주와 실직주의 정벌군이 포구 근처 해변에 일제히 집결했다. 날씨는 쾌청했고, 때맞춰 불어오는 순풍마저 기분을 들뜨게 하는 길일이었다.

대장선 위에서는 지난 번 일차 출병 때보다도 더 풍성한 상차림으로 용왕제가 준비됐다. 목욕재계(沐浴齋戒)한 이사부와 군장 부장들은 신발을 벗고 제사상 앞에 무릎을 꿇고 앉았다.

이사부가 두 손으로 받쳐 든 목배(木杯)에 제사를 준비한 후군장이 제주(祭酒)를 쳤다. 이사부는 정성스럽게 제주를 바치고 난 뒤 제문을 읽었다.

"천지신명이시여! 동해바다의 용왕님이시여! 해랑신이시여! 굽어 살피사, 금번 신라국의 우산국 정벌을 도와주소서. 울릉도란 원래 한한 곳의 도서로서 마땅히 부속되어야 하나, 오랜 세월 방치하매 어리석은 자들이 왕국을 참칭하며 아비의 나라인 신라를 향해 역적의 행동을 거듭하고 있나이다. 특히 멀리 섬나라 왜국의 침략자들이 울릉도에 진출하여 불순한 음모를 획책하며 한한곳을 위협하고 신라국을 범할 태세를 보이고 있나이다. 이번 출병으로 울릉도 거민들의 어리석음을 징치하고 탐욕을 일삼는 왜인들을 아주 몰아내고자 하오니, 부디 신라국의 의로운 과업이 무사히 성취될 수 있도록 보살펴 주시옵소서. 천지신명과 동해바다의 용왕님과 해랑신께 고하오니 우산국 정벌이 여의하도록 부디 굽어 살펴 주시옵소서!"

제문을 다 읽은 이사부는 다시 정성을 다해 절을 한 다음, 제문에 불을 붙여 소지를 올렸다.

"군장 부장들도 모두 신성한 마음으로 예를 갖추라."

이사부의 명에 휘하 장수들도 차례차례 술잔을 바치고 절을 했다.

제사가 끝난 뒤 출정을 앞둔 마지막 전략점검회의가 열렸다.

이사부는 회의를 시작하기에 앞서 시종장 명진으로 하여금 준비한 물건들을 가져오도록 하였다. 명진이 병사 여러 명과 함께 커다란 자루들에 담아 들고 온 것은 목각 남근 꾸러미와 말린 사자의 배설물, 그리고 서른 한 말(斗)의 붉은팥이었다.

이사부가 아장 직삼에게 말했다.

"출정에 앞서, 깎아 모은 목각남근들을 모든 병사들에게 골고루 나눠주어 몸에 지니도록 하라. 사자의 분뇨는 목우사자가 설치된 여덟 척의 전선에 빠짐없이 배분해 주되 별도 명령이 있을 때까지 잘 보관하도록 이르라. 붉은팥 또한 각 전선에 한 말씩 분배하여 별도의 명을 기다리도록 하라."

"명 받잡겠사옵니다."

"제장들은 들어라. 지난 번 출정의 실패로 말미암아 조국에 입힌 불명예와 대왕폐하께 지은 죄가 이만저만이 아니다. 나를 비롯해 우리 모두가 엄벌을 면치 못할 허물이었음에도 폐하께서는 하해와 같은 은혜를 베푸시어 재 출정을 허락하고 성원하시었다. 금번 우산국 정벌은 우리에게 주어진 마지막 기회로서, 패퇴는 곧 황천길임을 명심하여 죽음을 무릅쓰고 나아가 반드시 승전하여야 할 것이다."

"목숨 걸고 싸워 기필코 승리하겠나이다."

다짐하는 군장 부장들의 얼굴에 결의가 굳었다. 이사부는 여덟 척의 전선 뱃머리에 제작 설치된 목우사자들을 바라보았다. 겨릅대(마골 麻骨)이엉에 덮여 있는 여덟 개의 목우사자들이 마치 살아있는 맹수들인 양 든든했다.

*

양양한 동해를 가로질러 동진(東進)하는 신라 선단은 거침이 없었다. 전장에서의 각오란 언제나 그래왔지만, 이사부의 가슴에는 부푼 기대와 함께 필승의 의지가 충만했다.

유월 초순의 바닷바람은 훈풍이었다. 비릿한 내음을 머금은 해풍을 맞으며 하루하고도 반나절을 달린 선단은 이윽고 멀리 수평선에 떠오른 울릉도를 희미하게 보기 시작했다. 조련이 깊었고 뱃길도 수월했던 탓에 군사들은 큰 고생을 하지 않았다. 사기 또한 충천해 있었다. 대장선 위에 우뚝 선 이사부는 심호흡을 했다.

"사자의 똥을 물에 개어서 목우사자에 바르라."

이사부가 명을 내리자, 북소리와 함께 수기가 올려졌다. 여덟 척의 전선에서는 일제히 목우사자 위에 덮여있던 겨릅대이엉들을 벗겨내고, 사자의 분뇨를 물에 개어서 겉면에 바르는 작업이 실시됐다.

대장선에서는 명진이 앞장서서 도포작업을 시행했다. 항아리에 사자의 배설물을 넣고 물을 부어 개자, 곧바로 독한 똥냄새가 풍겨나기 시작했다. 명진과 몇몇 병사들은 미리 준비해둔 큼지막한 짚솔에 젖은 사자분뇨를 찍어 목우사자 겉면에 발랐다. 사자의 배설물을 바른 목우사자들 위에는 다시 겨릅대이엉이 덮여졌다. 그런 과정을 지켜보는 병사들은 뜻을 알 수가 없어 고개를 갸웃거렸다.

"전군! 전투대형을 갖추고 울릉도를 향해 진군하라!"

이사부가 진군명령을 내렸다.

푸른 깃발을 올린 정벌군의 선단은 저 멀리 수평선에 떠오른 울릉도를 향해 거침없이 달려 나갔다. 이윽고 울릉도의 철옹성 같은 암벽들이 시야에 들어왔다. 지난번과 마찬가지로 우산국 전선들은 전진 배치되지 않았고, 바다도 조용했다.

첫 번째 출병에서 바다의 요동과 새의 공격에 혼쭐이 난 병사들 중 일부는 벌써부터 가지고 있던 죽람을 머리에 뒤집어쓰고 난간을 부여잡았다.

"전군 오른 쪽으로 우회한다. 바다가 곧 출렁일 것이니, 대비하라."

이사부는 울릉도의 지형을 살피며 골계로 향하기 위해 우회를 지시했다.

잠시 후였다. 불현듯 파도가 높아지면서 바다가 요동치기 시작했다. 지난번과 마찬가지로 태하와 학포가 저만큼 보이는 지점이었다. 이사부는 뱃전에서 바다를 향해 기를 쏘았다. 해귀였다. 바다 속에서 무수한 해귀들이 서로 손을 맞잡고 휘돌아 치면서 회오리 물살을 만들고 있었다.

바다가 심하게 일렁거리는 현상을 처음 겪는 병사들은 놀라움으로 눈이 휘둥그레졌다. 이사부가 다시 우렁찬 목소리로 명을 내렸다.

"병사들은 몸에 지니고 있는 목각남근들을 바다에 던져 넣어라!"

이사부의 명은 곧바로 북소리와 수기를 통해서 각 전선에 전달되었다.

병사들은 각자 허리춤에 묶어 매고 있던 나무남근들을 풀어내어 바다위로 힘껏 던졌다. 이사부는 바다 속에서 휘돌아 치는 해귀들을 살폈다. 해귀들은 전선 위에서 우박처럼 떨어지는 남근목각들을 서로 차지하기 위해 물 위로 솟구쳐 오르기 시작했다. 파도가 조금씩 가라앉을 무렵 이사부는 또다시 큰 목소리로 명을 내렸다.

"이제 각 전선에 나누어 준 붉은팥으로 해수면을 힘차게 내려치도록 하라!"

이사부의 명은 즉각 각 전선에 하달되었다. 병사들은 앞 다투어 나서서 붉은 팥을 한 움큼씩 들고 바다에 던졌다.

목각남근을 서로 많이 차지하기 위해 난리를 치다가 해수면으로 솟구치던 물속의 해귀들은 쏟아지는 붉은 팥을 맞자 소스라치게 놀라 허겁지겁 바다 속 깊은 곳으로 달아났다.

"전군! 전 속력으로 전진! 북을 울려라!"

이사부는 지휘봉을 높이 들고 목청껏 소리쳤다. 고수가 온 힘을 다해 북을 치기 시작했다.

해귀들이 깊은 바다 속으로 달아나면서 바다가 다시 고요해지자 병사들은 일제히 와아 하고 환호성을 질렀다. 선단은 울릉도의 아래쪽을 우회하면서 우산국의 근거지인 골계포구 방향을 향해 돌진했다.

"새떼다! 새떼가 몰려오고 있다!"

정벌군 선단이 깎아지른 암벽을 왼쪽으로 놓고 휘돌아갈 무렵이었다. 누군가가 섬 쪽으로부터 날아오는 새떼들을 발견하고 소리쳤다. 새들은 멀리 섬 안쪽과 해안으로부터 마치 검은 연기뭉치가 솟아오르는 것처럼 날아올랐다. 새떼들은 멍석을 말아오듯 군무를 이루며 가차 없이 선단을 향해 돌진해오고 있었다.

전선의 병사들은 어느새 하나같이 대나무 소쿠리를 뒤집어쓴 채 무기들을 움켜쥐고는 전전긍긍하고 있었다.

이사부는 침을 꿀꺽 삼켰다.

"목우사자 위에 덮여 있는 겨릅대이엉을 벗겨라"

이사부의 명에 따라 대장선을 포함한 여덟 척의 선두 공격선에 있는 모든 목우사자들이 옷을 벗고 본모습을 드러냈다. 독한 사자의 분뇨냄새가 코를 찔렀다. 그러는 동안 섬으로부터 날아온 새떼들은 어느덧 금방이라도 덮칠 것 같은 기세로 선단 가까이 다가와 있었다. 대나무 소쿠리를 뒤집어 쓴 채 무기를 움켜쥐고 있는 병사들은 더욱 긴장한 모습으로 간단없이 날아오는 새들을 경계하고 있었다.

거대한 무리를 이루어 날아오는 새떼의 모습을 살펴보았다. 괭이갈매기와 깍새, 흑비둘기가 마치 따로 몇 개의 군단을 이룬 듯 각각 뭉쳐서 한꺼번에 날아오는중이었다.

"겁먹지 말라! 한낱 미물에 지나지 않는 날짐승일 뿐이다! 모두 침착하게 대처하라!"

이사부는 새떼들의 공격을 앞둔 병사들에게 당황하지 말고 의연하게 대응할 것을 명했다.

맨 앞쪽에 날아오던 일단의 새떼가 대장선으로 몰려왔다.

"흑비둘기들입니다요!"

곁에 있던 명진이 큰 소리로 말했다. 그 역시 대나무 소쿠리로 얼굴을 가리고 손에는 기다란 창을 들고 있었다.

과연 분뇨를 바른 목우사자의 위력이 발휘될 것인가? 이사부 역시 조바심을 늦추지 못한 채 새떼들을 지켜보았다.

그런데 다음 순간 정말 희한한 일이 벌어졌다. 대장선을 향해 공격을 해오던 새들이 뱃머리에 설치된 목우사자 근처에서 갑자기 꺄악 하는 괴성을 질러대며 허겁지겁 되돌아 섬 쪽으로 달아나기 시작했다.

"장군! 새떼들이 혼비백산 퇴각하고 있습니다요!"

명진이 커다란 목소리로 외쳤다.

대장선뿐이 아니었다. 그런 현상은 목우사자가 설치된 공격선 모두에서 일어나고 있었다. 섬 쪽으로부터 기세 좋게 달려들던 새떼들은 선두에 선 모든 공격선들의 뱃머리부근에서 마치 불에 데기라도 한 것처럼 화들짝 놀라면서 일거에 몸을 되돌려 달아나고 있었다. 개중에는 미처 몸을 틀지 못해 뱃전에 잠시 곤두박질쳐 떨어졌다가 허겁지겁 달아나는 놈들도 적지 않았다.

"와아!"

서른 한 척의 전선에서는 일제히 환성이 올랐다.

"전군! 두려워말고 일제히 진군하라!"

이사부가 또다시 힘찬 음성으로 진격명령을 내렸다. 선단은 사기충천한 병사들의 기운을 가득 담고 울릉도 근해를 휘돌아 골계 앞바다 방향으로 접근해 들어갔다.

"적선이 나타났다!"

뱃머리에서 적정을 살피고 서 있던 척후병이 큰 소리로 외쳤다.

"저기 사태감 앞바다에 적선이 보입니다."

이번에는 명진이 다가와 이사부에게 보고했다. 골계 포구에서 보았던 바로 그 군선들이었다. 스무 척이 넘는 전선이 사태감이라고 부르는 암벽 앞에서 골계 앞바다까지 격자형으로 전투대형을 형성하여 기다리고 있었다.

"전위 돌격선단 앞으로!"

이사부는 서른 한 척의 전선 중 전위 돌격조로 편성된 중군 일곱 척의 선단에 돌격명령을 내렸다. 붉은 깃발을 달아 올린 돌격선단은 삼각형으로 전투대형을 이루며 전진해갔다. 적들은 아무런 동요 없이 앞길을 막아선 채 완강하게 버티고 있었다.

"목우사자에 설치된 쇠뇌로 불방망이를 쏴라!"

대장선의 명을 받은 일곱 척의 전위 돌격선단은 선두에 설치된 목우사자의 턱 아래쪽에서 일제히 커다란 쇠뇌 불방망이들을 연속적으로 발사하기 시작했다.

"공격하라! 적을 섬멸하라!"

이사부는 대장선 위에 우뚝 서서 숨 가쁘게 독전의 함성을 질렀다. 대장선의 힘찬 북소리를 들으며 돌격선단은 사나운 기세로 우산국 군선들을 향해 맹진해 들어갔다. 그 뒤를 좌군 우군의 선단들이 양쪽으로 바투 따라붙었다. 군사들은 큰 함성을 지르며 각자 병장기를 위협적으로 휘둘렀다. 목우사자들은 끊임없이 불방망이를 토해 냈다. 이제 잠시 후면 신라군의 전선들이 우산국 군선들과 근접전을 벌이게 돼있는 판국이었다.

우산국 군선들에서 이상한 기류가 감지됐다. 그들은 해귀들의 출몰로 요동치던 바다를 간단히 잠재우고 몰려 온 신라군 선단의 위력에 적이 놀란 것이 틀림없었다. 게다가 우해가 도술을 걸어 보낸 괭이갈매기와 깍새, 흑비둘기가 오히려 혼비백산하여 되돌아 도망치는 것을 보고 주눅이 든 게 분명했다.

뿐만 아니었다. 신라 전선 위에서 불을 뿜어대는 이상한 맹수를 보고 공포심을 느끼지 않을 수 없을 것이었다. 그들의 움직임은 한눈에도 갈팡질팡하고 있는 것으로 보였다. 이겼다! 이사부는 속으로 미리 쾌재를 불렀다.

"적들은 지금 완전히 겁을 먹고 있다. 더욱 세차게 몰아쳐서 적선들을 격침하라!"

이사부는 한결 더 큰 소리로 목이 터져라 독전에 나섰다. 병사들의 사기는 하늘을 찌를 듯 고조돼 있었다.

쏜 살 같이 달려가던 신라군 돌격선단 선두에서 병사들이 불화살을 쏘아대면서 드디어 교전이 벌어졌다. 중군장 무덕이 탄 돌격선단 지휘선과 좌우 두 척의 전선이 적의 선두 군선을 집중 공략하고 있었다. 적선을 에워싸고 빙빙 돌기 시작한 신라 전선 위에서 병사들은 적선을 향해 불화살을 사정없이 쏘아댔다. 적선과의 첫 조우에서 기선제압을 위해 펼치기로 미리 준비된 전술이었다. 나머지 공격선 뱃머리에 설치된 목우사자들도 불을 뿜으면서 작전을 도왔다.

적선의 저항이 아주 없는 것은 아니었으나, 신라 전선의 위력 앞에 우산국 군선들은 수세를 면치 못하고 있었다. 결국 첫 번째 희생양으로 포위당한 우산국 선두 군선에서 시커먼 연기가 피어오르더니 곧바로 커다란 불꽃이 일었다. 신라군의 공격선단 위에서 병사들의 감격적인 환성이 천둥만큼이나 큰 소리로 터져 나왔다.

불이 붙은 군선 위에서 화염을 견디지 못한 우산국 병사들이 무작정 바다로 뛰어내리는 모습이 목격됐다.

"전군! 일제히 돌격하라!"

드디어 때가 왔다는 듯이 이사부가 전군에 일제 돌격명령을 하달했다.

질풍처럼 내닫는 대장선 위에서 이사부는 우산국 선단 지휘선 위에 버티고 서있는 장수를 발견했다. 검붉은 갑옷을 입은 그는 지휘봉을 정신없이 휘두르면서 독전에 열중하고 있었다. 혹여 왕이 아닐까 하는 생각을 하며 기를 쏘았다. 그러나 되돌아온 기운으로 살펴보니 우해는 아니었다.

"대궁을 가져오너라!"

 이사부가 명진에게 큰 소리로 명령했다. 명진이 빠른 동작으로 큰활을 들고 와서 이사부에게 넘겼다. 이사부는 잽싼 동작으로 장전(長箭, 긴 화살) 하나를 잡아 시위에 오늬를 먹이고는 힘껏 당겼다. 숨을 딱 멈추고 적선 위에 버티고 서있는 검붉은 갑옷의 장수를 겨냥했다. 갑옷 입은 장수의 목덜미가 눈앞으로 들어왔다. 다음 순간 이사부는 부드럽게 화살을 놓았다.

 시위를 떠난 화살은 포물선을 그리며 순식간에 날아가 적장의 목덜미에 정확하게 꽂혔다. 그는 마치 낫질을 당한 벼 포기처럼 풀썩 뒤로 넘어져 시야에서 사라졌.

 이사부가 비로소 푸우 소리를 내며 참았던 숨을 내쉬었다. 지켜보던 명진의 표정이 얼어붙어 있었다. 두 눈으로 분명하게 보았건만, 도무지 믿을 수가 없다는 듯 그는 얼이 완전히 빠진 모습이었다.

 그야말로 파죽지세였다. 사기가 충천한 신라 전선들은 일제히 우산국의 군선들을 거칠게 몰아붙였다. 우산국 병사들은 전투의지를 상실해가고 있음이 분명했다. 우해왕의 신통력을 철석같이 믿고 있던 그들에게 그 동안 그 누구도 극복할 수 없었던 술법의 방어선을 뚫고 들어오는 신라전선들, 그리고 돌격전선마다 괴이한 맹수가 앞자리에 버티고 서서 불을 뿜는 광경에 공포감을 떨쳐버리지 못한 기색이었다.

서른 한 척의 전선은 군별로 진(陣)을 형성하며 우산국 군선들을 거칠게 공격해 들어갔다. 머지않아 우산국 군선 네 척에서 화염이 치솟아 올라 차례차례 침몰했다.

한 번 기가 꺾인 우산국 병사들은 더 이상 힘을 쓰지 못하고 드디어 뱃머리를 돌려 도주하기 시작했다.

"적선을 놓치지 마라! 전군, 추격하여 쳐부수라!"

이사부는 추격전을 명했다. 신라 전선들은 달아나는 우산국 군선들을 닭 몰듯 몰아갔다. 우산국 군선들은 사력을 다해 골계 해안 쪽으로 달아났다.

당황한 우산국 병사들은 군선이 골계 포구에 도착하자마자 배를 버리고 부리나케 섬으로 도망쳤다. 배가 포구에 닿기도 전에 바다에 뛰어들어 헤엄쳐 도망치는 병사들도 부지기수였다. 신라군 선단은 버리고 간 우산국 군선들을 포위하고 더욱 위협을 가했다.

"전군, 상륙하지 말고 전선 위에서 잠시 대기하라!"

울릉도의 지형이 어떤 지를 낱낱이 알고 있었으므로, 이사부는 함부로 상륙전을 벌이는 것이 유리하지 않다는 것을 가늠했다. 자칫 계곡으로 잘못 들어섰다가는 역공을 당하여 낭패를 당할 수도 있다는 판단이었다. 골계 해안 안쪽 비파산 좌우 양쪽 골짜기로 혼비백산한 우산국 병사들이 필사적으로 달아나고 있었다.

*

"우해왕이 나타난 것 같습니다."

명진이 이사부에게 다가와 보고했다. 병사들이 상륙전에 대비하며 숨을 고르고 있는 중이었다. 골계 안쪽을 살펴보니 과연 왕궁 성문 위에 형형색색 깃발과 함께 일단의 무리들이 모여 서 있고, 그 가운데 우해왕으로 보이는 사람의 모습이 어른거렸다.

이사부는 두 다리를 버티고 서서 양손을 펴고 기를 쏘았다. 우해왕의 무리로 짐작되는 사람들의 기상을 살펴보기 위한 통견원문술이었다.

이사부의 술법은 수차례 거듭됐다. 혹여 상륙하는 동안 저항전이 있을 것인가를 살폈다. 대다수의 우산국 병사들은 골계 거민들과 함께 계곡 위쪽으로 아주 달아나 있었다. 적들이 완전히 전의를 잃었구나. 이사부는 세심한 관찰 끝에 그렇게 판단했다.

"전군 상륙한다. 하지만 별도의 명이 있을 때까지 상륙 후에도 공격하지 말고 전투대형을 유지한 채 대기하라. 저들과 담판을 지을 것이다."

직삼이 걱정스러운 눈빛으로 말했다.

"괜찮겠사나이까?"

이사부의 얼굴에 회심의 미소가 떠올랐다.

"병서에 이르기를, 싸우기 어려운 험준한 지형에서 적군이 희생을 치르면서 긴 시간 버텨있으면 비록 쳐들어가 이긴다하더라도 앞에서 얻은 이익마저 잃어버리기 십상이라고 했다. 그리고 저들과의 담판에는 아무 문제가 없을 것이다. 적진의 기운을 읽어보니 달려 나와 싸울 용기를 상실한 듯하다. 심려 말고 명을 따르라."

"알겠사옵니다."

아장 직삼이 각 전선에 명령을 하달했다. 직삼은 하선(下船) 과정에서 만의 하나라도 우산국 병사들의 반격이 있을 것에 대비해 전투태세를 흐트러트리지 말 것을 지시했다.

서른 한 척의 전선은 일제히 골계 포구로 접근했다. 전선에서 내린 군사들은 오랫동안 수없이 거듭해온 훈련대로 병장기들을 치켜든 채 골계 해안에 포진하여 순식간에 전투대형을 넓혀갔다.

"내가 직접 나서서 우해와 담판을 지을 것이다. 호위군사들만 나를 따르라."

"아니 되옵니다. 소장이 나아가 협상에 임할 것이오니, 장군께서는 이곳에 머무시옵소서. 저 야만인들이 무슨 짓을 할까 두렵사옵니다."

직삼이 놀란 표정으로 이사부를 만류하고 나섰다.

"아니다. 걱정 말고 명대로 하라. 아장은 이곳에서 만약의 사태에 대비하라."

이사부는 직삼의 만류를 단박에 뿌리쳤다. 직삼은 장군의 의지를 꺾을 수 없다는 것을 이미 알고 있었다.

"명 받들겠나이다."

직삼은 곧바로 호위군사들을 불렀다.

이사부는 십여 명 호위군사들만을 대동하고 골계 왼쪽계곡 위 흑색과 회색으로 칠해진 왜색(倭色)의 우산국 목조궁성 쪽으로 걸어 올라갔다. 호위군사들의 손에는 장군기와 함께 흰 깃발들이 들려 있었다.

이사부 일행은 정벌군 본대와 궁성 한 가운데 지점에서 멈춰 섰다. 궁성 위에 있는 우해왕 일단은 이사부 일행의 행동을 지켜보고 있었다.

"깃발을 흔들어 보여라."

이사부가 호위군사들에게 명했다. 두 명의 호위군사가 앞으로 나아가 백기를 여러 차례 힘차게 흔들었다.

우해왕 쪽에서 일련이 움직임이 포착되었다. 그들 역시 대응을 숙의하고 있는 모습이었다.

시간이 흘렀다. 이윽고 굳게 닫힌 우산국 왕궁 문이 열리고, 누군가가

성 밖으로 나왔다. 형형색색의 깃발이 함께 나타난 것으로 보아 우해왕이 직접 나선 것으로 여겨졌다. 무리는 대략 스무 명 쯤으로 보였다.

우해였다. 이사부 일행과 삼십여 보 앞까지 다가와 멈춰 선 우해왕 일패는 당황한 속내를 들키지 않으려고 애쓰는 기색이 역력했다. 우해왕이 앞으로 나서며 허세가 잔뜩 섞인 큰 목소리로 먼저 말했다.

"나는 우산국의 대왕이다. 너희들은 대체 무슨 연유로 남의 나라를 침탈하려고 하는 것이냐?"

이사부가 앞으로 나서서 일갈했다.

"나는 대 신라국의 장수 이사부다. 울릉도는 고래(古來)로부터 한한 곳의 부속도서였으며, 지금은 대 신라국의 속도(屬島)임이 명백하다. 그럼에도 네가 감히 나라와 왕을 참칭하고 부모국인 신라국의 땅을 노략질하는 불충마저 저질러 천추에 씻지 못할 중죄를 지어왔음을 정녕 모르는 것이냐?"

우해가 지지 않겠다는 듯 더욱 괄괄한 소리로 큰 몸을 흔들며 말했다.

"무슨 소리를 하는 것이냐? 그 동안 우산국은 그 어느 나라에도 귀속된 적이 없었으며, 누구에게 항복한 일도 있지 않다. 그러하거늘, 네가 무슨 근거로 울릉도를 신라국의 속도라고 주장하는 것이냐? 내가 이 나라를 다스린 이후 오히려 친히 대마도를 정벌하여 항복을 받은 적은 있다마는, 그 어느 나라에도 침략을 허한 적이 없느니라."

이사부가 나서서 우해의 말을 되받았다.

"울릉도에 살고 있는 백성들의 뿌리를 살펴보았느냐? 거의가 신라 땅에서 이주해 와 살고 있는 한한곳의 후예들이다. 뭍에서 배를 타고 새로운 생활의 터전을 찾아 이리로 건너 왔을 뿐, 알고 보면 신라국의 백성들인 것을 네가 진정 알지 못한다는 것이냐? 그리하여 네가 신라국에 대하여 저지르고 있는 노략질이 부모의 나라를 탐하는 역심(逆心)의 발로임을 또한 진정 알지 못한다는 것이냐?"

이사부의 우렁찬 공박에 우해가 잠시 대답을 하지 못했다. 한참을 머뭇거리던 우해가 다시 말했다.

"그래서 어쩌자는 것이냐? 네가 여기까지는 용케도 잘 진격해 들어왔다마는, 울릉도는 섬 지형 스스로가 난공불락의 요새다. 나와 나의 병사들은 골골이 진을 치고 끝까지 항전할 것이다. 고로, 너희들은 결코 이번 전쟁에서 승리하지 못할 것이며, 우산국을 끝내 점령하지 못할 것이다. 이쯤에서 그만 포기하고 물러가는 것이 현명하리라."

그때 갑자기 이사부가 으하하하 하고 큰 소리로 한참동안 웃었다. 그리고는 단호한 어조로 말했다.

"너희들은 아마도 신라국 전선에 묶여있는 사자들을 보았을 것이다. 사자라는 맹수가 얼마나 무서운 짐승인 지는 너도 아주 모르지는 않을 터. 사자는 만 짐승을 지배하는 맹수 중의 왕이다. 더욱이 신라군대에서 기르고 있는 저 불 사자들이 여러 전장에서 혁혁한 공을 세우고 있음을 네가 진작 듣지 못하였느냐? 사자들은 계곡이 아무리 높고 험해도 가볍게 뛰어다니는 천하의 맹수들이라, 너희들이 아무리 깊은 산속에 숨어 있어도 소용이 없을 것이다."

불 사자에 대한 이야기가 나오자, 우해는 이사부의 말을 감히 되받아치지 못했다. 말로만 듣던 사자를 배에 태우고 나타난 일이 너무나도 충격적이었고, 날짐승들이 혼비백산하던 모습도 이미 보아둔 터였다. 잠시 뜸을 들인 이사부가 다시 말을 이어갔다.

"네가 이 섬의 왕이라고 하니, 진심으로 충고하겠다. 무릇 백성의 안위를 염려치 않는 왕은 왕으로서의 자격이 없다 했다. 우해 네가 진정이 땅의 왕이라면 너의 어리석은 분별력으로 인해 너희 백성들이 모두 맹수에 물어뜯기고 불에 타 참살(慘殺)당하는 비극을 원하지는 않으리라 믿는다. 지금 신라국 전선에 매어놓은 저 불 사자들은 세상 그 어느 맹수보다도 사나운 성정머리를 지녔다. 만약 저들을 이 섬에 풀어놓는다면, 울릉도에는 단 한 사람도 성히 살아남을 자가 없을 것이다. 그러니 어쩔 것이냐? 네가 항복하여 백성을 구하고 왕으로서의 마지막 사명을 지킬 것이냐, 아니면 끝까지 미련한 욕심을 거두지 못해 한때 너를 충심으로 섬기던 백성들을 모두 맹수의 밥이 되게 하는 패덕한 군주로 종말을 맞을 것이냐?"

우해는 여전히 대답을 하지 못했다. 잠시 후 이사부가 다시 입을 열었다.

"두 시진(時辰, 한 시진은 4시간가량)의 말미를 주겠다. 만약 그때까지 항복을 하지 않을 시에는 가차 없이 불 사자들을 이 섬에 풀어 너희들 모두를 맹수의 밥으로 만들어 씨를 말려버릴 것이니, 현명하게 판단하라."

이사부는 그렇게 말한 뒤 곧바로 본진을 향하여 뒤돌아섰다. 우해는 일방적인 통고를 마친 후 가차 없이 돌아선 이사부 일행을 멍하니 바라보며 한동안 그렇게 서 있었다. 그러다가 결국 힘없이 발걸음을 돌려 궁성으로 되돌아갔다.

본진으로 돌아 온 이사부는 군장들을 불렀다.

"중군장 무덕은 잘 들어라. 돌격선단 각 전선 목우사자의 머리통을 좌우로 움직이는 조작을 멈추지 말라. 이따금 씩 불방망이도 쏘아 올려라."

"예. 알겠나이다."

"제장들에게 말한다. 어쩌면 우산국 잔적들을 토벌하기 위해서 산악전을 피할 수 없게 될지 모른다. 전투준비에 만전을 기하라."

"명 받잡겠사옵니다."

군장들은 곧바로 자기 부대로 돌아가 이사부 장군의 명을 하달했다.

공격선에 설치된 목우사자들은 머리를 흔들며 이따금씩 불방망이를 토했다. 먼 곳에서 바라보면 그 모양은 영락없이 살아있는 맹수가 큰 머리통을 좌우로 움직여가며 때때로 불을 내뱉는 형상이었다.

이사부와 신라군은 초조로운 마음으로 우산국 우해왕과 그의 중신들이 과연 어떤 결정을 내릴 것인지 기다리고 있었다.

7.3 승전

"우산국 궁성으로부터 다시 사람들이 나오고 있습니다!"

적진을 살피고 있던 척후가 달려와 적의 동태를 보고한 것은 이사부가 우해왕과의 담판에서 항복을 종용하고 돌아온 지 한 시진 쯤 지났을 무렵이었다. 신라군은 우해가 항복을 하지 않을 경우를 대비하여 험난한 울릉도의 산악에서 전투를 어떻게 치를 것인가 작전을 점검하고 있는 중이었다.

궁성 쪽을 바라보니 백기를 든 사람 둘이서 궁성문을 나서는 모습이 먼저 보였다. 그들은 신라군을 잔뜩 경계하여 두리번거리면서 천천히 걸어오고 있었다. 그 뒤로, 복색으로 보아 우해의 일당으로 보이는 무리들이 깃발도 없이 열 지어 따라 나왔다. 그들 중에는 무장을 한 병사들이 하나도 없었다. 그들이 드디어 항복을 결심한 것이 틀림없는 것으로 여겨졌다.

이사부는 휘하 장수들과 함께 힘차게 앞쪽으로 나아가 그들과 마주섰다.

잠시 후 우해가 한발 앞으로 나서서 이사부에게 공손히 예를 갖추면서 큰 몸을 숙여 무릎을 꿇었다. 공포감을 아주 벗어나지 못한 그의 얼굴이 창백했다. 일전 울릉도에 잠입했을 때 보았던, 치금과 내풍이라는 이름의 충신들을 바닷물에 집어던져 수장시키던 때의 무시무시하던 기백은 간곳이 없었다.

"이사부 장군께서 주창하는 명분과 논리에 수응하기로 결정했소. 어차피 포악한 불 사자들을 앞세운 신라군의 기세를 당할 재간도 없으니 항복함이 옳다고 판단했소."

우해의 말이 끝나자, 스무 명 남짓 되는 그의 신료들도 일제히 무릎을 꿇었다. 이사부가 천천히 입을 열었다.

"현명하게 잘 결정한 일이오."

"다만……."

"다만…… 무엇이오?"

"다만 한 가지, 부디 우산국 백성들을 아무도 해치지 말기를 부탁하오. 특히 저 사나운 불 사자들만은 절대로 풀어놓지 말아주시기를 간청하오이다."

그러면서 우해는 다시 한 번 머리를 주억거렸다. 그의 행동에 백성들을 위하는 마지막 진심이 느껴졌다.

"신라국이 울릉도를 점령 통할하는 과정에 그대가 흔쾌히 부응한다면, 정상을 참작하여 선처하도록 서라벌에 계신 대왕폐하께 긴히 주청을 드릴 것이오. 허나, 만약 그대가 추후 다른 마음을 먹는다면 일체의 연민은 없소. 그리하면 결국 울릉도의 산천은 피바다가 되고 말 것이니 명심하시오."

우해의 얼굴에 다시 한 번 공포의 물결이 일었다.

"이사부 장군께서는 심려하지 말기를 바라오. 내 비록 좋은 군주로 일관하지는 못했으나, 울릉도와 백성들을 아끼는 마음은 누구보다도 깊다고 자부하오."

"알겠소이다. 그대의 충정을 믿고 항복을 가납하겠소."

이사부의 가슴에 환희의 섬광이 일었다. 또 한 고비 넘어갔구나. 드디어 소원하던 우산국 정벌이 성공을 거두어가고 있구나……. 이사부는 흐뭇한 눈으로 발아래 엎드린 우해와 그의 신료들을 이윽히 바라보았다.

*

우산국 왕궁을 장악한 이사부는 명진을 불렀다.

비록 점령을 했다고는 하나, 특이한 지형 때문에 울릉도를 일괄적으로 통할하는 단계에 이르기까지는 지난한 과제들이 많았다. 골골이 도망을 친 병사들과 백성들도 눈치만 볼 뿐 골짜기를 내려오지 않았다. 궁을 점령한 뒤에도 투항절차를 밟는 숫자가 그리 늘어나지 않았다.

"군주님, 불러 계시옵니까요?"

명진이 왕궁 대전(大殿)에 들어 부복했다.

"오냐. 이리 더 다가오너라."

명진이 가까이 다가왔다. 이사부는 귓속말을 하듯 은밀히 일렀다.

"수하로 부릴 병사들을 줄 터이니, 지금부터 너는 사람들부터 찾아라. 산단화 낭자 일행은 물론 우직, 당충, 연철 등의 행방을 수소문하여 알아 내거라. 필요하면 별채에 연금돼있는 우해와 그의 측근들을 닦달해서라도 하루 빨리 그들의 생사여부와 행선지를 밝혀 내거라. 그들의 행방을 알아내는 즉시 지체 말고 내게 직접 보고하라."

"무슨 하명이신지 잘 알겠습니다요. 있는 힘을 다하여 명을 받들겠습니다요."

"그래. 내 너의 열과 성을 믿느니라."

"감사하옵니다요, 군주님."

이사부로부터 특별한 임무를 받은 명진이 대전을 나갔다. 아련히 떠오르는 산단화의 모습이 가슴을 후벼 팠다. 제발 살아 있으시오······.

이사부는 비로소 대전의 구조를 찬찬히 살펴보았다. 왜풍(倭風)으로 지은 집이라 낯설기는 했지만, 깔끔한 맛은 있었다. 우산국 궁성의 외관과 내부는 어딘지 모르게 지난 날 전장에서 더러 본 백제의 건물양식을 닮았다는 인상을 주었다.

죽간을 펴놓고 서라벌에 올릴 장계를 써내려갔다.

-소신 이사부, 신라국의 용맹한 병사들과 함께 우산국을 점령한 기쁜 일로 폐하께 장계를 올리나이다. 신라군은 유월 초이렛날 실직 포구에서 출병하여 울릉도 골계 앞바다에서 격전 끝에 적들을 무찌르고, 섬에 상륙하여 담판을 통해 적의 수괴 우해의 항복을 받아냈나이다. 하오나, 지난 번 폐하를 알현했을 적에 울릉도 지형의 험준함을 낱낱이 아뢰었듯이, 비록 이곳 우두머리들은 무릎을 꿇었다하나 흩어진 적의 잔당들이 가파른 계곡과 바위에 숨어 한동안 저항할 것으로 짐작되옵나이다. 섬을 빠짐없이 장악하기 위해서는 아무래도 기일이 더 소요될 것으로 사료하옵나이다. 적의 수괴 우해는 담판과정에서 비교적 순순히 신라군의 점령에 응하였나이다. 우산국 복속의 절차 수행에 우해의 협조가 필요할 것으로 판단되어 처형하지 않고 연금 중이옵나이다. 울릉도 장악이 완료되는 대로 서라벌로 귀환하여 폐하께 복명하겠사옵니다. 부디 강녕하시옵길 천지신명께 간절히 기원하나이다.-

장계를 다 쓴 이사부는 처음부터 다시 읽으며 내용을 한 차례 점검하고는 아장 직삼을 불렀다. 곧바로 직삼이 들었다. 그의 표정에서 묻어나는 승전의 기쁨이 남 달랐다.

"찾아 계시옵나이까?"

"서라벌 왕궁으로 파발을 띄워 이 장계를 폐하께 올리도록 하라."

"분부대로 하겠나이다."

"그리고, 지금 곧 군의를 열 것이니 장수들을 모두 불러라."

"알겠사옵니다."

머지않아 군의가 시작되었다. 대전에 모인 군장 부장들의 얼굴에는 승전의 환희가 넘쳐났다.

"우산국 정벌을 위해 바친 제장들의 노고가 혜량키 어려울 만큼 지대하다. 더욱이 경미한 아군의 피해만으로 우산국을 항복시킨 일은 전사(戰史)에 길이 남을 쾌승임에야 두 말할 나위가 없으리라."

중군장 무덕이 나서서 말했다.

"장군의 신묘한 지략이 주효하였을 뿐, 소장들의 역할은 미미하였나이다."

이사부가 중군장의 말을 되받았다.

"아니다. 병서에 이르기를 용장(勇將) 아래 약졸(弱卒)이 없다 했거늘, 용맹한 수하 군사들이 있지 않고서는 명장이 있을 수 없다는 이치 아니겠느냐? 제장들의 공덕이 크고도 또 크다."

군장 부장들이 일제히 허리를 굽혔다.

"황감한 치하일 따름이옵니다, 장군."

"지금 우리가 비록 우산국을 점령했다고는 하나, 해결해야 할 일들이 산적해 있다. 무기를 든 채 산으로 달아난 잔적들이 적지 않다. 그들이 차후 어떤 일을 벌일 지 예측하기 쉬운 일이 아닌 듯하다. 어찌 보느냐?"

우군장이 말을 받았다.

"그리하옵니다. 많은 잔당들이 산으로 달아나 귀순하지 않고 있는 바, 그들이 그렇게 하는 것은 무엇보다도 후환에 대한 두려움 때문일 것으로 짐작하옵니다."

아장 직삼이 말을 받았다.

"그렇사옵니다. 우산국 점령의 목적을 마저 달성하기 위해서는 계곡에 숨어든 잔적들을 하루빨리 귀순시켜야 합니다. 따라서 제장들은 지금부터 각자 역할을 분담하여 정벌 잔업을 수행해야 할 것 같사옵니다."

좌군장이 나섰다.

"울릉도의 지형을 감안하여 배가 닿을 수 있는 지역과 거민들이 많이 있는 지역을 중심으로 군사들을 나누어 주둔시켜서 통할함이 가할 줄 아옵니다."

중군장 무덕이 말했다.

"하오나, 아군의 군대를 나눌 경우 전력이 약화되어 잔당들에게 교란의 빌미를 주게 될 지도 모를 일이옵니다. 따라서 군을 나누는 일은 신중해야 할 것으로 판단되옵니다."

후군장이 말을 이었다.

"그렇사옵니다. 지형이 험준하여 마을이라 해도 평지가 별반 있지 않으니 관리하기가 용이하지 않고, 군수물자를 조달하는 일 또한 여의치 않을 것이오니, 감안하여야 할 것 같사옵니다."

장수들의 토론을 듣고 있자니 이사부의 고민이 더욱 깊어졌다. 울릉도의 지형이나 자연조건이 쉽지 않다는 것을 모른 바 아니었으나, 왕궁을 점령하고도 뭔가 뒷맛이 개운치 않은 이 노릇을 어찌 타개해야 할 것인가. 점령지를 앞으로 어떻게 지속적으로 관리할 것인가가 더 큰 문제였다.

"제장들은 들어라. 전군은 천혜요새인 이곳 골계지역을 이탈하지 말고 궁성을 중심으로 주둔을 계속하되, 사주경계를 결코 소홀히 하지 말아야 할 것이다. 아울러 이곳의 민심을 지나치게 자극하는 일이 발생하면 낭패가 날 수 있으니 군사들의 기강이 해이해지지 않도록 각별히 단속하라. 점령지 관리에 필요한 정보를 계속 수집하여 보고하면서 대기하라."

"명 받잡겠나이다."

군장 부장들은 일제히 고개를 숙여 이사부의 명을 받들었다.

군의를 마치고 나갔던 직삼이 머지않아 다시 대전으로 돌아왔다.

"아뢰올 말씀이 있사옵니다."

"무슨 일이냐?"

"별채에 연금돼 있는 우해왕이 장군께 뵙기를 황급히 청하고 있사옵니다."

"우해가 나를?"

"그러하옵니다."

"알았다. 별채로 가자!"

이사부는 아장 직삼과 함께 우해 일행이 연금돼 있는 별채로 갔다. 우해는 입술이 다 타들어가는 초조한 모습으로 이사부를 기다리고 있었다.

"무슨 일이오?"

"내 딸이 없어졌소. 내 딸 별님이가 돌보던 시녀와 함께 사라졌소. 제발 내 딸을 좀 찾아주시오."

이사부의 뇌리에 비파산 앞에서 어미인 풍미녀를 졸랑졸랑 따라와 바장거리며 노닐던 계집아이의 모습이 떠올랐다. 애원하듯 부탁을 하는 우해는 거의 정신이 나간 듯 혼미한 외양이었다.

"어디, 짐작 가는 일은 없소?"

"아무래도 왕궁을 드나들던 왜인들이 납치하여 도주한 듯하오."

"골계는 신라국의 병사들이 장악하고 있으니 도주로가 여기는 아닐 것이오. 이곳 말고 그들이 드나들던 포구가 따로 있소?"

"아마도 섬 우하(右下)변 중령 너머 옥천(사동沙洞) 포구로 달아났을 것이오."

"옥천 포구라……. 아장은 좌군장을 시켜 귀복한 우산국 병사들을 길잡이로 대동하고 지금 즉시 옥천 포구로 달려가서 놈들을 모두 잡아들이라 명하라. 특히 우해왕의 여식이 다치지 않도록 유의하라 이르라."

"알겠나이다."

아장 직삼이 별채에서 바삐 나갔다.

"고맙소. 내게 남은 유일한 핏줄이오. 풍미녀가 죽고 난 이후 내 오직 그 아이를 보는 낙으로 살아왔건만……."

이사부는 폐왕 우해의 초췌한 모습에서 권좌의 무상함을 보았다. 남다른 재주와 용력으로 울릉도를 지배하며 온갖 사치와 환락을 누렸던 그였다. 울릉도에 잠입했을 적에 잠시 보았던 그의 모습은 얼마나 우람하고 당당했던가. 그런 그가 폐군(廢君)이 되어 어린 딸자식의 생사를 놓고 안절부절 못하는 비참한 꼴로 서 있는 모습을 보니 착잡했다. 이사부의 마음에 형언키 어려운 먹구름이 내려앉고 있었다.

마당 여덟

우산도(于山島)

8.1 재회

"군주님 계십니까요?"

밤이 깊어가면서 피로가 한꺼번에 몰려왔다. 앉은 자리에서 눈을 감고 잠시 쉬고 있을 즈음 문 밖에서 명진의 목소리가 들렸다.

"어서 들어오느라."

방문을 열고 들어서는 명진의 얼굴에 땀방울이 흘렀다.

"다름 아니오고, 병사들이 우직 선주님과 당충 행수님을 찾아냈다고 합니다요."

"그래? 우직 선주는 무사하다고 하더냐?"

"예. 두 분께서는 지난 번 우해왕에게 잡혀와 모진 고초 끝에 가까스로 풀려나셨다 합니다요. 하지만, 함께 잡혀왔던 연철이라는 분은 고문 끝에 그만 절명하였다 들었습니다요."

"그랬었구나. 그들을 어디에서 찾았더냐?"

"두 분은 전쟁이 나자 곧바로 함께 모시개(저동芧洞, 저포芧浦) 근처로 가서 숨어 있었던 모양입니다요."

"이 밤중으로라도 왕궁으로 모시고 오느라. 만나야겠다."

"그러잖아도 호위군사들을 시켜서 모시고 오도록 했으니, 지금쯤 아마도 궁에 당도하고 있을 것입니다요. ……하온데, 아직 그 두 분께는 군주님의 정체를 밝히지 않아서 박이종 전주님이 바로 장군님이라는 사실을 까맣게 모르고 있을 것입니다요."

"그러하냐. 알았느니라. 그건 그렇고, 산단화 일행은 여태 행방을 알아내지 못하였느냐?"

"수소문을 계속하고 있사오나 아직 흔적을 발견하지 못했습니다요. 송구합니다요."

한 줄기 쓰린 바람이 이사부의 폐부를 훑고 지나갔다.

"별채 우산국 신료들 중에도 행방을 아는 자가 없더냐?"

"그들 중에서도 아직 안다고 나서는 자가 없습니다요. 아무래도 뭍에서 사람을 잡아온 일이라 내용을 알더라도 선뜻 나서지 못하는 게 아닌가 여겨집니다요."

"서둘러라. 그들 중 알만한 자를 가려내어 매우 족치는 한이 있더라도 빨리 알아 내거라. 천행으로 산단화 일행이 무사하다면 신속히 데리고 와야 한다."

"알겠습니다요. 군주님."

그 즈음 문 바깥에서 시중꾼의 목소리가 들렸다.

"호위무장께서 웬 사내들을 데리고 들었사옵니다."

왔구나. 이사부가 반가운 마음으로 자리에서 벌떡 일어났다. 그 사이에 먼저 일어선 명진이 방문을 열어젖혔다.

"어서 안으로 들이라."

호위무장이 앞장서서 들어왔다.

"두 사람을 데리고 왔나이다."

그 동안 겪은 고초가 만만치 않았던 듯 뒤따라 들어온 사람들의 몰골은 얼른 누구인지 알아보기 힘들 만큼 흉했다. 핏기를 잃은 낯빛부터 말이 아니었고, 제대로 먹지도 못했는지 몸피 또한 가냘파서 온전치가 않아 보였다.

한참을 뜯어보니 과연 우직과 당충이 틀림없었다. 졸지에 점령군 군사들에 의해 이끌려온 그들은 공포에 휩싸여 온 몸을 덜덜 떨었다. 짙은 두려움 탓인지 당충은 눈 끔벅거림이 더욱 잦았다.

"우직 선주와 당충 행수가 정녕 맞으시지요?"

그들은 긴장을 미처 풀지 못한 눈을 동그랗게 열고 이사부를 살폈다. 우직이 먼저 입을 열었다.

"예. 그러하오만⋯⋯. 이번에 군사를 이끌고 온 신라군 장군이시오니까?"

"그렇소. 내가 누구인지 모르겠소?"

그때, 옆에 서 있는 명진을 흘끔거리며 눈을 빠르게 끔적대던 당충이 먼저 이사부를 알아봤다.

"아니? 박이종 전주님 아닙니까요?"

그 제서야 이사부를 알아 본 우직이 눈을 휘둥그렇게 떴다. 잿빛 구레나룻이 여전히 성글어보였다.

"아니, 전주님! 전주님이 어떻게⋯⋯."

"그렇소. 내가 바로 박이종이요. 아니, 하슬라주 군주 이사부요."

"그렇다면, 지난 번 등짐장수로 울릉도에 들어오신 것은 어찌된 일이시오니까?"

"두 분을 기만한 것은 송구한 일이오만, 울릉도의 형편을 염탐하기 위한 잠행이었다오."

우직과 당충은 한동안 말문을 열지 못했다. 그들은 자신들이 알고 있던 하슬라 시전 전주 박이종이 실제로는 무시무시한 우해와 우산국 군대를 궤멸시키고 궁성을 점령한 신라군 장군이라는 사실이 도무지 믿기지 않는 눈치였다.

한참 동안을 멍한 표정으로 서 있던 당충이 먼저 덥석 무릎을 꿇었다.

"아이고, 이를 어찌 합니까요? 지난 날 장군님을 몰라 뵈옵고 허술히 대한 죄를 제발 용서하소서."

잇달아 우직도 무릎을 꿇고 앉았다.

"장군을 알아보지 못하고 한낱 장사꾼으로만 여겨 무례히 대했으니 이를 어찌 하오리까? 부디 소인들의 어리석음을 관용하시옵소서."

"아니오, 아니오. 두 분께서는 일어나시오. 적지에 들어오자니 내가 신분을 속일 수밖에 없었고, 두 분은 당연히 나를 장사꾼으로 아셨을 터이니 어찌 허물이 되겠소이까. 그때 두 분의 도움이 아니었다면 내 어찌 이 섬에서 무사히 지내고 나갈 수 있었겠소이까? 내가 오히려 감사해야 할 처지올시다."

"송구하옵니다."

두 사람은 여전히 엎드린 채 몸을 떨며 일어날 엄두를 내지 못했다. 이사부가 두 사람의 손을 잡았다.

"내 비록 우산국을 점령하러 온 장수의 몸이지만, 동시에 두 분과는 따뜻하게 우정을 나눈 사이 아니오? 그러하니 염려 말고 일어들 나시오."

"망극하옵니다. 장군님."

우직과 당충은 이사부가 이끄는 대로 무릎을 세웠다.

"자, 모두 자리에 편히 앉읍시다."

이사부는 두 사람을 맞은편에 나란히 앉혔다. 그리고는 시비(侍婢)들에게 일러 술과 음식을 내오라 했다.

"세 분께서 이리 흐뭇하게 다시 만나시니 보기가 좋습니다요. 소인은 이만 나가보겠습니다요."

명진이 세 사람 앞에 허리를 깊숙이 굽혀 인사를 하고는 밖으로 나갔다.

이사부가 우직에게 말했다.

"그래, 그때 마련해주신 배를 타고 예선창 나루를 떠나기 전에 우직 선주께서 우산국 병사들에게 붙잡혀 가는 모습을 본 게 마지막이었는데, 이후 어찌 되시었소?"

우직이 다소 괴로운 표정으로 대답했다.

"골계로 끌려와 험한 꼴을 많이 당했지요."

당충이 끼어들어 말했다.

"저도 붙들려 와서 죽을 고생을 했습지요. 연철 아우도 함께 잡혀 왔었는데, 고문을 받다가 그만 숨을 거두고 말았습니다요."

"연철이라면, 그 하슬라 사람의 후손이라던 대장장이를 말씀하시는 것이지요?"

"맞사옵니다."

당충의 눈이 어느새 촉촉해져 있었다. 이사부는 그들이 뭉쳐서 무슨 일을 도모했는지 다 알고 있었지만 두 사람은 정작 그 사실을 알 턱이 없는 상황이었다.

식비(食婢)들이 음식을 내어 왔다. 이사부가 말했다.

"일전에는 이 섬에서 두 분에게 융숭한 대접을 받았는데, 이제 내가 조금 갚는다 생각하고 맘껏 드시지요."

우직이 말을 받았다.

"융숭한 대접이라니 당치 않습니다요. 그저 소사(疏食, 거친 음식)를 조금 나눈 것뿐인데, 과분한 말씀이십니다요……. 어쨌든 감사히 먹겠습니다요."

오랫동안 편안히 밥상을 받아보지 못했을 두 사람은 나온 음식을 맛있게 먹었다. 그들에게 음식을 권하며 한동안 지켜보던 이사부가 다시 화제를 이었다.

"그래 여러분들은 대체 무슨 일로 그렇게 우해에게 연행되어 고난을 겪으시었소?"

우직과 당충은 서로 눈치를 보며 쉽게 답변을 하지 못했다. 그 모습을 잠시 지켜보던 이사부가 갑자기 껄껄껄 크게 웃었다. 두 사람은 어안이 벙벙한 눈빛으로 이사부를 바라보았다. 이사부가 빙긋이 웃음을 머금은 입술을 열어 말했다.

"죽은 연철을 포함하여 세 분께서는 우산국 왕비 풍미녀를 시해하는 거사를 결행하셨지요. 처음에는 독화살을 쓰려고 계획했다가, 차에 독을 넣는 것으로 계략을 바꾸어 비파산 앞 연회에서 실행하셨지요."

우직과 당충은 마치 벼락이라도 맞은 것처럼 화들짝 놀라면서 함께 수저를 놓쳤다. 경악하는 모습이었다. 도대체 어떻게 그 일을 이사부 장군이 이렇게 소상하게 알고 있는 것인가, 도무지 짐작이 가지 않는다는 표정이었다. 당충이 가까스로 입을 열었다.

"어…… 어떻게…… 그 일을……?"

이사부는 환하게 웃는 얼굴로 말했다.

"그 일을 어떻게 아느냐…… 그 말이지요? 핫하하하하……."

"……."

"낮말은 새가 알려주고, 밤말은 쥐가 들려줬다고나 할까……. 핫하하하하……."

호방한 모습으로 한참을 웃어재끼는 이사부를 우직과 당충 두 사람은 두려운 눈빛으로 바라보았다. 이사부가 술병을 들었다.

"자! 내 술 한잔 받으시오. 이렇게 살아서 다시 만났으니 얼마나 반가운 일이오?"

우직이 느릿느릿 술잔을 들었다. 그의 술잔이 달달 떨리고 있었다.

"당충 행수도 한 잔 받으시오."

이사부가 고개를 들지 못하고 있는 당충을 향해 큰 소리로 술을 권했다. 당충이 조심스레 잔을 들어올렸다. 술잔을 든 그의 손 역시 심하게 떨고 있었다.

"제가 한 잔 올리겠습니다."

우직이 술병을 받아들고 무릎을 꿇었다. 이사부가 빈 술잔을 들며 정색을 했다.

"편하게 하시오, 우직 선주님. 우리는 벗이 아니오?"

"그래도 어찌……."

우직은 무릎을 꿇은 채 술을 따랐다.

"자, 우리 모두 마십시다. 두 분을 이렇게 살아서 다시 만나니 정말 반갑소."

세 사람은 한동안 술자리를 이어갔다. 서너 순배 술잔이 돌아간 다음 이사부가 말했다.

"두 분께서는 울릉도에 대한 애정이 깊으시고 지금의 처지 또한 다르실 터이니, 이렇게 점령군으로 찾아 온 내가 마땅치 않으실 수도 있을 것이오. 허나, 신라국으로서는 우해가 하잘 것 없는 잔재주를 앞세워 섬을 장악하고 왕을 참칭하며 한한곳을 넘보는 일을 용인할 수가 없었소. 특하나 왜인들의 꾐에 넘어가 그들의 침략야욕을 제대로 깨닫지 못하므로, 방치할 수는 없는 노릇이었소이다."

"……"

"하여, 이 섬을 장악하기 위해 일단 진주했으나, 앞으로 해결해야 할 과제가 태산인 듯하오. 두 분의 협조와 역할이 반드시 필요할 것이니 부디 대의를 좇아 주시기를 당부하오."

이사부의 이야기를 듣고 있던 우직과 당충은 어찌할 바를 몰라 당혹해하는 모습이었다. 갑자기 닥친 우산국의 멸망도 그렇거니와 앞에 나타난 점령군의 수장이 일전에 박이종이라는 이름으로 장사꾼인 양 섬에 들어왔다 간 사람이라는 사실이 못내 믿기지 않는 눈치였다.

독한 곡주를 한 순배 더 돌리고 나서야 비로소 우직이 조심스럽게 입을 열었다. 취기가 약간 밴 목소리였다.

"송구합니다만, 생각나는 대로 솔직히 말씀 올려도 되겠습니까?"

이사부가 정색을 하고 말을 받았다.

"뭐든 정직하게 말씀하시는 편이 더 좋소."

우직은 결의를 가다듬으려는 듯 입술에 침을 한 번 묻혔다.

"우리는 사실 우해왕의 학정과 날로 기승을 부리는 왜인들의 행패에 위기감을 느껴 울릉도를 구하기 위해 나섰던 사람들입니다. 그러나 뜻밖으로 장군께서 신라군을 이끌고 이리 나타나 왕궁을 장악하셨으니 혼란스럽기 짝이 없습니다. 우해왕의 술법이 아니라도, 천혜의 요새로 생겨난 지리적 조건으로 인해 단 한 번도 외부세력에 의해 점령돼 본 적이 없는 울릉도였습니다. 이 섬에 이 같은 날이 오리라고는 전혀 상상하지 못했습니다. 그래서 작금의 현실이 더욱 혼미하고, 난감할 따름입니다."

이사부가 말을 받았다.

"우직 선주의 그런 심사를 충분히 이해하오. 일전 이곳에 잠입해 들어왔을 때 선주의 고민을 곁에서 지켜봤으니 더더욱 그 혼란스러움은 납득이 가오."

"아마도 나뿐만이 아니라, 이 섬에 살고 있는 모든 사람들이 대개는 그러한 심사일 것입니다."

"진정 그러하오?"

그때 고개를 숙이고 있던 당충이 조심스럽게 입을 열었다.

"허락하신다면 소인도 한 말씀 올리겠습니다요."

이사부가 얼른 대답했다.

"말해 보시오."

"울릉도 사람들은 지금 극도의 두려움 속에 빠져 있습니다요. 이곳 거민들은 비록 신통력을 지닌 우해왕에게서 위협을 느끼고 살았지만, 우산국이 이렇게 외침을 당하리라고는 전혀 예상하지 못했던 것 또한 사실입니다요."

당충의 말을 듣고 있던 우직이 다시 말을 받았다.

"소인의 생각으로는 이렇습니다. 우해왕은 사실 저의 인척 아우입니다. 그가 비록 왜녀를 비(妃)로 맞아들이고 딸 별님을 낳고 난 이후 표변하여 좋은 군주로 우산국을 다스리지는 못하였으나, 그 전까지만 해도 이곳 거민들로부터 크게 우러름을 받던 지도자였습니다. 소수의 군대를 이끌고 나아가 대마도를 정벌하기도 할 만큼 출중한 용력을 발휘하기도 했지요. 그래서 말씀입니다만, 비록 투항하여 포로가 된 패주이기는 하나, 장군께서는 우해왕의 위상을 잘 활용하셔서 뜻하신 바대로 섬을 장악하는 것을 고려하심이 옳으리라는 생각입니다."

"이곳 형편이 참으로 그러하오?"

당충이 말을 받았다.

"소인의 생각으로도 우직 형님의 말씀이 합당한 것으로 보입니다요. 기왕에 우해왕이 항복했으니, 폐왕을 앞세워 이 섬을 통령하시는 편이 효과적이 아닐까 여겨집니다요."

"두 분 다 같은 생각들이시구려."

이사부는 잠시 숙고해보았다. 우선 우직과 당충의 생각이 울릉도를 사랑하는 마음에서 나온 충정일지언정 단지 우해를 살리기 위한 술책으로 보이지는 않았다. 기실 신라군이 울릉도를 점령하기는 했으나, 실질적으로 장악하고 통할하기까지는 난제가 많은 것이 사실이기도 했다. 뿐만이 아니라, 이 점령지를 복속시켜 장기적으로 관리하기 위해서는 또 다른 차원의 세밀한 요령이 필요할 것이었다. 대규모 군대를 무한정 주둔시킬 수는 더욱 없는 노릇이 아니던가.

"군주님! 소인입니다요."

그때 밖에서 명진의 다급한 목소리가 들렸다.

"들어라."

사라진 우해의 딸을 찾으러 나섰던 좌군장과 함께 명진이 방문을 열고 들어와 허리를 굽혔다. 좌군장이 입을 열었다.

"소장 우해왕의 딸을 찾기 위해 옥천 포구를 비롯해 여러 곳을 수색하고 돌아왔나이다."

"그래 그 아이는 찾았느냐?"

"그 별님이라는 아이를 찾아오지는 못했사옵니다. 하지만, 아이를 납치한 자들의 행방은 알아냈나이다."

"자세히 이르라."

"아이를 납치한 자들은 역시 예상대로 왜인 무사들이었사옵니다. 그들 일행은 옥천 포구에서 배를 타고 도주한 것으로 파악되었나이다."

"그럼 왜국으로 아주 도망친 것이냐?"

"아니옵니다. 그들은 경황 중에 큰 배를 구하지 못해 작은 고깃배를 타고 일단 울릉도 동남쪽 우산도(于山島, 독도獨島)라는 섬으로 피신한 것으로 관측되고 있나이다."

좌군장의 말을 들은 이사부의 뇌리에 우해에게 수장형을 당한 내풍이라는 이름의 우산국 충신이 남긴 마지막 말이 스쳤다. 우산도가 울릉도의 옆구리에 들이 댄 비수라고 했던가……. 우직에게 물었다.

"우산도라……. 그 섬에 사람이 살고 있소?"

"아닙니다. 사람이 거주하기에는 적합지 않은 무인도입니다. 하지만, 주위에 워낙 좋은 어산물이 많아 어부들이 몰려드는 곳이지요. 고기잡이들이 조업 중에 풍랑이 일거나 휴식이 필요할 때 잠시 피하여 머무르는 장소로 쓰고 있습니다."

당충이 말을 이어 받았다.

"소인은 우산도에 가본 적이 여러 차례 있습니다요. 기암괴석으로 이루어져서 신령스럽고 신비로운 섬인데, 왜국 어부들이 자주 출몰하는 곳이라 우해왕도 신경을 많이 쓰던 곳입니다요. 우산도 주변 어장을 노리고 출몰하는 왜인들을 몰아내기 위해 이따금씩 우산국 군사들이 출동하여 소탕전을 펼치곤 했습니다요."

"그러 하오니까."

우직과 당충의 이야기를 듣는 순간 불길한 예감이 스쳤다. 그렇지 않아도 왜인들이 울릉도에 진출하여 도모하고자 한 일이 과연 무엇인지 그 실체를 정확하게 짚어내기가 쉽지 않던 참이었다. 뭔가 왜인들에게 깊은 흉심이 따로 있지 않을까 하는 의문이 다시 떠올랐다.

이사부가 좌군장을 향해 물었다.

"그래, 왜인 무사들의 수는 얼마나 된다 하더냐?"

"네댓 명쯤 된다는 이야기를 들었나이다."

"네댓 명이라……"

그때 명진이 이사부에게 바짝 다가와 낮은 소리로 말했다.

"군주님. 산단화 낭자도 별님이와 함께 왜인 무사들에게 잡혀간 것 같습니다요."

"뭐라고? 산단화가 왜인들에게 잡혀갔다니?"

"예. 우해왕과 함께 연금돼 있는 신료 중 한 사람의 말에 의하면, 우리 신라국의 군대가 쳐들어오기 직전까지 뭍에서 잡혀 온 산단화 낭자가 어미를 잃은 별님을 돌봤다고 합니다요."

"그래? 그런데 어찌하여 산단화가 우해의 딸을 돌봤다는 것이냐?"

"풍미녀 왕비가 죽고 난 다음, 우해왕이 연일 슬픔에 빠져서 정신을 차리지 못하고 있는 사이에 왜인 시녀들이 대부분 본국으로 돌아가 버렸다고 합니다요. 그 무렵 누군가가 뭍에서 온 산단화 낭자의 성품을 들며 보모로 천거하여 그리 되었다 합니다요."

"어찌하여 그런 일이?"

"그리고 그 이후에 산단화 낭자의 행방이 여전히 확인되지 않는 것으로 보아 왜인 무사들에게 함께 잡혀간 것이 틀림없는 것 같습니다요."

기가 막혔다. 뭍에서 어느 날 갑자기 우해에게 잡혀 울릉도로 끌려와 고초를 겪던 그녀가 또다시 왜인 무사들에게 잡혀갔다니? 참으로 가혹한 운명이 아니던가! 이사부는 그 무리를 추격하여 반드시 잡으리라 마음먹었다.

"좌군장은 지금 곧 빠른 전선 한 척으로 출동준비를 하라. 또 귀복한 우산국 군사들 중 인근 해역을 잘 아는 자들을 포함하여, 달아난 왜인들을 추포할 별동대를 꾸리라. 특별히, 궁수들을 대동하되 명사수들로 선발하라."

좌군장이 큰 소리로 대답했다.

"존명 받들겠습니다요."

좌군장이 밖으로 달려 나가자 이사부는 자리에서 일어서며 우직과 당충에게 말했다.

"두 분은 나와 함께 우선 우해를 만나러 가십시다."

"예. 알겠습니다."

우직과 당충은 머뭇거림 없이 따라나섰다.

*

별채에 감금된 우해는 딸의 생사를 알 길이 없게 된 일 때문에 발을 동동 구르고 있었다. 행방불명된 딸에 대한 걱정으로 내내 마음을 졸이며 조바심을 쳐온 모습이었다.

"내 딸 별님이를 찾았소? 어디 다친 곳은 없소?"

우해는 입술이 바짝 타들어가는 초조를 누르며 말했다. 함께 찾아온 우직이 눈에 미처 들어오지 않을 정도로 그는 몹시 당황해 있었다.

"아이를 찾지는 못했으나, 행방은 알아낸 듯하오. 왜인 무사들이 아이를 데리고 우산도로 달아났다 하오이다. 뭐 마음에 짚이는 것은 없소이까?"

이사부의 말을 듣자 우해의 표정이 삽시간에 일그러졌다.

"우산도라고요? 그들이 정녕 그리로 달아났다 하오? 그렇다면, 내 딸을 대마도로 데리고 갈 작정인 것이 틀림없소. 왜인들은 전부터 무단히 우산도를 중간 기착지로 사용하며 울릉도를 드나들었소. 그렇게 두면 안 되오. 그렇게 놓치게 되면 영영 내 딸아이를 잃게 될 것이오."

"지금 군선을 띄워 추적할 참이오."

"그렇다면 부디 나를 함께 데려가 주시오. 별님이를 내 눈으로 확인하고 싶소."

이사부는 잠시 생각했다. 아무래도 울릉도를 장악하는데 있어서 왜국은 꺼림칙한 존재였다. 왜인들이 자꾸만 우산도를 징검다리로 해서 넘나들고 있다는 것은 결코 방치할 수 없는 중대사였다.

"좋소. 정히 그러하다면 함께 가십시다."

이사부는 그렇게 말하고 난 뒤 호위군사들을 불렀다.

"우해왕과 함께 우산도로 갈 것이다. 차질 없도록 호송하라."

곁에 서 있던 호위군사들이 우해의 손을 앞으로 포박하여 별채를 나섰다.

8.2 동섬

동이 트기에는 아직 이른 새벽녘이었다. 어둑한 골계 앞바다 포구에는 좌군장이 띄운 전선 한 척이 출항준비를 서두르고 있었다. 차출한 병사들로 꾸려진 별동 추격대의 움직임도 부산했다.

아장 직삼이 보였다. 이사부가 직삼을 향해 말했다.

"아장은 내가 돌아올 때까지 전군을 관장하여 전황에 차질이 없도록 하라."

직삼이 허리를 굽혔다.

"심려 마시옵소서."

이사부와 우해는 좌군장의 안내를 받으면서 전선에 올랐다. 압송해 온 우해가 행여 돌발행동을 벌일까 호위군사들이 극도로 경계하며 주변을 살폈다.

포구에 묶여있던 뱃줄을 풀고, 전선이 막 출발을 할 즈음이 되어서야 우해는 배에 함께 오른 우직을 제대로 알아보았다. 우해는 우직과 눈을 마주치자 말없이 눈인사를 했다. 우직 역시 씁쓸한 눈빛으로 우해를 바라보았다.

배가 우산도를 향해 속도를 막 높여갈 무렵, 이사부가 우해에게 물었다.

"왜인 무사들이 울릉도에 드나든 과정에 대해서 말해줄 수 있소?"

우해는 잠시 괴로운 표정을 지었다. 그리고는 천천히 입을 열었다.

"왜구들이 대마도를 거점으로 한한곳을 노략질하고, 울릉도와 우산도 주변의 어장을 침범하여 충돌을 일으키는 폐해는 실로 오래 되었소. 하여, 칠년 전 다섯 척의 우산국 군선을 이끌고 대마도 정벌에 나선 적이 있었소. 나는 그때 용맹한 나의 병사들과 함께 그 섬에 상륙하여 몇 가지 술법을 써서 왜군들을 일시에 제압하고, 대마도주로부터 항서를 받아냈다오. 왜인 어부들이 우산도 인근 어장을 수시로 침범해 마찰을 일으키며 살생까지 서슴지 않는 참극을 종결하는 것이 가장 큰 목적이었소."

이사부가 우해의 말을 끊고 질문을 던졌다.

"대마도주가 딸을 내주어 데려왔다고 들었소만."

"그렇소이다. 대마도주는 항복의 표시로 셋째 딸을 내주었소. 그 딸이 바로 얼마 전 천명을 다한 풍미녀였소."

"대마도주가 약속한 항복조건은 무엇이었소이까?"

"그들이 다시는 우산도를 넘보지 않을 것이며, 우산국 어부들을 해치는 일도 근절하겠다는 것이 으뜸 조건이었소."

"약속은 잘 지켜졌소?"

"첫해에는 그런대로 잘 지켜지는 듯 했으나, 점차 우산도 어장을 범하는 사례가 다시 늘어나기 시작했소. 그래서 내가 직접 군선을 이끌고 나아가 여러 차례 그들을 쫓아내기도 했다오."

그때 우직이 나서서 말했다.

"왕께서 나서서 우산도 인근 어장을 넘나드는 왜인 어부들을 수차례 몰아낸 것은 사실입니다. 하지만, 우해왕께서 미처 파악을 못하신 이상한 일들이 많았습니다. 풍미녀 왕비의 힘을 믿고 울릉도에 드나드는 왜인의 숫자가 크게 늘어났고, 그들의 횡포 또한 적지 않았습니다."

이사부가 말했다.

"도대체 왜인들이 그리하는 목적이 무엇입니까? 무엇 때문에 바위섬인 우산도를 끈질기게 탐하고, 사람 살기가 결코 녹록치 않은 울릉도를 엿보는 행동을 한단 말이요?"

잠자코 서있던 당충이 나서서 말했다.

"우산도 어장에서는 오징어, 명태, 대구, 상어, 송어, 전복, 밤고동, 소라, 바위게, 부채게, 성게 등 풍부한 종류의 해산물들이 납니다요. 왜인들이 욕심낼 만합니다요."

이사부가 다시 말했다.

"우산도 역시 한한곳의 땅이 분명하거늘, 왜국 섬사람들이 그렇게 집착하는 것을 보면 뭔가 다른 의도가 분명히 있는 것 아니겠소?"

우직이 말을 받았다.

"왜인들의 행동을 곰곰이 살펴보면, 왜국이 울릉도를 침탈할 목적이 있는 것이 분명합니다. 이사부 장군께서도 직접 보아서 아시지 않습니까? 모야라는 왜국 장수가 무리를 이끌고 울릉도 성인봉에 올라 장수바위를 뽑아낸 일만 하더라도 그들의 품은마음(흉심胸心)이 무엇인지 알게 하는 일 아니겠습니까?"

우직의 말을 듣고 있는 우해의 표정이 더욱 착잡해 보였다. 필경 그 모든 정황을 보고받지 않았을 리 없을 그였지만, 아마도 풍미녀를 귀애하는 마음이 앞을 가려 다른 의심을 품지 않았으리라. 이사부는 그간의 정황을 어느 정도 짐작할 수 있을 것 같았다.

이사부가 말했다.

"아무래도 왜국은 울릉도를 정복하려는 야심을 가지고 있음이 분명한 듯하오. 그간 한한곶 해안에 상륙하여 약탈을 일삼는 왜구무리들이 적지 않았소. 그들의 노략질이 뿌리 뽑히지 않아온 세월이 길고, 군사를 이끌고 직접 쳐들어오는 일도 더러 있었으니 침략의 흑심이 왜 없다고 하겠소. 어쩌면 그리 이상한 일도 아니라 여겨지오이다."

모두들 우해를 쳐다보고 있었다. 그는 얼굴에 복잡한 감정을 담은 채 곤혹스러움을 떨치지 못하고 있었다. 우해가 입을 열었다.

"왜인들의 수상한 행위들을 내가 아주 모른 것은 아니라오. 다만 내가 그들을 얕잡아보아 온 것은 사실이오. 대마도 정벌 이래 그들은 한 번도 내 앞에서 야심을 드러낸 적이 없었고, 늘 복종의 예를 갖추었기에 나는 그들을 의심할 이유가 없었소. 그런데, 이번 전란 중에 놈들이 이렇게 내 말을 납치하여 달아났다하니 당혹스럽기 그지없구려."

우직이 우해를 향해 조심조심 말을 시작했다.

"송구한 말씀이오나, 우산국의 비극은 대마도 정벌 이후 왕께서 왜녀에게 미혹되어 정사를 올바로 돌보지 않은 데서 비롯되었습니다. 폐주께서는 오만에 빠져서 바른 판단을 하지 못하셨고, 백성들의 희로애락을 온전히 살피지 못하셨습니다. 그러던 끝에 급기야는 신라국마저 업신여긴 나머지 한한곶을 침범하는 우를 범하여 결국 오늘날의 패망을 자초한 것이라 할 수 있습니다."

말을 하는 동안 우직의 얼굴이 벌겋게 달아올랐다. 흥분을 억누르기 위해 무진 애를 쓰는 모습이었다. 낯빛이 달라지기는 우해도 마찬가지였다. 우직의 날카로운 지적을 듣고 있는 그의 얼굴이 흙빛으로 바뀌고 있었다. 참괴한 마음을 가누기가 힘들었던지 우해는 결국 묶인 두 손으로 얼굴을 감싸 안고 고개를 숙였다.

이사부가 우해에게 물었다.

"연전에 신라국 땅 퇴화군 북쪽 종남산까지 진출한 이유가 무엇이오? 들은 바로는 신라의 귀금속을 구해달라는 왕비의 간청 때문이었다고 하던데, 그게 사실이오?"

우해는 한동안 참담한 표정을 풀지 못했다. 오만가지 회억이 그를 괴롭히고 있는 것 같았다. 한참만에야 그가 입을 열었다.

"나는 죽은 풍미녀를 너무나 사랑하였소. 그녀가 신라국의 보배들을 그리워한 것도 사실이오. 나는 신라국을 잘 몰랐소. 신라국의 융성을 제대로 알지 못했고, 그저 좀 큰 토착세력의 하나로만 여겨 어리석게도 기습이 가능한 줄로 여기고 그리 한 것이오."

그의 눈에 처음으로 눈물이 보였다. 한때 왕으로 살며 거들먹거리던 거대한 몸집의 사내가 그렇게 눈물까지 그렁거리는 모습은 측은함을 풍겼다. 눈물을 참지 못하기는 우직도 마찬가지였다. 그 역시 컁컁해진 얼굴을 일그러뜨리며 말했다.

"사사로이는 집안의 손윗사람으로서, 돌이켜보면 참으로 안타깝습니다. 그리도 총명하던 폐주께서 어찌하여 그 지경에 닿도록 혼탁해지셨는지……. 어찌하여 왜국 요녀에게 깊이 홀려 총기를 잃고 우산국이 패망에 이르도록 성심을 바로 가누지 못하셨는지 생각할수록 가슴이 아플 따름입니다."

우직의 한탄 속에는 울릉도를 향한 무구한 애정이 여지없이 묻어났다.

이사부가 말했다.

"여러 정황으로 보아서 우산국을 거점으로 활동해온 왜국의 동태가 심상치 않소. 아무래도 그들은 우산도와 울릉도를 집어삼킨 다음, 나아가 한한곳을 침략할 흑심을 가진 것이 아닌가 짐작이 되오만……."

우직이 일그러진 얼굴을 추스르며 말을 받았다.

"장군의 말씀이 맞습니다. 그들은 아마도 우산도와 울릉도를 교두보로 삼아 한한곳은 물론 대륙까지 넘볼 야심을 가진 것이 틀림없을 것입니다. 그런 흑심을 들키지 않기 위해서 풍미녀를 이용해 우산국의 왕을 무력화시킨 것으로 짐작됩니다. 그런데도 폐왕께서는 그들의 흉계를 제대로 간파하지 못하셨으니 애통하기 짝이 없는 일이지요."

우해의 얼굴이 더욱 처참해져가고 있었다. 감고 있던 눈을 뜨며 가까스로 입을 열어 말했다.

"돌이켜서 하나하나 곱씹어보면 우직 형님의 말씀이 하나도 그른 게 없소. 모두 다 내가 어리석어서 일어난 일이었소. 난 대마도주가 자신의 딸까지 내어주며 몸을 한껏 낮추는 모습에 그를 온전히 믿었소. 왜인들이 우산국에서 일으킨 이런저런 잡음도 우발적이거나 사소한 사고에 지나지 않는다고 여겨왔소. 그들이 설마 그런 욕심을 품었으리라고는 조금도 의심치 않아 왔다오."

우해의 얼굴에 쓸쓸한 후회가 보였다. 난바다의 파도가 높아지고 있었다.

*

"우산도가 보입니다!"

파도가 높았다. 제법 큰 덩치의 전선임에도 심하게 일렁이며 온 종일하고도 한 밤 내내 전속력으로 달려 온 끝이었다. 뱃머리에서 전방을 살피던 군사의 외침소리가 들렸다. 날이 조금씩 밝아오고 있었다.

마당 여덟. 우산도(于山島)

신 새벽, 바다는 시들해진 별빛을 닮아 흐릿한 초록빛으로 변해가고 있었다. 일출이 머지않은 듯 뱃머리 쪽으로 희붐하게 밝아오는 저쪽 수평선 위에 세 개의 산봉우리 모양을 한 검은 바위섬이 그림자처럼 떠올랐다.

"전방을 주시하라. 도주한 왜인들을 찾으라. 정박한 배가 있는지 살피라."

이사부가 소리쳤다. 추격대를 지휘하고 있는 좌군장이 여러 차례 복창하며 군사들에게 명을 전했다. 파도소리가 더욱 거칠어졌다.

섬이 조금씩 가까워지고 있었다.

"저기 가운데 봉우리가 서섬(서도西島)의 주봉(主峰), 왼쪽 끝 봉우리가 서섬의 북봉(北峰)이고, 오른쪽이 동섬(동도東島)입니다요."

어느새 당충이 곁으로 다가와 우산도에 대해서 설명을 했다. 이사부가 전방을 주시하며 물었다.

"우산도는 모두 몇 개의 섬으로 이루어졌소?"

"큰 섬은 동섬과 서섬이지만, 모두 여든 개 남짓의 크고 작은 바위섬과 암초로 구성돼 있습니다요. 왜인 무사들이 이곳으로 왔다면 동섬이든 서섬이든 아마도 몽돌해변 어디쯤에 배를 댔을 것입니다요."

시간이 흐를수록 섬의 형태가 더욱 또렷이 다가왔다. 울릉도와 마찬가지로, 우산도 역시 깎아지른 암벽으로 이루어진 험준한 섬이었다. 단애(斷崖)가 도드라져 보이는 섬 여기저기의 모양이 을씨년스러운 느낌을 던져주고 있었다.

섬 주변에는 괭이갈매기들이 지천으로 널려 있었다. 갈매기들은 끼룩끼룩 합창을 하거나 고양이 소리를 내며 바위에 앉아 있다가 번갈아 날아올라 바위 위쪽 하늘을 뱅뱅 돌았다. 가까이 다가갈수록 괭이갈매기들의 소리는 점점 더 소란스럽게 들려와서 귀를 시끄럽게 했다.

섬을 살펴보던 이사부의 시야에 등이 시커멓게 생긴 이상한 동물들이 들어왔다. 섬 주변 바위 위에서 목격되는 그 커다란 동물들은 길고 성성한 수염을 달고 있었다. 그들은 다가가는 전선을 보고는 놀란 듯이 물속으로 텀벙텀벙 뛰어들었다.

"저건 뭐지?"

이사부가 이상한 동물들을 바라보며 혼잣말처럼 의문을 표시했다. 그러자 우직이 설명했다.

"강치들입니다."

"강치라?"

"예. 바다에 살고 있는 일종의 물개들이지요. 이곳 우산도는 인적이 드문 곳이라 강치들이 많이 살고 있습니다. 평소에는 괭이갈매기와 저놈들이 이 섬의 주인이나 다름없답니다."

군선은 서섬을 왼쪽으로 끼고 돌아 나아갔다. 섬에 점점 더 다가가면서 보니까 강치들이 꽤 많았다. 녀석들은 깎아지른 암벽 아래 바닷물이 철석거리는 바위 위에 옹기종기 무리를 지어서 모여앉아 있다가 뒤뚱거리며 줄지어 바닷물 속으로 뛰어들곤 했다. 개중에는 새까만 눈빛을 반짝거리다가 꺼엉 꺼엉 하는 야릇한 소리를 내며 물로 뛰어드는 놈들도 있었다.

"배를 찾아내는 일이 급선무다. 저들이 타고 온 어선이 어디에 정박해 있는지 샅샅이 살펴라!"

이사부가 다시 소리쳤고, 좌군장이 명을 받아 복창했다.

섬이 가까워지자 앞으로 손이 묶인 우해가 몸을 일으켜 세워 섬의 바위들을 세세히 톺아보고 있었다.

"아무래도 동섬 몽돌해안 쪽에 배를 댔을 가능성이 높습니다요."

당충이었다.

이사부가 물었다.

"동섬에는 은신할만한 마땅한 공간이 있소?"

"서섬은 뾰족한 봉우리 형태로 되어 있어서 올라가 숨을 곳이 없지만, 동섬은 암벽을 기어 올라가면 경사가 심하지 않은 공간이 나옵니다요. 어부들이 이 섬에 닿으면 더러 그리로 올라가 휴식을 취하고는 합지요."

당충의 말을 들은 뒤 이사부는 좌군장을 불렀다.

"저기 저 동섬 몽돌해안으로 가자. 거기에 놈들의 배가 정박해있을 가능성이 높구나."

"알겠나이다, 장군."

배는 서섬과 동섬 사이의 물길로 들어섰다.

몽돌해안은 동섬 오른 쪽 초입에 있었다. 전선이 뱃머리를 튼 지 얼마 지나지 않아서 그 오른 쪽 해안에 정박 중인 자그마한 어선이 발견됐다.

이사부는 뱃전에 서서 단전에 힘을 모으고 동도의 꼭대기 쪽으로 기를 쏘았다. 당충의 예상대로 거기에서 사람들의 기척이 느껴졌다. 그들도 새벽녘에 나타난 추격 전선을 보았는지 우왕좌왕 움직임이 매우 분주했다.

"우해의 포박을 풀어주어라."

이사부가 호위군사들에게 명했다.

파도가 높아서 배를 대는 데도 한참의 시간이 걸렸다. 이사부와 우해, 우직, 당충, 명진을 필두로 군선을 타고 온 병사들이 차례로 내렸다. 그리고는 병장기를 든 군사들이 앞장서서 몽돌해안으로 접근했다.

이런 배를 타고 저들이 어떻게 울릉도에서 이곳까지 파도를 헤치고 왔을까 싶을 만큼 해안에 정박한 고깃배는 작고 허술했다. 하긴, 신라군이 파죽지세로 몰려오는 상황에서 그들은 이것저것 헤아릴 여유가 있지 않았으리라.

"저기 동섬 높은 곳에 놈들이 있다. 공격하여 모두 생포하라."

이사부의 명에 추격대 군사들은 일제히 경사가 급한 언덕을 비스듬히 기어오르기 시작했다. 이사부와 일행들이 그 뒤를 따랐다. 언덕길은 가파르고 위험했다.

그들이 동섬 벼랑길을 기어오르고 있는 동안 일출이 막 시작됐는지 바위산 위쪽이 훤하게 밝아왔다. 돌아보니 서섬의 동쪽 암벽이 햇살을 받아 아름다운 장관을 펼치기 시작했다. 이사부의 심중에 걸려있던 산단화에 대한 걱정이 날개를 달고 화르르 떠올랐다. 그녀가 지금 저들과 함께 있는 것이 맞긴 맞는가? 아직 무사하기는 한 것인가?

언덕은 워낙 가팔라서 곧바로 올라갈 수가 없었다. 바위틈을 따라 나선형으로 비껴 돌아 올라야 하는 암반은 젊은 병사들도 헉헉댈 만큼 오르기가 힘들었다. 한참을 기다시피 오른 다음에야 추격대는 정상에 도달했다.

당충의 말처럼 거기에는 경사도가 낮아 비교적 평평한 공간이 나타났다. 앞쪽을 살피던 이사부의 눈에 정상 가운데 부분에 나지막이 지어진 작은 초막이 보였다. 군사들이 창칼을 앞세운 채 재빠른 동작으로 달려가 초막을 뒤졌다. 그러나 거기에는 아무도 있지 않았다.

이사부는 다시 사방으로 기를 쏘아 인기척을 확인했다. 우해 역시 사람의 기척을 찾으려는 듯 이곳저곳을 분주히 살피고 있었다. 얼마

마당 여덟. 우산도(于山島)

지나지 않아서 섬 꼭대기 북동쪽 끝자락에서 사람의 기척이 감지됐다.
"저쪽이다! 저곳을 수색하라!"
이사부의 손짓에 따라 군사들이 몰려갔다. 거기 끝자락 아래쪽 낭떠러지 오목한 바위 위에 뭉쳐 앉아있는 한 무리의 사람들 모습이 보였다. 도대체 저기를 어떻게 내려갔을까 싶게 경사가 심했다. 모인 사람들을 자세히 살펴보니, 가운데에 아이를 꼭 감싸 안고 있는 여자가 보였다. 주변에는 검은 복장의 왜인 무사들로 여겨지는 네 명의 사내들이 칼을 뽑아든 채 이쪽을 노려보고 있었다. 거리가 멀었지만, 아이를 감싸 안고 있는 여자는 산단화가 분명했다.
그들을 보자마자 우해가 먼저 크게 소리쳤다.
"이놈들! 내 아이를 돌려다오! 그 아이에게 무슨 죄가 있느냐?"
그러자, 그 사내들 중 하나가 칼을 높이 치켜들고 위협적인 자세를 취했다. 이사부가 큰 소리로 외쳤다.
"항복하라! 너희들은 결코 이곳을 빠져나갈 수 없다. 더 이상 버틴다면 모두 죽게 될 것이다."
말을 알아듣는지 못 알아듣는지 그들은 일절 응답이 없었다. 왜인 무사들은 모두 칼을 치켜들고 이쪽을 노려볼 따름이었다.
어느 새 수평선을 떠오른 해가 섬을 밝게 비추고 있었다. 긴박한 형편에 걸맞지 않게 섬 주변의 풍경은 아름다웠다. 이사부는 어떤 묘책을 동원해야할까 고민에 빠졌다. 자칫 군사들을 내려 보냈다가는 산단화와 별님이의 생명이 위태해지는 최악의 사태를 빚게 될 지도 모를 일이었다.
이사부가 다시 소리쳤다.
"인질들을 풀어주어라. 그렇게 한다면, 너희들이 왜국으로 돌아가는 길을 보장하겠다."

그러나 그들은 꿈쩍도 하지 않았다. 여차하면 인질들을 베어버리겠다는 협박의 몸짓만 계속하고 있었다.

대치는 꽤 오랜 시간 지속됐다.

"아이를 돌려다오! 너희들의 환국을 보장한다지 않느냐?"

안타까운 얼굴로 지켜보던 우해가 다시 한 번 목청껏 소리쳤다. 그러나 상황은 전혀 전환될 기미를 보이지 않았다.

"그렇다면, 우선 나 혼자서 그리로 가겠다. 가까운 곳에서 대화를 하자."

우해가 그렇게 말하면서 몸을 일으켜 세웠다. 그러자 벼랑 쪽 왜인 무사들은 뭐라고 소리소리 치면서 금방이라도 인질들을 베어버리려는 자세를 취했다. 인질을 위협하는 그들의 몸짓은 점점 더 사나워지고 있었다.

다시 주저앉아 잠시 골똘한 생각에 빠져 있던 우해가 무슨 결심을 한 듯 이사부를 향해 말했다.

"저들은 우리를 믿지 않는 것 같소이다. 일단 솜씨 좋은 궁수들을 잠복시켜두고 여기를 철수하는 척 하십시다. 내가 날짐승들을 부려서 먼저 저들을 공격할 터이니, 저들이 우왕좌왕하는 사이에 궁수들로 하여금 저들을 사살하는 것이 어떻겠소?"

그러자 좌군장이 나서서 이사부에게 자신의 의견을 말했다.

"너무 위험하지 않겠나이까? 그야말로 벼랑 끝에 몰린 저들이 즉각 인질을 해칠 게 틀림없을 터인데……."

곁에 서 있던 우직도 말했다.

"제가 생각하기에도 승산이 없는 작전입니다. 인질들을 살릴 묘책은 못되는 것 같습니다."

이사부는 고민에 빠져들었다. 활의 위력을 누구보다 잘 아는 그였지만, 위험천만한 작전임에 틀림없었다. 왜인 무사들을 쏘아 맞히는 것까지는 문제가 없을 것이다. 그러나 저들이 치켜든 칼은 설사 심부에 화살을 맞는다 해도 숨이 떨어지는 찰나에 휘두를 수 있는 흉기 아니던가.

참담한 일을 무수히 겪은 산단화가 기어이 죽게 될지 모르는 절박한 상황이 펼쳐지고 있었다. 그렇다고 마땅히 다른 묘수가 있는 것도 아니라는 게 문제였다. 도무지 판단이 서지 않았다.

우해가 다시 말했다.

"나는 저들 왜인의 습성을 잘 아오. 저들은 결국 극단적인 선택을 할 것이오. 더욱이 왜인 무사들은 극한상황에 몰릴 때일수록 잔인해지는 특성이 있소. 시간이 더 지난다고 해도 인질들을 살릴 더 좋은 묘책은 없을 것이오."

우해의 말을 듣고 나서도 이사부는 쉽게 결단을 내리지 못했다. 맑은 햇살이 비치는 바다가 더욱 파란 빛을 더해가고 있었다.

"큰일 났습니다요."

그때였다. 경계를 서고 있던 병사 하나가 황급하게 달려와서 먼 바다를 손가락으로 가리키며 말했다.

"동남쪽 먼 바다에 왜국 군선으로 보이는 선박이 나타났습니다요."

눈을 들어 살펴보니 아직 먼 곳이기는 하지만, 과연 동남쪽 바다 한복판에 군선 한 척이 보였다.

"왜놈들이 이곳을 중간 기착지로 삼아 주기적으로 본국을 오갔다더니 과연 맞는 말이었구나!"

우직이었다. 우직은 멀리 나타난 왜국 군선을 바라보며 적잖이 흥분한 모습이었다.

"좌군장은 들어라."

이사부가 결정을 내렸다. 좌군장이 이사부 앞에 고개를 숙이고 섰다.

"우해왕의 말대로 하라. 솜씨 좋은 궁수들을 남기고 중턱으로 철수하라. 괭이갈매기가 공격하는 순간을 놓치지 말고 궁수들로 하여금 일제히 활을 쏘도록 지시하라. 왜인 무사들을 정확하게 겨냥하고, 인질들이 다치지 않도록 최선을 다하도록 이르라. 이곳 상황을 신속히 정리하고 배로 돌아가 왜국 군선을 상대해야 한다. 전광석화처럼 움직여야 하느니라. 알겠느냐?"

"명 받들겠나이다."

네 명의 저격수들을 배치하여 숨긴 좌군장이 벼랑에서 대치하고 있는 왜인 무사들에게 소리쳤다.

"우리는 지금부터 철수한다. 인질들을 절대로 해치지 말라."

작전대로 철수는 신속하게 이뤄졌다. 군사들은 왜인 무사들의 시야에서 보이지 않을 만큼 소리 없이 물러나 중턱으로 내려왔다.

우해가 동섬 서쪽 바닷가에 흩어져있는 괭이갈매기 떼를 향해 맹렬한 몸짓으로, 온몸의 기를 모아 발산했다. 온갖 정성을 다하는 그의 몸짓은 처절했다.

잠시 후, 해변 바위에서 노닐던 괭이갈매기들이 드디어 떼 지어 날아올랐다. 새를 움직이는 우해의 신통술이 눈앞에서 펼쳐지고 있었다. 우해는 격렬한 몸짓으로 새들에게 공격목표를 암시했다. 신기하게도, 새떼는 바위언덕을 넘어 산단화와 별님을 인질삼아 버티고 있는 왜인 무사들 쪽으로 일제히 날아올랐다. 좌군장이 바위 위에 납작 엎드려 있는 궁수들에게 준비신호를 보냈다.

이윽고, 괭이갈매기들이 목표를 향해 쏜살같이 돌진해 날아 내리는 모습이 보였다. 두 차례 울릉도를 향해서 진격해올 때 겪었던, 바로 그런 똑같은 새들의 공격이었다. 좌군장이 때를 놓치지 않고 궁수들에게 사격신호를 보냈다.

바위위에 엎드려 은닉하고 있던 궁수들이 재빠르게 활을 치켜들고 몸을 일으켜 세웠다. 그리고는 그 너머 목표지점을 향해 활을 쏘아댔다. 이사부와 우해가 앞장서서 정상으로 뛰어올랐다. 좌군장도 군사들과 함께 뒤따랐다.

왜인 무사들이 버티고 있던 곳은 피투성이의 사람들이 뒤엉켜 엉망이 되어 있었다. 앞장선 우해가 아찔한 낭떠러지 길을 미끄러져가며 부랴사랴 그곳으로 달려갔다. 이사부와 군사들이 그 뒤를 따랐다.

화살을 맞고 엎어져있는 왜인 무사들을 우해가 잡아 젖혔다. 그리고는 그 아래에서 별님을 찾아냈다. 그러나 아이는 뒷목에 칼을 맞아 이미 절명한 상태였다. 우해가 딸아이를 끌어안고 오열했다.

"별님아! 불쌍한 내 아가야! 눈 좀 떠 봐라! 아비가 왔다! 눈 좀 떠 보거라!"

이사부는 급소에 화살을 맞고 쓰러진 무사들 사이에서 산단화를 발견했다. 산단화 역시 등허리에 칼을 맞은 채 엎어져 있었다.

"낭자!"

이사부는 산단화의 몸을 돌려 눕히면서 흔들었다. 산단화는 아직 가느다랗게 숨이 붙어 있었다. 하지만 등허리에 맞은 칼이 워낙 깊어 가망이 있어 보이지는 않았다.

"낭자! 나요! 눈을 좀 떠 보시오!"

숨을 할딱거리던 산단화가 희미하게 눈을 떴다. 초점 없는 눈망울이 파르르 떨렸다. 이사부는 축 늘어진 산단화를 끌어안았다. 산단화의 손에 힘이 느껴졌다. 그녀는 입술을 움직이며 뭐라고 말을 하려고 애를 썼지만, 끝내 소리가 되어서 나오지는 못했다.

산단화가 왼손을 들어 무언가를 건네주려는 듯 이사부에게 내밀었다. 그녀의 손에 헝겊으로 된 물건이 들려 있었다. 그것을 받아든 이사부는 깜짝 놀랐다. 그것은 색동 복주머니였다. 해리현 바닷가에서 헤어질 적에 정표로 주었던 바로 그 복주머니였다.

"낭자! 끝까지 이것을 간직하고 있었구려! 낭자! 정신 좀 차려보시오!"

이사부는 산단화를 거푸 불러대면서 흔들었다. 그러나 희미한 눈빛으로 뭔가를 말하려고 애를 쓰던 산단화는 입술만 몇 차례 달싹거리다가 이내 스르르 숨을 내려놓고 말았다. 맞잡은 그녀의 손에서 모래가 흘러나가듯 힘이 빠져나갔다.

"낭자……! 낭자……!"

큰 목소리로 산단화를 불렀지만 소용없는 일이었다. 우산도 동섬 아찔한 벼랑 위에서 죽은 딸을 안고 울부짖는 우해와 숨을 거둔 산단화의 손을 잡고 안타까워하고 있는 이사부의 모습이 처연했다.

8.3 왜선

"적선을 쫓아라! 절대로 놓치지 마라!"

전선 뱃머리에서 외치는 이사부의 우렁찬 목소리에 분노가 가득 찼다.

산단화와 별님의 시신을 수습하여 서둘러 아래로 내려온 이사부의 추격대는 전선을 정비한 뒤, 우산도 쪽으로 다가오고 있는 왜국 군선을 마주 보며 세차게 달려 나갔다. 왜국 군선은 자기들을 향해 돌진해 오고 있는 신라국 전선을 뒤늦게 발견하고는 뱃머리를 돌려 황황히 달아나기 시작했다.

그러나, 이사부가 지휘하여 달려가는 전선은 왜국 군선보다 한결 더 빨랐다. 두어 식경이 채 지나지 않아서 드디어 왜국 군선은 꼬리가 잡혔다.

"불화살을 쏘아라! 적선에 불을 질러라!"

좌군장이 나서서 뱃전에 배치된 궁수들에게 명령했다. 궁수들은 불화살을 쉼 없이 쏘아댔다. 달아나던 왜국 군선에서도 더러 화살이 날아 왔지만, 위협적이지 못했다.

얼마 지나지 않아서 왜선에 불이 붙었다. 처음에는 하얀 연기가 군데군데 치솟더니 머지않아 시커먼 연기로 변했다. 이윽고 솟아오른 검붉은 화염이 걷잡을 수 없도록 맹렬한 기세로 타올랐다. 다급한 왜병들이 바닷물로 뛰어드는 모습이 보였다.

좌군장이 나서서 병사들에게 소리쳤다.

"물에 뛰어든 놈들까지 모조리 사살하라! 저 왜병들을 몰살하라!"

불화살을 쏘던 궁수들이 적선 주변 바다를 살폈다. 그리고는 물 위에서 허우적거리는 왜국 병사들을 향해 활을 겨눠 하나하나 조준사격을 가했다. 신라국 전선은 불타는 왜국 군선 주변을 몇 바퀴고 계속 맴돌면서 생존자들을 이 잡듯이 찾아내어 사살했다.

화염에 휩싸인 왜선은 더 이상 견디기 힘들었던지 화르르 무너지며 결국 물속으로 가라앉았다. 한바탕 격렬한 전투가 벌어진 바다 위에 타버린 목선의 검은 잔해들이 즐비했다.

"울릉도로 돌아가자!"

이사부가 소리쳤다.

"뱃머리를 돌려 울릉도로 간다!"

이사부의 명을 받은 좌군장이 군사들에게 외쳤다.

배는 울릉도가 있는 서북방향으로 머리를 틀어 힘차게 나아갔다. 꽃님의 시신 옆에 넋을 놓고 앉아 있는 우해가 보였다. 허공을 멀거니 바라보고 있는 그의 눈은 초점을 잃어가고 있었다. 아마도 그는 계속 그런 모습으로 있었던 것 같았다.

"산단화 낭자의 시신은 배 안쪽에 잘 모시고 있습니다요."

명진이 이사부에게 다가와 귓속말을 하듯 보고했다. 이사부는 그 제서야 산단화의 죽음을 실감하기 시작했다.

"그래. 알았다."

지소와의 이별 이후 처음으로 가슴을 설레게 했던 여인이었다. 그녀를 결국 주검으로 싣고 가는 형편이 되어버린 현실이 새삼스럽게 마음 깊은 곳을 찔러 아프게 했다. 이사부는 쪽빛으로 물든 바다를 바라보며 가없는 슬픔에 잠겨들었다.

연중 흐린 날이 훨씬 더 많다는 우산도 일대가 웬일로 눈부시게 밝고 맑았다. 우산도를 저만큼 스쳐 지나친 전선은 속력을 다해 울릉도로 향하는 물길을 갈랐다.

초점 잃은 눈으로 애통에 젖어있는 우해를 바라보면서 이사부는 마땅히 건넬 말을 찾지 못했다. 산단화를 잃은 자신의 심사도 참담하기는 마찬가지였다. 우두커니 앉아서 한참을 그렇게 상념에 젖어 있을 때, 우직이 말을 걸어왔다.

"여쭈어 보아도 될지는 모르겠습니다만, 산단화라는 처자는 원래부터 아시는 분이었습니까?"

이사부가 힘이 빠진 목소리로 천천히 대답했다.

"그러하오. 우해왕에게 잡혀오기 전부터 잘 알던 실직주 해리현의 여인이었소."

우직이 끄응 하고 한 차례 신음 섞인 한숨을 쉬었다. 그는 울릉도로 잠입해온 이사부가 예선창 집을 떠나기 전날 마지막으로, 뭍에서 잡아온 처자들의 처분을 궁금해 하던 일을 떠올리는 것 같았다. 우직이 작심한 듯 싸늘한 눈으로 우해를 바라보며 말했다.

"이 온갖 비극은 모두 폐주의 죄업이오. 우산국의 허무한 패망도, 별님과 산단화 낭자의 희생도 모두……."

우직의 힐난을 들으면서도 우해의 표정은 변하지 않았다. 그는 별님의 주검에 시선을 붙박은 채 돌처럼 굳어 있었다.

"왜국의 간악한 음모를 눈치 채지 못한 것이 첫 번째 잘못이었고, 울릉도의 험난한 지형과 자신의 술법만 믿고 방자하게 굴었던 것이 두 번째 허물이었소."

오랫동안 가슴에 품고 참아왔던 속내를 직설로 털어놓는 우직의 분기에 겨운 목소리가 덜덜 떨리고 있었다.

우해가 힘없는 눈빛으로 우직을 올려다보았다. 그의 얼굴에는 슬픔과 회한이 함께 뒤섞여 있었다. 우직의 원망 가득한 눈빛을 마주 보지 못하겠던지 우해는 이내 고개를 푹 꺾었다. 우직이 울분을 더 풀어내야 되겠다는 듯이 비난을 이어갔다.

"그래, 어쩌자고 충신들의 말을 모두 귀 밖으로 듣고, 그도 모자라 나라를 위해서 충언하는 귀한 이들을 그토록 잔혹하게 참살하기까지 하신 것이오?"

우직의 큰 목청에도 우해는 아무 말도 하지 못했다. 죽은 자기 딸의 피투성이 얼굴에 시선을 고정한 채 감정이 모두 빠져나간 흐릿한 눈빛으로 망연히 앉아 있을 뿐이었다.

"이제 와서 무슨 소용이 있겠습니까? 그만 진정하시지요, 우직 형님."

우직을 말리고 나선 것은 당충이었다. 우직은 분을 참지 못하겠던지 눈물을 훔치며 바닥에 주저앉았다.

숨이 막혀왔다. 바다는 맑은 햇빛 아래 눈이 부시게 푸르렀다. 파도에 부서지는 빛살이 보석처럼 반짝반짝 빛나기도 했다. 그런 바다를 바라보며 이사부는 지난 날 산단화와 함께 동해 바닷가에 나란히 앉아 바라보던 황홀한 바다를 떠올렸다.

어디에서 잘못된 것일까. 그때 실직주 해리현 바닷가 마을에서 어떻게 해서든지 그녀를 데리고 떠났어야 옳았던 것일까. 아니, 지난 번 울릉도에 잠입하여 들어왔을 때 강제로라도 그녀를 배에 태웠어야 되는 것이었을까.

돌이켜 보면 안타깝기 그지없는 일이었다. 그녀가 그렇게 비참한 꼴로 우해에게 잡혀온 것도, 왜인 무사들에게 우산도까지 끌려와 도륙을 당한 것도 모두 다 자신의 책임인 양 가슴이 쓰렸다. 이사부는 또다시 끄응 하고 신음 섞인 한숨을 내쉬었다.

배는 빠른 속도로 울릉도를 향해 나아가고 있었다.

*

우해가 비로소 입을 연 것은 전선이 만 하루하고 반나절이 가깝도록 전속력을 다해 달려 울릉도 골계포구가 저 만큼 보이기 시작한 곳에 다다를 무렵이었다. 아이의 시신 옆에 지쳐 쓰러져 있던 우해는 가까스로 몸을 일으켜 굳은 표정으로 우직을 바라보며 말했다.

"우직 형님. 진작 형님의 뜻을 받들어 제가 바른 정사를 펼쳤어야 했는데, 그리하지 못했습니다. 저의 어리석음과 포악한 통치가 결국 오늘날 우산국을 패망에 이르게 했고, 하나뿐인 딸자식마저 참살당하는 갚음으로 돌아왔습니다. 울릉도 거민들이 앞으로 편안하게 살 수 있도록 형님께서 앞장서주시기를 빕니다."

우해의 말을 듣는 우직의 표정이 또다시 일그러졌다. 우직은 괴로운 표정으로 눈을 감은 채 할 말을 찾지 못하고 있었다.

우해는 이어서 이사부를 바라보며 말했다.

"장군! 폐군으로서 무슨 할 말이 더 있겠소이까만, 마지막으로 부탁하겠소. 우산도라는 도명(島名)은 '위쪽에 높은 산이 있는 영험한 섬'이라는 뜻이고, 우산국이라는 나라이름도 저 우산도의 성스러움에서 나온 것이라오. 나 역시 우산국 왕으로서 저 우산도의 고매한 정기를 받아 나라를 통치하고자 하였소. 이제 장군께서, 약속을 저버리고 호시탐탐 침략을 일삼는 저 왜국으로부터 우산도와 울릉도를 영원히 지킬 방도를 찾아주시오. 우산국의 백성들은 모두 착한 양민들로서 먹고 살기 어려운 척박한 환경을 가까스로 견디면서 삶을 근근이 영위해온 눈물겨운 민생들이라오. 바라옵건대, 부디 울릉도 거민들이 더 이상 희생되지 않도록 너그러이 배려해주시오. 특히 저 불 사자들로 하여금 우산도와 울릉도를 수호하게 하여, 흉측한 왜인들이 더 이상 이 땅을 침탈하지 못하도록 잘 막아주시오. 간곡히 부탁하겠소."

이사부는 우해의 눈빛에서 모종의 작심을 읽었다. 아무래도 그가 지금 무슨 딴 짓을 하려고 하는 것이 틀림없어 보였다. 이사부가 재빠르게 일어나 외쳤다.

"우해왕을 결박하라!"

저 만큼에 서 있던 좌군장이 쏜살같이 달려왔다. 그러나 우해의 동작이 좌군장보다 조금 더 빨랐다. 우해는 번개처럼 달려가 뱃머리 난간에 올라섰다.

"부디 우산도와 울릉도의 평안을 부탁하오!"

슬픔이 잔뜩 깃든 울먹이는 큰 목청으로 마지막 당부의 말을 외친 우해는 순식간에 바닷물 속으로 몸을 날렸다. 이사부가 뱃전으로 달려가 바다를 내려다보았다. 검푸른 바다 그 아래에서 수많은 해귀들이 움직였다. 그 해귀들은 벌떼처럼 달려들어 우해의 몸을 끌고 깊디깊은 물속으로 사라졌다.

눈 깜짝할 사이에 일어난 변고였다. 우산도에서 돌아올 적에 곧바로 우해를 결박했어야 무탈할 일이었다. 산단화의 속절없는 죽음에 가슴이 아파 잠시 그 생각을 못 한 것이 불찰이라면 불찰이었다. 우직은 참담한 낯빛으로 우해가 뛰어내린 뱃머리 난간을 부여잡고 눈물을 뚝뚝 흘렸다.

언제 벗어놓았던지, 별님의 시신 옆 우해가 앉아있던 자리에는 그가 마지막까지 신고 있던 가죽신발이 가지런히 놓여 있었다. 해가 막 저물고 있었다.

마당 아홉

옥 비석(玉 碑石)

9.1 석총

 울릉도로 돌아온 이사부는 다음날 아침 왕궁 대전에서 회의를 소집했다. 아장 직삼이 나서서 이사부가 우산도를 다녀온 동안에 일어난 일들을 보고했다.
 "계곡 너머로 달아났던 골계의 거민들은 대부분 마을로 다시 돌아왔나이다. 하오나 우산국 병사들 중 일부가 섬 서북쪽 서달령과 지통골에 은거하고 있으며, 나리촌 쪽으로 집결한 병사들도 있다는 보고를 받았사옵니다."
 "적절한 방법을 통해 그들에게 우해왕의 자결 소식을 알려라. 귀복하는 자에 대해서는 선처할 것이로되, 끝까지 불응하고 항거하는 자는 불 사자들로 하여금 모조리 찢어발기고 불에 타 죽게 할 것임을 널리 선전하라. 특히 신라국의 병사들을 위해하는 자는 그 가족까지 모두 참살할 것임도 분명히 전파하라."
 "명 받들겠나이다."
 "바다에 뛰어들어 목숨을 끊은 우해왕을 위한 위령제를 올릴 것이다. 아울러, 저 극악한 왜국 무사들에게 납치되어 우산도에서 억울한 죽음을 당한 우해의 딸 별님과 실직주 해리현 맹방마을 촌주의 딸 산단화의 장사 또한 함께 치를 것이다. 상심해있을 울릉도 거민들에게 위령제 계획을 널리 알려라. 신라국의 군대가 결코 무고한 백성들을 해칠 의사가 없음을 믿도록 하는 계기로 삼아야 한다. 성심을 다해 준비하도록 하라."

"장군의 명을 엄중히 수행하겠나이다."

제장들이 모두 허리를 굽혀 이사부의 명을 받았다.

"그리고, 비록 이번에 우산도로 접근하는 왜국 군선을 대파하여 격침시켰으나 왜국의 군사들은 끊임없이 침범을 꾀할 것이다. 수시로 순양하여 놈들의 동태를 살피고, 필요한 조치를 취하도록 하라."

"알겠나이다. 장군."

"회합을 파한다. 장수들은 모두들 위치로 돌아가 임무수행에 만전을 기하라."

"예."

그렇게 회의를 막 마친 지 얼마 지나지 않아서 장계를 들고 서라벌로 달려갔던 전령이 왕의 교지를 받아 당도했다.

왕의 교지는 첫 문장에서부터 환희에 차 있었다.

-신라국을 위하는 이사부 장군의 충의와 용맹을 진심으로 치하하노라. 그대가 금번 우산국 군대와의 대전에서 승리하여 울릉도를 점령한 일은 조국을 위해서 세운 일등 전공일 뿐만 아니라, 역사에 길이 남을 쾌거로다. 상찬 또 상찬하고도 남을 그대의 승전을 짐은 대소신료들과 함께 경하하며, 그대가 임무를 마치고 서라벌로 돌아오는 때에 크게 포상하리라. 모쪼록 남은 임무를 성실히 수행하여, 울릉도가 다시는 야만의 땅이 되지 않도록 단단히 정비하라. 왜국의 침략야욕이 뚜렷하다 하

니 그에 대한 방비를 든든히 해두기를 각별히 이르노라.-

왜 그랬을까. 전령으로부터 전해 받은 왕의 교지를 다 읽고 난 이사부의 가슴에 공허한 기운이 안개처럼 차오르기 시작했다. 산단화가 죽었구나……. 불현듯 산단화의 죽음이 살을 에는 고통을 품고 심중에 파고들었다. 어리석은 나를 만나 명조차 지키지 못한 참으로 가여운 사람……. 아리땁던 산단화의 모습이 눈앞에 어른거렸다.

그때 문밖에서 명진의 목소리가 들렸다.

"군주님! 아장께서 우직 선주님과 함께 들었습니다요."

"뫼셔라."

명진이 열고 선 방문으로 직삼과 우직이 함께 들어섰다.

"내 그렇잖아도 막 부르려고 했소이다."

이사부가 그들을 맞으며 말했다. 우직이 머리를 조아렸다.

"장군께서 상심하신 모습을 뵈오니 안타깝기 그지없습니다."

명진으로부터 산단화의 이야기를 더욱 자세히 전해 들었으리라. 이사부는 아픈 마음을 위로하는 우직의 성의가 고마웠다.

"감사하오. ……세상 일이란 것이 더러 그렇게 뜻 같지 않게 야속하구려."

그렇게 말하는 가슴 한 구석이 더욱 저렸다.

직삼이 말했다.

"우해왕의 위령제와 장례를 어찌 준비하면 좋겠는지 하명을 받고자 하나이다."

"해귀들이 호락호락 놓아주지 않을 것이므로, 우해왕의 시신을 찾아내기는 어려울 것이다. 장례는 울릉도의 습속대로 하는 것이 원만하리라고 본다. 여기 우직 선주의 자문을 받으면 될 것 같구나."

우직이 말을 받았다.

"사실 울릉도의 습속이란 것도 신라국의 그것과 별반 다르지 않은 것으로 알고 있습니다. 별님과 산단화 낭자의 매장 또한 석총(石塚, 돌무덤)으로 준비하면 무난할 듯합니다. 우해왕의 위령제를 마친 후 함께 장사를 치르면 될 것 같습니다만……."

명진이 끼어들었다.

"비파산 뒤쪽에서 귀족들의 석총 터를 보았습니다요. 좋은 자리를 잡아서 장사를 지내면 무난할 듯 하옵니다요."

이사부가 말했다.

"그래…… 그렇다면, 우직 선주께서 중심이 되어서 준비해주시오. 위령제는 마을 한가운데에 있는 비파산 앞자락 바위산 아래에서 지내기로 하고, 그 뒤편 석총 터에 좋은 자리를 잡아서 무덤을 준비하도록 하시오. 일정에 맞추려면 서둘러야 할 것이오."

직삼과 우직이 함께 답했다.

"분부대로 시행하겠나이다."

그들이 함께 대전을 물러나간 뒤 이사부는 아린 기운이 좀처럼 가라앉지 않는 가슴을 쓸어내리며 고통을 억누르고 있었다. 하지만 웬일인지, 오랫동안 참아왔던 야릇한 슬픔이 심상찮은 파장을 일으키기 시작했다. 억눌러왔던 그리움이 눈시울을 타고 먹물처럼 번져갔다.

침소에 들어서도 좀처럼 서글픈 감정을 추스를 수가 없었다. 잠을 청해 보았지만 소용없는 노릇이었다. 눈을 감으면 자꾸만 산단화의 얼굴이 아른거렸다. 꿈인 듯 생시인 듯 왜인 무사들의 왈살스러운 손에 납치되어 끌려 다니는 그녀의 모습이 환상처럼 스쳐 지나갔다.

나리촌 투막집에서 보았던 그녀의 마지막 살아있는 모습도 아스라이 떠올랐다. 실직국 귀족의 후손으로서 후덕하기 한량없던 현덕 노인의 인자한 얼굴도 돌이켜 생각났다. 우산도에서 결국은 등허리에 왜인 무사의 칼을 맞아 절명하고 만, 고통으로 일그러진 산단화의 모습이 자꾸만 생생하게 되살아났다.

"아아!"

이사부는 더 이상 견디지 못하고 홑이불을 걷어붙이며 자리에서 일어나 앉았다. 차라리 이 모든 비극이 꿈이었으면 좋으련만, 야속하게도 꿈이 아니었다. 방안을 둘러보았다. 방안에는 괴괴한 어둠 뿐 아무 것도 있지 않았다.

내가 또 다시 사랑을 잃었구나! 산단화는 지소와의 생이별로 생긴 모진 상처가 겨우 아물어가던 자리에 가까스로 피어났던 한 떨기 꽃이었다. 그 어여쁘고 가녀린 꽃이 그에 무참히 꺾여버렸구나! 알 수 없는 강렬한 연정의 힘으로 가슴속에 소중하게 품어왔던 한 여인이 기어이 이승에서 사라졌구나. 마땅히 지켜주었어야 할 고귀한 목숨을 내가 불민하여 끝내 놓치고 말았구나. ……예리한 칼날이 한 순간 획 베어 내리듯, 시린 애통이 새삼스럽게 이사부의 폐부를 갈랐다.

아팠다. 대 신라국의 장수가 아니라, 범부(凡夫)로 살았던들 이런 참혹한 일을 겪었을 것인가. 만약 신라국을 강성하게 일으켜 세워 삼한일통(三韓一統, 삼한통일)의 주춧돌을 세우는 일에 나서지 않을 수 있었다면, 사나이로서 연모한 여인에게 마땅히 해야 할 도리를 못하고 이리 후회할 일이 생겼을까. 필생의 애련을 지켜내지 못한 회한이 가슴을 더욱 후벼 팠다.

눈물이 나기 시작했다. 한번 터진 눈물샘은 좀처럼 다시 닫히지 않았다. 이사부는 산단화가 죽어가면서 다시 건네준 색동 복주머니를 가슴에 끌어안고 밤새도록 울음을 삼키며 고통을 풀어내고 있었다.

*

"군주님! 기침하셨습니까요?"

명진의 목소리였다. 눈을 뜨니 동창이 훤히 밝아 있었다.

자리에 일어나 앉았다. 선잠으로 밤을 지새운 피곤이 눈시울에 덕지덕지 붙어 있었다. 이사부는 얼굴을 한 차례 좌우로 흔들어 잠을 털었다.

"무슨 일이냐."

"비파산 뒤쪽 석총 터에서 작업이 시작됐습니다요. 아침진지 드시옵고 한번 둘러보시겠습니까요?"

"그래야겠구나. 조반상을 들이라 이르라."

"알겠습니다요."

밥이 모래알 같았다. 아무리 씹어도 헛바닥 위를 구들구들 겉돌았다. 된장국에 밥을 말아 후루룩 삼키는데, 또다시 슬픔 한 자락이 욱하고 가슴속에서 솟아올라 느꺼운 기운을 만들었다.

사(私)를 내려놓고 산 세월이 길었다. 오직 나랏일만을 뇌리에 가득 채우고 산 오랜 나날 속에서 한갓 개인의 희로애락에서 발원되는 감흥은 언제나 사치품에 불과했다. 그렇게 산 세월이 워낙 오래여서였던지, 산단화의 비극적 운명을 막아내지 못한 일을 놓고 형언키 어려운 자책에 빠져 힘겨워하는 자신이 오히려 생경스러웠다.

이사부가 밥상을 물릴 무렵 명진이 들었다.

"군주님! 산단화 낭자와 함께 잡혀왔던 처자들을 찾았습니다요."

이사부가 자리에서 벌떡 일어났다.

"그래? 지금 어디에 있느냐?"

"문밖에 당도해 있습니다요."

이사부는 숙소 문을 열고 밖으로 나갔다.

마당에 낯익은 듯도 하고 낯선 듯도 한 세 명의 처자들이 잔뜩 긴장한 몸짓으로 낮게 엎드려 있었다. 이사부는 죽은 산단화를 다시 만난 것만큼이나 반가웠다.

"해리현에서 잡혀 온 낭자들이 맞소?"

반가움을 감추지 못한 들뜬 목소리로 물었다. 세 명 중에 키가 제일 큰 처자가 겁먹은 눈으로 이사부를 슬금슬금 올려다보며 말했다.

"예. 그러하옵니다만……."

"일어들 나시오. 혹여 나를 기억하시겠소? 나리촌으로 산단화 낭자를 찾아갔던 사람이오."

처자들이 일제히 고개를 들고 두려움을 아주 씻지 못한 눈빛으로 이사부를 살폈다.

"기억들 나지 않으시오?"

이사부가 재차 물었다. 처자들이 깜짝 놀라는 기색으로 쳐다보며 말했다.

"신라군 대장군님이라고 들었사옵니다마는……."

"내가 바로 신라군 장군이고, 나리촌으로 찾아갔던 사람이기도 하다오."

이사부의 설명에 처자들은 더욱 놀라는 낯빛으로 눈을 크게 떴다. 그 중 얼굴이 동그랗게 생긴 처자가 말했다.

"이제야 기억이 납니다. 그때 나리촌 투막집으로 오셔서 산단화 아씨와 말씀을 나누셨던 바로 그 분이군요. 그런데 신라군 장군님이셨나이까? 저희들은 추호도 짐작을 못 하였나이다. 부디 용서하소서."

"용서라니 무슨 말이시오. 처자들에게 무슨 잘못이 있겠소."

이번에는 얼굴이 가무잡잡한 처자가 새삼 생각이 난 듯 물었다.

"그나저나 아씨께서 운명하셨다는데, 사실입니까요?"

산단화의 절명을 확인코자하는 그녀의 물음이 비수가 되어 또 한 번 가슴을 후볐다. 이사부는 한숨을 토했다.

"그렇소. 왜인 무사들에게 참살당하고 말았다오."

"아니, 어쩌다가……. 왜인들은 왜 그토록 착한 아씨를 해쳤답니까?"

처자들은 이미 흑흑 흐느끼고 있었다. 소문으로만 듣던 산단화 낭자의 죽음을 확인하는 순간이 못 견디게 서러웠던지 그 울음은 점점 더 커져갔다. 이사부의 뇌리에 문득 현덕 노인이 떠올랐다.

"현덕 어른은 어찌 되었소?"

키가 큰 처자가 북받치는 설움을 깨물면서 대답했다.

"촌주님도 돌아가셨습니다요. 그때 장군님께서 나리촌에 왔다 가신 날 우산국 병사들에게 이끌려 배를 타고 이곳 골계로 오던 도중에 그만……."

아아, 그랬구나. 하긴 그때 이미 현덕 노인의 상태는 상당히 위중해 보였었다. 그런 몸으로 병사들에게 이끌려 배를 탔다가 그만 숨을 거둔 모양이었다. 씁쓸한 기운이 가슴을 훑었다.

"그래, 현덕 어른은 어디에 모시었소?"

"통구미라는 곳 근처에 임시로 매장해 놓았습니다요."

어느 날 느닷없이 고향에서 우해에게 잡혀와 갖은 고초를 겪다가 객사한 현덕 노인의 명운이 측은하여 마음이 저렸다. 이사부는 곁에 서 있던 명진에게 일렀다.

"현덕 어른의 유해를 발굴하여 산단화 낭자와 함께 장사지낼 수 있도록 준비하라."

명진 역시 안타까움에 젖은 얼굴로 허리를 굽혔다.

"잘 알겠습니다요. 유해를 정중히 수습하겠습니다요."

이사부는 여전히 슬픔을 가누지 못하고 흐느끼는 처자들을 둘러보았다. 이 무고한 사람들의 애꿎은 고난은 또 얼마인가. 불운하여 이 낯선 섬까지 잡혀와 이리저리 끌려 다니는 천덕꾸러기 신세가 되어 살았으니 딱하구나…….

이사부가 처자들에게 말했다.

"처자들의 고초가 얼마나 컸는지는 알고도 남음이 있소. 하지만, 현덕 어른이나 산단화 낭자처럼 끝내 명을 지키지 못하고 한스럽게 세상을 떠난 분들도 있으니 위로를 삼으시오. 지친 몸을 좀 쉬게 하고 기운을 가누시오. 정리가 되는 대로 뭍으로 나가 무사히 고향으로 돌아가도록 해주겠소."

세 명의 처자들은 이사부의 말에 엎드려 감사의 예를 갖췄다.

"고맙사옵니다. 군주님의 은덕으로 저희가 이제 모두 살아 돌아갈 수 있게 됐나이다."

이사부는 다시 명진을 향해 말했다.

"궁성 안에 처자들이 묵을 숙소를 마련해주고 음식을 제공하라."

"예, 군주님. 분부 받잡겠습니다요."

명을 받은 명진이 처자들을 데리고 대문 밖으로 나갔다.

*

　돌무덤이 많았다. 남서천 위쪽, 그러니까 비파산 뒤편 기슭 경사지에 고인돌 모양의 석축을 중심으로 쌓아올린 크고 작은 돌무덤들이 옹기종기 모여 있었다. 볕이 잘 드는 지형도 그렇지만, 주변에 암석이 널려 있다는 이유 때문에 묘지가 된 모양이었다. 무덤 터 제일 높은 곳에서 일백여 명의 인부들이 석총을 만드는 작업을 준비하고 있었다.
　한동안 돌무덤들을 둘러보던 이사부가 작업을 지휘하고 있는 부장에게 물었다.
　"여기에 혹여 풍미녀 왕비의 무덤이 있지 않더냐?"
　"없었나이다. 듣잡기로는 살아생전 워낙 고향을 그리워했던 왕비였던지라 죽은 다음 곧바로 유해를 배에 실어 대마도로 보냈다고 하옵니다."
　풍미녀를 향한 우해의 사랑이 얼마나 깊었는지를 다시 한 번 더 알게 해주는 대목이었다. 이사부의 가슴에 허허로운 기운 한 자락이 일었다.
　"여기에서 제일 큰 무덤의 크기가 어떻게 되더냐?"
　"장축이 세 발, 너비가 두 발, 높이가 한 발 정도 되나이다."
　"그렇다면, 우해왕의 무덤은 장축 다섯 발, 너비 세 발, 높이 두 발 크기로 꾸며서 가장 크게 장만하라."
　"알겠나이다."
　부장이 허리를 앞으로 꺾어 명을 받았다.
　"또 저 아래쪽 양지바른 곳에 작은 석총 하나를 더 준비하라."
　"분부대로 시행하겠나이다."
　"언제 완성이 되겠느냐? 늦어도 모레까지는 완성이 되어야 할 터인데?"

"밤낮을 가리지 않고 작업하면 너끈히 맞출 수 있을 것이옵니다."

"차질이 없어야 하느니라."

"심려 마시옵소서."

햇볕에 검게 그을린 부장의 얼굴에 땀방울이 송송 맺혀 있었다. 이사부는 수행한 아장 직삼에게 말했다.

"아장은 석총 작업에 차질이 없도록 만전을 기하라."

직삼이 고개를 조아렸다.

"분부 받자와, 부족함이 있지 않도록 전력 지원하겠나이다."

9.2 위령제

창파에 배를 띄워/순풍에 돛을 달아/

동해바다 칠백리로/바람결에 찾아오니 울릉도라/

아리랑 아리랑 아라리요/아리랑 고개로 나를 넘겨주소

산천은 험준하고/수목은 울창한데/

처량한 산새소리에/산란한 이내 심정 더 잘 넘게 하네/

아리랑 아리랑 아라리요/아리랑 고개로 나를 넘겨주소

낡을 배에 집을 짓고/땅을 파서 논밭 일궈/

오곡잡곡 심어 놓고/아기자기 잘 살아보세/

아리랑 아리랑 아라리요/아리랑 고개로 나를 넘겨주소

동해바다 한복판에/청암절벽 백이십리/

구비구비 솟았으니 그리움에 울릉도라/

아리랑 아리랑 아라리요/아리랑 고개로 나를 넘겨주소

기암괴석 찬란하니/봉래산이 여기로구나/
아리랑 아리랑 아라리요/아리랑 고개로 나를 넘겨주소
......

사흘 뒤였다. 신라군에는 특별경계령이 내려졌다.
비파산 앞자락, 마을 한 가운데 우뚝 솟은 바위산 앞 쪽 가파른 산비탈에 목재로 지어올린 제단이 차려졌다. 제단에서 멀찍이 떨어진 곳에서 휘하 장수들과 함께 위령제를 지켜보고 있는 이사부의 귀에 화랭이(무부巫夫, 양중兩中, 남자 무당도우미)가 부르는 길고 처량한 노랫가락이 들려왔다.
제단에는 '우해대왕신위(于海大王神位)'라는 검은 글씨가 뚜렷한 목판 위패가 세워졌고, 통과일과 시루떡이 다섯 단 규모로 진설됐다. 우해왕이 마지막 신었던 가죽신과 별님이 입고 있던 옷, 꽃신도 올려졌다.
제주(祭主)인 우직이 흰 예복을 차려입고 제단 앞에 섰다. 패망한 우산국의 삼십여 명 중신들도 상복차림으로 도열해 있었다. 우산국 백성들이 삼삼오오 몰려나와 골계 입구 쪽을 입추의 여지없이 가득가득 메웠다. 그들은 우해왕의 죽음에 대한 슬픔과 패망한 나라의 미래에 대한 두려움으로 초라하고 어두운 표정이었다.
제단 옆에서 느린 동작으로 춤을 추며 아리랑 곡을 뽑던 화랭이가 자리를 잡고 앉아 둥둥 북을 두드려 제사의 시작을 알렸다.
이윽고 형형색색의 천을 몸에 감고 흰 꽃으로 장식한 고깔모자를 쓴 남무(男巫, 단공端公, 남자무당)가 넋걷이에 쓸 장대(넋대)를 들고 나타났다. 나이가 지긋해 보이는 그의 가슴에는 큰 수탉 한 마리가 안겨 있었다. 수탉의 한쪽 발에는 붉게 물들인 줄이 묶여 있었다.

제사 준비가 끝난 것을 확인한 남무가 바다 쪽으로 발길을 돌려 내려갔다. 몽돌해변을 절벅절벅 걸어서 나아간 무당은 바다를 향해 넋대를 내려놓았다. 그리고는 수탉의 한쪽 발에 묶인 붉고 긴 줄의 다른 한 끝을 장대 끝에 단단히 묶어 맸다.

남무는 이윽고 소리를 쳐 넋걷이를 시작했다. 중늙은이 남자의 소리라기엔 매우 날카롭고 높으면서도 기운이 펄펄 넘치는 특이한 목소리였다.

"우산국 골계 앞바다 깊은 물속에서 춥고 외로운 황천길에 접어드신 우해대왕의 영령이시여! 부디 이 넋대 끝을 잡고 올라와 살아생전 사랑하시던 백성들이 바치는 제를 받으소서!"

남무는 바닷물에 발을 담근 채 바다 쪽 하늘을 향해 안고 있던 닭을 힘차게 던져 올렸다. 한쪽 다리에 붉은 줄이 매달린 닭은 푸득푸득 하고 꽤 멀리 날아가 바닷물에 첨벙 빠졌다.

바닷물에 거꾸로 처박힌 닭은 물 밖으로 다시 나타나지 않았다. 한참을 기다려도 닭은 모습을 드러내지 않았다. 파도가 조금 높아지는 듯 했다.

남무가 장대를 잡아들더니 서서히 잡아당겼다가 놓았다가 하면서 알아들을 수 없는 야릇한 주문을 외웠다. 무당은 아주 조심스런 손길로 쉼 없이 장대를 들어 올렸다 내렸다하기를 반복하며 붉은 줄을 조금씩 당겨 올렸다.

남무의 넋걷이를 보고 있는 사람들 중에는 긴장하여 숨소리조차 제대로 내지 못하는 이들이 적지 않았다. 아낙네들과 아이들 눈에는 이미 눈물이 그렁그렁 고여 있었다.

무당이 떨리는 손으로 조심스럽게 걷어 올리는 붉은 줄 끝에는 죽은 듯 축 늘어진 닭이 끌려오고 있었다. 그 모습을 지켜보던 사람들이 일제히 훌쩍거리기 시작했다. 남무는 몽돌 위로 끌어올려진 늘어진 수탉을 향해 뭔가를 중얼거리며 큰절을 올렸다. 그리고는 아주 정중한 몸짓으로 조심조심 닭의 발에 묶인 줄을 풀었다. 그리고는 축 처진 닭을 품에 안더니 제단이 차려진 바위산 앞을 향해 느릿느릿 걸어 올랐다. 바닷가에 모여 있던 사람들이 그 뒤를 따랐다.

제단 앞까지 걸어온 남무는 안고 있던 늘어진 닭을 제단 위에 조심조심 내려놓고 또다시 뭔가를 중얼거리며 큰 절을 했다. 그 모습을 지켜보던 우산국 중신들도 따라서 모두 큰 절을 했다.

"꼬꼬댁! 꼬꼬댁! 꼬꼬꼬!"

그때였다. 바닷물에 젖은 채 내내 죽은 듯 눈을 감고 늘어져 있던 수탉이 갑자기 소스라치게 놀라 벌떡 일어나 푸득거리며 날카로운 소리로 울었다. 닭은 진저리를 치듯 제 몸에 묻은 바닷물을 세찬 몸짓으로 부르르 털어냈다.

지켜보던 사람들이 모두 하나같이 아연한 표정으로 술렁거렸다. 그리고는 누가 먼저랄 것도 없이 모두 깨어난 수탉을 향해 절을 했다.

"우해왕의 넋이 돌아왔다!"

군중들 사이에서 누군가가 큰소리로 외쳤다.

남무가 제주 우직을 불렀다. 그리고는 술잔에 술을 부어 올리게 했다. 우직은 제단 위 놀라움에서 아직 벗어나지 못해 두리번거리고 있는 수탉 앞에 술잔을 공손히 내려놓고는 큰절을 했다. 닭은 뜻밖으로 얌전히 앉아 있었다.

뒤이어 우산국 중신들이 차례로 술잔을 올리고 절을 했다.

우직이 제단 앞에 무릎을 꿇고 앉아 제문이 적힌 죽편(竹片)을 펼쳐 들었다.

"우산국의 임금이신 우해대왕의 영령이시여! 마지막 가시는 길에 대왕의 혼령을 봉송하고자 오늘 중신들과 백성들이 모두 한 자리에 모여 엎드렸나이다. 대왕께서 우산국을 위해 펼치신 공덕과 업적을 우리 모두는 추호도 잊지 않고 있나이다. 비록 신라국에 귀복하는 처지가 되었으나, 대왕께서 살아계실 제 울릉도에서 화흡(化洽)해 오신 정성을 마음에 깊이 새겨, 두고두고 그 공덕을 기리겠나이다. 하오니 우해대왕이시여! 이승에서 못다 이룬 꿈일랑 모두 다 망치(忘置)하시고, 가분가분 저승길 가시옵소서. 저승에 닿으시더라도 울릉도 백성들이 평화롭고 안온하게 살아갈 수 있도록 지켜주시옵소서. 무엇보다도 오래 전 저 대마도의 왜인들을 토벌해 항복을 받았던 헌헌한 기상으로 왜국의 흉계를 아주 막아주시옵소서. 우산국에 남은 온 백성들이 한 마음으로 엎드려 비나이다."

떨리는 목소리로 읽어 내려가는 우직의 위령제문을 듣는 중신들과 군중 사이에서 흐느끼는 소리가 더욱 커졌다.

제문낭독이 끝나자 남무가 주문을 외우며 제사상 위에 앉아있던 수탉을 향해 양손을 내밀었다. 그러자 수탉은 또다시 비실비실 그 자리에서 죽은 듯 쓰러져 누웠다.

다음 순간 무당의 얼굴이 흉측하게 일그러졌다. 그리고는 사시나무 떨듯이 온몸을 떨기 시작했다. 무섭게 치뜬 남무의 두 눈에는 흰자위만 보였다. 무당은 이내 땀을 뻘뻘 흘리며 비틀거렸다.

"나의 사랑하는 우산국 백성들이여!"

어디선가 귀에 익은 목소리가 들린다 싶었다. 우해의 음성이었다. 우렁찬 그 목소리는 산을 저렁저렁 울렸다.

"내가 왔소. 나 우해가 마지막으로 내 백성들을 보러 왔소."

무당이었다. 무당의 입에서 나온 목소리였다. 말은 분명히 남무가 하고 있는데, 소리는 영락없는 우해의 생전 음성이었다. 날카로운 목소리를 내던 남무의 입에서 나온 목소리라고 믿기 어려운 다른 목소리에 모두들 어안이 벙벙해졌다. 좌중은 모두 놀란 얼굴로 그 자리에 엎드려 손바닥을 비비면서 굽실굽실 연거푸 절을 했다.

남무는 비틀거리며 우해의 목소리를 계속 쏟아냈다.

"내 비록 부끄럽기 짝이 없는 패주의 혼이나, 나의 백성들에게 꼭 일러둘 말이 있어 이렇게 다시 왔소. 간절히 당부하노니, 모두 힘을 합쳐 우리의 신령한 섬 우산도(독도)를 지켜주시오. 우산도는 세세 울릉도의 땅이었고, 울릉도는 어김없는 한한곶(한반도)의 땅이었소. 무슨 일이 있더라도 저 음흉한 왜인들이 거룩한 섬 우산도를 범하지 못하도록 막아내야 할 것이오."

제주 우직이 마치 우해왕을 다시 만난 듯 무당을 향해 절하며 목청을 돋워 말했다.

"왕이시여! 아무 염려 마시옵고 편안히 승천하시옵소서. 왕의 뜻대로 남은 백성들이 일심으로 우산도를 지켜낼 것이오."

남무가 우직의 손을 잡았다. 그리고 여전히 우해의 음성으로 애틋하게 말했다.

"형님! 일찍이 형님의 충언을 듣지 않았던 이 아우를 용서하시오. 이제 형님이 앞장서서 부디 이 아름다운 섬 울릉도를 잘 지켜주시오. 그저 형님만 믿고 가오리다."

우직은 말을 더 잇지 못하고 그 자리에 엎드린 채 흐느꼈다.

불현듯, 비틀거리던 무당이 풀썩 쓰러졌다. 좌중은 다시 제단을 향해 일제히 절을 올렸다. 제단 위에 쓰러진 수탉은 깨어나지 못했다.

*

다음날 새벽 먼동이 틀 무렵이었다. 이사부는 산단화와 함께 잡혀왔던 세 명의 처자들과 함께 비파산 뒤편 석총 터를 찾았다. 명진이 앞장서서 안내한 묘지 아래쪽 현덕 노인과 산단화 부녀의 합장 돌무덤은 아담했다. 이사부는 돌무덤 앞에서 한동안 멍하니 엎드려 있었다. 아리땁던 그녀의 모습이 자꾸만 떠올라 가슴을 먹먹하게 만들었다.

처자들은 무덤 앞에 주저앉아 죽은 산단화 낭자와 현덕 노인을 그리며 한동안 목 놓아 울었다.

그날 해가 다 저물어가는 황혼 무렵이었다. 명진이 포구에서 가지고 온 소식은 전혀 예기치 못한 것이었다.

"경천선사님께서 포구에 당도하여 배를 내리셨습니다요."

이사부는 깜짝 놀라 물었다.

"뭐라고? 스승님께서 진정 바다를 건너 오셨단 말이냐?"

"그러합니다요."

정녕 예상치 못했던 일이라, 명진의 분명한 대답을 듣고도 이사부는 뭔가 잘못된 전갈이 아닐까 하는 의문을 아주 씻어내지 못했다. 튕기듯 자리에서 일어나 밖으로 내달았다.

궁성으로 올라오는 길 저만큼에서 웬 노인이 굵다란 지팡이를 쿵쿵 내짚으며 걸어오는 모습이 보였다. 좀 더 가까이 다가가자 촘촘히 기워 만든 남루한 가사를 걸친 노인은 과연 경천선사였다. 멀찍한 곳에서 이사부를 알아 본 선사가 눈부신 흰 수염을 휘날리며 환하게 웃고 서 있었다.

이사부는 달려가 스승 앞에 무릎을 꿇고 절을 했다.

"스승님. 그간 기체 일안만강(日安萬康)하시었사옵니까?"

길 한 복판에서 제자의 문안을 받은 선사가 껄껄한 소리로 껄껄 웃었다. 큼지막한 바랑까지 짊어진 선사의 모습은 여전히 씩씩해보였다.

"그래 나는 평안하다. 너도 무탈한 것이냐?"

"예. 소인은 여전하옵나이다. 스승님께서 어이하여 이 험지까지 몸소 납시었나이까?"

선사는 더욱 큰 소리로 껄껄 웃으면서 고개를 앞뒤로 흔들었다.

"대왕폐하께서 찾는다 하시기에 서라벌로 갔더니 네 형편이 어떤지 좀 살펴보라고 하시더구나. 우산국을 복속시킨 일을 격려하고, 자문할 문제가 있는지 짚어보라고 명하셨느니라."

이사부는 그 제서야 스승이 거친 바닷길을 건너 온 이유를 알았다.

"네가 신라국의 군사들을 이끌고 바다를 건너와 온갖 난관을 헤치고 우산국을 정벌한 일은 청사에 길이 남을 업적일 것이다."

"칭찬해주시니 몸 둘 바를 모르겠사옵니다. 스승님께서 깨우쳐주신 대로 행하였을 뿐, 소인의 공은 초라하기 그지없나이다. 그나마나 동해 바닷길이 여간 험하지 않사온데 멀미증이 자심하지는 않으셨나이까?"

"산 속에서 사는 땡추가 이까짓 고초쯤이야 대수이겠느냐. 견딜 만 했느니라. 허헛!"

이사부는 벌떡 일어나 뒤돌아 앞장서며 말했다.

"제가 모시겠사옵니다. 어서 궁성으로 오르시지요, 스승님."

"오냐, 알았다. 어서 가자꾸나."

선사는 궁성 쪽으로 천천히 걸으면서도 눈을 휘휘 둘러가며 골계의 지세를 살폈다. 무슨 생각을 하는지 이따금씩 혀를 차거나 고개를 끄덕거리기도 하고, 흠흠 소리를 내기도 했다.

궁성에 도착하자 이사부는 울릉도에서 나는 나물과 해초를 중심으로 상을 차려 내오게 했다. 산중 취식에 익숙한 선사는 부지깽이나물과 명이 등 울릉도에만 나는 나물들을 맛있게 먹었다.

"아까 스승님께서 골계의 지세를 살피시던데, 어떠하옵니까?"

선사는 골계의 지세를 묻는 이사부를 향해 빙긋이 웃음을 날리면서 되물었다.

"그래, 네가 보기에는 어떠하더냐?"

"예. 소인이 보기에는 남향에다가 청룡 백호가 뚜렷한 지세하며 한가운데에 바위산이 우뚝하여 골계는 천연 요새로 생겨난 천혜의 도읍지인 것 같사옵니다."

"그렇게 보았느냐. 잘 읽었느니라."

"하옵고, 마을 양쪽으로 개천이 흘러내려 남쪽 바다로 향하니 생산과 창성의 기운이 양양한 지세로 여겨지옵니다."

"그것도 정확하게 잘 짚었구나. 이 울릉도가 비록 민생을 위해 아주 구족한 땅은 아니지만, 오랫동안 외침을 당하지 않고 그런대로 평안했던 것이 이 골계라는 명당의 비기(祖基) 때문이었다. 그러나 이곳은 기가 센 여인이 득세를 하면 음기가 지나치게 승하여 마침내 쇠망하게 되어있는 땅이기도 하니라."

풍미녀로구나……. 그래서 우산국이 명운을 다하게 된 거로구나……. 이사부는 그렇게 혼자생각을 하고 있었다. 선사가 차를 한 모금 마신 다음 화제를 바꿨다.

"그건 그렇고, 이 울릉도 전체의 기맥이 어디에서 비롯된 것인지는 알고 있느냐?"

"그야, 당연히 한한곳(한반도)에서 흘러내린 것이 아니겠나이까?"

선사는 이사부의 대답을 들으면서 돌연 못마땅한 표정을 지었다.

"틀렸다."

선사는 이사부의 대답을 듣자마자 고개를 가로저었다. 잠시 뜸을 들인 선사가 다시 입을 열었다.

"우산도(독도)라고 있지 않느냐?"

"예. 울릉도 동남쪽 하루 뱃길 거리에 우산도라는 바위섬이 있습니다."

"그 우산도가 울릉도의 어미섬(모도母島)이다."

"예? 그 작은 바위섬이 울릉도의 어미섬이옵니까?"

"그렇다. 물론 우산도와 울릉도 모두의 큰어미 땅은 한한곶이다. 그러나 비록 물 위에 드러난 크기는 작다 해도, 우산도가 울릉도를 낳은 어미이니라."

"그러하옵니까?"

"그러하다. 우산도는 물 위에서는 아들인 것 같지만, 물속에서는 어미이다. 우산도와 울릉도는 어미와 자식이니 한 몸이다. 지세로 살펴보자하면 울릉도가 적국의 수중에 들어갈 경우 한한곶의 등허리 급소를 겨누는 칼날이 된다. 따라서 우산도를 빼앗기면 울릉도를 빼앗기는 것이고, 울릉도를 놓치면 한한곶이 위험해지는 것이다."

선사의 이야기를 듣는 순간 이사부의 뇌리에 떠오르는 것이 있었다. 우해왕에게 수장형을 당한 내풍 영감이라는 신하의 마지막 말이었다. 죽임을 당하기 직전, 그 역시 '울릉도는 한한곶의 옆구리에 들이 댄 칼이요, 우산도는 울릉도의 옆구리에 들이 댄 칼'이라면서 왜인들을 소탕해야 한다고 외쳤었다.

선사의 새로운 설명은 그동안 골똘해왔던 몇몇 의문들을 해소시켜 주었다.

"그렇지 않아도 왜인들이 우산도(독도)와 울릉도를 탐하는 일로 고민이 컸사옵니다. 해결할 방도를 고민하던 중이었사온데, 어찌하면 마땅하겠나이까?"

"왕도가 따로 있겠느냐. 무엇보다도 군사적으로 철저히 방비하는 것이 첫째다. 그러하고……."

선사는 말을 끊고 윗목에 벗어두었던 바랑을 끌어당겨 그 안에서 무언가를 꺼냈다. 손바닥만한 두 개의 비석이었다. 비석은 옥돌을 깎아 만든 것이었다. 선사는 옥돌 비석들을 이사부에게 내밀었다.

"이것이 무엇인 줄 아느냐?"

"옥으로 깎은 비석인 것 같사옵니다마는……."

"그렇다. 옥으로 만든 부적이니라."

"옥 부적이옵니까?"

비석 앞면에 음각하여 경면주사(鏡面朱砂, 주홍색·적갈색 광물로서 부적의 원료나 한방약재의 원료로 쓴다)를 먹인 붉은 문자는 글씨인지 그림인지 알아보기 힘들었다. 갑골문자의 파자(破字)이거나 상형문자 같았다. 그런데 자세히 보니 그 글자들은 전체적으로 사자의 형상을 이루고 있었다. 복잡한 그림 제일 위쪽에 '칙령(勅令)'이라는 두 글자만 온전한 문자로 알아볼 수 있었다.

"사자형상 아니옵니까?"

"그렇다. 이것은 왜인들이 무슨 짓을 하더라도 결코 저들의 땅이 될 수 없도록 주술을 걸어놓은 피흉추길(避凶趨吉, 흉한 일을 피하고 길한 일로 나아감)의 신물(神物)이니라. 내일이라도 배를 띄워 우산도로 가자. 가서 이 표석들을 바위섬에 깊이 파묻고 와야 하느니……."

"알겠사옵니다. 분부대로 준비하겠나이다."

이사부는 밖에서 대기하고 있던 명진을 불렀다.
"부르셨습니까, 군주님."
"내일 아침에 군선을 띄워 우산도로 갈 것이다. 중군장에게 만반의 준비를 하라 이르라. 우직 선주에게도 전갈을 보내어 동행하도록 하라."

*

우산도는 여전했다. 우뚝 솟은 바위들은 변함없이 거친 파도의 보챔을 견디고 있었다. 무수한 괭이갈매기들은 끼룩끼룩 낮게 날았으며, 봉우리에 걸려 빠르게 흐르는 구름이 신비한 기운을 만들고 있었다. 낮은 바위 위에서 노닐다가 껑껑 소리치며 물속으로 텀벙 몸을 던지는 강치들의 모습도 예와 같았다.

그날따라 파도가 워낙 높아 군선을 접안하기가 여간 힘들지 않았다.
"과연 신령스러운 섬이로다!"
우산도를 짯짯이 살피던 경천선사는 경이로움이 가득한 눈빛을 반짝거리며 몇 번이고 감탄사를 연발했다.

이사부와 경천선사 그리고 우직 세 사람은 몇몇 군사들과 함께 동섬과 서섬을 차례로 올라 은밀한 곳을 찾아서 바위틈을 비집고 구덩이를 깊이 판 다음 옥돌 비석을 묻었다. 비석을 묻는 작업이 끝날 때마다 경천선사는 지팡이로 땅을 쾅쾅 두드리며 잘 알아듣기 힘든 말로 한참동안 주문을 외웠다.

옥 비석 묻는 일을 다 끝낸 세 사람은 장만해가지고 간 음식들을 차려놓고 간단하게 제를 올렸다. 천지신명이시여! 세세 영원토록 왜인들이 이 우산도를 범접하거나 침탈하지 못하도록 굽어 살펴주시옵소서……. 이사부는 마음속으로 간절히 빌었다.

울릉도로 돌아오는 뱃길도 파도가 높아 멀미가 났다.

골계로 다시 돌아온 그 다음날 아침, 며칠 더 쉬면서 울릉도의 풍광을 좀 더 즐기고 가라는 제자의 청을 뿌리치고 경천선사는 부득부득 바랑을 짊어졌다.

"스승님! 좀 더 머물다가 가셔야 제 마음이 편안하겠사옵니다마는……."

이사부가 다시 한 번 더 스승의 발길을 잡아보려고 애를 썼다. 그러나 선사는 정색을 하고 말했다.

"아니다. 네가 이제 만사에 가닥을 잡은 것 같으니, 내가 귀찮게 할 일이 아무 것도 남아있지 않구나. 그보다도 내가 석병산 학소대를 너무 오래 비워둬서, 거기 살고 있는 내 산중 벗들이 무척 심심해할 거다. 어서 가서 그놈들과 비비적대고 놀아야지…… 히힛!"

"기어이 이렇게 가시겠사옵니까?"

서운한 마음에 이사부가 못내 안타까운 표정을 지었다.

포구로 가는 길목에서 경천선사는 갑자기 무슨 생각이 난 듯 발걸음을 멈추고 이사부를 돌아보며 말했다.

"비바람 몰아치는 날이 오거든 서슴없이 내게로 오너라."

이사부는 스승이 불현듯 그렇게 말하는 뜻을 다 알아듣지 못했다. 그럼에도 말뜻을 되묻지 않고 고개를 숙여 예를 표했다.

"황송한 말씀 잘 기억하겠나이다."

이사부는 경천선사가 타고 가는 배편에 산단화와 함께 잡혀왔던 세 명의 해리현 처자들을 태워 보냈다. 처자들은 배를 타고 떠나면서 죽은 현덕 노인과 산단화 낭자 생각에 또다시 한바탕 눈물바람을 했다.

9.3 왜인 잔당

"중군장께서 오셨사옵니다."

해거름이 다 되었을 무렵 명진이 문밖에서 고했다. 점령지 울릉도를 효과적으로 관리할 방도를 다각도로 궁리하고 있던 참이었다.

"들라하라."

무덕이 들어와 허리를 숙였다.

"무슨 일이냐?"

"다름이 아니오라, 거민들이 미처 도망치지 못하고 숨어있던 왜인 잔당들을 잡아끌고 와서 신라군에 넘기고 있사옵니다."

"거민들이 왜인 잔당들을 잡아온다?"

"아마도 우해왕의 여식을 참살한데 대한 복수심으로 그리하는 것 같사온데, 개중에는 잡힌 왜인들을 심하게 폭행하는 일도 있다 하옵니다."

"왜인들이 몇 명이나 잡혀왔느냐?"

"마흔 명이 넘는 것으로 알고 있사옵니다."

왜인 잔당 이야기를 듣자 이사부는 불끈 솟아오르는 섦을 가누기 힘들었다. 산단화의 참혹한 죽음이 다시 떠올랐다. 자리에서 벌떡 일어났다.

"직접 확인하겠다. 앞장서거라."

이사부는 중군장을 따라 골계 남양천 근처 신라군 군영으로 갔다. 그곳에는 형편없는 행색을 한 왜인 사내와 아낙들 여럿이 잡혀와 갇혀 있었다. 심하게 맞아 머리가 터지고 얼굴이 붓거나 시퍼렇게 멍든 자들이 적지 않았다.

이사부가 나타나자 왜인들은 일제히 엎드려 울부짖듯 외쳤다.

"도오까따스께떼구다사이!(그저 목숨만 살려주십시오!)"

"이노찌바까니와 오다! 오다!(목숨만은 제발! 제발!)"

우직과 당충이 뒤늦게 소식을 듣고 달려왔다.

"장군님 납시셨습니까?"

우직이 몸을 낮춰 인사를 했고, 당충도 그 옆에서 허리를 굽혔다.

"오셨소?"

이사부가 인사를 받고나자 당충이 흥분을 감추지 못한 목소리로 식식거리며 말했다.

"장군님! 이 왜놈들은 모조리 척살해야 합니다요. 겉으로 보기에는 양민인 것처럼 하고 있어도 놈들은 특수훈련을 받은 왜군 첩자들입니다요. 울릉도를 침략할 준비를 해온 첨병들이라 이들을 처단함으로써 왜국의 침탈을 단 한 발짝도 용납하지 않겠다는 우리의 의지를 확실히 해야 합니다요!"

당충은 뭔가 단단히 별러왔던 듯 단호한 모습이었다.

그의 말을 잠자코 듣고 있던 이사부가 우직에게 물었다.

"저들 중에 혹여 그 모야라는 장수가 있는지 살펴보아 주시겠소?"

우직이 허리를 굽혀 명을 받았다.

"알겠습니다. 잠시만 기다리십시오."

중군장은 잡혀와 갇힌 왜인들을 얼굴이 잘 보이도록 일으켜 세웠다. 우직이 마흔 명이 넘는 그들을 하나하나 살폈다.

"아무래도 그 자는 없는 것 같습니다. 전쟁 이전에 왜국으로 돌아갔거나 혼란 중에 도망친 게 분명합니다."

"그러하오니까?"

이사부는 적이 실망한 표정이었다. 말은 안 했어도, 이사부는 그 모야라는 장수를 다시 보게 되리라는 예감을 갖고 있었다.

그런데 그때 우직이 돌연 줄지어 늘어선 왜인들을 향해 돌아서더니, 그 중 세 명을 지목하면서 말했다.

"이 자들은 지난 번 모야장군과 함께 성인봉에 올라 쇠말뚝을 박던 놈들입니다."

"그렇소이까?"

이사부는 그렇게 대답하며 우직이 지목한 왜인들을 살펴보았다. 초라하게 찡그린 얼굴들이었지만, 자세히 보니 과연 안면이 있는 자들이었다. 당충이 다시 나섰다.

"장군님! 다른 왜인들은 몰라도 이놈들만은 참해야 합니다요. 본보기를 반드시 보여야 할 것입니다요."

이사부는 대답 대신 우직을 향해 물었다.

"우직 선주께서는 어떻게 생각하시오? 여기 당충 행수는 최소한 저들 세 명 만큼은 도륙하여 본때를 보여야 한다고 말하고 있는데, 어떻게 처결하는 것이 옳다고 보시오?"

우직이 잠시 뜸을 들인 다음 차분한 어조로 말했다.

"소인의 생각은 이렇습니다. 왜국에 대한 울릉도 거민들의 감정이 어떠한지는 그들이 직접 왜인들을 잡아온 일만 가지고도 충분히 입증이 되고 있습니다. 하지만 이들을 이 자리에서 참해서는 안 된다고 생각합니다. 다만 모야장군과 함께 성인봉에 올라 해괴한 짓을 한 자들에게는 혹장(酷杖, 가혹한 매질)을 내려 엄벌해야 할 것입니다. 그런 다음 이들을 모두 배에 태워 내치는 것이 옳다고 판단합니다. 그래야 이들이 왜국에 돌아가 이 땅의 단호한 분위기를 소상히 전달하게 될 것이라 생각합니다."

이사부는 우직의 말을 들으면서 내심 흐뭇했다. 이미 짐작해왔던 대로, 과연 우직은 속이 깊어 현명한 판단을 할 줄 아는 우두머리 자질을 넉넉히 가지고 있는 인물이었다. 이사부는 중군장에게 명을 내렸다.

"우직 선주의 말대로 저들 성인봉에서 못된 짓을 한 세 명의 변복 왜병들에게 목숨이 아주 떨어지지 않을 만큼만 호된 매질을 가하라. 그런 다음 저 왜인들 모두를 저들의 배에 태워 추방하라. 특히 저들에게 울릉도건 우산도건 그 어떤 왜인이라도 다시 얼씬거릴 경우 모두 다 참수하리라는 경고를 분명하게 주지시켜야 할 것이다."

중군장이 허리를 굽혀 명을 받았다.

"존명 받들겠나이다."

군사들이 성인봉에서 쇠말뚝을 박던 세 명의 왜병들을 따로 끌어냈다. 자기들에게 내려진 신라장군 이사부의 처결내용을 제대로 알 턱이 없는 나머지 왜인들은 모두 다 엎드려 목숨만 살려달라는 아우성을 계속했다.

*

서라벌로부터 왕의 교지가 당도했다. 교지에는 점령지 우산국을 어떻게 관리할 것인지 비답이 들어있었다. 교지를 훑어 본 이사부는 우직을 왕궁으로 불렀다.

"울릉도의 들뜬 민심이 다소 진정된 것으로 보고받고 있소만, 우직 선주께서 보기에는 어떠하오?"

우직은 밝은 목소리로 답했다.

"장군님께서 지난 번 우해왕의 위령제를 치러주신 이후 울릉도 거민들은 한결 긴장을 풀고 있습니다. 신라국의 병사들이 더 이상 자기들을 해칠 의사가 없다는 것을 믿게 된 것으로 여겨집니다."

"다행이구려. 그렇다면 지금부터 우산국을 점령한 신라국의 장수로서 울릉도를 어떻게 처결할 것인지를 말하겠소."

"알겠습니다. 새겨듣겠나이다."

"비록 전쟁이 불가피하여 신라국이 우산국을 점령하였으나, 신라로서는 울릉도 백성들을 핍박할 의사가 없소. 서라벌에 계신 폐하의 뜻도 그러하거니와 나는 울릉도가 신라국을 모국으로 여기고 정성으로 조공을 바쳐 복속의 예를 다하기로 약조한다면, 어디까지나 선린으로 상대할 것이오. 우직 선주의 판단은 어떠하오?"

우직은 기다렸다는 듯이 대답했다.

"소인은 진즉, 장군님께서 그러한 도량을 갖추신 분인 줄 알았사오나, 막상 말씀을 듣고 보니 감개할 따름입니다. 울릉도로서는 마땅히 그 뜻에 따라야 한다고 생각합니다."

"울릉도가 일체의 역심을 버리고 신라국을 충심으로 섬긴다면, 신라국은 울릉도에 한한곳의 선진 문물을 아낌없이 전파해 거민들 삶의 수준을 드높일 것을 약조하오."

"그저 황감할 따름이옵니다."

우직은 자리에서 벌떡 일어나 이사부에게 절을 하면서 기뻐했다. 이사부가 다시 말했다.

"우직 선주께서 이곳 세도가들에게 신라국의 뜻을 잘 전달하여 폐하의 너르신 은덕을 깊이 헤아리도록 선무해주시기를 바라오."

"알겠습니다. 망국의 중신들에게 장군의 말씀을 성실히 전달하겠사오니 심려하지 마시옵소서."

우직은 연신 고개를 숙여 고마움을 표했다.

*

신라국 장수들이 모두 지켜보는 가운데, 패망한 우산국 중신들이 궁성 마당에 무릎을 꿇고 엎드렸다. 전쟁을 종료하고 우산국이 정식으로 항서(降書)를 바쳐 귀복의 의례를 올리는 자리였다.

패망한 우산국을 대표하여 우직이 항서를 낭독했다.

"대 신라국과의 전쟁에서 패한 우산국은 오늘 조건 없는 항복의 뜻을 정중히 바치나이다. 저희는 앞으로 신라국을 모국으로 섬겨 충성을 다할 것이며, 성심으로 정해진 조공의 의무를 완수할 것이옵니다. 그 어떤 경우에도 모국인 대 신라국의 신의를 저버리지 않고 속지(屬地)로서의 책무를 소홀치 않을 것을 엄숙히 맹세하오니, 부디 항복의 예를 가납하여주시옵기를 앙청하나이다."

우직은 항서가 적힌 죽편과 우해왕이 쓰던 옥새를 양손에 받쳐 들고 나아가 단상에 앉은 이사부에게 바쳤다. 그리고는 우산국 중신들과 함께 세 번의 절로 항복의 예를 표했다.

이어서 아장 직삼이 신라국 왕으로부터 전해진 교지를 낭독했다.

"- 대 신라국의 군사들이 우산국 정벌에 나서 복속에 성공한 일을 감축하노라. 이에 짐은 정벌군의 수장 김 이사부를 울릉도 주백(州伯)으로 임명하여 점령국에 대한 모든 처결을 위임하노니 빈틈없도록 수행하라.-"

교지 내용을 들은 좌중이 일제히 이사부를 향해 읍하여 예를 표했다. 이사부는 천천히 자리에서 일어나 결연한 어조로 말했다.

"나 김 이사부는 대 신라국의 장수이자 점령지 울릉도의 주백으로서 다음과 같이 엄중히 명하노라. 첫째, 이번 대 신라국과 우산국의 전쟁과 관련하여 우산국 신료들과 군사들은 물론 울릉도 백성들 어느 누구에게도 더 이상 책임을 묻는 일이 없을 것이다. 둘째, 우직을 대 신라국의 속도인 울릉도를 관장하는 토두(土豆)의 직에 임명한다. 셋째, 대 신라국의 문물을 울릉도에 전달하고 백성들의 삶을 윤택하게 하기 위해 실직주와 골계를 정기적으로 오가는 상선(商船)을 운행할 것이다. 넷째, 지금부터 울릉도와 우산도 어디에도 왜인들이 발을 붙이도록 해서는 안 된다. 울릉도는 이를 위한 만반의 조치들을 분명하게 취해야 할 것이다. 모국의 도움이 필요할 경우에는 주저 없이 출병을 요청하라. 신라국은 왜인들이 울릉도와 우산도를 침범하는 일을 결단코 용납하지 않을 것이다."

"성심을 다하여 처결에 따르겠나이다."

이사부의 처결내용을 들은 신라국 장수들과 우산국 중신들 모두 고개를 숙여 복종의 예를 갖췄다.

정복을 마무리 짓는 일은 언제나 복잡하다. 복속시킨 나라의 세력지도를 만들어 분석해야 하고, 일어날 수 있는 모든 변수를 고려한 세세한 조처들이 마련되어야 한다.

우산국의 경우는 더욱 까다로웠다. 바다에 가로막혀 내왕이 쉽지 않으니 완비해 놓아야 할 조처들이 훨씬 더 다단했다.

기대했던 대로 토두로 임명된 우직은 뛰어난 지도력을 펼쳐갔다. 계곡 깊은 곳에 숨어서 귀복을 거부하던 소수의 우산국 병사들도 모두 산을 내려와 토두의 휘하에 들어왔다. 우직은 따뜻한 심성으로 울릉도 거민들을 하나하나 보듬고 감싸 안으면서 한 묶음으로 만들어갔다.

*

울릉도에서의 마지막 밤이 지나가고 있었다.

잠을 이루지 못하고 온밤을 새다시피 한 새벽에 이사부는 혼자서 마지막으로 산단화의 무덤을 찾았다. 명진이 공을 들인 덕분인지 작고 아담한 석총은 자리가 잘 잡혀가고 있었다. 무덤 앞에 옮겨 심어놓은 향나무들도 주변과 조화를 잘 이루고 있었다.

무덤 앞에 서서 이런저런 추억에 젖어있자니 산단화의 마지막 말이 떠올랐다. 죽기 전에 군주님을 이렇게 한 번 더 뵈옵는 것만 가지고도 소녀는 마음으로 행복할 수 있나이다. ……소녀 걱정은 마옵시고, 군주님께서는 어서 뭍으로 나가 출병하셔서 사나이 대장부 나라를 위하여 소명된 큰 뜻을 이루소서…….

이사부는 품속에 고이 간직하고 있던 색동 복주머니를 꺼내어 무덤 앞쪽 상돌(상석床石) 위에 올렸다. 그리고는 혼잣말을 중얼거렸다. 낭자. 나는 오늘 이 섬을 아주 떠나오. 마음깊이 그대를 애모하였으나, 내가 불민하여 사랑을 지켜내지 못했구려. 정말 미안하오. 비록 그대를 이 낯선 섬에 묻고 이별 길을 가건마는, 그대의 무구한 순정만큼은 가슴속에 영원히 간직하리다. 끝내 빗겨가고 만 우리 두 사람의 운명이 야속하기 짝이 없구려…….

이사부는 돌무덤을 쉽사리 떠나지 못한 채 눈물을 건디고 있었다.

마당열

서라벌(徐羅伐)

10.1 개선

이사부가 신라국 선단을 이끌고 돌아가기로 한 날이었다. 잔무(殘務) 처리를 위해 아장 직삼과 군선 다섯 척을 울릉도에 남겨놓기로 했다. 팔월 중순, 여름더위가 막 물러가기 시작한 때였다.

"장군님! 이렇게 떠나시면 언제 다시 뵙겠나이까?"

골계 포구로 배웅 나온 우직이 끝내 눈시울을 적셨다.

"부디 우직 토두께서 울릉도를 잘 다스려주시오."

"심려 마시옵소서. 장군님의 공덕과 은혜가 헛되지 않도록 성심을 다해 소임을 완수하겠나이다."

직삼이 다가와 인사를 했다.

"장군! 부디 평안히 개선하시옵소서."

햇볕에 새카맣게 그을린 직삼의 얼굴이 마음에 걸렸다.

"아장! 내가 너를 만나지 못했다면 우산국 정벌이 가당치 않았을 것이다. 남은 일을 마친 다음 무사히 귀환하라. 아장에게는 앞으로도 신라국 수군을 육성하여 동해를 지켜낼 막중한 책무가 있느니."

"명심하겠나이다. 서둘러 임무를 마무리한 다음 뭍으로 돌아가겠사옵니다."

직삼의 눈에도 눈물이 돌고 있었다.

출항하는 뱃전에서 울릉도를 돌아보니 감개가 무량했다. 울릉도란, 보면 볼수록 기묘하다는 느낌이 완연해지는 섬이었다. 그새 정이 들어서 그렇기도 했겠지만, 무엇보다도 산단화를 묻고 떠나는 발걸음이었으므로 마냥 가벼울 수만은 없었다.

전장에서 죽을 고비를 넘겨가며 싸워 이기고 돌아가는 길에 맛보는 날아갈 듯 우쭐한 기분은 개선군대만이 갖는 특별한 축복이다. 그러하므로, 바닷물을 가르며 달려가는 귀로가 당연히 흥겹고 달콤해야 할 터였다. 그러나 항해가 끝나는 마지막 시각까지 잠도 오지 않고 꿈도 꾸어지지 않은 이틀 내내 이사부의 귀에는 거친 파도소리만 심난하게 들려왔다.

개운할 줄 알았는데 도무지 그렇지 않다. 뱃전을 치고 흘러가는 파도 속에 뭔가 불길한 기운이 자꾸만 보일락 말락 했다. 그런 이사부의 미묘한 심사는 아랑 곳 없이, 개선 길에 오른 중군장 무덕과 시종장 명진을 비롯한 모든 장졸들의 표정에는 온통 신명이 가득 차 있었다.

실직 포구가 저만큼 보였다. 포구에는 멀리 바다 위를 떠오는 선단의 귀환을 알아보고 앞 다투어 달려 나온 백성들이 빼곡하게 늘어서 있었다. 화려한 개선의 깃발을 올린 전선들은 일제히 북을 요란스럽게 두드리며 포구를 향해 나아갔다.

"신라국 만세! 이사부 장군 만세!"

기다리던 백성들의 환호성은 실로 대단했다. 배가 닿자마자 하선하는 군사들을 얼싸안고 좋아하는 모습이 모두 마치 어린아이들 같았다.

하슬라주에 돌아오자마자 이사부는 먼저 며칠을 두고 국경지대부터 점검했다. 예상했던바 그대로였다. 우산국을 점령한 일로 동해안 전선 신라군의 사기는 하늘을 찔렀고, 고구려군의 위세는 현저히 약해지고 있었다. 무엇보다도, 쉼 없이 지속되던 왜구의 출몰은 신기할 만큼 완전하게 끊겨 있었다.

*

금성이 궁금하다며 따라나선 명진과 함께 호위군사들의 호위를 받으며 서라벌로 달려가던 중에, 이사부는 뜻밖으로 왕의 노환이 조금씩 깊어지고 있다는 근황을 전해 들었다. 실직주 주조 도형으로부터 받은 보고에 따르면, 중병은 아니었으나 왕의 일상생활이 예전 같지 않다는 것이었다. 거동이 자유롭지 못할 만큼 왕은 눈에 띄게 쇠약해졌다는 내용이었다.

서라벌 궁성 앞에는 남녀노소 백성들이 구름처럼 몰려나와 이사부 장군의 개선을 환영했다.

"대 신라국 만세! 이사부 장군 만만세!"

백성들의 고함은 서라벌 천지를 진동했다.

환우가 깊어졌음에도 왕은 노구를 이끌고 부축을 받으며 대소신료들과 함께 왕궁 앞까지 친히 나와 이사부의 개선을 맞았다.

이사부는 용상에 앉은 왕의 앞쪽에 멀찍이 무릎을 꿇고 엎드렸다.

"소장 김 이사부, 대왕폐하의 성덕에 힘입어 우산국 정벌과업을 완수하고 무사히 개선하였기에 복명하나이다."

왕은 용상에서 큰 몸을 어렵사리 일으켜 세우며, 화기가 가득한 얼굴로 이사부를 반겼다.

"장하고 또 장하도다. 짐은 진작부터 그대 이사부 장군이 반드시 승전하고 돌아오리라 굳게 믿었느니라. 어서 이리 좀 더 가까이 오너라."

"성은이 망극하옵니다. 폐하."

이사부는 몸을 일으켜 왕을 향해 서너 걸음 더 다가가 무릎을 꿇었다. 좀 더 가깝게 보니 과연 왕의 용태가 심히 나빠져 있음을 알 것 같았다.

왕이 다시 말했다.

"이사부 장군의 우산국 정복은 신라국이 삼한일통을 이루는 든든한 초석이 될 것임을 믿어 의심치 않노라. 짐이 장군의 공적을 어찌 기리고 상찬해야 할 지 생각이 분분했느니라."

"성은이 하해와 같사옵니다. 폐하."

"하여 오늘, 왕실의 종친이기도 한 이사부 장군에게 짐은 칭호를 따로 내려 그 업적을 만방에 과시하고자 하노라."

천만 뜻밖이었다. 이사부가 깜짝 놀란 것도 그렇지만, 함께 나와 선대소신료들 사이에 한동안 두선거림이 계속됐다. 이사부는 바닥에 이마를 대고 엎드렸다.

"망극하옵니다. 폐하."

곁에 서 있던 시종이 왕에게 두루마리 문서를 전했다. 왕은 느린 동작으로 두루마리를 앞으로 펼쳐 훑어보며 말했다.

"대 신라국의 장수 김 이사부에게 '태종(苔宗)'의 칭호를 내려 충심과 공로를 치하하노니, 장군은 짐의 상찬을 기꺼이 받을지어다."

"황송하기 그지없나이다. 폐하."

왕이 내린 두루마리를 받아들고 보니 손이 떨리고 등허리에서 식은 땀이 흘렀다. '종' 칭호라니……. 서라벌에서는 그때까지 주로 왕의 직계에만 '종'의 칭호를 써 왔다. 이사부처럼 직계가 아닌 왕족에게 왕이 직접 칭호를 내리는 경우는 유례가 있지 않았다. 그것이 무엇을 의미하는지 이사부는 너무나 잘 알고 있었다. 왕이 더 큰 목소리로 말했다.

"경들은 모두 태종 이사부 장군의 승전을 마음으로 경하하고, 대신들은 그의 충심을 크게 칭양해주기를 바라노라."

수런거리던 좌중이 일제히 허리를 숙였다.

"성은이 망극하옵니다."

왕궁 앞을 물러나오면서 대소신료들이 이구일성(異口一聲)으로 이사부에게 축하의 말을 던졌다. 하지만, 그들의 표정에는 다양한 그림자가 설핏설핏 보였다.

이사부는 원종과 입종 두 왕자에게 다가가 정중히 인사를 올렸다.

"두 분 형님들께서 성원해주신 크나큰 은덕으로 전쟁을 무사히 치르고 돌아왔나이다."

입종이 먼저 입가에 미소를 머금고 인사를 받았다.

"이사부 아우가 이번에 정말 장한 일을 해냈네. 경축해 마지않네."

그러자 원종도 이사부를 향해 말했다.

"큰일을 해냈구나. 감축한다."

"감사하옵니다. 형님들."

인사를 마치고 뒷걸음질로 물러나는데, 입종이 다가서며 말했다.

"이사부 아우! 내일이라도 내 처소에 한번 들르시게. 축하주라도 한 잔 나눠야 하지 않겠는가."

이사부가 허리를 굽히며 대답했다.

"알겠사옵니다. 형님."

역시 뭔가 께름칙했다. 원종과 입종 두 왕자의 기상에서 감추고 있는 무엇인가가 느껴졌다. 뭘까. 왜 우산국을 복속한 큰 전공을 세우고 돌아온 자신에게 서라벌 왕궁의 공기가 이렇듯 야릇하단 말인가. 가슴속에서 일고 있는 이 불안정한 파장은 또 무엇이란 말인가. 무엇이 잘못돼가고 있는 것일까.

퇴궐하는 이사부에게 시위부에 소속돼 있는 강현, 상탁, 부항 세 장수들이 달려왔다. 그들은 이사부의 개선을 뛸 듯이 기뻐하며 이사부 앞에 읍했다.

"진심으로 감축드리옵니다, 장군!"

이사부가 그들을 얼싸안으며 말했다.

"고맙다. 그대들이 든든하기에 가능한 일이었다."

강현이 이사부와 잡은 손을 꼭 쥐며 말했다.

"장군이야말로 서라벌의 보배이시옵니다."

상탁과 부항이 덧붙였다.

"다음 출정 때는 소장들도 꼭 함께하게 하여 주시옵소서."

이사부가 큰 소리로 웃으며 말했다.

"알았다. 연전 미리미동국 정벌 때 보여준 자네들의 용맹을 내 익히 기억하고 있다. 다음에는 반드시 그대들과 함께 출정하리라."

그들은 한동안 승전의 일과 변방의 소식들을 놓고 껄껄거리며 여러 이야기를 나누었다.

*

"폐하께서 본의 아니게 너를 시련 속으로 몰고 가시는구나."

왕궁을 물러나와 본가로 돌아온 이사부에게 모친은 대뜸 근심어린 얼굴로 말했다.

"소자도 이상스럽게 여겨지는 부분이 적지 않사옵니다."

"네가 우산국을 복속시킨 소식이 들려온 이후 귀족들 사이에서 여러 억측들이 끊임없이 흘러나오고 있느니라. 개 중에는 폐하의 후승(後承)에 연계하여 이런 저런 말을 만드는 사람들도 더러 있다 들었다."

"예에? 무어라 하셨사옵니까? 폐하의 후승이라고 하시었나이까?"

"그러하단다."

"폐하의 후사야 원종 형님이 엄연히 계시온데 무슨 연유로 다른 망발이 나오나이까?"

"네가 신라국의 장수로서 세운 공이 워낙 혁혁하고, 폐하께서 너를 깊이 아끼시므로 불거지는 잡음일 게다. 아닌 게 아니라, 네가 약관의 나이에 육전과 해전을 가리지 않고 빼어난 용력으로 전사에 드문 승전을 거듭해왔으니 백성들 사이에서도 칭송이 자자한 것은 사실이다마는……."

"하오나 소자는 일편단심으로 전장에서 살고 죽기를 소원하고 살아온 이 나라의 무부일 따름, 더 이상의 사욕이란 터럭만큼도 없사온데……."

"바로 그 점이 문제의 근원이니라. 네가 왕실 일족임에도 불구하고 그동안 전장으로만 나돌며 성숙해온 무인이라 서라벌의 정치는 아주 모르지 않느냐. 그리고 무엇보다도 폐하께서 여전히 강건하시다면 가담(街談)들이 나올 이유가 없을 것이나, 그렇지 않으니 자꾸만 항설(巷說)들이 만들어지는 것일 게다. 게다가 연세가 적지 않으신 원종 가에 후사를 이을 아들이 또한 없으므로 그런저런 잡담의 씨가 만들어지는 것으로 짐작되는구나."

"하오면, 폐하께서 소자에게 내리신 '태종' 칭호가 길래 화근이 되지 않겠나이까?"

"그러하구나. 폐하께서야 워낙 너를 어여삐 여기시는 분이시고, 네 공적이 지대하니 상찬할 바를 궁구하시다가 칭호를 하사하신 것으로 보인다마는, 서라벌의 귀족들이나 백성들의 민심은 그 뜻을 또 다르게 받아들일 개연(蓋然)이 높지 않겠느냐. 하지만, 어미로서 이럴 때 네가 어찌 처신해야 온당할 것인지 길을 찾아주기가 쉽지 않구나. ……어쨌거나, 심신이 많이 곤할 터이니 오늘은 일단 사랑채로 건너가서 푹 쉬거라."

이마를 짚으며 깊은 한숨을 짓던 모친은 피로에 젖은 아들에게 우선 휴식을 취하라고 일렀다.

"어머님, 심려 내려놓으시고 편안히 주무시옵소서."

이사부는 모친에게 절을 올리고 안방을 물러나왔다.

사랑채 숙소로 건너온 지 얼마 지나지 않았을 무렵이었다. 문밖에 명진이 찾아와 고했다.

"군주님. 소인 명진입니다요."

서라벌에 도착한 이래 어디를 쏘다니는지 내내 보이지 않던 그였다.

"그래. 들어오너라."

명진은 뭔가 급박한 이야기를 듣고 온 양 긴장이 그득한 얼굴로 방에 들어서서 이사부 앞에 엎드렸다.

"소인이 저잣거리를 다니면서 군주님에 관한 백성들의 말을 들어봤습니다요."

그의 목소리가 한껏 낮았다. 이사부가 귀를 세웠다.

"그래, 무슨 말이 나돌더냐."

"서라벌 저잣거리에는 나라를 위해 큰 공을 세운 군주님께서 단연 화제의 주인공으로 떠올라 있었습니다요. 가는 곳마다 군주님의 영웅담이 회자되고 있사옵니다. 굴러다니는 여러 가지 소문 중에는 차마 입에 담기 힘든 귓속말도 있었습니다요."
"입에 담기 힘든 귓속말이라니?"
명진이 무릎걸음으로 다가앉으며 목소리를 더욱 낮추었다.
"송구하오나, 군주님께서 다음 보위에 오르시게 되리라는 이야기였습니다요."
순간, 몸에 번개가 내려친 것 같은 충격이 화르르 번졌다. 궁성에서 왕이 이사부에게 '태종'이라는 칭호를 내릴 때 스쳐지나가던 바로 그 전율이었다. 그랬구나. 어머니의 걱정이 바로 이것이었구나…….
명진이 말을 이었다.
"그 뿐이 아니었습니다요."
"그 뿐이 아니라니? 무엇이 또 더 있다는 말이냐?"
"신라국 최고의 영웅인 장군을 신(神)으로 받들어 모셔야 한다는 말까지 나돌고 있습니다요."
"뭐라고? 그게 정말이냐?"
"예. 새를 조종하고 해귀까지 마음대로 부리는 우해왕을 꼼짝 못하게 잡아 항복시킨 장군이야말로 신이 아니고 무엇이겠느냐는 얘기였습니다요."
넘어서는 안 될, 권력과 관련된 온갖 거리소문들이 굴러다니며 부풀려지고 있다는 말이었다. 그것이 무엇을 뜻하는지, 얼마나 위험한 현상인지를 이사부는 잘 알고 있었다.
"명진아. 엄명이다. 앞으로 이 이야기는 더 이상 귀에 담지도, 입에 올리지도 말아야 한다. 절대로 그래야 하느니라. 알겠느냐?"
"예. 알겠습니다요."
부풀려진 전쟁 영웅담이 저잣거리에 급속도로 퍼지고 있을 것이었다.

우산국 정벌의 주인공인 이사부에 대한 백성들의 희망과 기대가 뒤범벅이 되어 온갖 풍설 또한 한없이 확대돼 만들어지고 있을 터였다.

 명진이 돌아간 다음 이사부는 잠을 이루지 못하고 오랫동안 뒤척거렸다.

*

 다음날 오후 이사부는 입종 왕자의 집으로 찾아갔다. 밤새 생각하고 한나절을 더 궁리한 끝에 선택한 행보였다. 전날 왕궁에서 헤어질 때 집으로 한 번 오라하던 입종의 말이 떠올라 실행한 발걸음이기도 했다.

 "아우님 왔는가?"

 입종은 환한 웃음으로 마당까지 내려와 이사부를 맞았다.

 "어제 형님을 궁에서 잠깐 뵙고 말씀도 제대로 나누지 못한 것 같아서 일부러 찾아뵈었사옵니다."

 "어서 대청으로 오르세."

 "예, 형님."

 이사부가 막 봉당에 올라서는데, 방안에서 지소부인(只召夫人) 김 씨가 밖으로 나오면서 상기된 얼굴로 반겼다.

 "어서 오시옵소서. 전쟁터에서 얼마나 고생이 많으셨을까요. 이리 오르시어요."

 이사부의 가슴이 쿵쾅거렸다. 죽은 산단화와 외모가 똑 닮은 지소의 얼굴을 곧바로 바라보기가 쉽지 않았다. 이사부를 맞이하는 지소의 얼굴 또한 밝은 빛만 띠고 있지는 않았다. 그녀의 표정에 알 수 없는 초조로움과 안타까움이 흐르고 있었다.
 입종과 이사부는 처소 안에서 주안상을 마주 놓고 앉았다. 입종이 먼저 이사부에게 축하주를 따랐다.
 "아우님의 개선을 다시 한 번 축하하네."
 "감사하옵니다."
 이사부가 술병을 기울여 입종의 잔에 술을 쳤다. 두 사람은 함께 잔을 들어 한 모금 마셨다. 모처럼 마시는 지소부인의 가주(家酒)가 무척 달았다.
 잔을 내려놓으며 입종이 물었다.
 "우산국 정벌이 얼마나 지난했는지는 소식을 들어서 대략 알고 있네만, 그래 이번 전쟁은 어떠했는가?"
 "우선 물살이 높은 바다에서 하는 전쟁이라 처음부터 용이치 않았고, 울릉도의 지형이 워낙 험준하여 난공불락이었나이다. 더욱이 우해란 자의 용력과 술법을 넘어서기가 쉽지 않았사옵니다. 위계도 쓰고 선무작전도 펴고 하여서 가까스로 복속에 이르렀지요. 모두가 폐하와 왕자 형님들의 성원, 그리고 장졸들의 용맹 덕분이었사옵니다."
 "그래. 그런데 거기 울릉도에 왜인들이 많이 진출해 있었다고 들었는데, 그 내막은 또 무엇인가?"
 "왜인들에게 울릉도는 물론 그 동남쪽에 있는 우산도(독도)라는 바위섬을 침탈하려는 음모가 있는 듯하옵니다. 결국은 우산도와 울릉도를 거점으로 한한곳을 탐할 흉심인 것으로 판단되옵는데, 그들의 침략을 물리치려면 지속적으로 방비를 튼튼히 해야 할 것으로 사료되옵니다."
 이사부의 설명을 들은 입종이 고개를 끄덕였다.
 주거니 받거니 꽤 여러 잔을 나눠 마신 뒤였다. 이사부가 결국 궁금한 일을 물었다.

"사실 형님께 긴히 여쭙고 싶은 게 있사옵니다."

"뭐든 말하시게."

"소장이 우산국 정벌을 성공한 이후 저의 전정(前程)과 관련하여 서라벌에서 잡담이 일고 있다고 들었습니다. 그 연유가 무엇이온지요?"

이사부의 질문을 받은 입종은 잠시 말이 없었다. 술잔을 들어 천천히 한 잔을 다 비운 다음에야 운을 뗐다.

"자네가 이 나라에서 워낙 대단한 전쟁영웅이 되다보니 필연적으로 나오는 이야기들이겠지. 어쨌든 하늘에 태양이 여럿일 수 없는 엄중한 이치가 있지 아니하던가. 굳이 따지고 보면 그런 이치 때문에 비롯되는 잡음일 것인데…… 그걸 아우에게 뭐라고 설명해야 할지 간단치가 않구먼."

이사부가 술을 한잔 더 마시고 나서 다시 물었다.

"젊은 날을 오로지 전장에서만 살고 있는 소장으로서는 이럴 때 어떻게 처신해야 마땅한 것인지 도무지 감을 잡기가 어렵사옵니다. 어찌 운신해야 옳겠는지요?"

입종은 또다시 말을 끊었다. 이번에는 상당히 긴 침묵이 이어졌다. 이사부의 뇌리 속에 여러 복잡한 생각들이 주마등처럼 흐르고 있을 무렵, 입종이 가까스로 입을 열었다.

"내가 이런 말을 하는데 대하여 오해는 하지 마시게. 어쩌면 동병상련의 정 때문인지도 모를 일이지만…… 아무튼 잘 들어보시게."

그러고서 입종은 다시 잠시 말을 끊었다가 진지한 어조로 말했다.

"일단, 가능한 빨리 임지 하슬라로 돌아가시게. 그리고 서라벌의 정치 따위는 될 수 있는 대로 염두에 두지 말고, 당분간 국경을 수호하는 일에만 전념하면서 무심히 지내는 게 좋을 것 같네."

"임지로 서둘러 떠나는 것이 도움이 되겠사옵니까?"

입종이 잔을 들어 한 모금 마셨다.

"적어도 이사부 아우의 의지는 더 분명히 비쳐지지 않겠는가."

"알겠사옵니다. 형님의 충고를 깊이 헤아리겠나이다. 감사하옵니다. 입종 형님."

두 사람은 더 이상 그와 관련된 대화를 이어가지 않았다. 술자리는 계속됐고, 울릉도 이야기를 비롯한 일상적인 대화를 나누며 그들은 많이 마셨다.

10.2 비사

"장군님. 마님께서 안방으로 건너오라십니다."

숙취가 깊었음에도 이사부는 편안한 잠을 이루지 못했다. 새벽녘에 잠시 들었던 선잠에서 깨어나고도 머리를 쉽게 들지 못하던 참이었다. 시종아이가 방문 밖에 와서 모친의 말을 전했다.

안방에는 두 개의 밥상이 따로 차려져 있었다.

"편안히 주무셨사옵니까, 어머님!"

이사부가 방으로 들어서며 문안인사를 올렸다.

"그래……. 네 목소리를 들어보니 잠자리가 편치 못했던 게로구나."

"아니옵니다. 괜찮사옵니다."

"어서 앉아서 조반 들어라."

그렇게 말하는 모친 역시 평온한 얼굴빛은 아니었다.

금방 차려진 밥상에서 맛있는 냄새가 났다. 이사부가 어머니의 맞은편 따로 차려진 밥상머리에 앉았다.

"상차림이 먹음직스럽사옵니다."

이사부가 숟가락을 들며 말했다.

"네가 어릴 적부터 잘 먹던 음식들로 장만하라 일렀는데, 입에 맞을

런지 모르겠구나. 어쨌든 많이 들거라."

밥상 위에는 산나물과 닭고기와 해산물 등 이사부가 좋아하는 음식들이 잘 차려져 있었다. 이사부는 모처럼 어머니와 한 자리에 앉아 아침밥을 맛있게 먹었다. 잘 보이지도 않는 눈으로 모친은 밥을 먹는 이사부를 흐뭇하게 바라보았다.

밥상을 물린 다음 어머니가 말했다.

"그래, 어제 입종 왕자를 만나서 무슨 이야기를 나눴더냐?"

"입종 형님께 소자와 관련된 서라벌의 야릇한 풍설에 대한 말씀을 올리고 어찌 처신해야 좋을 것인지를 여쭈었사옵니다."

"그랬더니 뭐라고 답을 하더냐?"

"형님께서는 숙고 끝에, 조속히 임지로 떠나라고 충고하셨사옵니다."

그 말을 듣자 모친의 얼굴에 엷은 홍조가 일었다.

"서라벌을 빨리 떠나라고 했다는 것이냐?"

"그러하옵니다. 서라벌의 정치를 잊으라는 말도 함께 하셨사옵니다."

모친의 손에서 미묘한 경련이 일어나는 것 같았다. 모친이 낮은 목소리로 말했다.

"궐 안에서 무언가 심각한 이야기가 전개되고 있다는 증좌로구나. 폐하의 노환이 깊어지고 있는 가운데, 요즘 왕비 연제부인 박 씨와 왕비의 부친이신 이찬 등흔이 자주 만나 뭔가를 숙의한다고 들었다."

"왕비마마와 이찬께서 뭔가를 숙의하신다고 하셨사옵니까?"

"그러하다는구나. ……이리 가까이 다가앉거라."

모친은 갑자기 아들을 가까이 오도록 했다. 그리고는 한층 더 목소리를 낮추어 말했다.

"선왕이신 소지마립간으로부터 현왕으로 보위가 양위되는 과정에 얽힌 비사(秘史)가 있느니라."

"비사라 하오시면?"

"소지마립간께서 마흔 한창 나이에 선위를 결정한 것은 날이군(捺已郡, 영주 일원)의 절세미인 벽화(碧花)와의 관계 때문이었다."

"한낱 염사(艷事, 남녀 간의 정사나 연애에 관한 일) 하나로 왕이 물러날 수 있나이까?"

"선왕께서는 후사가 없으시지 않았느냐? 그런 상태에서 벽화를 별실에 두고 아들을 낳았으니 그게 불씨가 된 것이다."

"후사가 없으신 왕께서 아들을 낳았으면 경사가 아니옵니까?"

"그게 그렇게 간단한 문제가 아니다. 비록 날이군이 신라국의 영토가 되긴 하였다마는 벽화의 아비 파로(波路)는 고구려에 대한 충성심이 매우 강한 호족이었다. 그게 화근이었느니라."

그 제서야 이사부는 모친의 말을 알아차렸다.

"그러니까, 벽화와 그 아들을 방치할 경우 신라국의 왕권이 고구려 충신의 외손에게 돌아갈 수 있다는 위기감이 발동했다는 말씀이시군요."

"바로 그거였다. 파로가 선왕의 행차를 기회삼아 계획적으로 딸을 바쳤고, 두 사람 사이에서 첫 아들이 났으니 신라왕실이 위험에 빠졌다는 생각이 발동한 것이란다. 그래서 모종의 음모가 진행되었고, 결국 선왕은 폐위되고 현왕이 즉위를 하게 되셨다는 비설이니라."

"어머님께서 지금 제게 이 같은 비사를 상기시키시는 연유를 여쭤어 봐도 되겠사옵니까?"

모친은 더욱 목소리를 낮췄다.

"그때, 바로 선왕의 폐위와 현왕의 즉위를 도모한 핵심인물들이 바로 지금의 왕비마마와 이찬이었다."

순간 이사부의 뇌리에 무엇인가 번쩍 떠오르는 것이 있었다. 아, 그랬었구나. 그래서 어머님께서 크게 근심하고 계시는구나······.

모친은 말을 더 이어갔다.

"선왕의 서거와 관련해서도 한동안 흉흉한 풍문이 있었단다. 자연사가 아니었다는 풍설이었다."

"자연사가 아니라 하오시면······?"

모친은 침을 한차례 꿀꺽 삼킨 뒤, 귓속말을 하듯 목소리를 한껏 줄였다.

"권력의 속성이란 원래 그런 것이다. 왕비마마와 이찬 등흔 그분들이 어떤 분들이더냐. 박 씨 가문의 중추로서 왕권을 장악하기 위해 무슨 일인들 마다 않고 다 하셨던 인사들이다. 그분들께서 작금에 너를 둘러싸고 일어나는 가당찮은 소문들을 어떻게 들을까 그게 걱정이다. 비록 적통을 이을 손자가 없다고는 하나, 그분들에게는 반드시 원종에게 왕위가 선양되도록 해야 하는 필사적인 이유가 있지 않겠느냐."

이사부는 비로소 모친의 말뜻을 다 알아들었다.

"소자 이제야 어머님의 말씀이 무엇인지 깨달았나이다. 칼과 말고삐를 움켜쥐고 전장에서만 굴러온 소자와 같은 무부의 전정과 관련하여 귀족들이나 백성들 사이에 일어나는 풍설들이 얼마나 위험한 일인지 알고도 남음이 있사옵니다."

모친은 더 이상 참지 못하고 눈물을 글썽거렸다. 아마도 거친 전장에서 명을 다한 남편 아진종(阿珍宗)을 떠올리는 것 같았다. 모친은 소맷자락으로 눈물을 닦으며 한참을 망설였다. 뭔가 할 말이 더 있는 듯도 하였는데, 할까 말까 갈등하는 모습이 느껴졌다.

"어머니. 제게 더 들려주실 말씀이 있으신지요."

이사부가 어머니의 표정을 먼저 읽고 물었다. 모친은 눈물을 닦으며 다시 입을 열었다. 떨리는 목소리였다.

"이제 네가 장성하였고, 또 이처럼 궁지에 몰리는 형편까지 되었으니, 내가 무엇을 감추겠느냐. 다 말해주마."

"……"

"네 아버지 아진종은 친형인 현왕께서 즉위하여 왕좌에 앉은 후로는 왕궁에 한시도 머무르지 못하셨다."

"……?"

"그것은 일찍이 아진종께서 지금의 폐하보다 더 촉망받는 왕재로 손꼽히셨기 때문이었다. 실제로 궁성 안에는 폐하보다도 네 아버지를 따르는 이들이 더 많았었다."

숨이 턱 하고 막혀왔다. 처음 듣는 이야기였다. 모친은 말을 이어갔다.

"그러나 폐하께서는 왕이 되고자하는 욕망이 누구보다도 강했다. 더욱이 폐하의 등극을 통해서 권력을 장악하려는 박 씨 가문의 악착같은 의지가 뒷받침하고 있었으니 네 아버지는 밀려날 수밖에 없으셨다. 물론 맞서서 권력투쟁을 벌일 수도 있었지만, 네 아버지는 그것을 원치 않으셨다. 아직은 온전치 못한 서라벌의 안정을 위해서 피비린내 나는 정쟁만큼은 막아야 한다는 신념이셨지. 결국 네 아버지 아진종께서는 폐하를 만나서 모든 것을 포기하겠다는 서약을 하고 물러서셨단다."

"그렇다면, 아버님께서 굳이 변방으로 전전하셔야 했던 까닭이 따로 있었나이까?"

"폐하의 등극 이후에도 네 아버지에게 몰린 민심이 좀처럼 폐하에게로 돌아서지 않았다. 왕궁 쪽의 신경이 곤두서게 되고, 네 아버지는 보이지 않는 위협을 느끼시기에 이르렀느니라. 그래서 국경지대 외성으로 나돌다가 종당에는 객사하고 만 것이다. 결국 나라의 안위와 가족의 안녕을 위해서 희생되신 것이다."

어느 새 모친의 눈에서는 눈물이 뚝뚝 떨어지고 있었다. 이사부는 흔들리는 목소리로 대답했다.

"예. 소자가 어찌 아버님의 가없는 충절을 망각하겠나이까? 그렇지 않아도 나라를 위한 아버님의 헌신과 희생을 항상 가슴에 깊이 새겨 기리며 살아 왔나이다. ……그런데, 전사하신 아버님의 최후가 아무리 슬프다 한들 어찌하여 어머님께서는 시력마저 상하실 만큼 설움을 견디지 못하셨나이까?"

모친은 말을 잇지 못하고 눈물만 훔쳤다. 그리고 한참만에야 결심을 한 듯 입술을 깨물며 말문을 다시 열었다.

"네 아버지는 전투 중에 돌아가셨지만, 최소한 말갈족에게 당하신 것이 아니다."

이사부는 모골이 송연해짐을 느꼈다. 이건 또 무슨 말씀이신가?

"말갈족 군사에게 당하신 게 아니라니요?"

"네 아버지는 독살되셨다."

"어인 말씀이신지요?"

"확실한 증좌는 없다. 하지만 그 당시 서라벌의 분위기로 보아서, 권력을 쥔 세력들로서는 네 아버지를 살려둘 수가 없었을 것이다."

"……?"

"돌아가신 네 아버지의 시신을 본 순간 나는 확신했다. 기어이 살해되셨구나 하고……. 억장이 무너져서 버틸 수가 없었다. 살아생전 얼마나 훌륭한 분이셨는데, 기어코 그렇게 비운의 죽음을 맞고 만 그 모습이 너무나 가엾었단다. 견딜 수가 없는 슬픔이었느니라."

그날의 설움이 되살아나는 듯 모친은 소리를 죽인 채로 흐느껴 울고 있었다. 이사부도 터져 나오는 눈물을 참아내기가 어려웠다. 아버지는 그렇게 가셨구나. 그렇게 기막힌 죽음 앞에 어머니도 그예 무너지신 것이로구나. 허탈한 가슴을 달래며 모친의 손을 꼭 잡았다.

모친은 눈물을 닦으며 마음을 가누려고 애를 썼다. 그리고는 다시 말을 이었다.

"내 팔자가 참으로 박복하구나. 아들이 이렇게 신라국의 큰 영웅이 되었건만…… 운명이 왜 이리 고약하게 대물림되는 것인지……. 내가 왕족 김 씨 가문의 일족임에도 불구하고, 복잡다단한 서라벌의 정치상황 속에서 너 하나 지켜내기가 이리 버겁게 될 줄은 정말 몰랐구나."

이사부가 몸을 앞으로 숙여 모친의 무릎에 얼굴을 묻으며 말했다.

"어머님! 너무 심려하지 마시옵소서. 소자 어찌하든 이 난관을 헤쳐 나가겠나이다."

모친이 이사부의 얼굴을 쓰다듬었다.

"그래. 암, 그래야지. 아마도 지나간 몹쓸 일들 때문에 측은하여 그리 하시는 것 같기도 하다마는, 아직은 폐하께서 너를 보살펴주고 있으시니 그나마 다행인 듯싶구나. ……입종 왕자께서 네게 서둘러 임지로 돌아가는 것이 좋겠다고 말했느냐?"

"예. 분명히 그렇게 조언하셨사옵니다."

"일단 그 말을 따르는 게 순리일 것이다. 입종 왕자야말로 네가 지난 번 첫 번째 우산국 정벌전쟁에서 패퇴한 일로 폐하께 대죄를 청했을 때 적극 나서서 구명해준 분이 아니더냐. 그때도 지소부인께서 너를 아껴 부군인 입종 왕자에게 특청을 하셨다고 들었다. 소나기는 우선 피하는 것이 상책 아니랴. 날이 밝는 대로 폐하께 인사를 올린 다음 하슬라로 떠나거라."

이사부는 고개를 숙인 채로 눈물을 닦았다.

"예. 소자 어머님의 말씀을 따르겠나이다."

안방을 물러나온 이사부는 허전한 마음을 가눌 길이 없었다. 봉당에 우두커니 서서 하늘을 올려다보았다. 서라벌 하늘에는 무심한 별들이 총총 빛나고 있었다.

지소에 대한 그리움이 사무쳐왔다. 자신의 삶을 낱낱이 들여다보며 때때로 보살피려고 애쓰는 그녀의 모습이 또다시 죽음보다도 깊었던 이별의 고통을 상기시키면서 가슴을 후벼 팠다. 고개를 가로저으며 주저앉아 아뜩해진 정신을 가누고 있는데, 피비린내가 섞인 솔향기 한 자락이 후각을 찔러왔다.

*

아비의 억울한 죽음을 생각하면 피가 끓었다. 분노가 치밀어 올랐다. 하지만 미련을 가질 일은 있지 않았다. 소싯적부터 이사부의 흉중에는 언제나 신라국의 웅비 오직 그것 하나뿐, 맹세코 다른 그 어떤 욕망도 담아본 적이 없었다.

무엇보다도, 한한곳의 나라들 가운데 동해를 먼저 장악한 일이 신라국에 커다란 저력이 되리라는 것을 이사부는 육감적으로 느끼고 있었다. 신라의 국운융성이 이만큼 성취되었으니, 그 이상 무엇을 더 바라겠는가.

이사부는 하직인사를 위해 대궁으로 달려가 왕의 처소를 찾았다.

노환으로 쇠약해진 왕은 처소 앞에 엎드린 이사부를 이윽히 바라볼 뿐 한동안 말이 없었다.

"폐하! 소장은 오늘 서둘러 임지 하슬라로 떠날까 하옵니다. 부디 옥체 일안만강(日安萬康)하시옵소서."

자신을 그토록 귀애해주는 왕을 보는 것이 어쩌면 오늘로 마지막일지도 모른다는 예감 때문에 이사부는 자꾸만 먹먹해지는 가슴을 달래고 있었다.

"좀 더 쉬었다 떠나도 좋으련만, 왜 그리 서두르는고?"

왕의 목소리는 확실히 예전 같지 않았다. 힘이 많이 빠진 음성을 들으니 마음이 아팠다.

"북방과 동해안 일대의 전선을 정비하는 일이 시급하옵고, 왜구의 출몰도 아직은 마음을 놓을 수 없는 일이오라 지체할 여유가 없나이다."

"과연 태종은 신라국 최고의 무부요 충신이로다."

"성은이 망극하옵니다. 폐하."

"그래. 어서 임지로 가서 소임을 다 하라. 나라를 지키는 일에 부족한 일이나 왕실의 지원이 필요하면 즉시 짐에게 전갈하라. 무엇이든지 이사부 장군을 믿고 맡길 것이다."

"황공하옵니다. 폐하."

이사부는 왕에게 큰 절을 올린 다음 궁전을 물러나왔다.

*

호위군사들을 대동하고 명진과 함께 서라벌을 떠나는 이사부의 발걸음이 가볍지 않았다. 만난을 헤치고 밤이슬을 맞아가며 산야와 바다에서 매일같이 목숨 걸고 싸웠던 지난 세월이 길었다. 과연 그 세월은 진정 나에게 무엇이었으며, 나아가 오늘날 나의 정체는 또 무엇인가……. 모든 것들이 자꾸만 흐릿해지고 있었다. 우산국 정벌을 위해 노심초사했던 나날들…… 드디어 우산국을 복속시키던 그날부터 부풀었던 기대…… 서라벌에 돌아오면 오직 영광과 환희만 있으리라 여겼던 뜨거운 기억들이 하나씩 뇌리를 스치면서 의미를 잃어갔다.

말을 달려 임지로 나아가는 길에서 이사부는 사뭇 혼란스러운 사념의 늪 속을 헤맸다. 자꾸만 뻣뻣해지는 의식 속에서 가능한 마음을 비우고 그 어떤 원심(怨心)에도 빠져들지 않으려고 애를 써야 했다.

"군주님. 해리현에서 묵어가시겠습니까?"

명진이었다. 기억 속에 잠자고 있던 산단화 낭자가 함초롬한 꽃으로 깨어났다. 산단화…….

"그렇게 하자. 어차피 하루 묵어서 갈 길이면 거기에서 유하자꾸나."

"알겠습니다요."

명진이 일행을 향해 목청을 돋워 일정을 알렸다.

해리현에 도착할 즈음에는 날이 이미 다 저물어 있었다. 이사부 일행은 산단화가 살던 맹방 바닷가 마을로 갔다. 촌주의 집은 여전히 사람이 살지 않았다.

말발굽소리에 놀란 마을 사람들이 몰려나와 촌주의 집을 살폈다. 그들 중 처자 하나가 마당으로 들어서며 말했다.

"혹시 하슬라 군주님의 행차가 아니온지요?"

동그란 얼굴……. 눈 여겨 보니 알만 한 인물이었다. 이사부가 반가움을 표시하며 앞으로 나섰다.

"산단화 낭자와 함께 울릉도로 끌려갔던 처자 아니시오?"

"예, 그렇사옵니다. 이제 뭍으로 돌아오셨군요, 군주님."

처자는 이사부 앞에 엎드려 예를 갖췄다. 그녀를 바라보는 이사부의 가슴속에 산단화에 대한 그리움이 다시 한 번 폭발하고 있었다.

"무사히 고향으로 돌아왔구려. 먼 섬까지 잡혀가서 고초가 많으셨소."

처자도 이사부를 바라보는 순간 죽은 산단화 낭자 생각이 났던지 금세 눈망울을 붉혔다.

"아니옵니다. 저희들이야말로 군주님이 아니었던들 거기 울릉도 앞바다에서 필경 물고기 밥이 되고 말았을 목숨이었사옵니다. 우리는 이렇게 살아 돌아와 가족들을 만나 좋은 시간을 보내고 있사오나, 그에 살아 돌아오지 못한 촌주님과 산단화 아씨를 생각하면 안타깝고 죄스럽기 짝이 없나이다."

그 말을 듣는 순간 이사부의 콧날이 시큰해졌다.

마을사람들이 돌아간 뒤 이사부는 혼자서 바닷가로 나갔다. 바다 위에 높이 뜬 달이 밝았다. 오랫동안 바닷가를 거닐며 추억에 깊이 잠겨 있었다. 산단화와 함께 했던 시간들이 아득한 그리움으로 되살아나 가슴속에 뜨거운 물줄기 하나를 흘리고 있었다.

*

서라벌에서 하슬라로 귀임한 지 달포쯤이 지난 어느 날이었다.

진영을 한 바퀴 둘러보며 경계태세를 살피고 수군들의 훈련 상황을 점검하느라 바쁜 하루를 보냈다. 특히나 그날은 울릉도를 정기적으로 오갈 상선에 관한 일까지 처결하느라고 더욱 번다한 날이었다. 늦은 밤 곤한 몸을 뉘어 막 잠이 들려고 하는데, 처소 문 밖에서 인기척이 났다.

마당 열. 서라벌(徐羅伐) **413**

"군주님! 취침하셨습니까요?"

명진이었다. 이사부는 자리에서 일어나 앉았다.

"아니다. 무슨 일이냐?"

"예. 방금 서라벌 본가에서 사람이 왔습니다요. 마님의 전갈을 가지고 달려왔다 합니다요."

"어머님께서 전갈을 보내셨다 하였느냐? 어서 들이라."

이사부는 자리에서 벌떡 일어나 방문을 열었다. 낯익은 본가의 시종 하나가 문 앞에 서 있었다.

"도련님! 강녕하셨사옵니까?"

"그래. 먼 길 왔구나. 집에 무슨 일이 생겼느냐?"

"들어가서 여쭙겠나이다."

이사부가 시종을 방안으로 들였다. 얼마나 쉼 없이 달려왔는지, 시종의 옷에서 시큼한 땀 냄새가 났다.

"어머님께 무슨 변고라도 생긴 거냐?"

이사부가 거듭 물었다.

"아니옵니다. 마님께서 주신 서찰을 갖고 왔습니다."

시종은 등허리에 가로질러 맨 보따리를 풀어 죽간을 꺼냈다. 이사부는 간솔 불을 돋우고 받아든 죽간을 펼쳤다. 누군가에게 구술로 대필하여 보낸 어머니의 서신이었다.

-서라벌 금성에서 기어이 험한 일이 생겨나고 있구나. 이틀 전 너를 따르던 장수 강현이 한 밤 중에 주살 당했다. 또한 상탁, 부항 두 장수 또한 모처에 구금 중이라 한다. 머지않아 그들로 하여금 역모의 죄가 토설될 것이라는 풍문이 돌고 있다. 신라국 최강의 정예군을 이끌고 있는 너를 두려워

하는 세력들의 칼날이 움직이기 시작한 것이 틀림없다. 너는 이 서찰을 받는 즉시 폐하께 하직을 주청해야 할 것이다. 그런 다음 당분간 어딘가 심처에 은거할 방안을 찾거라. 이제는 훗날을 도모하는 것이 현명할 것 같구나. 서둘러야 하느니라. 부디 자중자애하기를 바란다.-

결국 올 것이 오고야 만 것인가. 이사부는 가슴을 찌르는 비통을 느꼈다. 그토록 피하여보고자 했건만, 결국 이렇게 허망하게 끝나고 마는 것인가……. 아니다. 이렇게 무너질 수는 없다. 이대로 말을 몰아 서라벌로 달려가야 하는 것은 아닐까. 정녕 왕궁 앞에서 할복이라도 하여 속을 보여주어야 하는 것일까. 강현이 죽었다니? 그 강직한 신라의 장수가 억울하게 죽었다니? ……이사부는 부들부들 떨고 있었다.

무릎을 꿇고 앉아 눈치를 보고 있던 시종이 목소리를 더욱 낮추며 말했다.

"사실은 서라벌에서 은밀히 모시고 온 분이 있사옵니다."

"은밀히? 누구더냐?"

"하문하지 마시옵고, 지금 소인과 함께 성 밖으로 나가시옵소서."

이사부는 서라벌에서 은밀히 찾아온 사람이 누구일까 골똘히 생각했지만 짐작 가는 사람이 없었다. 아무리 생각해도 연로한 어머니께서 먼 길을 그렇게 달려오실 수는 없는 노릇이었다.

출타준비를 대략 마치고 시종을 앞세워 주청을 나섰다. 앞장 선 시종이 말을 때려 빠른 속도로 하슬라성을 빠져나갔다. 이사부가 그 뒤를 바쁘게 따라 잡았다. 밤이 워낙 깊었고, 하늘을 수놓은 무수한 별들이 금방이라도 쏟아질듯 초롱거렸다.

시종을 따라 한참 만에 당도한 곳은 해변이었다. 하슬라 외곽 동해에 연접한 바닷가 작은 마을의 허름한 초막집이었다. 파도소리가 금세 초막을 덮칠 듯이 크게 들려왔다. 울타리에 말이 매어진 초막집 마당에는 집주인들로 보이는 노부부가 초조히 서성거리고 있었다.

먼저 말에서 내린 시종이 초막집 방문을 열어젖힌 뒤 비켜서며 말했다.

"안으로 드시지요, 도련님."

이사부는 조심스러운 발걸음으로 초막집 안방으로 발을 들이밀었다.

"어서 오시어요. 장군님!"

문 쪽을 향해 마주 서 있는 여인의 형상이 희미한 관솔 불빛에 드러났다. 그 자태가 눈에 미처 다 비쳐들기도 전에 이사부는 목소리의 주인공을 알아차렸다. 천만몽외(千萬夢外)의 손님이 거기에 서 있었다. 말문이 턱 막혔다.

"지소? ……왕자비마마가 맞사옵니까?"

"그렇사옵니다, 장군님. 소녀 지소이옵니다."

지소가 오다니? 여기가 어디라고, 여기까지 지소가 찾아오다니……? 가슴이 쿵쿵 뛰기 시작했다. 이사부는 황황히 허리를 굽히고 고개를 숙여 예를 갖췄다.

"아니, 왕자비마마께서 이 원처까지 어인 일로 납시었사옵니까?"

불빛에 다 드러난 얼굴을 보니 과연 지소가 틀림없었다. 눈을 부비고 다시 살펴보아도 산단화 낭자와 똑 닮은 얼굴 지소였다. 지소가 정색을 하고 말했다.

"이사부 아제. 소녀와 단둘이 있는 자리이오니 예전처럼 대하여 주옵소서."

"그래도 어찌……."

이사부가 망설이는 소리를 하자 지소는 더욱 간절한 목소리로 말했다.

"소녀 오늘은 아비인 원종 왕자의 딸이 아니라, 지아비 입종 왕자의 비도 아니라, 장군님의 오촌조카딸 또한 아니라, 오직 장군님을 한없이 연모하는 한 여인으로서 먼 길 달려왔나이다."

이사부의 가슴에 고였던 긴장이 얼음 녹듯 화르르 녹아내렸다. 지소의 얼굴을 더욱 자세히 바라보았다. 아리땁던 옛 모습 그대로였다.

"이렇게 보게 되다니 꿈인지 생시인지 모르겠구려."

"소녀도 장군님을 뵈오니 기쁘기 한량없사옵니다."

"그런데 어찌하여, 귀한 몸으로 이렇게 먼 곳까지 나를 찾아온 것이오? 더욱이 요즘 나에 대한 서라벌 왕궁의 기류가 온전치 못하다고 듣고 있는데……."

"바로 그래서 소녀가 이렇게 황급히 장군님을 뵙고자 달려온 것이옵니다. 백성들 사이에 날이 갈수록 장군님을 영웅으로 떠받드는 사람들이 늘어나고 있으니, 이를 그냥 두어서는 안 되겠다는 말이 저의 할미이신 왕비마마의 입에서 먼저 나왔고, 외증조부이신 이찬께서 은밀히 귀족들의 중론을 모아왔사옵니다."

"풍문이 사실이었구려. 나의 막역한 전우 강현 부장을 주살하고, 상탁과 부항 부장을 구금한 일도 그 힘이 작용한 사달인 모양이오이다."

또다시 긴장이 꿈틀거렸다. 지소는 고개를 끄덕이면서 말했다.

"바로 그러하옵니다. 장군님을 역적으로 몰아 위해를 가하려는 움직임이 날로 구체화되고 있사옵니다. 장군님을 따르는 서라벌의 세 장수를 제압한 일이 그 시작입니다. 구금된 상탁과 부항을 형문하여 누명을 지어낼 것입니다."

이사부의 눈에 분노가 일기 시작했다.

"도대체 왜 그래야 한다는 것이오? 사시사철 전장에서 한뎃잠을 마다 않고 목숨 걸어 나라를 지키고 있는 내가 무슨 잘못을 하였기에……. 또 나를 따르는 장수들이 나라에 대한 충의를 나와 나눈 것 외에 무슨 헛된 꿈을 꾸었기에 그렇게 역적으로 몰려야 한다는 것이오?"

지소가 이사부의 손을 잡았다. 그녀의 부드러운 손에 경련이 일고 있었다. 눈에는 눈물이 그렁그렁 했다.

"아니옵니다. 장군님께서는 아무런 허물도 있지 않사옵니다. 장군님이야말로 역사에 길이 남을 큰 전공을 세우신 신라국의 영웅이옵니다. 하옵고……."

"……"

지소는 어느새 눈물을 흘리며 고개를 떨어뜨리고 있었다.

"소녀가 살아있는 한, 장군님께서는 소녀가 일심으로 지켜야 할 또 하나의 생명이기도 하옵니다."

이사부는 지소가 무슨 말을 하는지 단박에 알아차렸다. 어린 시절 가슴을 녹였던 연정이 폭발하듯 되살아났다. 입종 왕자에게 시집가던 날에 하염없이 울던 그녀의 모습이 마치 어제의 일인 양 떠올랐다. ……하지만 안 될 일이었다. 얼굴이 붉게 상기된 이사부는 지소의 손을 놓고 고개를 돌렸다. 지소가 다시 이사부의 팔을 잡으며 말했다.

"소녀가 이런 말을 한다고 제 아비 원종 왕자의 전정만을 위하는 행동이라고는 부디 오해하지 말아주시옵소서,"

"……"

"지금은 장군님께서 다 내려놓으시고 연명을 도모해야 할 때이옵니다."
"내가 왜 그래야 하오? 내가 단 한 순간도 역심을 품은 적이 없고, 그릇된 언행이 추호도 있지 않았건만 왜 비겁하게 도망쳐야 하는 것이오?"

"옳고 그름으로만 가름되지 않는 것이 세상의 이치랍니다. 역사에서는 반드시 옳은 것이 이기는 것도 아닙니다. 전장을 수없이 겪으신 분이오니 소녀보다도 더 잘 아실 것 아니옵니까?"

맞는 말이었다. 피비린내 나는 전장에는 옳고 그름이 없다. 오직 지략이 뛰어나고 힘이 센 쪽이 약한 쪽을 죽여 이길 따름이었다. 옳고 그름이란 그저 죽고 죽이기 이전에만 통용되는 가치논쟁일 뿐이다. 지소가 말을 이었다.

"장군님께서 쌓아 오신 공덕이 크고 중하다는 것은 어느 누구도 부인하기 어려울 것이옵니다. 하오나 지금 서라벌 정치에서 장군 이사부는 오로지 견제와 제어의 대상일 뿐, 권력의 균형추가 많이 기울었나이다."

"도대체 원종 형님께서는 왜 나를 견제한다는 말이오? 나라를 위해서 전공을 세우고, 변방에서 국방의 소명만을 생각하며 살고 있는 나 같은 무부에게 왜 그래야 한다는 것이오?"

"권좌에 있는 분들을 그렇게 추동하는 것은 바로 두려움이옵지요. 제 할아비이신 폐하를 왕으로 세우시는 일을 도모하셨던 할미와 외증조부께서 지금은 장군님에게서 큰 두려움을 느끼고 계신 것이지요. 더욱이 장군님께서는 많은 백성들이 추앙했던 왕재 아진종의 자제이시니 경계심이 남다를 것이옵니다."

지소의 말은 옳았다. 두려움은 사람을 움직이는 동기를 낳고, 때로는 음모를 지어내기도 한다. 두려움으로부터 벗어나기 위해 만들어지는 권력의 음모는 전쟁보다도 더 잔혹한 법. 이사부는 지소의 말에 동의할 수밖에 없음을 깨닫기 시작했다.

"참으로 안타까운 일이오. 우산국 정벌을 위해 오직 충심을 다해온 내가 오늘 이런 처지가 될 줄은 꿈에도 몰랐소."

지소가 다시 이사부의 손을 잡았다.

"장군님! 장군님께서는 무조건 살아남으셔야 하옵니다. 신라를 위해서도 그러하옵고, 무엇보다도……."

"……."

"무엇보다도 소녀를 위해서 살아남으셔야 하옵니다."

이사부를 바라보는 지소의 표정이 너무나 간절했다. 심사가 복잡해지고 있었다.

그냥 그러다가 말 줄 알았다. 입종 왕자의 말대로, 서둘러 임지 하슬라성으로 돌아와 정녕코 아무런 흔들림 없이 군문의 일에 매진했다. 그러다보면 서라벌의 권부에서 자신의 진심을 알아주리라 기대했었다. 그런데 기어이 자신을 따르는 장수들부터 제압하면서 모종의 음모를 진행시키고 있다니 통탄할 노릇이었다.

"알겠소. 내 그대의 말을 가슴에 새기고 깊이 고민하겠소."

"고맙사옵니다. 장군님. 정말 감사하옵니다. 부디 자중자애하시고 훗날을 기약해 주시옵소서."

자중자애……. 모친의 서찰에서 보았던 똑같은 말을 지소가 입에 담고 있었다. 이사부는 지소의 눈물 젖은 얼굴을 다시 한 번 내려다보았다. 그녀의 얼굴에 비로소 희미한 안도의 빛이 보였다. 지소가 다시 말했다.

"소녀는 아옵니다. 소녀와 장군님의 인연은 여기가 끝이 아님을 아옵니다. 우리는 틀림없이 언젠가 다시 이어질 연분이옵니다. 소녀는 이 예감을 굳게 믿사옵니다."

이사부는 지소의 말을 희미하게나마 알아들었다. 자신이 지소를 얼마나 사랑했는지, 지소 또한 자신을 얼마나 연모했는지 너무나 잘 알기 때문이었다. 고비 고비마다 지소가 자신을 위기에서 구해내기 위해서 보이지 않게 어떻게 애를 써왔는지 충분히 느껴왔기 때문이었다. 두 사람은 손을 맞잡은 채 한동안 서로를 안타까이 바라보았다.

*

"서라벌로 돌아가서 어머님께 말씀 잘 여쭈어라. 주신 말씀 그대로 따르겠노라 전하고, 심려하지 마시라고 아뢰어라."
 말안장에 오르기 전 이사부가 서라벌 본가 시종에게 조용히 말했다. 시종은 고개를 주억거리며 이사부의 명을 받았다.
 "그리 전해 올리기만 하면 되옵나이까?"
 "그렇다. 그리 전하면 무슨 뜻인지 다 알아들으실 것이다."
 "알겠사옵니다. 하명하신대로 마님께 아뢰겠나이다."
 지소가 탄 말을 앞세운 시종이 말을 때려 바람처럼 해변을 떠났다.
 하슬라성 처소로 돌아온 이사부는 결가부좌하고 앉아 묵상에 들었다. 이제 어찌할 것인가.
 신라국 서라벌의 왕족으로 태어나 일편단심 나라를 생각하며 살아온 일생이었다. 갓 스물을 채우지 못한 어린 나이에 장수가 되어 춥거나 덥거나 영일 없이 전장을 누빈 나날……. 강성한 나라를 만들기 위해 노심초사한 일 말고는 단 한 순간도 다른 마음을 먹어 본 적이 없는 치열한 삶이었다.
 풍찬노숙의 고난을 마다않고 전장을 누빈 끝에 미리미동국을 복속하여 추화군을 설치했던 일로 신라국의 영웅이 되었다. 실직주의 첫 군주가 되어 복속을 거부하는 소국들을 차례로 정복하여 국경을 넓히는 일에 혼신을 다 바쳤다. 우산국 정벌을 위해 흘린 피땀은 또 얼마이던가.

이사부는 마치 꿈속에 나타난 그림처럼 생생히 흘러가는 지난날의 장면들을 회억하면서, 이제 어떤 선택을 해야 옳을 것인지를 번민했다.

지소의 모습이 떠올랐다. 한숨이 났다. 대체 어떤 질긴 인연이기에 지소와의 상봉과 별리는 번번이 이리도 아프기만 한 것인가……. 지소의 얼굴과, 그녀와 똑 닮은 산단화의 모습이 겹쳐 떠올랐다.

어느 날 문득 가슴속에 옹이처럼 깊이 박힌 인연이었지만, 흔연히 사랑해주기는커녕 끝내 목숨조차 지켜주지 못한 회한의 여인…… 산단화의 해맑은 얼굴이 되새김되면서 심장에 박힌 가시를 건드린 듯 아팠다. 이사부에게 지소는 곧 산단화였고, 산단화는 곧 지소였다. 끝내 맺어지지 못한 두 인연은 쓰린 추억 속에서 결국 하나였다.

지대로왕의 크나큰 사랑을 생각하면 늘 가슴이 느껍다. 어머니의 말대로 그 분이 죄 없는 아비를 살해한 비정한 군주라 해도, 베풀어준 은혜 또한 끝내 증오할 수 없을 만큼 깊었다. 폐하를 위해서라면 얼마든지 목숨을 내놓을 수 있다고 생각하며 살아온 지난날이었다. 무장의 몸으로서, 총애해주시는 왕을 위해서 죽는 것보다 더 영광스러운 일이 또 어디 있을 것인가.

그러나 이건 아니다. 나라를 위해 혼신을 다해 승전한 일로 백성들에게 영웅으로 칭송받고, 더러 신(神)으로까지 일컬어진 일이 어찌하여 당사자의 허물로 치부되는가. 그게 왜 견제와 핍박의 빌미가 되는가. 그게 어찌하여 명을 조임 당하는 신세로 전락하는 원인이 되어야 하는가 말이다. ……네가 왕실의 종친임에도 불구하고 그동안 전장으로만 나돌며 성숙해온 무인이라 서라벌의 정치는 아주 모르지 않느냐…… 이 서찰을 받는 즉시 왕께 사직을 주청하고 어딘가 심처에 은거할 방안을 찾아 내거라. 그리하여 훗날을 도모하는 것이 현명할 것 같구나…… 모친이 하던 말과 서찰내용이 잇달아 떠올랐다. 전쟁 말고는 아는 게 없는 무장으로 살면서, 정치를 알려고 하지 않은 것이 끝내 이렇게 큰 낭패로 귀결될 줄은 정녕 몰랐다.

이사부는 문득 아버지 아진종의 죽음을 기억해냈다. 서라벌 궁성을 벗어나 변방을 떠돌던 아버지의 심사가 필경 이러했을 것이다. 실직성 군주로서 그렇게도 닿아보고자 했던 아버지의 마지막 심중에 비로소 닿은 것 같았다.

아무래도 어머니와 지소의 말을 따르는 것이 마땅한 선택이 아닐까. 맹세코, 왕이나 신이 되고자 했던 적이 단 한 번도 없었으니 떠도는 말들은 명명백백 헛된 낭설이다. 과거와 현재를 불문하고 모반을 일으킬 마음 또한 단 한 순간도 있지 않았음 또한 어김없는 진실이다. 하지만, 모면할 길 없는 이 엄청난 음모로부터 일단 벗어나는 일은 미적거릴 여유가 있지 않다. 더 머뭇거리다가는 어쩌면 어머니와, 나를 따르는 무고한 인재들이 모두 횡액을 당할 지도 모른다. 지금 내가 환난을 피해 물러나는 행동은 결코 비굴함도 용렬함도 아니리라…….

이사부는 죽간을 펼쳐 놓고 한 차례 심호흡을 했다. 그리고는 원종 왕자에게 올릴 서찰을 곧바로 써내려갔다.

-소장 이사부 원종 왕자님께 아뢰옵나이다. 형님의 하해와 같은 은혜에 힘입어 소장 신라국의 장수로서 분수에 넘치는 호사를 참으로 많이 누렸나이다. 다름이 아니옵고, 소장이 근년 우산국 정벌을 비롯하여 능력에 부치는 과업을 오래도록 수행함으로 인하여 기진(氣盡)이 날로 깊었

사옵니다. 근래에 심신이 온갖 임무를 감당하기에 적합지 않은 상태에 이르렀음을 하소하옵나이다. 아뢰옵기 황송하오나 소장은 작금 하슬라 군주로서의 일체 직분을 사직하고 치병을 위하여 시급히 피접(避接)을 떠나야 할 처지에 놓여 있사옵니다. 국경을 지키는 장수로서 있을 수 없는 일이오나, 심신을 주체할 여유가 없도록 쇠약해진 몸으로 더 이상 소임을 지속하기 어려운 지경에 다다랐사오니 부디 통촉하여 주시옵소서. 이 모든 형편을 직접 폐하께 아뢰어 윤허를 호소함이 도리인 줄 아오나, 근간 폐하의 옥체가 미령하시어 기상이 예 같지 않으시다 하와 부득이 원종 왕자님께 읍소하옵니다. 부디 형님께서 이 못난 아우의 형편을 폐하께 소상히 사뢰어 간청을 가납하시도록 해주시옵기를 엎디어 비옵니다.-

장계를 다 쓴 이사부는 다시 한 번 찬찬히 내용을 훑어 읽었다. 쓸쓸한 기운이 온몸으로 젖어들었다.

이른 새벽, 잠을 이루지 못해 뒤척거리던 이사부의 앞에 어머니가 끔찍한 모습을 하고 나타났다. 짙은 안개 속 환영(幻影)이었다. 온몸을 결박당한 채, 군사들에게 끌려가는 어머니의 두 눈에서는 검붉은 피가 뚝뚝 떨어지고 있었다. 어머니는 절박한 목소리로 이사부에게 위험을 말하고 있었다. 도망쳐서 화를 피하라고 자꾸만 외치고 있었다. 어머니! 어머니! 이사부는 목이 터져라 어머니를 불렀다. 하지만 어머니는 험궂게 생긴 군사들에게 이끌려 안개 속으로 사라졌다.

그 뒤를 이어 가슴에 칼을 맞아 절명한 장수 강현을 실은 달구지가 보였다. 피투성이가 된 상탁, 부항이 줄줄이 묶인 채 끌려가는 장면도 나타났다. 아니다! 이건 아니다! 숨이 차올랐다. 가슴이 찢어질 듯 아파왔다. 가위눌림이 깊었다. 이사부는 양팔을 앞으로 뻗어 기를 뿌리며 고약한 염몽(厭夢, 불길한 꿈, 가위눌리는 악몽)을 떨쳐냈다. 축축이 젖은 속옷 깃을 서늘한 새벽공기가 물어뜯고 있었다.

10.3 마지막 명령

"소장 직삼, 울릉도에서 무사히 임무를 마치고 돌아왔나이다."

원종 왕자에게 전할 장계를 서라벌로 보낸 다음날 저녁 무렵에 울릉도에서 남은 일을 마치고 돌아온 아장 직삼이 주청에 들어 복명했다. 그의 얼굴은 여전히 검게 그을려 있었다. 이사부는 직삼의 손을 잡았다.

"어서 오너라. 아장의 노고가 이만저만이 아니로구나."

"황공하옵니다. 군주님의 은덕으로 아무 탈 없이 울릉도를 관리할 조처들을 두루 완비하고 돌아왔나이다."

"그래, 우직 토두는 건재한 것이냐? 울릉도에는 더 이상 변고가 있지 않았더냐?"

"우직 토두께서도 장군께 안부 여쭈어달라고 당부하였나이다. 울릉도는 이제 토두께서 전도(全島)의 조직을 완전히 장악하고 신라국의 속도로서의 의무를 다할 정비를 마쳐 아무 걱정 없이 관장될 것이옵니다."

"왜인들의 출몰은 없었느냐?"

"예. 지난 번 장군께서 변복 활약한 왜군들에게 엄벌을 내리시고, 잡혀 온 잔당들을 모두 저들 나라로 돌려보낸 후 왜인들은 얼씬도 하지 못하고 있사옵니다. 우직 토두께서 군선을 띄워 우산도(독도) 근해를 수시로 순양하면서 철두철미 지키고 있나이다."

"잘 되었구나. 아주 잘 되었어."

직삼으로부터 보고를 받고 있을 때, 관내 순찰을 나갔던 중군장 무덕이 돌아왔다.

"소장 무덕이옵니다."

"그래…… 관내는 어떠하냐?"

"이상 없사옵니다. 북방 국경도 평온하옵고, 해안도 왜구의 종적이 끊어지니 백성들이 모두 태평하옵니다."

"다행이로구나."

이사부는 그렇게 말한 뒤 곁에 서 있던 명진에게 말했다.

"명진아. 식비들에게 일러서 처소에 주안상을 차리도록 하거라. 아장이 돌아왔으니 모처럼 함께 회포나 좀 풀어야겠다."

명진은 기다렸다는 듯이 이사부의 명을 받았다.

"알겠습니다요. 바로 준비하라 이르겠습니다요."

임지에서 무사히 돌아온 아장의 얼굴을 오랜만에 보니 이사부의 마음이 훈훈했다.

*

주청 안 이사부의 처소에 조촐한 주안상이 차려졌다. 이사부는 아장 직삼과 중군장 무덕, 그리고 명진과 함께 둘러앉았다. 그들은 한동안 술과 안주를 먹으며 울릉도 소식에다, 하슬라주 국경 이야기들을 주제로 많은 대화를 나누었다.

술이 거나할 즈음, 무덕이 심각한 표정으로 화제를 바꿨다.

"장군! 소장이 최근에 서라벌로부터 전해들은 풍설을 좀 늘어놓고 여쭈어보아도 괜찮겠나이까?"

이사부는 속으로 뜨끔했다. 서라벌의 일들이 드디어 무덕의 귀에까지 닿은 것인가.

"서라벌의 풍설? 무슨 이야기를 들은 것이냐?"

"아뢰옵기 황송하오나, 장군의 신상과 관련된 소문과 일련의 사건들이옵니다."

"말해 보아라. 무슨 풍문이 돌더냐?"

무덕이 굳은 표정으로 말했다.

"소장이 들은 바로는 서라벌 백성들 사이에 장군을 영웅으로 칭송하는 소리가 파다한 중에, 귀족들 가운데 이를 경계하고 질시하는 말들이 있다 들었사옵니다."

무덕의 말을 듣던 이사부는 숨이 훅 하고 막혔다. 무덕이 말을 이어갔다.

"뿐만이 아니옵니다. 폐하께서 장군을 각별히 아끼시니 귀족들이 그것을 투기하여 모해하려는 움직임마저 일고 있다는 끔찍한 이야기조차 들려왔사옵니다. 혹시 장군께서도 그 사실을 알고 계시옵니까?"

무덕은 그렇게 말하며 솟아오르는 홍분을 꾹꾹 누르느라고 애를 썼다. 이사부가 미처 대답을 하기도 전에 아장 직삼이 나섰다.

"아니, 그게 무슨 소리요? 장군이야말로 신라국 최고의 명장이시오. 나라에 대한 충심으로 따지면 그 누구도 따를 자 없으신 분이온데, 서라벌에서 그런 괴이한 변고들이 벌어지고 있다니?"

이번에는 명진이 나서서 말을 이었다. 속에 있는 말을 도저히 참지 못하겠다는 표정이었다.

"사실은 소인이 며칠 전 전해들은 바로는 얼마 전 시위부 강현 부장께서 한 밤 중에 주살 당하셨고, 상탁 부항 두 분 부장께서도 구금당하는 이상한 일들이 일어나고 있다 합니다요."

무덕이 깜짝 놀라는 얼굴로 언성을 높였다.

"뭐라고? 강현 부장이 죽고, 상탁과 부항이 구금됐다고?"

명진이 말을 이어갔다.

"군주님께서 더 이상 입에 담지 말라 엄명하셨으나, 소인 죽을 각오로 한 말씀 올리겠습니다요. 실직주와 하슬라주를 확장하여 국경을 든든히 다지고 절치부심으로 우산국을 복속한 군주님의 공훈이야말로 신라국 백성들로부터 천번만번 칭송받아 마땅하지 않겠습니까요? 백성들 사이에 군주님이 영웅으로 또는 신으로 회자되는 일은 자연스러운 현상이온데, 어찌하여 귀족들이 군주님을 못마땅하게 여겨 핍박해야 하는지 소인으로서는 도저히 납득하기가 어렵습니다요."

무덕이 그예 분노를 참지 못하고 자리에서 벌떡 일어섰다.

"단매에 쳐 죽일 놈들! 장군을 우습게 여기고 함부로 모해하려는 놈들을 모조리 찾아내어 요절을 내야 하옵니다!"

직삼도 자리에서 일어서며 무덕을 거들고 나섰다.

"그렇사옵니다. 장군께서 이룩하신 과업이 역사에 길이 남을 업적이라는 것은 신라국 안에서 모르는 이가 없사온데, 무슨 연유로 그런 해괴망측한 음해 작당이 일어나고 있다는 것이옵니까? 이는 우산국 정벌에 나섰다가 전몰한 용사들의 거룩한 희생마저도 모독하는 일이 아니옵니까? 절대로 이렇게 당하고 가만히 앉아 있을 수는 없는 노릇이옵니다."

잠자코 듣고 있던 이사부가 입을 열어 조용한 목소리로 말했다.

"모두들 흥분을 가라앉히고 좌정하라."

분을 삭이지 못해 식식거리던 직삼과 중군장이 이사부의 눈치를 보며 자리에 다시 앉았다. 이사부가 천천히 말했다.

"내 오늘 너희들을 모두 한 곳에 모이도록 한 이유가 따로 있느니라. 지금부터 내가 하는 말을 잘 새겨들어야 한다."

이사부는 거기까지 말을 하고는 잔을 들어 목을 축였다. 그리고는 다시 말을 이어갔다.

"너희들과 내가 한 몸이 되어 전장에서 생사를 같이 할 수 있었던 것은 오로지 대 신라국을 조국으로 섬겨 세세 부강한 나라로 만들기 위한 일심 때문이 아니었느냐. 우리는 몸과 마음을 다 바쳐서 전쟁을 치르고, 승전을 이룩해 여기까지 와 있느니라. 허나, 세상의 이치가 늘 그러하듯 사람은 누구나 타고난 각자의 역할과 운명이 있는 법. 나 이사부가 이 시대에 소명된 임무는 바로 여기까지인 듯하구나."

"대체 무슨 말씀을 하시려는 것이옵니까?"

무덕이 참지 못하고 말을 가로막았다. 이사부가 무덕을 바라보며 목소리에 힘을 실었다.

"잠자코 내 말을 더 들어라!"

중군장이 무춤 입을 닫았다. 이사부가 결연한 어조로 말을 이어갔다.

"작금 우리가 우산국을 점령하고 돌아온 이래 서라벌에서는 백성들 사이에 나에 관한 온갖 가담풍설들이 난무하는 모양이다. 하지만, 그 모든 것이 내 진의와는 아무런 관련이 없다는 것을 너희들이 먼저 알 것이다. 나는 어디까지나 이 나라의 무인으로서 국경을 넓혀 나라를 강대하게 만드는 일에 앞장서온 장수일 따름이다. 그럼에도 몇몇 전쟁에서 승리를 거둔 일로 구설에 오르고 패가 갈려 반목하는 것은 나를 위해서도 대 신라국을 위해서도 결코 바람직한 일이 아니다."
그 즈음에서 끄응 하는 누군가의 신음소리가 났다. 이사부는 말을 이었다.
"이 상황을 어찌 대처해야 할 것인지 내 오랜 시간 궁구하고 또 궁구하였다. 나라를 위하고 폐하를 위하고, 나아가 나 자신과 너희들은 물론 나를 따르는 모든 장졸들을 위해서 어떻게 처신하는 것이 현명한 일인지를 고민하였다. 그리고 그 결과, 폐하의 윤허가 떨어지는 대로 나는 모든 직분을 버리고 심기일전을 위해서 수양을 떠나기로 결심했느니라."
아장 직삼이 고개를 벌떡 일으켜 세우면서 말했다.
"아니 되옵니다! 장군이 아니고서야 이 나라의 국방이 어찌 될 것이며, 장차 신라국이 어찌 강성하겠사옵니까? 이대로 물러나시는 일은 절대로 아니 되시옵니다!"
그러자 명진도 입을 열었다.
"군주님! 군주님께서 이 상황에서 물러나시는 일은 결단코 있을 수 없는 일입니다요."
이사부가 다시 굳은 목소리로 일렀다.
"직삼과 명진은 자중하고 내 말을 진중히 들어라."
두 사람은 이사부의 눈치를 보며 고개를 숙였다.
"내 너희들의 충정은 충분히 이해하고도 남음이 있다. 그러나 사나이 대장부는 나아감과 물러섬의 때를 분명히 가릴 줄 알아야 한다. 병서에 이르기를, 군왕을 위한 장수는 백년의 영광을 누릴 것이요, 백성을 위한 장수는 천년의 명예를 누린다 했느니라. 이 나라 왕족의 일원으로서 대 신라국의 안위와 앞날을 위해서 어떻게 처신하는 것이 옳은지를 가장 잘 아는 사람이 당사자인 나 말고 누가 더 있겠느냐?"

그쯤에서 이사부는 말을 잠시 끊었다. 생각을 다진 이사부는 담담히, 그러나 단호한 어조로 세 사람에게 말했다.

"지금부터 내가 하는 말은 직속상관으로서 너희들에게 내리는 마지막 명령이니 추호도 차질이 없도록 복종해야 한다. 너희들은 나의 전정과 관련하여 절대로 사사로이 말하거나 움직이지 말라. 서라벌로부터 어떤 조치가 내려지더라도 묵묵히 순종하여 맡은 바 소임을 다 해야 할 것이다. 나 이사부를 바라보지 말고 신라를 바라보라. 아니, 신라의 백성들을 바라보라. 만에 하나 너희들이 대의를 망각하여 나를 위한다는 생각으로 별도의 언행을 한다면 그것은 오히려 나를 곤경으로 몰아넣는 배덕이 될 것이다. 내 말 알아듣겠느냐?"

"……"

직삼과 무덕, 그리고 명진 세 사람은 선뜻 답하지 못했다. 그들은 하나같이 복잡한 표정을 짓고 있었다. 이사부가 다시 비장한 얼굴로 다그치듯이 물었다.

"너희들이 진정으로 나를 섬기는 자들이라면 반드시 내 뜻을 따라야 한다. 복종하라!"

그러자, 세 사람은 마지못해 고개를 숙였다.

"장군의 뜻을 따르겠나이다."

그들의 눈에 핏빛 낙망이 고이고 있었다.

이사부는 세 사람의 술잔에 차례로 술을 부으면서 어깨를 다독거렸다. 환절을 재촉하는 스산한 밤바람이 건들 불어와 창턱을 넘고 있었다.

서라벌로부터 파발이 당도한 것은 그로부터 나흘이 지난 뒤였다. 전령은 본가의 모친은 무탈하고, 구금됐던 상탁과 부항이 가까스로 풀려났다는 서라벌의 소식도 함께 가지고 왔다.

이사부는 그 밤에 은밀히 아장 직삼을 처소로 불렀다. 그리고는 왕으로부터 온 교지를 넘겼다.

"아장은 들어라. 서라벌 대왕 폐하께서 비답을 내려주셨다. 지금 이 순간부터 아장 직삼은 나를 대신하여 하슬라주를 통할하라. 머지않아 왕궁에서 후임자가 결정되어 부임할 것이다. 내일 날이 밝는 대로 군장과 부장들을 소집, 군의를 열어 폐하의 교지를 공포하고, 향후의 임무들을 의논하라."

직삼은 이사부 앞에 엎디어 어깨를 들썩였다.

"정녕 이리 떠나시오니까? 장군께서는 못난 이 몸을 거두어 바다에서 참살당한 아비의 한을 풀어주신 은인이시나이다. 정녕 이리 보내드려야 하오니까?"

이사부는 직삼의 손을 잡고 달랬다.

"아마도 내가 금세 돌아오지는 못할 것이다. 그러나 언젠가는 군문으로 다시 돌아와 너희들과 생사고락을 함께 할 날이 있으리라. 아장 직삼은 부디 신라군의 수군양성에 힘쓰면서 특히 우산도(독도)와 울릉도에 왜인이 범접하지 못하도록 방비하는데 소홀함이 없도록 하라."

"장군의 말씀 명심 또 명심하겠나이다."

직삼은 엎드린 채로 한동안 일어나지 못했다. 한참만에야 자리에서 몸을 일으킨 그는 눈물을 닦으며 이사부의 처소를 나섰다.

이른 새벽 첫닭이 울 무렵이었다. 평복차림의 이사부는 오랫동안 함께 했던 애마를 타고 하슬라성을 빠져나갔다. 말은 동해바다를 왼쪽에 두고 아래로 아래로 힘차게 내달았다. 이사부는 동해의 시원한 바람을 온몸으로 맞으며 모처럼 광막한 바다의 기운을 만끽했다.

얼마나 달렸을까. 이사부가 탄 말은 어느 새 노루귀처럼 생긴 기암이 수문장처럼 우뚝 서 있는 석병산 입구에 다다라 있었다.

우마가 더 이상 들어갈 수 없는 지점에 이른 이사부는 말에서 내렸다. 그리고는 말의 머리에 씌워진 굴레를 벗겨냈다. 고삐와 장식과 방울이 달린, 가죽 끈으로 된 굴레가 벗겨진 말은 뭔가 이상한 낌새를 챘는지 히힝 하고 한 차례 짧게 울었다.

이사부는 달려왔던 길 쪽으로 말머리를 되돌렸다. 그리고는 애마의 귀에다 대고 마치 사람에게 하듯 말했다.

"말 못하는 짐승인 네가 그동안 나를 만나 묶인 채 모진 고생을 했구나! 이제 자유를 찾아 네 갈 길로 가거라! 뒤돌아보지 말고 줄곧 달려가거라."

그리고는 말 엉덩이를 손바닥으로 힘차게 내리쳤다. 깜짝 놀란 말이 앞으로 내달았다. 저만큼 달려가던 말이 아무래도 뭔가 이상했던지 걸음을 멈추고 뒤를 돌아보았다. 이사부가 다시 빨리 가라는 손시늉을 보냈다.

말은 마치 마지막 인사라도 하는 듯 히히히힝 긴 울음소리를 내고는 평원 저쪽으로 달려갔다. 먼지를 일으키며 멀어져가는 애마의 모습을 바라보는 이사부에게, 살아온 사바세계의 다단한 희로애락이 벌써부터 아득하게 느껴졌다.

이사부는 뒤돌아서서 석병산 주방계곡 쪽으로 천천히 걸어 들어갔다. 비바람 몰아치는 날이 오거든 서슴없이 내게로 오너라……. 울릉도를 다녀가면서, 스승 경천선사가 남긴 말이 생생하게 되살아났다. 왠지 스승께서 학소대 입구에서 흰 수염을 날리며 환한 미소로 제자를 기다리고 있을 것 같은 예감이 들었다.

석병산 위쪽 높은 하늘에 둥실 떠 있는 구름 빛이 밝았다.

닫는 마당

작품에 등장하는 주요 인물들이 나중에 어떻게 됐는지 궁금하시지요? 역사는 그림자들을 숨겨가며 다음과 같은 기록들을 얼금얼금 남기고 있습니다. 이 뒷이야기를 읽으시면 소설이 더 잘 보입니다.

1. 이사부(異斯夫) 장군의 왕권도전을 원천 차단한 원종(原宗)은 우산국 복속 2년 뒤인 514년에 부친인 지증왕(智證王, 지대로왕, 지도로왕)이 죽자 법흥왕(法興王)에 즉위한다.

2. 지소(只召)는 부친 법흥왕의 동생 입종 갈문왕(立宗 葛文王)과의 사이에 아들 삼맥종(三麥宗, 三麥夫)를 낳았고, 법흥왕의 유명(遺命)에 의해 영실공을 계부(繼夫)로 맞아 송화공주(松華公主, 松花公主)를 낳았다.

3. 왜국 장수 모야(毛野)는 법흥왕 17년(AD530년)에 이사부와 조우한다. 그는 일본 계체왕(繼體天皇)의 명을 받아 임나가야(任那伽倻)진출을 노리고 안라국(安羅國, 아라가야 阿羅伽倻/경남 함안일대)에 파견되었으나, 이사부가 이끄는 3천병사의 공격을 받고 패전한 뒤 돌아가던 중 대마도에서 죽었다.

4. 지소는 법흥왕이 원자를 낳지 못함에 따라, 540년 자신의 아들 삼맥종을 보위에 올려 진흥왕(眞興王)을 만든다. 삼맥종이 7살의 어린나이로 보위에 오르자 이사부(苔宗)는 지소태후와 함께 진흥왕을 돕는다.

   5. 이사부는 뒤늦게 지소태후와 결혼하여 못다 이룬 사랑의 결실을 맺게 된다. 두 사람 사이에는 숙명공주(叔明公主)와 세종전군(世宗殿君)이 태어난다. 이사부는 병부의 수장인 병부령(兵部令)에 오른다.

   6. 진흥왕 6년(AD545년) 서열 제 2위 이찬(伊湌)의 지위에 있던 이사부는 왕에게 국사편찬의 필요성을 품신한다. 왕은 거칠부(居七夫智, 荒宗) 등에게 명하여 일을 진행하도록 하였으니 지금은 전해지지 않는 '국사(國史)'가 바로 그 책이다.

   7. 진흥왕 11년(AD550년) 백제가 고구려의 도살성(道薩城, 충북청주)을 빼앗고, 고구려는 백제의 금현성(金峴城, 충북진천)을 함락시켰다. 이때 이사부는 두 나라 군사들이 치열한 전투로 인해 지친 틈을 노리고 총공격하여 두 개의 성을 모두 점령한다.

작가 후기

참으로 답답했다. 일본이 독도 영유권을 주장하며 한도 끝도 없이 도발하는 모습을 오랫동안 지켜보면서 정말 답답했다. 일본이 도발을 할 적마다 연례행사 치르듯 궐기대회나 규탄대회를 열고, 혈서를 쓰며 분노를 한두 차례 표출하면 그뿐, '조용한 외교' 방침에 밀려 그냥 묻고 지나가 버리고 마는 우리의 현실은 더욱 안타까웠다.

그러다가 문득, 일본의 전략이 무엇인지를 헤아리게 되었다. 저들은 한사코 일본 어린이들에게 '다케시마(독도)는 일본 땅'이라고 가르치려고 한다. 저들의 집요한 음모가 2세, 3세들의 뇌리에 거짓의 씨앗을 심어 야욕을 대물림하려는 것임을 알게 된 것이다.

그 무서운 깨달음이 이 소설을 시작하게 했다. '독도는 우리 땅'이라는 구호 하나만으로는 독도를 결코 지켜낼 수가 없다. 독도가 왜 우리 땅인지를 알고, 신념으로 이끌어가는 일이 무엇보다도 중요하다. 문화예술은 진실을 신념으로 인도하는 가장 강력한 기제임을 나는 굳게 믿는다.

부족한 작품이지만, 모쪼록 이 소설이 독도를 강고히 지켜내려는 정정당당한 대한민국의 큰길 한 모퉁이에 세워 밝힌 아주 작은 촛불이라도 되어주길 간절히 기원한다.

일일이 열거하지는 않았지만, 이 책을 쓰기 위해 뒤지고 찾아 읽은 역사자료와 서적들이 만만치 않다. 이사부에 관한 많은 지식을 알게 해준 여러 역사 전문가들의 보이지 않는 수고로움에 큰 덕을 보았다. 특히 이사부 연구에 깊은 조예를 갖고 계신 강원도민일보 최동열 기자의 역작《이사부를 깨워 독도를 다시보다》(2009.10.30/금강출판사 刊)라는 저서가 좁은 안목을 넓혀준 매우 소중한 자료였음을 밝힌다.

장편소설 연재를 허락해준 인터넷 '독도신문' 관계자와, 흔쾌히 귀한 삽화를 그려주신 문학보 화백님께 심심한 감사의 마음을 전한다. 끝으로, 아비의 울릉도·독도 현지답사 길을 흔연히 따라나서서 따분한 여행을 꿋꿋이 견뎌주고, 집필을 내내 성원해준 사랑하는 아들 태규(泰奎)에게도 고마움을 표한다.

소설가 **안 휘**

〈애독자 커뮤니티 ; 동해영웅 이사부 http://cafe.daum.net/leesaboo〉